VON NEDARRA

Dreyland
SOVO-KAMM
ZEBARA
Landfail
INSEL TAROK
Rebif-Sund
Dalkinholm
PERRICCI BERGE
INSEL RHOMBOO
SAGURIA
Outpost
Chrisherna Meer
FLUSS TELARNO
INSEL URSINA
(Cora di Schola)
VELT
Sümpfe von Therian
NULLWALD
Grandia Meer
Mirabienen-Hügel
Höhle
Haifischzahn-Klippen
Piraten!

dtv

Reihe Hanser

Katherine Applegate

Endling

Weggefährten und Freunde

Aus dem Englischen von
Ulli und Herbert Günther

dtv

Ausführliche Informationen über
unsere Autorinnen und Autoren und ihre Bücher
finden Sie unter www.dtv.de

MIX
Papier aus verantwortungsvollen Quellen
FSC® C014496

2. Auflage 2020
2020 dtv Verlagsgesellschaft mbH & Co. KG, München

Titel der Originalausgabe: ›Endling #2: The First‹
Originally published by HarperCollins
Published by arrangement with Pippin Properties, Inc.
through Rights People, London

Umschlag: Bente Schlick, inspiriert durch die Originalumschläge von Max Kostenko
Copyright Karte: © Virginia Allyn represented by MB Artists
Gesetzt aus der Centaur MT Pro 12,75/15,75'
Satz: Fotosatz Amann, Memmingen
Druck und Bindung: GGP Media GmbH, Pößneck
Printed in Germany · ISBN 978-3-423-64069-5

Für Michael

Sich selbst zu erobern ist der grösste aller Siege.
Plato

ENDLING

Substantiv – end.ling – /'en(d)-ling/

Das letzte lebende Individuum einer Art,
bisweilen auch einer Unterart.

1. Die offizielle Zeremonie, bei der eine Art für ausgestorben erklärt wird; eine Eumonie.
2. (Inoffiziell) für jemanden, der eine zum Scheitern verurteilte oder sinnlose Suche unternimmt.

Kaiserlich-Amtliches Lexikon für Nedarra, 3. Auflage

Inhalt

TEIL VIER: WÄHLT DEN MUT

Teil Eins

Spürt die Angst

1

Spürt die Angst. wählt den Mut

Ich bin nicht tapfer. Nicht mutig. Keine Anführerin.

Um die Wahrheit zu sagen, ich bin kein bisschen außergewöhnlich.

Es sei denn, ihr bedenkt die Tatsache, dass ich möglicherweise die Letzte meiner Art bin – der Art der Dalkins.

Ein Endling.

Aber was Tapferkeit ist, das weiß ich sehr wohl.

Tapferkeit ist, wenn man ganz allein eine Meute von Giftschlangen abwehrt, um einen jungen Dalkin und seinen kleinen Wobbyk-Freund zu retten.

Dieser junge Dalkin war ich. Und meine Retterin war Kharassande Donati, meine menschliche Weggefährtin, Anführerin und liebe Freundin.

Ich wäre gern so mutig wie Khara, so sicher, so klug. Aber Anführerinnen wie sie müssen wohl dazu geboren sein.

Mein Vater, auch er ein mutiger und herausragender Anführer, liebte kluge Sprichwörter und Redensarten. Er sagte gern zu mir und meinen sieben Geschwistern: »Spürt die Angst, wählt den Mut. Das ist es, Kinder, was einen echten Anführer ausmacht.«

Also, zumindest das mit der Angst kriege ich einwandfrei hin. Die vielen Anzeichen dafür sind mir nur zu gut vertraut: gesträubtes Fell, gefrorenes Blut, rasendes Herz, ausgefahrene Krallen.

Meine Reisegefährten – Khara, Tobble, Renzo und Gambler – sagen immer, ich sei mutiger, als ich glaube. Und manchmal in diesen vergangenen Monaten war ich wohl selbst überrascht von mir.

Doch meine wenigen Augenblicke von kühnem Auftreten sind noch lange keine Beweise für echten Mut. Sie beweisen nur, dass ich gut Theater spielen kann. Wenn ihr mich fragt: So zu tun, als hätte man keine Angst, ist nicht das Gleiche wie wahre Furchtlosigkeit. Egal, was meine Freunde sagen.

Meine starken, treuen, kampferprobten Freunde. Wie ich sie alle liebe! Ich kann längst nicht mehr zählen, wie oft sie mir immer wieder Mut gemacht haben auf unserer Suche nach anderen Dalkins.

Wir wissen, dass unsere Chancen nicht gut stehen. Es ist erst wenige Monate her, dass mein ganzes Rudel von Soldaten getötet worden ist – von den Soldaten des Murdano, des despotischen Herrschers von Nedarra, meinem Heimatland. Und ganz sicher war mein Rudel nicht das erste. In ganz Nedarra ist die Anzahl der Dalkins langsam zurückgegangen.

Ich bin die Einzige, die diesen grausamen Tag überlebt hat. Ich, die Niedrigste in der Rangfolge der Rudelmitglieder. Der Kümmerling. Der am wenigsten zu gebrauchen ist. Der am wenigsten nützlich ist.

Dessen Mut am geringsten ist.

Auch wenn ich mich an die Hoffnung klammere, fürchte ich doch, dass ich wohl nie einen anderen Dalkin zu Gesicht bekommen werde. Ein grauenvoller Gedanke, der mich manchmal mit seiner ganzen Wucht betäubt und mit stumpfem Schmerz erfüllt, als würde eine schlecht verheilte Wunde in mir pochen. An diese Furcht habe ich mich gewöhnt, sie geht Tag und Nacht neben mir her: mein hässlicher unentrinnbarer Begleiter.

Dennoch sind es die neuen Schrecken, die unerwarteten, die mir am meisten zu schaffen machen.

Sie kommen manchmal im Dunkel der Nacht, lautlos und blutdurstig.

Und manchmal, wie zum Beispiel gestern, kreisen sie am Himmel, schön, anmutig und tödlich.

2

Messermöwen

Den ganzen Vormittag waren wir auf die eisbedeckten Gipfel zugewandert, die in der Ferne jenseits der Grenze von Nedarra aufragten – unserer ungewissen Zukunft und meinen vagen Hoffnungen entgegen.

Wir waren schon drei Stunden unterwegs gewesen, und das Gehen wurde beschwerlich. Kalt war es, graue Wolken waberten um die Berge und griffen nach ihren Gipfeln. Die Dunstwolken unseres Atems schwebten vor uns her wie Geister aus unserer verworrenen Vergangenheit.

Der Pfad entlang der bedrohlichen Felswand, dem wir gefolgt waren, hatte sich zu einem dreieckigen Platz geweitet, und wir beschlossen, hier zu rasten. Der Boden war stellenweise schneebedeckt, die Vegetation welk und braun. An zwei Seiten des Rastplatzes erhoben sich die Felswände Hunderte Meter hoch. Die dritte Seite lag offen zum Meer hin.

Kaum hatten wir uns niedergelassen, durchschnitt ein großer Vogelschwarm die Wolken und kreiste über uns am Himmel. Es waren Hunderte, und sie bewegten sich in mustergültiger Formation wie gut ausgebildete Soldaten.

»Messermöwen«, sagte Renzo. »Seid auf der Hut vor ihnen. Sie haben Schnäbel wie Rasiermesser. Und sie stehlen, was sie in die Krallen kriegen können.«

»Verwandte Seelen also?«, witzelte Khara, denn Renzo war ein versierter Dieb.

»*Ich* musste mein Handwerk lernen«, sagte Renzo und tätschelte seinen nicht eben gut duftenden Hund Dog, der mit großem Eifer die Steine beschnupperte. »Bei den Messermöwen ist das bloßer Instinkt.«

»Sie sehen schön aus«, sagte Tobble, der kleine Wobbyk, der mein engster Freund geworden war. Der Ausdruck in seinem runden Gesicht erinnerte ein bisschen an einen Fuchs, er hatte ein vorstehendes Bäuchlein, riesige ovale Ohren und große dunkle Augen. Seine drei Schwänze waren neuerdings geflochten und mit einem Lederband zusammengehalten – in der Wobbyk-Kultur ein unentbehrliches Zeichen für den Eintritt ins Erwachsenenleben.

Fasziniert sahen wir zu, wie die rotgrauen Vögel kreisten, umherwirbelten und sich in der Luft drehten wie Treibgut in einem Wirbelsturm. »Sie versammeln sich oft in der Nähe von Bergbaugebieten und Dörfern«, sagte Renzo. »Wenn sie eine Tasche oder einen Beutel mit Schmuckstücken zu fassen kriegen, fliegen sie damit in Richtung Süden und laden alles auf Piratenschiffen ab. Dafür bekommen sie von den Piraten fangfrische Fische.« Er zog die Schultern hoch. »Als Dieb muss ich ihre Kunst bewundern.«

»Warum fangen sie ihre Fische nicht selber?«, fragte ich.

»Aus dem gleichen Grund, aus dem Piraten nicht als Farmer und Händler arbeiten«, sagte Renzo. »Stehlen ist viel spannender.«

»Ich hatte gehofft, dass wir hier rasten und etwas essen können«, sagte Khara und ließ prüfend ihren Blick über die Gegend wandern. »Meinst du, es ist sicher?«

»Einigermaßen, ja«, sagte Renzo. »Solange wir wachsam bleiben. Außerdem brauchen wir dringend ein bisschen Schlaf.«

»Hätte nichts gegen so einen kleinen Flatterhappen einzuwenden«, sagte Gambler, während seine hellblauen Felijaga-Augen den Messermöwen folgten. Gambler, eine geschmeidige, glänzend schwarze Raubkatze, hatte im Gesicht feine weiße Streifen, an den Pranken aber Krallen, die kein bisschen fein waren, sondern tödlich. »Auch nichts gegen sonst irgendeinen Happen. Denke, ich werd mal die Wiese hier auskundschaften und sehen, was ich finde.«

»Wenn du zurück bist, Gambler, wird unser Essen fertig sein«, sagte Tobble, und mein Magen stöhnte nachdrücklich. (Der Magen eines Dalkins knurrt nicht. Er stöhnt, was meiner Meinung nach sehr viel vornehmer ist.)

»Danke«, sagte Gambler, »aber ich finde hoffentlich was Besseres als Kekse.«

»Wir haben noch ein bisschen getrocknetes Cotchetfleisch«, bot Tobble an.

Gambler nickte. »Getrocknet heißt tot. Das ist keine Mahlzeit für einen Felijaga, Tobble.«

Tobble, der kein Fleisch isst, rümpfte die Nase, und Gambler machte sich auf seine unverkennbare Katzenart davon, scheinbar gemächlich und schnell zugleich.

Während ich Zweige und Brennholz sammelte, packte Tobble unsere Kochgerätschaften aus. Bald hatten wir ein kleines Feuer brennen, und leise singend kramte Tobble Kräuter und eine kleine Pfanne hervor.

Er hatte sich als der beste Koch von uns erwiesen. Auch Renzo war nicht schlecht, besonders wenn er die paar magischen Sprüche einsetzte, die er seit seinem fünfzehnten Geburtstag in diesem Jahr schon gelernt hatte. Viel brachte er allerdings noch nicht zustande: mal einen kalten Eintopf warm machen, mal ein fades Gemüse schmackhaft. Eines Abends hatte er versucht, uns mit dem Knacken von Tallin-Kernen zu beeindrucken – sie hatten sich in kleine Glühwürmchen verwandelt und waren im Wind davongetrieben.

Eindrucksvoll war das gewesen. Nur nicht essbar.

»Magie«, hatte Tobble gegrummelt, während wir den Glühwürmchen nachschauten, die wie kleine Sterne zum Himmel flogen. »Ein guter Koch braucht keine Magie.« Und damit hatte er aus dem Stand einen Schwung Kitlattis zubereitet, ein süßes Gebäck, dessen Rezept er von seiner Ur-Ur-Ur-Großmutter hatte. Es schmeckte wie kleine Wolken, falls Wolken wie Honig schmecken.

Wobbyks wie Tobble befassten sich nicht mit Magie. Das taten nur die sechs großen Arten: Menschen, Dalkins, Felijagas, Natintjes, Raptidons und Terra-Olme. (Allerdings hatte ich kaum je gesehen, dass Dalkins sich in Magie übten. Wir hatten genug zu tun, um zu überleben.)

»Gleich werden wir heißen Tee haben«, kündigte Tobble an.

»Danke, Tobble«, sagte ich. »Dann geb ich Khara und Renzo Bescheid.«

Ich traf die beiden am Rand der Wiese, von wo aus sie aufs Meer hinausschauten. »Noch mehr Messermöwen«, sagte Renzo und zeigte mit der Hand hin.

Wir sahen zu, wie sie vom Himmel herabschossen. »Sie scheinen nicht näher zu kommen«, sagte ich.

»Noch nie habe ich Vögel gesehen, die sich mit solcher Präzision bewegen«, sagte Khara und strich eine Strähne ihres gewellten dunklen Haars zur Seite, die ihr der Wind ins Gesicht geweht hatte. Khara hatte dunkle Augen mit dichten Wimpern und einen klugen, wachsamen Blick. Wie so oft war sie schlicht und bäuerlich gekleidet wie ein Wilderer – das war ihr früherer Beruf gewesen. Kharas Kleidung war nur wenig heller als ihre mattbraune Haut.

Ab und zu fand sie es unterwegs einfacher, sich als Junge auszugeben. Anscheinend haben manche Menschen keine allzu hohen Erwartungen, wenn es um die Fähigkeiten von weiblichen Wesen geht. Ich verstehe nicht, warum. In der Welt der Dalkins gelten weibliche und männliche Wesen gleich viel.

Oder vielleicht sollte ich besser sagen, *galten* gleich viel.

Aber im Verhalten der Menschen gibt es ohnehin vieles, das mir rätselhaft ist.

An Kharas Gürtel hing ein rostiges Schwert. Es war eine Waffe von höchst erbärmlichem Aussehen, aber wir alle hatten sie schon in Aktion gesehen und kannten ihre verborgenen Kräfte. Dieses krumme Schwert, das *Licht von Nedarra,* war eine Waffe mit berühmter Vergangenheit.

»Wie weit können wir noch wandern, bevor es dunkel wird, was meinst du?«, fragte Khara Renzo.

Eigentlich war Khara unsere Anführerin, doch auf diesem Teil der Reise führte uns Renzo, denn er war der Einzige von uns, der schon bis hierher in die gebirgige Gegend von Dreyland vorgedrungen war. Dreyland war eines der beiden Länder, die an Nedarra grenzten.

Renzo maß die hoch aufragenden Felswände mit einem abschätzenden Blick. »Schwer zu sagen. Das Gelände wird jetzt immer trügerischer. Zudem sieht es so aus, als könnte es schneien.«

»Wir wollen uns an den Plan halten, so lange wir können«, nickte Khara entschlossen.

Dieser Plan, so ungenau er war, sah vor, Richtung Norden zu wandern und dabei die Berge an der Küste zu umgehen, immer in der Hoffnung, dass wir eine im Wasser treibende Insel namens Tarok zu Gesicht bekämen. Wir hatten überlegt, uns mit einem Boot auf die Suche danach zu machen, doch besaßen wir nicht die Mittel, um auch nur das bescheidenste Wasserfahrzeug bezahlen zu können. Und außerdem gab es nur wenige Boote. Selbst Piraten hielten sich in dieser kalten Jahreszeit von Dreylands Felsenküste fern. Die Strömung war lebensgefährlich, die Eisschollen unberechenbar.

Warum eine lebende Insel wie Tarok Richtung Norden treiben sollte, wussten wir nicht. Was uns aber bekannt war, was mein Herz in dunklen Nächten höherschlagen ließ, war eine Sage über eine Kolonie von Dalkins, die einst dort gelebt haben soll.

Ich erinnerte mich noch an das Gedicht, das ich im Unterricht hatte lernen müssen:

Sing, o Dichter
von den Ahnen, den tapferen Dalkins,
die tückische, wilde Berge bezwangen,
über eiskalte Wasser des Nordens sich wagten
nach Dalkinholm, der lebenden Insel,
dem schwimmenden Juwel.

Die Suche danach war uns ganz unmöglich erschienen. Und doch hatte ich nach vielen Reisetagen und schmerzvollen Erfahrungen einen flüchtigen Blick auf einen anderen Dalkin erhascht, der sich auf einer schwimmenden Insel von Wipfel zu Wipfel schwang. Das war erst wenige Tage her.

Jedenfalls hatte ich *gedacht,* ich hätte einen gesehen.

Mein Magen stöhnte wieder. »Tobble sagt, es gibt gleich heißen …«

Mitten im Satz wurde ich vom Schwirren unzähliger Flügelschläge unterbrochen.

Die Messermöwen hatten in einzigartiger Symmetrie ihren Kurs geändert und stürzten sich nun wie wütende Bienen auf ein Ziel.

Mein Herz stockte, und schon kehrte meine alte, ungeliebte Freundin Angst zurück.

Das Ziel waren wir.

3

Angriff vom Himmel

Sie kommen aus dieser Richtung!«, schrie Renzo und sprang zur Seite.

»Byx! Tobble! Auf die Erde!«, rief Khara und zog ihr Schwert.

»Nimm lieber eine Fackel«, sagte Renzo. Er lief zu Tobbles kleinem Lagerfeuer und riss ein brennendes Holzstück heraus. »Rauch mögen sie nicht.«

Khara steckte ihr Schwert zurück in die Scheide und nahm sich einen glühenden Stock.

Tobble beschloss vernünftigerweise, sich wie befohlen auf den Boden zu werfen. Ich aber wollte nicht, dass Khara und Renzo den Kampf für meine Sache allein austragen mussten – obwohl ich bezweifelte, eine große Hilfe zu sein.

Ich fand einen Ast, der noch kein Feuer gefangen hatte, und stieß ein Ende in die Flammen, ich riss büschelweise feuchtes Gras aus und warf es ins Feuer. Beißend grauer Qualm kräuselte sich zum Himmel.

Hustend, weil sich der Wind gedreht hatte, schwenkte ich meine schwach brennende Fackel und stellte mich neben Khara und Renzo.

Die dunkle Formation der Vögel hatte sich aufgelöst. Jetzt flogen sie wie Hunderte Geschosse direkt auf uns zu.

Sie trafen uns wie ein Hagelschauer, prasselten gegen Brust und

Kopf, stießen mit den messerscharfen Schnäbeln zu, die ihnen ihren Namen gegeben hatten. Im Nu hatte ich Schnittwunden an beiden Armen und entging nur mit Mühe und Not einer Attacke, die mir fast den Hals aufgeschlitzt hätte. Ich hörte Dog gellend jaulen vor Schmerz, als ihm eine der Messermöwen das Fell aufriss.

Mir raste das Herz in der Brust. Die Schnitte in meinen Unterarmen brannten, mit einem flüchtigen Blick sah ich hell schimmerndes Blut aus den Wunden rinnen.

»Nein!«, schrie ich, stieß meinen brennenden Ast in die Luft und schlug blindlings um mich.

Die Vögel gaben nicht auf. Die vordersten flogen davon, wendeten rasant und kamen von hinten zurück. Durch einen Tornado aus Flügeln sah ich Khara, Renzo und Tobble, die wilde Flüche ausstießen und erfolglos mit den Armen ruderten.

Während unsere Wunden bluteten, wir zunehmend schwächer wurden und trotzdem immer das qualmende Feuer zwischen uns und den Vögeln im Auge haben mussten, schienen sie überall gleichzeitig zu sein, kreischend und mit den Schnäbeln hackend. Besondere Anstrengung verwandten sie auf unsere Beutel und Bündel – zweifellos hofften sie auf Münzen –, attackierten aber auch sonst alles, was sie von uns erwischen konnten.

»Zu den Felsen!«, schrie Khara.

Ich ahnte, was sie im Sinn hatte. Einen Ausweg gab es in keiner Richtung. Wenn wir uns aber an die Felswand drückten, konnten die Vögel uns wenigstens nur von vorn und von den Seiten her erreichen.

Ich strich Tobble über den Kopf. »Komm«, sagte ich, »halt dich hinter uns!« Als ob ihm das irgendeine Sicherheit geboten hätte.

Längst war ich erschöpft vom Fackelschwingen, sie schwelte ohnehin nur noch matt. Als Kharas glimmender Ast vollends erlosch, warf sie ihn weg und zog wieder ihr Schwert, verlor aber dabei den Halt und fiel hin.

Im Nu war sie unter einer geschlossenen Decke wütend hackender Schnäbel verschwunden.

»Aaarrrhhh!«, schrie Tobble. Er stürmte zu Khara hin und war mit einem Sprung mitten im Pulk der Vögel, kratzte, trat und schrie: »Lasst sie! Lasst sie in Ruhe!«

Nicht zum ersten Mal erlebte ich das ungewöhnliche Schauspiel, wie ein Wobbyk in helle Wut geriet.

Renzo und ich mischten uns ins Getümmel und jagten immerhin so viele der wild gewordenen Vögel auseinander, dass Khara sich befreien konnte. Sie packte Tobble, nahm ihn auf die Schultern – und dann gaben wir vier und Dog jede würdevolle Haltung auf und versuchten nur noch, uns in Sicherheit zu bringen.

»Hierher!«

Gambler! Sehen konnte ich ihn durch den gefiederten Sturm nicht, aber ich hörte seine Stimme. Ich kämpfte mich weiter und versuchte, meine brennenden Wunden und das schrille, bedrohliche Kreischen der Vögel zu ignorieren.

Ich stieß gegen die Felswand, drehte mich um und drückte mich mit dem Rücken dagegen.

»Geht meiner Stimme nach!«, rief Gambler irgendwo rechts von mir.

Langsam schob ich mich an der Felswand entlang, wobei ich immer wieder vergeblich nach meinen Angreifern schlug. Plötzlich blieb mein linker Fuß an einem scharfkantigen Felsbrocken hängen, und ich landete so hart auf dem Rücken, dass mir die Luft wegblieb.

Eine wuchtige Pranke streckte sich mir entgegen. Riesige schwarze Krallen schlossen sich vorsichtig um meinen Bauchbeutel und zogen mich heran.

»Danke, Gambler!«

Ich rettete mich hinter ihn, während er mit Felijaga-Tempo die Vögel nur so aus der Luft pflückte.

Khara schob sich an Gambler vorbei und versuchte, zu mir durchzukommen. »Renzo!«, rief sie heiser.

»Ich sehe ihn«, sagte Gambler.

Mit exakt gezielten Prankenhieben bahnte sich der große Felijaga in fast übernatürlicher Geschwindigkeit seinen Weg durch die Vogelwolke. Einen der unseligen Vögel fing er und ließ ihn prompt in seinem Rachen verschwinden. Ein kleiner Imbiss. Schlieren von Möwenblut färbten rechts und links sein Maul, und kaum hatten die Vögel diese neue Bedrohung erkannt, schwirrten sie davon.

Gambler fand Renzo auf Knien liegend und immer noch seine Fackel schwingend. Blut strömte ihm aus Dutzenden Wunden.

»Halt dich an meinem Hals fest!«, rief Gambler. Dazu brauchte es keine Überredung, und er konnte Renzo über den Boden bis zu uns hinschleifen.

So blitzartig die Vögel uns bedrängt hatten, so schnell waren sie abgezogen. Ich sah mich kurz um. Wir waren in einen schmalen Spalt in der Felswand zurückgewichen – kein Ort für Lebewesen mit Flügeln. Nach oben hatte der Spalt keine Öffnung, Licht kam allein durch die offene Seite zur Wiese. Ich konnte sehen, wie draußen Messermöwen hin und her patrouillierten und darauf warteten, dass wir den Kampf wieder aufnehmen würden.

»Hier geht es in eine Höhle«, sagte Gambler. »Kommt!«

Wir folgten ihm, wobei wir blutige Spuren auf dem Steinboden hinterließen. Unsere einzige Lichtquelle war Renzos immer schwächer glimmende Fackel.

Endlich fanden wir einen weiten, von Felsblöcken umschlossenen Raum, wo wir rasten konnten. Hier verbanden wir uns gegenseitig die Wunden, und Dog versuchte wenig hilfreich, sie abzulecken.

»Und?«, sagte Khara, die gerade Renzos Unterarm umwickelte. »Raus zu den Vögeln oder rein in die Dunkelheit?«

»In die Dunkelheit«, riefen wir alle gleichzeitig.

»Na, das war ja eine leichte Entscheidung«, sagte Khara. Sie nahm Renzos schwelende Fackel, und weiter ging es in die kalte, endlose Schwärze hinein.

4

Braves Hündchen

Tiefer und tiefer drangen wir in die Höhle vor. Das Licht der Fackel war nur noch ein mattes Glimmen, und wir stolperten fast bei jedem Schritt. Zwar war Gamblers Sehvermögen bei Nacht viel besser als unseres, aber in absoluter Finsternis konnte auch er nichts erkennen. Wir versuchten, unser Fünkchen Licht am Leben zu halten, fanden aber als einzigen Brennstoff nur feuchtes Moos, das die Wände und den Boden überzog. In dem Moment, in dem die Fackel erlosch, würden wir unseren Weg ohne einen einzigen Lichtstrahl ertasten müssen.

»Ich habe das Gefühl, dass vor uns ein offener Raum liegt«, sagte Khara. »Die Luft ist hier anders.«

»Ja«, stimmte Gambler zu. »Aber so ohne Licht …«

Auch ich fand die Luft nicht mehr so stickig. Ich roch etwas Vertrautes und zugleich Befremdliches: Wasser. Nicht Salzwasser. Nicht klares Quellwasser. Nein, dieses Wasser verbreitete einen Geruch nach seltsamen Mineralien, nach Sumpf und Pilzen.

Ein letzter Funke stob von der Fackel auf, dann verlosch sie endgültig und stürzte uns in eine schwarze Leere. Ich hielt meine Hand ein paar Zentimeter vor mein Gesicht und sah – nichts.

Es war ein beklemmendes Gefühl, plötzlich komplett auf ein Sinnesorgan verzichten zu müssen.

»Ein bisschen kann ich sehen«, erklärte Gambler. »Halt dich

an meinem Schwanz fest, Byx. Alle anderen fassen sich an den Händen.«

Im Mondschneckentempo bewegten wir uns weiter, Hand in Hand oder eben Hand an Schwanz. Ungefähr zwei Stunden, wenn nicht länger, befanden wir uns an einem Ort ohne Zeit. Während wir uns zentimeterweise vorwärtsschoben, jammerten und stöhnten wir über unsere Verbände und Schmerzen – ein Versuch, uns von dem erdrückenden Grauen abzulenken, ohne den kleinsten Lichtschimmer tief unter der Erdoberfläche zu sein.

Als uns keine Klagen mehr einfielen, sang Tobble ein altes Lied von Riesen-Schlammwürmern, die eine immerwährende Angstquelle für Wobbyks in ihren unterirdischen Tunnelbauten darstellten.

Der Refrain passte auf gruselige Weise zu unserer Situation, und bald sangen wir alle mit:

Träumen die Wobbyks ohn' Argwohn und Leid,
kommt für den Schlammwurm die Essenszeit.
Dann nagt er an Schwänzen, an Ohren und Krallen,
Der Schlammwurm ist der Feind von uns allen!

»Hast du schon mal einen gesehen, Tobble?«, fragte ich.

»Ein Mal«, antwortete er. »Als ich noch klein war.« Ihn schauderte, und ich spürte, dass seine großen Ohren zitterten wie Blätter im Wind. »Und glaub mir, das eine Mal war mehr als genug. Sie sind riesig, glibberig und immer hungrig.«

Unsere Stimmen wurden allmählich heiser, da blieb Gambler plötzlich stehen. »Da vorn wird es heller!«, meldete er. »Dort muss es einen Weg ins Freie geben!«

Dass es heller wurde, war richtig, aber dass es sich um Sonnenlicht handelte, war ein Irrtum. Bald stellten wir fest, dass die Höhlenwände ein schwaches, gelblich schimmerndes Licht ausstrahlten. Das war uns nach der absoluten Dunkelheit mehr als willkommen.

Nach und nach gewöhnten sich unsere Augen an den Schein, und wir konnten immerhin so viel sehen, dass wir nicht mehr bei jedem zweiten Schritt stolperten. Auch das Gefühl von Weite nahm zu. Nach einer Kurve im Tunnel sahen wir vor uns einen Ring aus grünlich blauem Licht. Es kam uns strahlend hell vor, war aber wohl nicht heller als das Licht einer Mondsichel.

Der Tunnel endete gut dreißig Meter oberhalb einer großen Höhle. Wir blickten in ehrfürchtigem Staunen auf eine Szene, die jeder Vorstellung trotzte.

Die Höhle war nicht groß. Sie war auch nicht riesig. Sie war unermesslich.

Ganz Saguria, die königliche Hauptstadt von Nedarra, hätte in diesem weitläufigen Raum bequem Platz gefunden. Über uns wölbte sich eine unvorstellbar hohe Decke, die wie mit steinernen Speeren gespickt war. Der Höhlenboden hatte seine ganz eigene Beschaffenheit: Er war wie ein einziger Wald aus Steindolchen, die Spitzen nach oben gerichtet. Diese Hindernisse auf dem Boden bildeten einen Kreis um den ungewöhnlichsten Bestandteil der Höhle, einen See mit dunklem und völlig unbewegtem Wasser, das an poliertes schwarzes Glas erinnerte.

»Ich sehe Feuer«, sagte Renzo. »Drüben, über dem See, rechts. Kann sein, es sind sogar mehrere kleine Feuer.«

»Ja, ich rieche sie«, sagte ich schnuppernd.

Wir bewältigten den steilen Abstieg, dann machten wir uns auf einen beispiellosen und beschwerlichen Marsch. Der einzige Weg um den See führte durch die dicht stehenden, bizarr geformten Stalagmiten. Manche sahen aus wie gedrungene Bienenstöcke. Manche glichen Speeren von Rittern, glatt und zugespitzt. Andere erinnerten an riesige, zu grotesken Formen geschmolzene Kerzen.

Doch egal, wie sie aussahen, Wunden oder Prellungen konnten sie alle zufügen, und so kamen wir in unserem bereits geschwächten Zustand nur mühsam voran.

Als wir schließlich einen schmalen Uferstreifen aus schwarzem Sand erreichten, sanken wir endgültig zu Boden.

»Sollen wir etwas Brennbares suchen und sehen, ob wir ein Feuer in Gang bringen?«, fragte Tobble und untersuchte dabei den blutigen Verband an seinem linken Fuß.

Khara schüttelte den Kopf. »Nein. Nicht bevor wir herausgefunden haben, von wem oder was diese Feuer am anderen Seeufer stammen.«

»Braucht jemand einen neuen Verband?«, fragte ich.

Unser Vorrat an Stoffstreifen war restlos erschöpft, und wir hatten zum Verbinden unserer Wunden nichts anderes mehr als ein paar streng riechende Lammintblätter, die ich unterwegs gesammelt hatte. Es heißt, Lammintblätter haben heilende Wirkung, doch bei den zahllosen oberflächlichen Schnittwunden von den Vögeln und den vielen Kratz- und Schürfwunden von den Stalagmiten war eine Behandlung fast aussichtslos. Mein ganzer Körper war ein einziger höllisch brennender blauer Fleck.

Ich zerbröselte ein paar Lammintblätter und gab sie meinen Freunden, die sie auf ihre in der Höhle neu zugefügten Wunden drückten.

»Es tut mir so leid«, sagte ich.

»Was denn?«, fragte Renzo.

Ich deutete auf den Verband an seinem Arm. »Das da.« Und mit einer weit ausholenden Handbewegung: »Das alles. Wenn ich nicht wäre, hättet ihr jetzt gar keine Verletzungen.«

»Byx«, sagte Renzo und sah mich eindringlich an. »So darfst du nicht reden. In dieser Sache stecken wir gemeinsam drin. Wir alle zusammen.«

»Renzo hat recht. Wir haben diese Aufgabe gemeinsam auf uns genommen. Und wenn noch Dalkins leben, Byx«, sagte Khara, »werden wir sie finden.«

Ich nickte. Aber das Gefühl von Verantwortung ließ sich schwer abschütteln. Da saßen wir nun mitten im Nirgendwo, blutend und verdreckt, nur weil ich glaubte, einen anderen Dalkin gesehen zu haben. Wegen eines flüchtigen Blicks, der mein Herz hatte hüpfen lassen, waren meine neuen Freunde bereit, jede Gefahr auf sich zu nehmen.

Ich hatte mich mit der Zeit daran gewöhnt, schwere Entscheidungen zu treffen. Aber schwere Entscheidungen fallen leichter, wenn nicht die Freunde davon betroffen sind. Und das Schlimmste war: Selbst wenn wir andere Dalkins fanden, konnten wir nicht sicher sein, ob wir je gefahrlos in unsere Heimat würden zurückkehren können. Der Murdano jedenfalls hatte im Moment keine große Freude an uns. Wahrscheinlich wäre er sogar heilfroh, uns alle tot zu sehen.

Er hatte uns damals mit dem Auftrag losgeschickt, Dalkins zu suchen – in der Absicht, ein paar von ihnen zu fangen und den Rest zu töten.

Der Murdano hatte seine Gründe, so niederträchtig sie auch

sein mochten. Weil Dalkins sofort merken, wenn jemand lügt, können sie für Machthaber sehr nützlich sein. Andererseits könnten zu viele Dalkins für einen wie den Murdano eine echte Bedrohung darstellen. Die Wahrheit kann eine gefährliche Angelegenheit sein. Besonders für einen Lügner.

Unser Rudelführer Dalyntor hat oft gesagt, diese besondere Fähigkeit der Dalkins ist unsere »beschwerliche Gabe«.

Wir hatten damals natürlich beschlossen, den Auftrag des Murdano nicht zu befolgen. Und soweit wir wussten, wurden wir inzwischen längst von den grausamen Soldaten des Despoten verfolgt.

Ich seufzte, lauter als beabsichtigt, und schon kam Dog mit hängender Zunge und heftig wedelndem Schwanz angetrabt. Sein Fell hatte lauter blutige Streifen, trotzdem schien er ausgelassen wie immer.

»Er will sich nur überzeugen, dass es dir gut geht«, erklärte Renzo, der aus unerfindlichen Gründen immer meint, Dog könne nie etwas falsch machen.

Ich brachte ein nachsichtiges Lächeln zustande. Was Hunde angeht, habe ich gemischte Gefühle.

Ich weiß, das ist falsch. Meine Eltern haben mir beigebracht, allen Lebewesen mit Respekt zu begegnen. Aber lasst mich der Ordnung halber eines richtigstellen: Ich bin *kein* Hund.

Leider werde ich regelmäßig mit einem verwechselt. Viel zu viele Fremde streicheln meinen Kopf und säuseln: »Braves Hündchen.« (Menschen sind ganz sicher nicht die aufmerksamsten Lebewesen. Es ist doch unübersehbar, dass ich kein »Hündchen« bin, weder ein braves noch sonst irgendeins.)

Erstens haben wir Dalkins Gleitflügel, dünne Hautfalten, die es uns erlauben, wie Fledermäuse durch die Luft zu gleiten. Keine langen Strecken leider. Aber hoch über der Welt dahinzusegeln – wenn auch nur für ein paar Sekunden –, ist ein Vergnügen, das ein gewöhnlicher Hund nie erleben wird.

Zweitens haben wir Hände mit voll beweglichen Daumen. Sie sind mindestens so geschickt wie Menschenhände. Und tapsigen, unzuverlässigen Pfoten allemal weit überlegen.

Dazu kommt, dass wir uns gewandt in der Sprache der Menschen auszudrücken verstehen, und zwar besser, als manche Menschen das können. Wenn dagegen ein Hund mit Menschen kommunizieren will, sind seine Mittel beschränkt. Im Grunde genommen hat er wahlweise nur drei Entscheidungsmöglichkeiten: bellen, betteln oder beißen.

Und einen weiteren Vorteil gibt es, ein Dalkin zu sein. Anders als Hunde haben wir am Bauch einen Hautsack, einen Beutel also, der praktisch zum Verstauen von allerlei Dingen ist. Früher habe ich kleine Schätze darin aufbewahrt: einen glitzernden Sonnenstein, einen Ball zum Spielen mit meinen Rudelgefährten. In letzter Zeit enthält er nur wenige Dinge, darunter eine Landkarte, deren schwaches Gekritzel vielleicht über mein Schicksal bestimmen wird – oder auch nicht.

Aber das ist immer noch nicht alles. Wir Dalkins sind nicht nur besser ausgestattet als Hunde, wir benehmen uns auch besser.

Wir geraten beim Anblick eines Zebrahörnchens nicht völlig aus dem Häuschen.

Wir wälzen uns nicht in erniedrigender Weise auf dem Rücken, nur damit uns jemand den Bauch krault.

Wir schnüffeln nicht unhöflich an den Hinterteilen von Vorübergehenden.

Kurz, Hunde haben keine Manieren. Und doch scheint es in jedem Dorf von Hunden aller Gestalten und Größen zu wimmeln. Manche sind massig wie Steinwölfe, manche nicht viel größer als gut genährte Mäuse.

So viele Hunde gibt es.

Und so wenige Dalkins.

Mein Vater, möge sein Herz strahlen wie die Sonne, hatte noch einen anderen Lieblingsspruch: »Ein Dalkin allein ist so gut wie nichts.«

Er meinte damit, dass für die Art der Dalkins das Rudel alles bedeutet. Ohne die Rudelgenossen zu sein heißt aufhören, nach unserer Bestimmung zu leben.

Ich habe immer gestöhnt über die Redensarten meines Vaters. Alle meine Geschwister taten das. Doch jetzt würde ich alles darum geben, ihn noch ein einziges Mal sprechen zu hören. Oh, noch einmal meinen Namen aus seinem Mund zu hören!

Aber das wird nie mehr geschehen. Ich werde mein Rudel nie wiedersehen oder meine Familie. Obwohl ich mich an die Hoffnung klammere wie an eine unruhig brennende Fackel in einer dunklen Höhle, ahne ich doch, dass ich wohl nie wieder einen Dalkin sehen werde, egal, wie weit wir wandern, meine Freunde und ich. Egal, wie gründlich wir suchen.

Ich sah zu, wie Dog meine Hand leckte und sie dabei mit einer unappetitlichen Sabberschicht überzog. »Bist ein braves Hündchen«, sagte ich, und schon geriet sein Schwanz wieder in fieberhafte Bewegung.

Ich denke, so übel sind sie nicht, die Hunde.

Und ich brauche jeden Freund, den ich bekommen kann.

5

Ein Felijaga hat Angst

Nach einer viel zu kurzen Rast stand Khara auf und streckte sich.

»Lasst uns weitergehen«, sagte sie, und mit unwilligem Ächzen und Stöhnen setzten wir uns wieder in Marsch. Nach ungefähr zehn Minuten endete der Uferstreifen vor einer Felswand, die bis zur Decke der Höhle reichte und uns den Weg versperrte.

Mein Mut sank. Es gab kein Weiterkommen.

»Uh-oh«, murmelte Tobble.

Ich ertappte mich, wie ich mir Schreckensbilder ausmalte, nach denen wir fünf jämmerlich durch Stalagmitenwälder wanderten, bis wir vor Hunger starben.

»Ich geh mal nachsehen«, bot Renzo an.

Er watete ins Wasser und hielt sich dabei dicht an der Felswand. Als ihm das Wasser bis zur Taille reichte, drehte er sich zu uns um und rief: »Hier ist unter dem Wasser ein Vorsprung in der Felswand. Vielleicht könnten wir darauf um den See bis zur anderen Seite kommen.«

»Tobble«, sagte Khara, »du kannst auf meine Schultern klettern.« Sie ging in die Knie, und Tobble sprang hinauf.

»Komm her, Byx«, drängte Renzo. »Zeit für einen Huckepacktransport.«

Ich sah zu Gambler hin. Er lief auf und ab und starrte auf das Wasser.

»Was ist los, Gambler?«, fragte ich.

»Wasser – das ist los«, grummelte er. »Ein Bach oder eine Pfütze, das macht einem Felijaga nichts aus. Wir können schwimmen, egal, was die Leute reden. Aber große Wasserflächen? Da weiß man nie, was vielleicht unter der Oberfläche lauert.«

»Du bist zu groß, um getragen zu werden«, sagte Khara vorsichtig.

»Weiß ich selber!« So gereizt hatte ich Gambler noch nie erlebt. »Weiß ich doch. Ich weiß auch, dass ich das schaffen muss.«

Ungläubig und mit gerunzelter Stirn sah ich Gambler an. »Du hast Angst?«, sagte ich.

Der Gedanke schien absurd, und meine Frage war als Scherz gemeint. Gambler war für mich der Inbegriff von Mut. Ein Felijaga, der ganz allein einen mörderischen Feuerritter angegriffen und den Kampf überlebt hatte. Er konnte davon erzählen.

»Angst doch nicht!«, fauchte Gambler. »Nur … ich mag eben kein Wasser.«

»Ich gehe zuerst«, sagte Khara. »Sollten irgendwelche Wesen unter Wasser Appetit auf Fleisch haben, werde ich ihnen Tobble überlassen.«

»He!«, protestierte Tobble.

»War doch nur Spaß«, sagte Khara und zwinkerte mir zu.

Aber dass sie als Erste gehen würde, war nicht als Spaß gemeint. »Es ist eiskalt!«, schimpfte sie beim ersten Schritt ins Wasser. Vorsichtig ging sie weiter, tiefer und tiefer, bis sie den Vorsprung unter Wasser fand und sich langsam darauf weiterbewegte. Mit einer Hand hielt sie sich an der Felswand fest, die andere benutzte sie zum Balancieren. Mit Tobble auf der Schulter sah sie aus wie ein Mensch, dem ein komischer zweiter Kopf gewachsen war.

Als die Felswand einen Bogen machte, gerieten Khara und Tobble außer Sicht, doch nach ein paar Minuten rief sie: »Alles gut!«

»Spring auf, Byx«, sagte Renzo und bückte sich ein bisschen.

Ich schüttelte den Kopf. »Danke, aber ich reite auf Gamblers Rücken. Das hab ich schon mal gemacht.«

Ich wollte nicht zu deutlich sagen, dass Gambler Unterstützung brauchte. Felijagas sind die größten Einzelgänger aller Arten, und mir war klar, dass Gambler nicht zu den Geschöpfen gehörte, die gern Hilfe annehmen. Aber ich wollte helfen, wenn ich konnte.

Renzo verstand den Fingerzeig, nickte und ging Khara nach.

»Jetzt sind wir an der Reihe, Gambler«, sagte ich.

Gambler schoss mir einen funkelnden Blick zu, der mich früher vor Schreck hätte tot umfallen lassen. Aber inzwischen wusste ich, dass ich nichts zu fürchten hatte.

Ich sprang auf seinen starken Rücken. »Also los.«

Natürlich konnte Gambler nicht auf dem Felsenvorsprung balancieren. Er musste schwimmen.

Er drehte seinen riesigen Kopf hin und her und sah mich an. Dann ließ er sich ins Wasser gleiten, lautlos wie ein Falke durch die Wolken.

Wir bewegten uns scheinbar ohne Anstrengung voran. Weil ich aber schon einmal auf seinem Rücken geritten war, spürte ich Gamblers Angst. Seine Muskeln waren angespannt, sein Atem ging gehetzt.

Ich wunderte mich über ihn. Er war ein Kraftbündel, er war

mächtig und klug und bestimmt der Letzte, gegen den man hätte kämpfen wollen.

War es möglich, dass selbst er Angst haben konnte so wie ich?

Wir stiegen schließlich auf einer weiten Fläche aus Schiefergestein aus dem Wasser. Ich sprang von Gamblers Rücken, damit er sich trockenschütteln konnte.

»Danke fürs Mitnehmen, Freund Felijaga.«

Gambler grinste und versuchte, ein ärgerliches Gesicht zu machen, aber sein Stolz war unübersehbar. Er hatte es geschafft. Einen Augenblick später nickte er mir sogar ein bisschen zu – fast wie zur Anerkennung für meine hilfreiche Unterstützung.

Die anderen warteten, durchnässt und fröstelnd. »Sieht eindeutig aus wie ein Dorf«, sagte Renzo, während er forschend zu zwei verschiedenen Feuern hinsah.

»Ich glaube, ich sehe ... ich weiß nicht ... Menschen sind es nicht, aber etwas bewegt sich da bei den Feuern.« Khara seufzte und warf mir einen besorgten Blick zu. »Was meinst du, Byx? Sieht so aus, als haben wir nur zwei Möglichkeiten: zurück, woher wir gekommen sind, oder hin zu diesen Wesen, was immer das für welche sind.«

Ich war sicher, dass Gambler sich bestimmt nicht darum reißen würde zurückzuschwimmen. Noch einmal die Felsenklippen bezwingen und eine Begegnung mit den Vögeln riskieren – falls wir überhaupt den Weg durch die Finsternis finden würden –, das wollte keiner von uns.

»Lasst uns rausfinden, wer sie sind«, sagte ich, wobei ich vermutlich sicherer klang, als ich mich fühlte.

Das Schiefergestein war rutschig und stellenweise von dunklem bläulichem Moos überzogen, doch im Vergleich zu vielem, was wir schon durchgemacht hatten, war es wie ein Spaziergang auf einer Wiese.

Wir waren vielleicht noch eine Viertelmeile von der Ortschaft entfernt, als uns ein schriller Alarmton in die Ohren drang.

Brrreeeet! Brrreeeet!

Es war eine Art Horn. Zwei Alarmzeichen, dann nichts mehr.

Wir sahen uns an, abwartend, unsicher, was wir tun sollten. Noch ehe wir einen Entschluss fassen konnten, erhob sich eine Gischtwolke aus dem See neben uns.

Ein Dutzend oder mehr Geschöpfe kamen aus dem Wasser geschnellt, und zwar derart kraftvoll, dass sie ein Stück durch die Luft flogen, bevor sie sich schließlich in einer Reihe zwischen uns und dem Dorf niederließen.

Ich wusste, was das für Wesen waren. Wir alle wussten es.

»Natintjes!«, rief ich.

6

Lar Camissa

Natintjes sind eine der großen Hauptarten von Nedarra, aber man findet sie auch in anderen Ländern. Sie kommen in einer Vielzahl verschiedener Farben, Größen und Körperformen vor. Obwohl wir das wussten, schienen uns diese Geschöpfe hier doch äußerst ungewöhnliche Natintjes zu sein.

Normalerweise tendieren Natintjes zu Blau- und Grünschattierungen, diese hier waren jedoch farblos. Ihre Haut wirkte glatt und transparent, darunter waren ihre Arterien und Venen sichtbar. Sogar ihre inneren Organe sah ich kurz.

Wie die meisten Natintjes konnten auch diese im Wasser atmen, sie besaßen mehrere Kiemen. Doch ihr erstaunlichstes Merkmal außer dem durchscheinenden Körper waren ihre enorm großen Augen. Golden schimmernd mit einer ovalen schwarzen Iris, waren sie fast so groß wie der ganze Kopf der Natintjes. Auf stummelartigen, aber beweglichen Stängeln, die hinter ihren Kieferknochen aufragten, saß ein zweites Augenpaar. Es leuchtete unheimlich und ließ ein grünliches Licht um die Köpfe dieser Natintjes wabern.

Mich schauderte. Es war die gleiche Reaktion wie damals, als ich zum ersten Mal einen Natintje gesehen hatte, doch war mir jener im Vergleich mit diesen hier harmlos erschienen. Die Natintjes hier ließen eher an magische Wesen denken als an Geschöpfe aus Fleisch und Blut.

Sie waren außerdem mit merkwürdigen Dingen bewaffnet. Ich sah Steinäxte, Messer aus Flintstein und primitive, aber bedrohlich wirkende Speere, dazu Morgensterne: Stricke, auf die man Steine wie Riesenperlen gefädelt hatte.

Khara hob die Hände, Handflächen nach außen, um zu zeigen, dass sie unbewaffnet war. Tobble, Renzo und ich taten es ihr nach. Gambler konnte die Geste natürlich nicht nachahmen, er entschied sich für die Felijaga-Version: leicht gesenkter Kopf und eingezogene Krallen.

»Wir haben nichts Böses gegen euch im Sinn«, sagte Khara.

Die Natintjes sagten nichts. Sie hatten sich wie eine feuchte Mauer zwischen uns und dem Dorf aufgebaut, das aus zwanzig oder dreißig Steinhütten ohne Dächer bestand.

Ich warf einen raschen Blick über die Ansiedlung. Jede der Hütten ragte zum Teil ins Wasser hinein, und es gab steinerne Stege, auf denen weitere Hütten standen. Das war nicht verwunderlich, da Natintjes Wasserlebewesen sind, die sich aber auch an Land bewegen können. Auf der am weitesten vom Wasser entfernten Seite des Dorfes sah ich innerhalb einer steinernen Umzäunung ein Dutzend weiße Nacktschnecken – groß wie Ponys.

Mich schauderte schon wieder.

»Hört mich bitte an«, rief Khara. »Wir haben uns verirrt, wir wollen euch nichts Böses.«

Schweigen bei den Natintjes, aber ich hatte etwas bemerkt. »Ich glaube, da kommt gerade so was wie ein Dorfältester«, flüsterte ich.

Von der Siedlung her näherte sich eine Gruppe von sechs Natintjes. Einer von ihnen saß in gebieterischer Haltung auf einer riesigen, sanft sich wellenden Nacktschnecke. An einem anderen Ort und zu einer anderen Zeit wäre das vielleicht ein komischer Anblick gewesen. Ich spürte aber, dass unser Leben in den Händen dieses Natintjes lag. Lachen war das Letzte, wonach mir jetzt der Sinn stand.

Als die Gruppe herangekommen war, erklärte Khara nochmals, dass wir uns verirrt hätten, dass wir nur auf der Durchreise wären und nichts Böses im Schilde führten.

Einer der soeben angekommenen Natintjes ergriff das Wort. Er sprach im allgemein üblichen Dialekt, wenn auch mit starkem Akzent.

»Erhebet eure Blicke auf Lar Camissa, Königin aller Natintjes von Subdur, Beschützerin des Heiligen Wassers, Entfacherin des Feuers. Lar Camissa, die Unbesiegte. Lar Camissa, die Mächtige. Lar Camissa, unser aller Mutter. Lar Camissa …«

Die Lobpreisungen und das Aufzählen der Titel gingen noch lange weiter, und es schienen sehr viele zu sein für ein Wesen, das sich von einer Nacktschnecke um das Ufer eines unterirdischen Sees tragen ließ. Doch Khara wartete geduldig, bis der Vortrag zu Ende war, ehe sie sprach. »Ich bin Kharassande Donati, ein einfaches Mädchen, das vor Gefahren flieht und nur Frieden sucht. Das hier sind meine Gefährten: Gambler, Renzo, Tobble und Byx.«

Da ergriff schließlich Lar Camissa, die Vielgepriesene, das Wort. »Verlasst augenblicklich mein Herrschaftsgebiet, oder ihr seid des Todes.«

Es war eine Drohung, doch meine erste Reaktion war nicht Angst, sondern Staunen. Lar Camissa hatte eine wunderbar melodische Stimme, in der eine Vielfalt von Klängen schwang – ihre

Worte hörten sich an wie das Zusammenspiel Dutzender Instrumente.

»Es ist unser sehnlichster Wunsch, euer Gebiet zu verlassen …«, fing Khara an.

»Du willst uns beleidigen?«, unterbrach Lar Camissa herrisch.

Mit einigem Unbehagen stellte ich fest, dass Lar Camissa – anders als die gewöhnlichen Natintjes mit den auffallend schimmernden Extraaugen – mindestens vier Augen mehr besaß: Zwei leuchteten auf der Unterseite ihres Halses und zwei auf Fühlern neben ihren Schultern.

»Nein, Majestät«, sagte Khara. »Ich meinte bloß …«

»Ist mein Reich so armselig, so wertlos, dass ihr hierherkommt, um uns zu erniedrigen?« Was sie da von sich gab, musste wohl »Sprechen« genannt werden, doch erinnerte es mehr an Singen und mehr noch an harmonisches Lauten- und Harfenspiel.

»Eure Majestät, wir sind weder eine Bedrohung, noch wollen wir …«

»Bedrohung?«, trillerte Lar Camissa. Feindselig blitzten ihre Lakaien uns an und griffen nach ihren Waffen. »Ihr erdreistet euch zu behaupten, ihr hättet die Macht, mir zu drohen?« Ihr musikalischer Sprechgesang nahm jetzt Misstöne an.

»Eine Drohung wurde weder ausgesprochen noch angedeutet«, sagte Khara, die sichtlich ihre Ungeduld unterdrücken musste.

So ging es noch eine Weile hin und her. Was immer Khara sagte, verkehrte Lar Camissa in eine Beleidigung oder eine Drohung. Wieder und wieder.

Kharas Gesichtsausdruck wurde allmählich ungehalten.

»Große Königin«, mischte ich mich trotz Kharas wütendem Blick ins Gespräch. »Ich heiße Byx, und ich bin ein Dalkin. Mein

Volk ist bekannt für die Fähigkeit, zuverlässig die Wahrheit von der Lüge zu trennen. Ich kann bestätigen, dass meine Freundin Khara die Wahrheit spricht.«

»Ein Dalkin?« Lar Camissa schien beeindruckt. »Ich habe Berichte über deinesgleichen gehört. Hmm.« Sie legte ihren merkwürdigen Kopf schräg und wackelte nachdenklich mit den Fühlern. »Wir sind neugierig. Kommt. Gesellt euch mit uns zu einem königlichen Mahl.«

Wir wechselten zweifelnde Blicke, unsicher, ob wir erleichtert oder erschrocken sein sollten über diesen plötzlichen Sinneswandel.

Im Nu hatten die Natintjeswächter ein Ehrengeleit gebildet, und Lar Camissa spornte ihr abscheuliches Reittier an. Mit ihrer klangvoll vibrierenden Stimme forderte sie Khara auf, neben ihr zu gehen.

Wir Übrigen schlossen uns an und ließen dabei unsere Blicke über den sonderbaren Schauplatz wandern. Das Dorf der Natintjes war ganz anders als erwartet. Wir hatten geglaubt, schlichte, auf dem Schiefergrund stehende Steinhütten zu sehen. Als wir jetzt aber daran vorbeikamen, stellten wir fest, dass wir nur den von außen sichtbaren Teil des Dorfes gesehen hatten. Der größte Teil lag nämlich unter Wasser.

Im Zentrum jeder Hütte gab es ein Becken, das einen Zugang zum See hatte. Die »Hütten« waren mehr Brunnen als Häuser.

Aber leer waren sie nicht. In jeder Hütte gab es einen Trockenbereich, wo ein Natintje sitzen oder liegen konnte. Und meinen unerfahrenen Augen schien es sogar, als wären die Steinwände mit Kunstwerken geschmückt: mit kleinen Wandteppichen aus Flechten und Moos.

Lar Camissas Steinhütte war doppelt so groß wie die meisten anderen. Wir betraten sie, indem wir außen eine Leiter hinaufkletterten und innen über glitschige, in die Wand eingelassene Treppenstufen hinabstiegen. Ein imposantes Becken mit schwarzem Wasser nahm den zentralen Raum der Hütte ein. Trotzdem war der trockene Bereich um den Beckenrand groß genug, dass wir alle einen Platz zum Sitzen fanden.

Lar Camissa thronte auf einem Steinsitz, während wir uns auf dem Schieferboden niederließen. Ein Natintje tauchte mit zwei großen blauen Muschelschalen auf, in denen Wasser war.

»Trinkt mit uns und seid willkommen«, sagte Lar Camissa freundlich lächelnd.

Meine Freunde und ich nickten zögernd. Noch klangen uns die vorangegangenen Drohungen der Königin in den Ohren.

Sie nahm eine der Muschelschalen. Die zweite reichten wir untereinander weiter und probierten jeder einen zaghaften Schluck. Das Wasser schmeckte köstlich und ungewohnt, war kalt wie Eis und klar wie frische Luft – es schmeckte wie die erste Schneeflocke des Winters auf der Zungenspitze.

Nachdem das Wassertrinken erledigt war – ich hätte gern mehr getrunken –, lauschten wir Lar Camissas Erzählung von dem kriegerischen Zwist, der zwischen ihrem Volk, den Subdur-Natintjes und einem anderen Natintjes-Volk entstanden war. Die Subdur-Natintjes mussten damals um ihr Leben bangen. Sie waren ins Exil geflüchtet und hatten diesen wunderbaren Ort mit Leben spendendem Wasser gefunden.

Während sie sprach, tauchten Diener aus dem Wasser auf und servierten uns farblosen rohen Fisch und gekochten Seetang. Khara zuckte vor beidem zurück, schaffte es aber, ein paar Bissen hinunterzuwürgen und sogar ein zittriges Lächeln dabei zu zeigen. Tobble aß stillvergnügt den Seetang. Renzo verschlang sein Essen mit großem Appetit, als hätte man sein Lieblingsgericht aufgetischt.

Ich war nicht gerade versessen auf rohen Fisch. Aber unser kleines Dalkinrudel hatte so oft Hunger gelitten, dass wir gelernt hatten zu essen, was und wann immer wir konnten.

»Nun berichte mir, warum ihr hier seid und was ihr von uns wollt«, sagte Lar Camissa, während sie weitermampfte. Anscheinend war es für Natintjes normal, beim Essen zu reden. Sie sah mich kurz an und fügte hinzu: »Der Dalkin wird bestätigen, ob du die Wahrheit sprichst.«

»Wir waren gerade auf dem Weg über den Gebirgspass, da wurden wir von Messermöwen angegriffen«, erklärte Khara. »Wir flüchteten uns in eine Höhle und gelangten schließlich in das Reich Eurer Majestät.«

»Das ist richtig«, fiel ich ein. »Ihr könnt noch die Wunden sehen, die wir …«

Ich schnappte nach Luft. Ich hatte meinen Arm ausgestreckt und wollte eine meiner brennenden Schnittwunden vorzeigen, doch da war nichts mehr. War es vielleicht der andere Arm gewesen?

Ich tastete über die Wunden, an die ich mich erinnerte. Sie waren alle verschwunden.

Die Subdur-Königin lachte – es klang wie Flötenspiel. »Ihr habt vom Wasser getrunken. Es beschleunigt die Heilung.« Sie machte ein listiges Gesicht. »Warum, meint ihr, leben wir im Verborgenen? Falls das Geheimnis des Wassers bekannt wird, würde alle Welt kommen und beanspruchen, was uns gehört.«

Augenblicklich änderte sich die Stimmung. Spannung lag in der Luft. Gamblers Schwanz zuckte. Renzo versteifte sich.

»Was mich auf eure Angelegenheit bringt. Wie können wir sicher sein, dass ihr der Welt nicht unser Geheimnis verratet?«, wollte Lar Camissa wissen. »Und allen den Weg zu uns zeigt?«

Khara schien überrumpelt, und für einen Moment verfielen wir in Schweigen.

Es war Renzo, der das Wort ergriff. »Wir kennen nur den einen Weg in diese Höhle, Große Königin. Wenn Ihr die Öffnung versiegeln lasst, kennen wir keinen mehr. Und beim Verlassen Eures Reichs könnt Ihr uns die Augen verbinden, während Ihr uns hinausführen lasst.«

Es war die Art von Lösung, wie sie nur einem schlauen Dieb einfallen kann.

Nachdenklich betrachtete ihn die durchsichtige Königin, dann wandte sie sich zu uns und streifte mit prüfenden Blicken ein Gesicht nach dem anderen. »Das ist annehmbar«, sagte sie schließlich. »Aber vorher müsst ihr etwas für uns erledigen, etwas, das wir nicht selbst tun können.«

»Was das wohl für eine miese Sache ist?«, wisperte Tobble neben mir.

Sie erklärte es uns, und so bekamen wir unsere Antwort.

7

Der Auftrag der Königin

Ich bin schon auf Pferden geritten. Ich bin sogar schon mal kurz auf einem in Panik fliehenden Garilan geritten – einem sechsbeinigen Herdentier mit purpurrotem Körper, goldfarbenem Schwanz und einem unglaublich langen Hals.

Beides ist mir nicht leichtgefallen. Wir Dalkins vertrauen unseren Füßen (oder im Notfall unseren Gleitflügeln).

So kam es, dass ich nur mit größtem Unbehagen und mit der Hilfestellung eines Natintjes auf einem schleimigen weißen Nacktschnecken-Pony zu sitzen kam. Das Pony war größer als ein Pferd, obwohl sich sein Kopf nur knapp über dem Boden befand – soweit man bei einer Muskelröhre, die sich abwechselnd zusammenzieht und entspannt, von Kopf sprechen kann.

Um rittlings auf dieses Geschöpf zu kommen, musste ich trotz der Hilfe des Natintjes noch klettern. Ich grub meine Finger und Zehen in etwas, das sich wie kaltes Gelee anfühlte, kämpfte mich hinauf, und schon war meine ganze Vorderseite von einer Schleimschicht überzogen.

Es war nicht mein Lieblingsreittier. So ohne Sattel kam ich mir vor, als säße ich rittlings in einer Pfütze aus Glibberzeug. Die Nacktschnecke bewegte sich in rhythmischen Stößen, von denen mir schlecht wurde.

Andererseits schienen diese Ponys von unerschütterlicher Ruhe.

Sie wichen nicht vom Weg ab, gerieten nicht in Panik und schoben sich gleichmäßig und schleimtriefend weiter.

Lar Camissa, die uns nicht begleitete, hatte uns drei Führer mitgegeben, von denen der eine, Daf Hantch, von hohem Rang zu sein schien. Er war mürrisch und schweigsam, und seine Stimme hatte nichts von Lar Camissas melodischem Klang.

Wir ritten um den See herum und bogen dann in einen Seitentunnel ein, der stetig abwärtsführte. Je weiter wir kamen, desto mehr stieg die Lufttemperatur. Bald wirkten unsere Begleiter auf ihren Reittieren so erschöpft, als würden wir uns unter sengender Sonne durch eine Wüste bewegen.

In der Nähe des Sees hatte uns das phosphoreszierende Leuchten den Weg gewiesen, doch in den Tiefen des Tunnels kam das einzige Licht von den schimmernden Augen unserer Natintjes-Führer.

»Möchte wissen, ob wir denen trauen können«, murmelte Gambler, während er neben uns hertrabte. »Die können uns doch sonst wohin führen und dann in der schwärzesten Finsternis stehen lassen.«

Nach einer Weile nahm ich vor uns ein neues Licht wahr, einen sanft orangefarbenen Schein, der umso heller zu werden schien, je mehr die Temperatur anstieg. Unsere Führer rangen nach Luft, und die Nacktschnecken-Ponys schleimten sich immer langsamer voran. Es war warm, vielleicht so wie an einem milden Frühlingstag. Trotzdem bedeutete die Temperatur für die Natintjes und unsere Reittiere offenbar eine große Belastung.

Wir kamen um eine scharfe Kurve. Die Steinwände, die rau und tropfnass vor Feuchtigkeit gewesen waren, ragten hier trocken und glatt in die Höhe.

Daf Hantch befahl zu halten. »Weiter können wir nicht«, keuchte er.

Khara rutschte von ihrem schleimigen Reittier, und glücklich folgte ich ihrem Beispiel. »Dann solltet ihr uns jetzt besser die Forderung eurer Königin erklären«, sagte sie. »Was genau sind das für Sachen, die wir für sie wiederbeschaffen sollen?«

Daf Hantch holte tief Luft. »Als wir damals den Verfolgern entflohen und beschlossen, unter der Erde zu leben, nahmen wir unsere heiligsten Dinge mit uns: die Krone, den Schild und das Auge. Das erste, die Krone von Beleeka, war ein Zeichen von Lar Camissas edler Geburt. Das zweite, ein weniger wichtiger, aber dennoch verehrter Gegenstand, war der Ganglid-Schild. Schließlich das Auge, ein Spielzeug ohne besondere Bedeutung, abgesehen von der Tatsache, dass es ein Geschenk aus der Kindheit der Königin war, das sie von ihrer Mutter bekommen hatte.«

Khara verschränkte die Arme vor der Brust. »Und?«

»Kurz nach unserer Ankunft hier versuchten abtrünnige Soldaten der Königin, sich heimlich mit den Schätzen davonzumachen. Während sie flohen, kam es zu einem gewaltigen Vulkanausbruch. Kein Zweifel, die Götter waren zornig über diesen Treuebruch.«

»Kein Zweifel«, sagte Khara, und Renzo verkniff sich ein Lächeln.

»Die Soldaten wurden unter Magma begraben, und die so hoch gehüteten Gegenstände waren für uns verloren.«

»Und wir sollen sie nun zurückholen?«, fragte Khara.

Daf Hantch nickte. »Wenn ihr weitergeht, stoßt ihr auf einen Bach und Rinnsale, auf Pfützen und Wasserbecken, dort warten

Gefahr und Hoffnung. Am Grund des letzten Beckens liegen jene drei heiligen Gegenstände.«

Khara sah mich kurz an, und ich schüttelte unauffällig den Kopf. Er sagte nicht die ganze Wahrheit, er ließ Einzelheiten weg, um mich zu überlisten, mich in die Irre zu führen.

»Wenn wir euch diese Gegenstände bringen, dann lasst ihr uns ungehindert gehen?«, fragte Khara.

»So hat es die Königin gesagt.«

Nein, genau genommen hatte sie das nicht getan. Sie hatte kein Versprechen gegeben, nur eine Forderung gestellt. Auch hier antwortete Daf Hantch ausweichend.

Das musste ich Khara nicht erst sagen. Trotzdem nickte sie, als würde sie dem alten Schwindler glauben.

»Wir warten hier«, sagte Daf Hantch, noch immer um Atem ringend. »Es gibt keinen anderen Weg hinein oder hinaus.« Er zuckte zurück, während er das sagte, und schoss mir einen Blick zu – und ich tat, als hätte ich weder diesen Blick gesehen noch diese neue Lüge gehört.

Sollte er ruhig denken, dass wir ihm glaubten.

Wir ließen die Natintjes und unsere Nacktschnecken-Ponys zurück und gingen zu Fuß weiter. Inzwischen war es selbst für uns heiß – heiß wie an einem Mittag im Sommer – nicht unerträglich, aber angenehm auch nicht. Der Lichtschein wurde immer intensiver, und bald erkannten wir die Ursache.

Vor uns lag eine große Höhle, die von Strömen aus Magma durchkreuzt wurde. Aber das war nicht das Schlimmste. Auch vom Höhlendach sickerte Magma in zäh fallenden Tropfen, so heiß, dass sie durch Kleidung und Haut brannten. Unser Ziel lag am Ende einer Strecke von hundert Metern, auf die ständig die tödlichen Tropfen fielen. Die Felswand ragte an dieser Stelle so weit in die Höhe, dass sich ihr oberes Ende in der Finsternis verlor.

Am Fuß dieser Wand war ein rechteckiges, von Steinen umgebenes Wasserbecken. Durch eine Rinne in der hohen Felswand bahnte sich ein kleiner Wasserlauf seinen Weg, der das Becken immer wieder füllte und dabei eine Dampfsäule aufsteigen ließ. Was überlief, wand sich zwischen Magmaströmen hin, dampfend auf ganzer Länge und kochend, wo das Wasser dem Magma zu nahe kam.

Zwischen uns und dem Becken, das wir zu erreichen hofften, klatschten große Tropfen von geschmolzenem Gestein herab, ein dampfendes Netz von Rinnsalen aus Magma lag über einem verkrusteten schwarzen Boden.

Ich schluckte. Die anderen wohl auch.

»Denken diese Natintjes, wir sind unempfindlich gegen glühende Lava?«, sagte Khara ungläubig lachend. »Wir können da nicht rüber!«

Renzo dagegen prüfte die Lage. Ich beobachtete ihn, wie er den Raum gründlich absuchte, von links nach rechts, von oben nach unten. Keine Einzelheit schien ihm zu entgehen. Er ließ sich Zeit, nickte bei seinen Überlegungen vor sich hin und ignorierte unsere ungeduldigen skeptischen Rufe.

Endlich sagte er: »Ich schaffe das.«

»*Was* schaffst du?«, fragte Khara.

»Ich kann das Becken erreichen und rausholen, was immer da drin ist.«

»Du bist wohl verrückt«, sagte Khara.

»Das kann schon sein«, antwortete er breit grinsend. »Aber ich bin auch ein sehr guter Dieb. Ich bin bei reichen Leuten ein und aus gegangen, in ihren Häusern mit hohen Mauern, wütenden Hunden und schwer bewaffneten Männern. Ich kann das.«

Khara runzelte die Stirn. »Schön, Renzo, du geschickter Dieb, was siehst du denn, was ich nicht sehe?«

»Hier ist Magie im Spiel, die weit über alles hinausgeht, was ich kenne. Der Boden hat eine leichte Neigung, und das bewirkt, dass die Magmatropfen durch die Rinnen ablaufen, bevor sie abkühlen und hart werden können. Aber auch abgesehen davon ist die Anlage dieser Kanäle nicht ohne Magie gemacht worden. Kein noch so steiler Neigungswinkel könnte die Rinnen von angesammeltem Magma frei halten. Nein, da ist Magie im Spiel, alte, sehr wirksame Magie.« Er setzte ein reichlich selbstgefälliges Lächeln auf. »Aber zusätzlich zur Magie haben wir es auch mit Mathematik zu tun.«

Ruckartig, mit Felijaga-untypischer Verwunderung hob Gambler den Kopf. »Du verstehst dich auf Mathematik? Das war eins meiner Forschungsgebiete auf der Insel der Gelehrten, bevor ich … nun, bevor ich die falschen Leute vor den Kopf gestoßen habe und im Kerker landete, wo Byx mich gefunden hat.«

»Ich schnappe nur hier und da mal was auf«, erklärte Renzo. »Hier gibt es zweiundsiebzig unterschiedlich große Tropfstellen. Das kommt einem zuerst vor, als wäre es Zufall, es scheint ganz unmöglich, Verbrennungen zu vermeiden. Aber ich erkenne da ein Muster, und wenn ich ein Stück Papier und einen Stift hätte, könnte ich es leichter erklären …« Er sah sich um, als erwartete er, dass ihm jemand diese Dinge reichte. Dann bemerkte er die verzweifelte Ungeduld in Kharas Gesicht. »Oder ich könnte das Mathematische später mit Gambler diskutieren.«

»Wäre wohl am besten«, nickte ich.

»Der Punkt ist, dass es da eine rhythmische Regelmäßigkeit gibt, ein mathematisches Muster. Es wird nicht leicht werden, aber ich denke, dass ich es mit zwölf Sprüngen schaffen kann. Der vierte und der neunte werden die schwierigsten.«

»Selbst wenn du den Tümpel lebendig erreichst, über dem Wasser hängen Dampfschwaden«, sagte Gambler. »Du verbrühst dir die Hände.«

»Genau. Ich bräuchte etwas, womit ich die Gegenstände herausfischen könnte. Etwas, das die Hitze aushält.« Er blickte vielsagend auf Kharas Schwert.

»Nein, nein, nein«, sagte Khara. »Das ist das *Licht von Nedarra!* Es gehört meiner Familie und wird immer meiner Familie gehören. Es ist von unschätzbarem Wert.«

»Ja. Und ich bin ein Dieb.«

Khara presste die Lippen zusammen und sah ihn finster an. »Ja oder nein, Renzo«, sagte sie. »Byx kann deine Antwort hören und beurteilen: Wirst du mein Schwert stehlen, ja oder nein?«

Renzo warf ihr ein kleines Lächeln zu und neigte schelmisch den Kopf. »Das beantworte ich nicht, Khara. Entweder du vertraust mir oder nicht. Du bist die Anführerin unserer kleinen zusammengewürfelten Schar, und wir vertrauen auf dein Fingerspitzengefühl. Was sagt es dir also über mich?«

Khara sah nicht aus, als wäre sie glücklich, ganz und gar nicht. Aus ihrer Kehle drang ein Laut, nicht unähnlich dem Knurren eines Tieres. Sie trat einen bedrohlichen Schritt vor, die Hand auf dem Griff ihres Schwertes. Aber Renzo hörte nicht auf zu lächeln.

Lange starrten sie sich so an, Renzo belustigt, Khara wütend und misstrauisch. Endlich zog sie ihr Schwert aus der Scheide.

Für den Bruchteil einer Sekunde war ich gar nicht so sicher, ob sie es nicht gegen ihn richten würde.

»Nimm es«, sagte sie und drückte Renzo den Schwertgriff in die Hand.

»Danke, Khara«, sagte Renzo mit nur ganz leisem Spott in der Stimme.

Kharas Antwort hörte sich an wie: »Grrrr.«

8

Ein Meisterstück gründlicher Planung und einwandfreier Ausführung

Wir Dalkins sind keine großen Tänzer. Auch hatte ich nie das Vergnügen zuzusehen, wenn professionelle Tänzer ihre Anmut und ihr Können vorführen. Aber ich vermute fast, dass Renzo sie mit seinen Bewegungen in den Schatten gestellt hätte.

Er wartete ab, bewegte den Kopf in einem Rhythmus, aus dem ich nicht schlau werden konnte. Dann machte er einen hohen, weiten Sprung und landete mit gespreizten Beinen über einer Rinne – genau in dem Moment, als sich eine zähe Masse aus glühendem Gestein hindurchwälzte.

Ein zweiter Sprung, und er kam an einer schmalen Stelle zum Stehen, an der zwei Magmaflüsse in wenigen Zentimetern Abstand aneinander vorbeiführten. Er beugte sich zurück, als ein Tropfen fast seine Brust getroffen hätte, und er beugte sich vor, als ein anderer seiner Rückseite gefährlich nahe kam.

Pause. Dann Sprung Nummer drei. Renzo landete mit sicherem Tritt an einer Stelle, wo keine Tropfen fielen.

Das Zuschauen war fürchterlich. Aber wegschauen konnten wir auch nicht.

Wie Renzo prophezeit hatte, war der vierte Sprung einer der schwierigsten. Er musste dabei gleichzeitig Kharas Schwert schwingen, um einen Magmatropfen wegzuschlagen.

Eine halbe Stunde brauchte er für all die Sprünge, Drehungen und Verrenkungen, bevor er das Wasserbecken erreichte. Die Verbrennungen an seinem linken Arm, die er auf dem Weg dorthin ertragen musste, waren bestimmt schmerzvoll. Sein Hemdärmel war zu schwarzer Asche verbrannt, und seine Haut sah rot entzündet aus.

Ich hätte am liebsten laut gerufen und ihn gefragt, wie es ihm ging. Aber ich fürchtete, ich könnte ihn erschrecken – was furchtbare Folgen haben würde.

Endlich, zu unser aller Verblüffung, stand Renzo neben dem dampfenden Becken.

Er winkte mit Kharas Schwert. Sie grummelte vor sich hin, aber ihre Augen leuchteten.

»Meinst du, er kommt zurück?«, fragte Tobble flüsternd. »Er würde doch nicht wirklich Kharas Schwert stehlen und uns hier stehen lassen, oder?«

»Natürlich nicht«, sagte ich. Aber ganz sicher war ich nicht. Der letzte Menschenjunge, dem ich vertraut hatte, war ein Student namens Luca gewesen. Und der hatte uns verraten.

Hier ging es aber um Renzo, sagte ich mir. Wir hatten schon so vieles zusammen durchgemacht. Er war nicht wie Luca. Er war Teil unserer Familie.

Renzo, in Dampfschwaden gehüllt, tauchte Kharas Schwert mit der Spitze voran in das brodelnde Wasserbecken und stocherte darin herum. Dann zog er das Schwert zurück, wartete, bis es abgekühlt war, drehte es um und steckte es mit dem Griff voran ins Wasser. Vorsichtig, wie ein Angler, der etwas an der Leine hat, zog er es zurück.

Wir sahen, wie etwas langsam in Sicht kam. Renzo zog mit äußerster Kraft daran, stemmte Halt suchend seine Füße gegen die Steine am Rand des Beckens. Ein schwerer Metallgegenstand fiel klirrend zu Boden.

Ein Schild! Renzo hatte ihn an seinem Gurt erwischt.

Wieder stocherte er im Wasser herum. Inzwischen war Renzo schweißüberströmt, schien immer ungeduldiger zu werden.

Endlich kam er zu uns zurück, wobei er sich den Schild über den Kopf hielt. Genau wie die mit Magie angelegten Kanäle ließ auch der Schild die Magmatropfen ablaufen, als wären sie weiter nichts als Regentropfen.

»Ich konnte noch einen anderen Gegenstand fühlen«, berichtete Renzo und fuhr sich über die Stirn. »Aber man kriegt ihn einfach nicht zu fassen.«

»Zertrümmere die Steine am Rand des Beckens«, schlug Gambler vor. »Dann läuft das heiße Wasser aus, und die Beute liegt offen auf dem Grund.«

Renzo nickte. »Ja, daran habe ich auch schon gedacht. Aber sobald das Wasser raus ist, vermischt es sich mit dem fallenden Magma. Dann würde der ganze Raum wahrscheinlich zu einem riesigen dampfenden Teekessel werden.«

»Und du hättest keine Chance, durch diesen Dampf zurückzukommen«, sagte Khara.

Renzo nickte. »Das wäre völlig unmöglich … jedenfalls, wenn wir auf demselben Weg wieder zurückmüssten. Aber vielleicht gibt es einen anderen Weg ins Freie.«

Khara sah mich an. »Hat Daf Hantch gelogen, als er sagte, dies sei der einzige Weg?«

»Ja«, nickte ich. »Aber das heißt nicht, dass wir tatsächlich einen anderen Weg finden.«

»Wohin zieht der Dampf eigentlich ab?«, überlegte Tobble laut. Er reckte den Hals und schaute in die Höhe.

»Der Wobbyk stellt da eine gute Frage«, sagte Gambler etwas überrascht.

Manchmal hatte Gambler immer noch Probleme, in Tobble ein ebenbürtiges Geschöpf zu sehen, einen Gleichwertigen. Felijagas fressen Wobbyks normalerweise. Das Zusammensein mit Tobble verlangte eine große Umstellung in Gamblers Felijaga-Denken.

Natürlich weiß man auch von Dalkins, dass sie Wobbyks fressen. Daran hatte ich Tobble auch erinnert, als wir uns zum ersten Mal begegnet waren, aber es hatte ihn nicht weiter beeindruckt. Zum Glück.

»Die Luft ist zu trocken hier«, sagte Gambler. »Wenn man diese Hitze bedenkt. Es müsste doch eigentlich feucht sein. Schwül.«

Wir starrten alle nach oben. Und in diesem Augenblick geschah etwas Wunderbares: Aus großer Höhe blinkte ein strahlend helles Lichtpünktchen in die Höhle herein.

»Das ist der Mond!«, platzte ich heraus.

»Wir sind im Innern eines Vulkans«, sagte Khara. »Klar. Der Dampf entweicht durch diese Öffnung!«

»Und genauso werden wir auch rauskommen, wenn wir Glück haben«, sagte Renzo.

Nachdem der Mond, dieser wunderbare Hoffnungsschimmer, in Sicht gekommen war, brachte uns Renzo, einen nach dem anderen, im Schutz des Schildes zu dem Wasserbecken. Man konnte nicht gut sehen in all dem Dampf und Gebrodel, aber da drinnen lag eindeutig etwas. Etwas Viereckiges, von Hand Hergestelltes. Nichts, was in der Natur vorkam.

»Ob dein Schwert diesen steinernen Rand um den Wasserspeicher zertrümmern kann?«, fragte Renzo Khara.

»In deinen Händen? Nein«, sagte Khara. »In meinen schon.«

Tobble hatte sich umgesehen, und als er zurückkam, überschlug er sich fast vor Aufregung. »Da sind Stufen! Eine Wendeltreppe, in den Fels gehauen.«

Khara überdachte diese neue Information. »Gut«, sagte sie. »Wenn ich die Steine zertrümmere, fließt das Wasser raus. Das Ding im Becken wird heiß sein, zu heiß zum Anfassen. Aber mit meinem Schwert kann ich es rausbalancieren, und dann nimmt Renzo es auf den Schild. Ihr anderen macht euch schon mal daran, die Treppen hinaufzusteigen, wir kommen nach.«

Ich fand es schade, dass ich bei diesem tollkühnen Streich nicht mitmachen sollte, weil ich aber auch nicht gern weich gekocht werden wollte, fügte ich mich. Als wir etwa hundert Stufen hinaufgestiegen waren, hörten wir ein ohrenbetäubendes Getöse, einen kurzen Aufschrei, ein Poltern von Schritten, ein Scheppern von Stahl und – höchst ermutigend – ausgelassenes Gelächter.

Wir warteten auf einem Treppenabsatz, bis Khara und Renzo kamen. Atemlos und übereinanderstolpernd ließen sie einen rechteckigen steinernen Kasten und den Schild fallen und lachten wie verrückt.

»Gut gemacht, Khara!«, sagte Renzo, als er wieder sprechen konnte.

»Ich? Du hast es gut gemacht, Renzo!«

»Ein Meisterstück gründlicher Planung und einwandfreier Ausführung«, sagte Renzo, und ich brauchte meine besondere

Gabe nicht zu bemühen, um zu verstehen, dass das seine Art von Humor und nicht wortwörtlich gemeint war.

»Ja. Mit verdammt viel Rennerei und leichter Panik«, antwortete Khara und wischte sich eine Lachträne aus dem Gesicht.

9

Eine endlose Treppe

Renzo öffnete den kunstvoll gemeißelten Kasten. Er war raffiniert gemacht und wahrscheinlich durch Magie geschützt, denn die Gegenstände darin waren absolut trocken.

Mit einem leisen Pfiff nahm Renzo eine Goldkrone heraus, die mit wertvollen Diamanten, Rubinen, Otrasteinen und Trynnes verziert war.

»Ich nehme an, du überlegst grade, Renzo, wie viel du kassieren könntest, wenn du die Juwelen verhökern und das Gold einschmelzen würdest«, sagte Khara.

»Quatsch. Das ist ein Kunstwerk. Einfach großartig, findest du nicht auch?« Er setzte Khara die Krone auf den Kopf. »Die ist doch in unbeschädigtem Zustand viel mehr wert.«

Khara errötete und nahm ärgerlich die Krone vom Kopf.

»Ich sage es ungern, aber sie steht dir«, meinte Gambler.

»Meine Familie ist adelig – oder war es mal«, sagte Khara. »Aber ich bin es nicht. Ich bin nur ein Mädchen, das manchmal als Fallensteller oder Wilderer arbeitet. Kronen sind nichts für mich.«

»Nur ein Mädchen, das das *Licht von Nedarra* in Händen hält«, sagte Renzo. »Wenn ich etwas stehlen wollte, Khara, dann jedenfalls dein Schwert. Es ist zehnmal so viel wert wie diese Krone.«

»Wir sollten uns endlich ans Treppensteigen machen«, sagte

Khara auffallend bemüht, das Thema zu wechseln. »Es ist ein weiter Weg bis nach oben.«

»Nein«, rief Tobble. »Ich will erst das andere Ding sehen.«

Der zweite Gegenstand in dem steinernen Behälter war ein Rohr, so lang wie Kharas Unterarm, doch nicht dicker als mein Handgelenk. Verglichen mit der Krone schien es von geringem Wert zu sein – ein Zylinder, in verschlissenes Leder gewickelt und von verrosteten Stahlringen zusammengehalten.

»Willst du mit dem Ding spielen, Tobble?«, fragte Khara.

Hastig griff Tobble nach dem Rohr und drehte es in seinen geschickten Pfoten hin und her. »Oh, seht mal! An diesem Ende ist ein Glas. Und am anderen … ein kleineres Glas.«

»Glaubt ihr, Daf Hantch wartet noch immer darauf, dass wir ihm die Sachen bringen?«, fragte ich.

»Darauf, uns zu töten, meinst du wohl?«, schnaubte Gambler. »Nein, der ahnt längst, dass wir nicht zurückkommen.«

»Aber …«, sagte Tobble zögernd, während er weiter mit dem abgenutzten Rohr herumspielte. »Ich frage mich, ob …«

»Was denn, Tobble?«

Tobble zog die Schultern hoch. »Ist es nicht unrecht von uns, wenn wir die Sachen, die uns gar nicht gehören, einfach so mitnehmen?«

»Die haben uns angelogen, Tobble!«, schrie Renzo. »Es ist so gut wie sicher, dass sie uns töten wollten!«

Tobble spähte durch den Zylinder. »Trotzdem fühlt es sich nicht richtig an.«

»Das hat ja auch seinen Grund, Tobble.« Khara klopfte ihm auf den Rücken. »Es kommt dir nicht richtig vor, weil es eben nicht richtig ist.«

»Oh, bitte«, stöhnte Renzo. »Ich habe gerade mein Leben riskiert für dieses Zeug. Die Sachen sind viel wert, und das Geld, das sie bringen, kann uns auf unserem Weg das Leben retten. Wenn sie bis in alle Ewigkeit im Innern eines Vulkans liegen, nützen sie keinem.«

»Byx?«, sagte Khara. »Was denkst du?«

Ich kratzte mich am Ohr, zögerte die Antwort hinaus. Augenblicke wie dieser erinnerten mich daran, warum ich niemals Anführer sein könnte. Ich hatte immer zahllose Antworten im Kopf, nicht nur eine. Anführer aber durften nicht unsicher sein.

»Ich denke«, sagte ich schließlich, »man könnte den Standpunkt vertreten, dass wir hier ein kleines Unrecht für etwas Großes und Gutes begehen.«

Renzo stöhnte wieder, aber Gambler nickte. »Ich bin der gleichen Meinung wie Byx«, sagte er. »Andere Dalkins finden, eine Art wiederbeleben und gegen den Murdano aufstehen – das ist bei Weitem etwas Größeres und Besseres.«

»Ich darf dieses Ding also behalten?«, fragte Tobble erwartungsvoll.

»Ja«, sagte Khara. »Behalte das alberne Spielzeug ruhig.«

»Aber vergiss nicht, ein schlechtes Gewissen dabei zu haben«, fügte Renzo hinzu und verdrehte die Augen.

»Wir müssen jetzt wirklich die Treppe weiter hinaufklettern«, sagte Gambler. »Tut mir leid, aber ich hab nicht viel zu fressen gekriegt, und was ich gekriegt hab, war scheußlich.«

»Gut«, sagte Khara. »Lasst uns gehen.«

Schweigend stiegen wir die endlose Treppe hinauf. Es schien, als wollten wir den weiten Weg bis ganz hinauf zu diesem fernen Mond zurücklegen. Die Treppe wand sich jeweils zweihundert

Stufen empor, dann kam ein kleiner Absatz, auf dem wir Pause machten, und dann begann alles von vorn. Und wieder von vorn.

Als wir den fünften Treppenabsatz hinter uns hatten, murmelte ich vor mich hin: »Wer die wohl gebaut haben mag?« Unsere lange Wanderung und die vielen Beschwernisse hatten mich abgehärtet, aber Tausende Stufen zu erklimmen war trotzdem eine enorme Anstrengung. Und ich wusste, wenn es schon mir schwerfiel, war es für Tobble noch viel härter, obwohl er kein bisschen gejammert und jedes Hilfsangebot ausgeschlagen hatte.

»Die Treppe ist von oben nach unten angelegt worden«, sagte Khara. »Von einem, der sich gegen einen Angreifer von unten verteidigen wollte.«

»Woher weißt du das?«, fragte ich.

Sie zog die Schultern hoch. »Die meisten Krieger führen ihr Schwert oder ihr Messer mit der rechten Hand. Seht ihr, dass beim Hinaufsteigen gar kein Platz bleibt, um den rechten Arm zu bewegen? Aber einer, der hinuntersteigt, hat genug Spielraum.«

»Das ist genau das, was ein ganz gewöhnliches Mädchen mit einem Schwert, wertvoller als ein Palast, rein zufällig weiß«, stichelte Renzo.

»Meine Zehen!«, rief Tobble dazwischen. »Sie sehen ganz klein aus!« Er spielte mit dem Rohr herum, aber wir waren alle zu müde, um darauf einzugehen.

Weiter hinauf, höher und immer noch höher. Als wir den fünfzigsten Treppenabsatz erreicht hatten – zehntausend Stufen –, machten wir halt und aßen getrocknete Kräuter und ein Stückchen fades Dörrfleisch. Gambler probierte ein bisschen von den süßlichen Kräutern und spuckte aus. (Dog fraß sie sofort.) »Ich warte lieber«, sagte Gambler. »So verzweifelt bin ich doch noch nicht.«

Wieder machten wir uns an die kräftezehrende, nicht enden wollende Kletterei. Die einzigen Laute waren unser keuchender Atem und die schweren Tritte. Meine Beinmuskeln schrien in stiller Qual, und meine gierigen Lungen schienen nicht genug Luft zu bekommen.

Endlich, nach stundenlanger Anstrengung, zogen wir uns auf den letzten Treppenabsatz empor, eine weite ebene Fläche, groß genug für ein Dutzend Menschen. Hier standen wir vor einer starken eisenbeschlagenen Tür aus Eichenholz.

Bevor wir allerdings daran denken konnten, sie irgendwie zu öffnen, um zu sehen, welche Schrecken dahinter liegen mochten, mussten wir dringend schlafen.

Wir beschlossen, abwechselnd Wache zu halten, und ich bot an, die erste zu übernehmen. Khara und Renzo streckten sich auf dem Boden aus und benutzten Dog als Kopfkissen, während Gambler sich in einer Ecke zusammenrollte, den Kopf unter eine Pfote gesteckt. Tobble war, den Kopf an meiner Schulter, auf der Stelle eingeschlafen – das war eine seiner besonderen Fähigkeiten. Er umklammerte noch immer das lederumwickelte Ding, das wir in dem Steinkasten gefunden hatten.

Vorsichtig, um meinen schlafenden Freund nicht zu stören, griff ich in meinen Beutel und kramte die abgenutzte Landkarte heraus, die ich schon so lange mit mir herumtrug. Im silbrigen Glanz des Mondlichts fuhr ich mit dem Zeigefinger den Weg nach, den wir bis jetzt zurückgelegt hatten.

Da war Tarok, die lebende Insel, von der es gerüchteweise hieß, es sei eine fleischfressende Insel.

Da war Dalkinholm, der Ort auf der Insel, in dem es der Sage nach einst eine nördliche Kolonie Dalkins gegeben haben soll.

Da waren die tückischen Berge. Das Eismeer.

Und hier saßen wir. In einem Vulkan. Wegen mir. Wegen meiner verzweifelten Hoffnung, ich könnte auf der vorübertreibenden Insel Tarok einen Dalkin gesehen haben.

»Byx?«, flüsterte Tobble.

»Tut mir leid, Tobble«, sagte ich und faltete die Karte zusammen. »Ich wollte dich nicht wecken.«

»Ich hab geträumt. Da war Feuer und Lava, und ich wollte auf einem Nacktschnecken-Pony fliehen, aber ich konnte nicht.«

»Warum hast du nicht savrelliert?«, fragte ich.

Tobble hob den Kopf. »Was ist das?«

»Tun Wobbyks das nicht? Es bedeutet, dass man steuert, was im Traum geschieht.«

»Beim Schlafen?«

»Natürlich«, sagte ich. »Darum geht es ja. Dalkins machen das immer.«

»Meine Güte!« Tobble war beeindruckt. »Wie haben sie dir das beigebracht?«

Ich zog die Schultern hoch. »Man muss viel üben.«

»Also, wenn ich das könnte, dann würde ich jede Nacht vom Fliegen träumen«, sagte Tobble und zog das Band um seinen geflochtenen Schwanz enger. Er deutete mit dem Kinn auf das zusammengefaltete Playa-Blatt in meiner Hand. »Du hast deine Karte angeschaut?«

»Ja.«

»Mach dir keine Sorgen, Byx. Wir werden die Insel finden. Und wir finden auch andere Dalkins. Das weiß ich einfach.«

Ich lächelte. »Du bist ein guter Freund, Tobble.«

»Und du auch.«

»Schlaf jetzt«, sagte ich. »Wir haben noch eine lange Reise vor uns.«

»Lange Reisen sind die besten«, murmelte Tobble, während ihm die Augenlider zufielen und er in Schlaf sank.

Ich tätschelte seinen Kopf. Hoffnung und Angst erfüllten mich gleichermaßen, ich fühlte mich unruhig und dankbar, einsam und geliebt. Hatte ich in meiner früheren Welt, in meinem Leben im Dalkinrudel, je so viele Empfindungen gleichzeitig gehabt? War ich je so überwältigt gewesen? So verunsichert?

Ich hatte mich immer darüber aufgeregt, dass ich der Kümmerling war. Meine Geschwister hatten mich gehänselt. Meine Eltern hatten sich Sorgen um mich gemacht. Doch jetzt, rückblickend, begriff ich erst, wie leicht ich es gehabt hatte.

Ich war für niemanden verantwortlich gewesen.

Und jetzt fühlte ich mich für so viele verantwortlich.

Seufzend schaute ich auf. Der Mond hatte sich auf seiner eigenen langen Reise davongemacht, gefolgt von einer Handvoll schwach leuchtender, beharrlicher Sterne.

10

Das WeitNah

Als die Morgendämmerung kam, machten wir uns daran, die Tür zu öffnen. Wir waren hungrig und nicht besonders gut ausgeschlafen, aber doch in besserer Verfassung, um uns dem, was vor uns liegen mochte, entgegenzustellen.

Khara zog ihr Schwert und ich mein viel kleineres Messer. Renzo hielt sein Messer in der einen und den Schild in der anderen Hand. Tobble, der aus irgendeinem Grund das Rohr aus dem steinernen Kasten für eine Waffe zu halten schien, schwenkte es wild. Gambler konnte, wie immer, auf seine Krallen und seine Klugheit zählen.

»Also dann, Byx«, sagte Khara. »Du ziehst an der Tür. Sie wird wahrscheinlich nicht aufgehen, wenn aber doch, dann bleib dahinter stehen, bis ich dir ein Zeichen gebe.«

Eine simple Aufgabe, aber es war nun mal so, dass ich in einem Kampf das am wenigsten nützliche Mitglied unserer Gruppe war. Sogar Tobble konnte einem Gegner mit seiner Wobbyk-Wut zusetzen.

Ich packte den Türgriff, einen schweren Eisenring, nickte Khara zu und zog. Zu unser aller Überraschung schwang die Tür auf, wenn auch mit lautem Quietschen.

Von meiner Position hinter der Tür konnte ich nichts sehen und wartete ungeduldig auf Kharas Entwarnung. »Alles klar, Byx«, rief sie endlich. »Komm raus, das musst du dir anschauen!«

Ich trat hinter der Tür hervor und spürte einen kalten frischen Luftschwall. Dann erst merkte ich, dass meine Füße in etwas Kaltem, Weißem steckten. Schnee!

Was für eine Wohltat, nach der unangenehm feuchten Luft in den Höhlen der Natintjes tief durchzuatmen! Wir standen am Rand eines Kraters, und vor uns schien sich die ganze Welt wie eine endlose Landkarte auszubreiten. Im Norden und Osten ragten dunkle Berge auf. Nach Westen hin wurde das Land flacher, wirkte weniger beeindruckend.

Renzo und Khara standen nebeneinander und beschirmten ihre Augen vor dem strahlenden Glanz des Sonnenaufgangs.

»Siehst du den Fleck dort?«, fragte Khara und zeigte mit der Hand hin. »Könnte das eine Ortschaft sein?«

Renzo blinzelte. »Gut möglich. Lässt sich schwer sagen.«

»Es ist ein Dorf«, sagte Tobble mit erstaunlicher Gewissheit. »Ich sehe in der Mitte eine größere Hütte. Und Wände aus Holzbalken und rundherum Palisaden mit einem Erdwall und, oh …« – er murmelte vor sich hin, zählte – »und vielleicht fünfzig Gebäude.«

Khara, Renzo, Gambler und ich reagierten ganz ähnlich: Wir drehten uns um und starrten Tobble ungläubig an.

Tobble erwiderte unseren Blick nicht. Er hielt sich sein dummes Rohr vor das rechte Auge. Das andere Auge war geschlossen.

»Äh … Was sagst du?«, fragte ich ihn.

Er senkte das Rohr. »Das ist mein magischer Groß- und Kleinmacher, so nenne ich das Rohr. Wenn man von der einen Seite reinschaut, erscheint alles winzig und weit weg. Wenn man von der anderen Seite reinschaut, sehen die Dinge groß und nah aus.«

Khara nahm ihm das Rohr aus der Pfote und hielt es an ihr Auge. In ihrem Gesicht stand erst Geringschätzung und Spott, dann blanke Verwunderung und zuletzt Staunen. »Oh, was für eine gute Entdeckung, Freund Tobble«, sagte sie endlich. »Eine wirklich gute Entdeckung!«

Renzo war der Nächste, der durch das Rohr schaute. Seine Miene durchlief eine ähnliche Verwandlung.

Schließlich kam ich an die Reihe. Dalkins haben ausgezeichnete Augen – wenn auch längst nicht so fein entwickelt wie unser Geruchssinn –, plötzlich aber sah ich mit den unübertrefflichen Augen eines Raptidons.

»Ein Wunder der Magie!«, rief ich.

Aber Renzo schüttelte den Kopf. »Ich sehe keine Magie dahinter.«

»Ich auch nicht«, sagte Khara. »Das ist ein handwerklich hergestellter Gegenstand, ein Stück, das mit Erfahrung und Geschick entstanden ist.«

»Es ist ein sehr nützliches Ding«, sagte Renzo. »Vergesst die Krone und den Schild. Jeder General einer Armee würde seinen rechten Arm hergeben für dieses Ding ohne Namen.«

»Es ist nicht namenlos«, protestierte Tobble. »Es ist mein magischer Groß-und-Klein-Macher. Wenn ihr aber sagt, es hat nichts mit Magie zu tun, dann sollte ich wohl den Namen ändern.« Er tippte sich an sein flaumiges Kinn. »Wie wär's, wenn wir es das ›WeitNah‹ nennen?«

Das WeitNah hatte die Wahrheit gesagt. Dort in der Ferne war tatsächlich eine Ansiedlung, ein von Menschen befestigtes Dorf. Allerdings brauchten wir fast den ganzen Tag für den Abstieg über den steilen, felsigen Hang des Vulkans, und als wir in die Nähe der Ortschaft kamen, war es fast Abend. Mit jedem Schritt, den wir abwärtsgingen, schien die Temperatur zu sinken. Zuerst fanden wir das erfrischend, bald aber schlotterten wir vor Kälte, und Khara und Renzo mussten noch das letzte Kleidungsstück aus ihrem Gepäck anziehen. Trotzdem entschieden wir uns für eine unbequeme Nacht im Freien, denn Fremde, die mitten in der Nacht ankommen, sind selten willkommen.

Durchgefroren und hungrig marschierten wir am folgenden Morgen auf das geschlossene Tor der Ortschaft zu. Als wir näher kamen, erhoben sich sechs Bogenschützen hinter den Spitzen der hölzernen Palisaden. Sechs Pfeile schwirrten durch die Luft und blieben wenige Zentimeter vor unseren Zehen in der Erde stecken.

Nachträglich war ich froh, dass wir bis zum Morgen gewartet hatten, denn wenn wir schon bei hellem Tageslicht so empfangen wurden, konnte ich mir lebhaft vorstellen, wie viel schlimmer die Begrüßung bei Dunkelheit hätte werden können. Die Treffsicherheit der Bogenschützen war beunruhigend: Sie hätten uns zweifellos töten können.

Auf dem Wall erschien ein gepanzerter Ritter, das Gesicht hinter einem Visier mit Sehschlitz verborgen. Er wurde von einem Herold begleitet, und dieser war es, der uns anrief.

»Mein Herr, Mirob der Mächtige, verlangt zu wissen, wer ihr seid und welche Absichten ihr verfolgt.«

»Wir sind einfache Reisende«, antwortete Khara.

Der Ritter flüsterte dem Herold etwas ins Ohr.

»Mein Herr, Mirob der Mächtige, sagt, ihr könnt in Frieden weiterziehen. Aber unser Dorf dürft ihr nicht betreten.«

Wir waren eindeutig nicht in der Lage, um gewaltsam ins Innere einzudringen. Aber Khara war noch nicht fertig gewesen.

»Wenn wir Essen und Wasser bekommen, werden wir zufrieden weiterziehen.«

Der Herold wollte gerade antworten, da hob der Ritter die Hand und gebot ihm Einhalt. »Wir bringen Nahrung und Wasser heraus«, sagte der Ritter. »Doch können wir Fremden in diesen gefährlichen Zeiten keinen Einlass gewähren.«

»Warum sind die Zeiten gefährlich?«, fragte Khara.

»Ich sehe, ihr seid fremd in diesen Landen, sonst wäre euch die Antwort bekannt. Es wird zum Krieg kommen. Jenseits der Berge sammeln sich die Soldaten von Nedarra. Und auf der anderen Seite der Berge rüstet sich der Kazar Gs'drit ebenfalls.«

»Verzeihung, Herr«, sagte Khara. »Aber ich dachte, in Dreyland herrscht König Marekyn.«

»Er ist ... nicht mehr.« Der Ritter schüttelte den Kopf, und leiser werdend fügte er hinzu: »Weiter werde ich nichts über den Kazar sagen.«

Damit zog er sich aus unserem Blickfeld zurück. Wir hatten schon früher Gerüchte gehört, dass sich zwischen Nedarra und Dreyland Krieg zusammenbraute. Aber dagegen konnten wir sowieso nichts tun. Wir waren zu fünft, nur zu fünft. Es war nicht unser Problem.

Meine Aufgabe – unsere Aufgabe – lag darin, andere Dalkins zu finden. Das war unser einziges Interesse.

Wenigstens sagte ich mir das, während wir warteten.

Nach zehn Minuten tauchten durch eine verborgene Tür zwei alte Frauen aus dem befestigten Dorf auf. Sie brachten uns frische Brotlaibe, getrocknetes Fleisch und gefüllte Wasserschläuche und zogen sich dann wortlos zurück.

Während wir weitergingen, fiel mir auf, dass Gambler sich

sonderbar verhielt. Er ließ den Schwanz und auch den Kopf tief hängen. Zwar bewegte er sich mit der kraftvollen Anmut seiner Art, aber ich war überzeugt, dass ihn etwas beunruhigte.

»Gambler, dir macht doch irgendetwas Sorgen.«

»Ja.«

»Willst du es mir erzählen?«

»Gewiss. Ich habe nur gezögert, weil ich noch darüber nachgrüble, was das alles bedeuten mag.« Er seufzte. »Dieser Titel und der Name Kazar Gs'drit. Das sind, zu meinem Bedauern, Felijaga-Wörter. Und gefährliche dazu. Sehr gefährliche.«

11

Ein Valtti droht

Khara blieb abrupt stehen. »Was hast du gesagt?«

»Kazar ist ein Titel aus alter Zeit, kein Wort, das wir heute noch benutzen«, sagte Gambler. »Und nichts, was uns mit Stolz erfüllt. Vor langer Zeit erhob sich ein Felijaga, um unser ganzes Volk zu beherrschen, und Kazar war der Titel, den er annahm. Er bedeutet ›Alleiniger Herrscher‹. Und Gs'drit ist die Verkürzung eines viel längeren Felijaga-Wortes. Es bedeutet ›Einer, der ohne Mitgefühl ist‹. Ein Mörder.«

»Nicht gerade ermutigend«, sagte Renzo.

»Wir Felijagas haben die Zeiten mit derlei Vorstellungen längst hinter uns gelassen. Es waren vergiftete Vorstellungen. Ganz besonders der Gedanke, wir wären dazu ausersehen, alle anderen Arten zu beherrschen.«

»Das ist genau das, was der Murdano in Nedarra vorhat«, sagte Khara. Sie warf mir einen Blick zu. »Auch wenn das bedeutet, ganze Arten auszurotten.«

»Wenn das stimmt, wenn Dreyland auf die Lügen eines Valtti hereingefallen ist«, sagte Gambler mit zuckendem Schwanz, »wäre das eine schreckliche Demütigung für alle Felijagas.«

»Valtti?«, fragte ich.

»Wie du weißt, Byx, sind wir eine eigenbrötlerische Art. Wir jagen allein. Wir tun uns nur zusammen, um unsere Jungen aufzuziehen oder um zu studieren. Es liegt in unserer Natur, unabhängig zu sein, eigenständig zu denken.« Gambler seufzte. »Aber … es gibt Zeiten, da erhebt sich ein Valtti, und das bedeutet: Ein Felijaga ruft zum Hass gegen andere Arten auf und bringt andere Felijagas dazu, ihm zu folgen. Jene, die sich ihm nicht anschließen, werden zum Schweigen gebracht, indem man ihnen Angst macht oder indem man sie ins Gefängnis wirft. Es ist eine Art Wahn – ein Wahn, der vor allem von Willensschwachen Besitz ergreifen kann.«

Während wir weitergingen, dachten wir über die Bedeutung von Gamblers Worten nach. Wenn es stimmte, dass Krieg drohte, was konnte da aus einem Zusammenstoß zwischen dem Murdano und einem gefährlichen schurkischen Felijaga alles hervorgehen?

»Und was müssen wir von einer Armee erwarten, Gambler, die von einem solchen Valtti befehligt wird?«, fragte Renzo.

»Durchtriebenheit. Betrug. Hinterlist. Und absolute Unbarmherzigkeit.«

»Großartig«, murmelte Renzo. »Dann lasst uns zusehen, dass wir Byx' Insel finden und dieses Irrenhaus weit hinter uns lassen. Fleischfressend oder nicht, besser wird es dort allemal sein.«

Es dauerte nicht lange, da sahen wir die ersten Anzeichen von Vorbereitungen für einen Krieg. Am Zusammenfluss zweier kleiner Flüsse stießen wir auf ein Heerlager, ein ausgedehntes Areal mit Zelten in ordentlichen Reihen.

»Tobble, kann ich mal dein WeitNah ausleihen?«, fragte ich.

Ich hielt das Rohr vor mein Auge, und wieder staunte ich über das wunderbare Resultat. Jenseits der Zelte waren Ställe und Weiden mit Hunderten von Pferden. Ich sah Kolonnen von Reitknechten, die Heuballen schleppten. Ein Böttcher und sein Gehilfe stellten Fässer her. Zwei Schmiede hämmerten auf Hufeisen herum, andere pumpten Luft an Blasebälgen, um die Feuer gleichmäßig heiß zu halten.

Am Rand des Lagers sah ich einen Berg von Kisten, die wahrscheinlich Proviant und andere Vorräte enthielten. Am nächstgelegenen der beiden Flüsse hatte man drei Anlegestellen für Schiffe gebaut: eine für ankommende Truppen, eine für Schlitten, die von Maultieren gezogen wurden, und eine zum Entladen frisch gefällter Baumstämme. An diesem dritten Dock war ein Heer von Menschen und kleinere Gestalten anderer Arten damit beschäftigt, mit riesigen Sägen Baumstämme zu kürzen.

Rasch überschlug ich im Kopf, wie viele Soldaten hier wohl sein mochten.

»Ich glaube, hier stehen um die tausend Zelte, jedes vielleicht für vier Soldaten.«

»Also viertausend Soldaten und mehr«, sagte Renzo. »Viele von ihnen sind auf den Brücken, die wir überqueren müssen.«

Khara stemmte die Hände in die Hüften. »Du bist der Dieb, also sag mir: Könntest du unbemerkt durch dieses Lager und über die Brücken kommen?«

»Natürlich«, sagte Renzo. »Mit ganz viel Glück. Und wenn ich allein wäre. Mit euch vier? Keine Chance.«

»Und was, wenn wir es weiter unterhalb versuchen?«, fragte ich.

Renzo schüttelte den Kopf. »Man müsste trotzdem zwischen den Wachen und ihren Hunden durch. Gib mal das komische Rohr«, sagte er und nahm das WeitNah zur Hand. »Ich bin kein Experte für Landeskunde, aber nach dem, was ich über Dreyland weiß, müssten wir, wenn wir nach Norden gehen, eine Furt, eine Fähre oder irgendwann eine unbewachte Brücke finden.«

Er seufzte etwas zu laut, als dass es eine ermutigende Aussicht hätte sein können.

»Hier bereitet man sich auf einen Krieg vor.« Gambler warf einen forschenden Blick über die Landschaft. »Wir müssen also davon ausgehen, dass keiner, der uns begegnet, als harmlos gelten kann – solange er nicht das Gegenteil beweist.«

»Krieg«, brummte ich. »Von allen Dummheiten der Menschen ist Krieg …«

Renzo lachte. »Da liegst du nicht verkehrt, Byx.«

»Sieht nur so aus, als ob es in diesem Fall nicht allein die Menschen sind«, sagte Gambler düster.

»Aber was soll das alles für einen Sinn haben?«, fragte ich.

»Macht«, sagte Renzo. »Menschen – und, wie es aussieht, manche Felijagas – sehnen sich nach Macht. Sie wollen über andere herrschen und sie kontrollieren. Sie wollen die Entscheidung über Leben und Tod in der Hand haben.«

Das war eine nachdenklichere Antwort, als ich sie von dem jungen Dieb erwartet hatte. Doch andererseits überraschte Renzo mich immer wieder.

Tief in Gedanken tippte Khara mit dem Finger an ihre Lippe. »Wir vermuten, dass die lebende Insel in dieser Richtung unterwegs ist«, sagte sie und deutete nach Norden. »Nach allem, was wir wissen, könnte sie inzwischen an der Stelle sein, wo die Berge in die See übergehen. Oder sie ist schon dran vorbei.«

Gambler folgte ihrem Blick. »Sie bewegt sich sehr langsam, das können wir sicher sagen. Dass sie sehr weit darüber hinausgekommen ist, erscheint mir unwahrscheinlich.«

»Jedenfalls gibt es für uns keinen anderen Weg«, sagte Renzo. »Wir müssen über die Flüsse, sonst kommen wir nicht ans Meer.«

»Und wenn wir die Flüsse überquert haben, müssen wir immer noch das Meer erreichen und dann an der Küste entlang nach Hinweisen suchen«, fügte Khara hinzu. »Dazu ist das Gelände unwegsam, wie wir wissen.«

Ich ließ einen schweren Seufzer hören. Khara sah, dass ich niedergeschlagen war, und klopfte mir auf die Schulter. »Verlier nicht den Mut, Byx.«

»Den Mut verliere ich nicht«, sagte ich. »Ich mache mir nur Sorgen um euch, weil ihr das für mich auf euch nehmt.«

»Nein, Byx!«, rief Tobble aus. »Es geht nicht mehr nur um dich. Am Anfang war es so, ja. Aber jetzt wissen wir, wie wichtig es ist, noch mehr Dalkins zu finden.«

Ich lächelte und strubbelte durch sein Fell. »Wer weiß, vielleicht spielen wir ja eine wichtige Rolle im Schicksal der Welt«, sagte ich. Ich hatte es scherzhaft gemeint, aber Tobble nickte ernst.

»Ja«, sagte er. »Ich glaube, dass Hanadru, die große Künstlerin, die in den Wolken lebt und die auf ihrer großen Staffelei das Schicksal von uns allen malt …«

»Ach wirklich, Tobble?«, fragte Khara. In ihrer Stimme lag kein Spott, trotzdem war klar, dass sie die Vorstellung unsinnig fand.

»Ihr glaubt vielleicht nicht an Hanadru«, sagte Tobble mit stiller Würde. »Aber für mein Volk ist sie eine der ganz großen Heiligen.«

»Ich glaube nicht an Schicksal, ob nun eine Göttin Hanadru oder sonst wer damit zu tun haben soll«, sagte Renzo. »Schicksal ist was für Leute, die sich fürchten, selber Verantwortung für ihr Leben zu übernehmen.«

Khara wandte sich nach Norden. Sie streckte die Hand aus, und ich gab ihr das WeitNah.

Aufmerksam musterte sie den Horizont von links nach rechts. Sie ließ sich Zeit, und keiner von uns redete. Endlich sagte sie: »Mein Vorschlag ist: Wir gehen nach Norden, weil von hier aus keine andere Richtung möglich ist.« Sie schenkte Tobble ein leises Lächeln. »Und möge deine Hanadru unseren Weg mit wohlwollendem Pinsel malen.«

Teil Zwei

Unerwartete Begegnungen

12

Vallino

Hanadru war freundlich.

Das Land um den Fuß des Vulkans war weit und offen. Kleine Farmen und Dörfer lagen verstreut in der Gegend, doch wir konnten unseren Weg durch die schneebedeckten Felder zurücklegen, ohne dass uns jemand zu bemerken schien.

»Wie werden Wobbyks mit der Kälte fertig, Tobble?«, fragte ich, während wir dahinstapften.

Tobble zog die Schultern hoch. »Wir sind Seefahrer«, sagte er. »Ich habe in der nördlichen Tarasee schon mehr als genug Treibeis erlebt. Schnee macht mir nicht viel aus.«

»Und was ist mit dir, Gambler?«

»Ich liebe Wärme wie alle Felijagas, ob groß oder klein«, erwiderte Gambler mit seiner heiseren Stimme, die mir immer halb wie Flüstern und halb wie Knurren vorkam.

Ich lächelte. Wie oft hatte ich gesehen, wie sich Gambler in einem Sonnenstrahl ausstreckte, die Augen zu schmalen Schlitzen verengt, sodass nur eine Andeutung von Hellblau zu sehen war, und wie er dabei seinen langen Schwanz zucken ließ.

»Aber wir sind anpassungsfähige Wesen«, fuhr er fort. Unser Fell ist dick, unsere Fußballen robust. Auch ich komme ganz gut klar.« Er sah mich an. »Allerdings ist mein Fell kein Vergleich mit deinem, Byx.«

Das stimmte. Noch etwas, das Dalkins von Hunden unterscheidet, ist unser begehrtes seidiges Fell: unglaublich warm bei kaltem Wetter, angenehm kühl bei starker Hitze.

»Meine Zehen werden allmählich taub«, brummelte Renzo gutmütig. »Ich vermisse die Pferde.« Kaum waren die Worte aus seinem Mund, schlug er sich an die Stirn. »Khara«, sagte er, »es tut mir leid. Ich …«

Sie wedelte mit der Hand, wischte seine Entschuldigung weg wie eine lästige Mücke. »Wir alle vermissen die Pferde. Besonders Vallino fehlt. Aber wir mussten sie verkaufen. Mit dem Gelände in Dreyland wären sie nicht zurechtgekommen. Auf keinen Fall.«

Unglücklicherweise hatte ich Kharas Pferd Vallino als Gefangene kennengelernt: gefesselt und quer über seinen Rücken gebunden. Eine Weile hatte ich gedacht, Pferde wären nichts weiter als »Wagen mit Schwänzen«, wie Gambler es einmal ausgedrückt hatte.

Aber später, in einer Situation, in der ich mich schon dem sicheren Tod nahe gesehen hatte, war es Vallino gewesen, der mir durch seine Geschwindigkeit und sein Geschick geholfen hatte. Ich verdankte ihm mein Leben. Und das wusste auch Khara.

»Trotzdem«, sagte ich. »Ich wünschte, du hättest dieses Opfer nicht bringen müssen.«

»Wir alle bringen Opfer«, sagte Khara. »Und wir werden noch viele mehr bringen müssen, bevor diese Sache vorüber ist.«

Khara hatte zwei unserer Pferde nahe der Grenze zu Dreyland an eine Jagdgesellschaft verkauft. Wir alle waren der Meinung gewesen, dass die vor uns liegende Strecke für Pferde nicht geeignet war, auch nicht für die wendigsten. Vallino aber hatte sie zurückgehalten mit der Behauptung, sie würde es schon spüren, wenn sich der richtige Käufer fände.

Es kam selten vor, dass man in diesen Gegenden ein Pferd sah – meistens handelte es sich um robuste Lasttiere wie Berg-Yariks –, und noch seltener sah man eins von Vallinos Qualitäten. Es gab etliche Angebote für ihn, aber Khara hatte alle ausgeschlagen. Renzo sagte mir im Vertrauen, er fürchte, Khara würde nicht das Herz haben, sich von ihrem geliebten Reittier zu trennen.

An demselben Nachmittag hatten wir ein junges Mädchen getroffen, deren Gesicht rot vor Kälte war. Ich schätzte sie nach ihrer Größe etwas jünger als Khara. Aber sicher war ich nicht, denn viel Zeit unter Menschen hatte ich noch nicht verbracht.

Da wir uns in der Nähe eines kleinen Dorfes befanden, trabte ich auf allen vieren und spielte meine Rolle als Hund – nicht gerade mein liebster Zeitvertreib, doch ab und zu musste ich mich eben damit abfinden. Hätte man mich als Dalkin identifiziert, hätte ich gefangen genommen oder gar getötet werden können.

»Der ist ja wunderschön«, sagte das Mädchen und trat auf Vallino zu. Mit den Zähnen zerrte sie einen zerrissenen grauen Fäustling von ihrer Hand. »Darf ich?«

Khara nickte. Das Mädchen kraulte Vallino hinter dem rechten Ohr, seiner Lieblingsstelle. »Ein Ravenno-Traber, nicht wahr?«

»Du kennst dich aus mit Pferden.«

»Ich wünschte, ich wüsste mehr. Aber ein so prachtvolles Tier ist mir nicht untergekommen, seit ich mal eine große Herde auf den Hochebenen von Nedarra gesehen habe.«

»Wie steht's hier in der Gegend mit der Jagd?«, fragte Khara und deutete mit dem Kopf auf den Bogen, der über den Rücken des Mädchens geschnallt war. Ihre Pfeile glichen denen, die ich bei Khara gesehen hatte und mit denen sie so gut umgehen konnte.

Was ich am eigenen Leib erfahren hatte.

»War schon mal besser.« Das Mädchen warf Khara ein scheues Lächeln zu. »War aber wohl auch schon schlechter.«

»Und wie sieht's mit dem Schnee aus?«, fragte Renzo. »Hinter dem Nordham-Kamm?«

»Höher als sonst um diese Jahreszeit.« Das Mädchen griff in einen abgewetzten Lederbeutel. »Er mag doch Zucker, oder?«

»Renzo?«, fragte Khara und nickte ihm zu. »Der isst alles – und sogar mehr, als ihm zusteht.«

Das Mädchen lachte. »Ich hab dein Pferd gemeint.«

»Er heißt Vallino«, sagte Khara. »Er mag alles, was süß ist.«

»Ich hab nur dieses eine Stück. Hab's für eine besondere Gelegenheit aufgespart.« Das Mädchen hielt Vallino einen kleinen unförmigen Brocken Zucker auf der flachen Hand hin, und Vallino verputzte ihn mit sichtlichem Vergnügen.

»Das ist sehr freundlich von dir«, sagte Khara.

»Ich heiße Mailley«, sagte das Mädchen und kraulte Vallino wieder hinter dem Ohr.

»Und ich bin Khara.«

»Ich bin Renzo, wie du sicher schon mitgekriegt hast.« Renzo machte eine tiefe Verbeugung. »Und hier sind Tobble, Gambler und unsere beiden Hunde Dog und« – hämisches Grinsen in meine Richtung – »und Byx.«

Mailley tätschelte Dogs Kopf, dann wandte sie sich mir zu und streichelte meinen Rücken.

Ich sage es ungern, aber das Streicheln war durchaus angenehm. Höflich wedelte ich mit dem Schwanz.

Mailley zuckte mit den Schultern. »Na ja, ich muss wohl weiter. Guten Weg wünsche ich euch.«

»Wünschen wir dir auch«, sagte Khara.

Wir sahen dem Mädchen nach, wie es davonstapfte. »Mailley erinnert mich ein bisschen an dich damals, als wir uns zum ersten Mal begegnet sind«, sagte Renzo. »Nur, dass sie längst nicht so grummelig ist.«

Ich wartete darauf, dass Khara auf Renzos Stichelei eingehen würde. Aber sie nahm nur Vallinos Zügel und stiefelte mit einem tiefen Seufzer weiter.

Renzo tätschelte meinen Kopf. »Komm, Hündchen«, sagte er, nur um mich zu ärgern.

Ich sah zu ihm auf und überlegte, welche Möglichkeiten mir das Hundedasein jetzt bot. Dann hob ich das Hinterbein und pinkelte auf die Spitze seines Lederstiefels.

Hundspielen hatte eben manchmal auch Vorteile.

Kaum waren wir etwa eine Viertelmeile weitergegangen, blieb Khara abrupt stehen und machte ohne eine Erklärung kehrt.

Wir folgten ihr so schnell, dass wir Mailley einholen konnten.

»Ich dachte, ihr wollt nach Norden«, rief sie, als wir wieder neben ihr standen. Bis auf Gambler waren wir alle ziemlich außer Atem.

»Wollen wir auch«, sagte Khara. »Aber Vallino« – sie holte tief Luft –, »der geht nach Süden.«

Khara flüsterte Vallino etwas ins Ohr. Dann gab sie Mailley die Zügel. »Er mag gern Wiesenhafer«, sagte Khara leise.

»Aber ich verstehe nicht …« Mailley starrte auf das abgenutzte Leder, das auf einmal um ihren Fäustling geschlungen war.

»Und Apfelschnitze«, ergänzte Renzo.

»Wenn es morgens kalt ist, ist er ein bisschen störrisch«, sagte Tobble.

»Aber schnell wie der Wind, wenn er zufrieden ist«, fügte Gambler hinzu.

Ich aber brachte die Worte nicht heraus, die ich gern noch gesagt hätte: Dass mir Vallino das Leben gerettet hatte. Dass er ein guter, ein echter Freund war. Dass ich für immer in seiner Schuld stand.

Stattdessen winselte ich nur. Vallino wieherte als Antwort.

»Aber …«, fing Mailley wieder an, ihre Augen glänzten.

»Lass ihn nicht zu viel süßes Zeug fressen. Und achte auf Kletten in seinem Schwanz. Das kann er nicht ausstehen.«

Abrupt drehte sich Khara um, dann zögerte sie noch einmal. »Und er hat es gern, wenn man ihn hinter den Ohren krault. Besonders hinter dem rechten.«

Danach blickte sie nicht mehr zurück. Ich aber schon. Ich sah Mailley, das Gesicht in Vallinos Mähne vergraben, schluchzend.

»Warum weint Mailley?«, fragte ich Gambler leise. Dalkins weinen nur in Augenblicken tiefer Trauer.

»Das sind, glaube ich, Freudentränen«, sagte Gambler. »Menschen weinen aus vielerlei Gründen.«

Ich blickte Khara ins Gesicht und sah keine Tränen. Aber ich war sicher, dass sie Schmerz und Trauer empfand.

Damit kannte ich mich aus.

13

Mein Traum von Dalkins

Wir hatten Glück, denn wir fanden nicht nur Nahrung, sondern auch eine Unterkunft mit richtigen Menschenbetten. Sie waren viel zu groß für Tobble und mich, deshalb teilten wir uns eines. Khara und Gambler nahmen das eine Zimmer, Renzo, Dog, Tobble und ich das andere.

Unten im Gasthaus luden wir uns die Teller voll, aßen herrliches Brot und dazu Braten von einem unbekannten, doch köstlich schmeckenden Tier. Wir tranken Apfelmost und teilten uns sogar einen Pudding – Gambler verschmähte ihn, er fand ihn »zu süß für einen Felijaga mit Selbstachtung«.

Danach nahmen wir einen Krug Most mit auf unser Zimmer, und dort löcherte ich Renzo mit Fragen. Wo er geboren war. (Er wusste es nicht sicher.) Wer seine Eltern waren? (Den Vater kannte er nicht, und seine Mutter war am Fieber gestorben.) Und wie er zu einem Dieb geworden war.

Diese letzte Frage entlockte ihm eine etwas ausführlichere Antwort: »Als meine Mutter gestorben war, hatte ich niemanden mehr.«

»Das war sicher schlimm für dich«, sagte ich. Ich konnte mir nur zu gut vorstellen, wie er sich gefühlt haben musste.

Renzo zog die Schultern hoch. »Ich hatte gar keine Zeit zum Angsthaben. Ich war hungrig. Ich war zehn Jahre alt und allein. Arbeit hätte mir niemand gegeben, und so habe ich angefangen, mir von den Marktbuden was zu essen zu stehlen. Manchmal konnte ich mich unauffällig verdrücken. Manchmal musste ich rennen.« Bei einer Erinnerung lachte er. »Einmal musste ich von einer sechs Meter hohen Mauer in einen Graben springen. Ich hätte tot sein können. Stattdessen landete ich bis zum Bauch im Schlamm. Erwischt haben sie mich natürlich doch.«

Tobble riss die Augen auf. »Haben sie dich in den Kerker gesteckt?«

»Oh ja, sicher.« Lachen. »Aber nachdem sie mich mit der Peitsche traktiert hatten, ließen sie mich laufen.«

»Mit … was?«, fragte Tobble und presste die Pfoten zusammen.

Renzo stand auf und zog sich das Hemd über den Kopf. »Zwanzig Peitschenhiebe.«

Über seinen Rücken zogen sich blasse hellrote Streifen. Manche waren etwas erhöht und breiter als andere.

»Hat es …«, fing Tobble an, aber dann zuckte er zusammen und verstummte.

»Ob es wehgetan hat?«, fragte Renzo und ließ sein Hemd wieder herunter. »Natürlich. Ich hab geschrien und geheult wie ein Baby. Hinterher konnte ich kaum kriechen, so schwach war ich. Ein alter Mann hat Mitleid mit mir gehabt, jedenfalls dachte ich, es wäre Mitleid, aber mit Güte war der alte Draskull nicht übermäßig ausgestattet. Er unterhielt eine Bande von Dieben und sagte mir klipp und klar: Klaust du für die Bande, werden dich meine Leute beschützen. Klaust du auf eigene Faust, sorgt der alte Draskull dafür, dass du erwischt wirst.«

»Und dann …«, half ich nach, als Renzo in seinen Erinnerungen zu versinken schien.

»Und dann habe ich eben für Draskull gestohlen, und er hat sich darum gekümmert, dass ich Kleidung und Nahrung hatte. Viel geschlagen hat er mich nicht. Nur wenn ich einen Fehler machte. Er war ein großer Dieb, dieser Draskull, ich hab viel von ihm gelernt.«

»Klingt fast, als ob du auch noch dankbar wärst«, sagte Tobble irritiert.

Renzo nickte. »Arme Leute haben kaum Möglichkeiten in dieser Welt. Es gibt gute Herren und schlechte. Gut war Draskull nicht, er konnte brutal sein, aber von ihm hab ich mein Handwerk abgeschaut. Und als ich dann so weit war und es einrichten konnte, dass er selber von der Miliz geschnappt wurde, da hatte ich schon eine ganze Menge gelernt.«

»Warte … wie war das mit der Miliz?«, fragte ich nach.

Ein Glitzern lag in Renzos Augen, ein Blick, der irgendwie nicht zu seiner sonst so offenen unbekümmerten Art passte. »Hast du die dick vernarbten Striemen auf meinem Rücken gesehen? Die stammen von Draskull. Er hat gern mit einem Bambusstock zugeschlagen. Wenige Hiebe nur, aber umso schlimmere.«

»Also hast du … dich gerächt?«

Renzo lächelte. »Lass dir von keinem erzählen, dass Rache nichts bedeutet.« Sein Lächeln wurde noch breiter. »Der Tag, an dem der alte Mistkerl verhaftet wurde, war ein sehr sehr glücklicher Tag für mich.«

Tobbles Augenlider fielen zu. Innerhalb von Sekunden war er fest eingeschlafen. Aber ich hatte immer noch Fragen an Renzo, und ich hoffte, er würde mir antworten. Meine Geschwister hatten sich oft über meine endlose Neugier lustig gemacht.

»Renzo«, fing ich an und dämpfte die Stimme, um Tobble nicht zu wecken, »darf ich dich noch was fragen?«

Er zuckte mit den Schultern. »Aber sicher.«

»Warum bleibst du eigentlich bei uns?«

Er klopfte gegen den Schild, den wir von den Subdur-Natintjes mitgenommen hatten. »Siehst du das hier? Das ist mehr wert als alles, was ich je gestohlen habe. Dreimal mehr als alles zusammen.«

»Und einen anderen Grund gibt es nicht? Es geht dir nur um die Gelegenheit, reich zu werden?«

»Ja«, sagte er einfach.

Ich lächelte. »Du vergisst wohl, mit wem du sprichst.«

»Dalkins!«, sagte Renzo gespielt ärgerlich. »Ich versteh schon, warum die keiner um sich haben will.«

Wir lachten beide, und bald war auch Renzo eingeschlafen. Er schnarchte, aber wenigstens nicht so laut wie Khara mit ihren Krötengeräuschen.

Eine Weile lag ich noch wach, während Tobble leise pfeifend atmete und Renzo ab und zu einen Schnarcher von sich gab. Als ich endlich auch eingeschlafen war, träumte ich von einem klaren spiegelglatten See. Ich saß am Ufer auf Gamblers Schultern, blickte ins Wasser und sah ein makelloses Spiegelbild meines Gesichts: goldenes Fell, Hängeohren, Augen voller Fragen.

Ein Wind kam auf und zerkräuselte mein Ebenbild. Plötzlich verschwand Gambler, und ich versank im eisigen Wasser. Nach Luft schnappend, tauchte ich auf, und da – sah ich mich selbst am Ufer stehen.

Aber nein, das war nicht ich. Das war ein anderer Dalkin.

Echt und atmend und lebendig.

»Diy alwoo m'rrk reh wyrtanni«, flüsterte er.

Dalkinsprache. Wie lange war es her, seit ich meine Sprache zuletzt gehört hatte! Ich brauchte eine Weile, bis ich seine Worte verstand.

Du bist nicht allein.

Der kleine Winkel in meinem Hirn, der geübt war im Savrellieren, bemühte sich krampfhaft darum, zu antworten und den Traum festzuhalten. »Woher weißt du das?«, versuchte ich zu sagen, aber statt meiner Stimme kam nur ein wortloses Wimmern über meine Lippen.

Ich wiederholte den Spruch, den ich zum Savrellieren gelernt hatte: *Du bist der Traum und der Traum bist du,* sagte ich mir vor. *Du bist der Traum und der Traum bist du.*

Ich klammerte mich an die schwach nachklingenden Traumfetzen, an die ich mich erinnern konnte. Der Grund des Sees; der Sand zwischen meinen Zehen; das wehmütige Lächeln des Dalkins; der angenehme vertraute Geruch seines Fells. Wie Morgennebel, wie kräuselnd aufsteigender Rauch, wie der Nachhall eines Liedes: Alles war da und war doch nicht da.

Fröstelnd wachte ich auf. Ich spürte noch seinen warmen Atem, sah das Wiedererkennen in seinen Augen.

Und ich hörte noch seine Worte.

Du bist nicht allein.

14

Ein alter Feind taucht auf

Am Morgen hatten wir zum Frühstück starken Tee, Milchbrötchen und Speckscheiben. Khara brach einen der kleinsten Steine aus der Krone, die Tobble immer noch in seinem Gepäck mitschleppte, und fand das mehr als ausreichend, um damit Essen, Übernachtung und ein paar Decken zu bezahlen.

Wir wandten uns in nordöstliche Richtung. Der Schnee war leicht überfroren, die Luft kalt, aber erfrischend. Von Zeit zu Zeit konsultierten wir das WeitNah, um zu sehen, ob wir nun endgültig an dem Heerlager vorbei waren.

»Vor uns ist eine größere Gruppe Menschen. Sie bewegen sich langsam«, meldete Khara, die gerade dabei war, unseren geplanten Weg zu überprüfen. »Tut mir leid, Byx.«

Ich wechselte auf alle viere in meine Hundeposition. Als wir näher an die Gruppe herankamen, stieg mir ein unangenehmer Geruch in die Nase: der nach dreckigen Menschen. Der Geruch sauberer Menschen ist akzeptabel, wenn auch nicht gerade erfreulich. Doch ein dreckiger Mensch ist nur schwer zu ertragen.

Während wir weitergingen, erkannte ich den Grund für diesen Geruch. Die Leute vor uns waren keine Bauern auf dem Weg zum Markt oder gar Soldaten, die zu einer neuen Stellung zogen. Es waren Männer in Ketten, angeführt von einem hochgewachsenen

Menschen zu Pferde. Ein kräftiger grauer Felijaga bildete das Schlusslicht.

Es war ein grässlicher Anblick, bei dem sich fast mein Magen umdrehte. Aber dann sah ich etwas noch Schrecklicheres.

Ich erkannte einen der angeketteten dreckstarrenden Menschen.

Luca.

Luca, der mir das Leben gerettet hatte.

Luca, der versucht hatte, meinem Leben ein Ende zu setzen.

Eine Zeit lang hatte Luca zu unserer kleinen Gesellschaft gehört. Wir hatten ihm vertraut. Er war ein Gelehrter und hatte sich sogar intensiv mit der Art der Dalkins befasst.

Allerdings war Luca nicht nur Gelehrter.

Er war außerdem ein Nachkomme der wortbrüchigen Familie Corpli, die von alters her verfeindet war mit Kharas Familie. Letzten Endes hatte uns Luca an den Murdano verraten, in der Hoffnung, Einfluss zu gewinnen und damit seiner Familie zu nützen.

Aber wir hatten Luca überlistet – und den Murdano ebenso.

Ich blickte zu Khara auf, um zu sehen, ob sie unseren alten Feind erkannt hatte. Ja, hatte sie.

Lucas Haar war verdreckt und verfilzt. Statt seiner vornehmen Kleidung hatte er ein Leinenhemd an. Durch seine löchrigen Stiefel konnte ich die Füße sehen.

Wir hatten das Ende der Kolonne erreicht. Es war etwa ein Dutzend angekettete Männer. Der graue Felijaga drehte sich um und warf uns einen warnenden Blick zu. Er unternahm aber nichts, um uns am Vorübergehen zu hindern, und als er Gambler erblickte, wich er zur Seite.

Luca bemerkte uns überhaupt nicht, während wir den Zug

überholten, denn er hatte den Kopf gesenkt und konzentrierte sich auf jeden seiner müden, strauchelnden Schritte.

Wir gingen weiter. In Kharas Gesicht stand ein Ausdruck von Traurigkeit und Verunsicherung. Nach ungefähr hundert Metern blieb sie stehen.

»Byx«, sagte sie. »Was …«

Ich nickte. »Wenn du fragen willst, was ich denke, dass du fragen willst«, sagte ich, immer auf der Hut, dass mich keine Fremden beim Sprechen beobachten konnten, »dann ist meine Antwort Ja.«

»Renzo?«

Renzos Augen wurden schmal. »Einmal Verräter, immer Verräter.«

»Gambler?«, sagte Khara. »Tobble?«

Gambler sagte: »Ich mag kein Lebewesen in Ketten sehen.«

Tobble überlegte. »Ich auch nicht«, sagte er. »Aber ich stimme Renzo zu, dass Luca kein Mensch ist, dem man vertrauen kann. Niemals.«

»Warum sind sie in Ketten, was meinst du?«, fragte ich. »Sind es Verbrecher?«

»Möglich«, sagte Khara.

»Wahrscheinlich«, sagte Renzo. »Genau das ist Luca doch.«

»Es könnten auch Sklaven sein«, sagte Gambler. »In dem Fall sollten wir sie alle befreien.«

»Ich bin nicht sicher, ob wir dieses Risiko eingehen können.« Khara schüttelte den Kopf. »Die ganze Umgebung wäre alarmiert.«

»Ich meine, es ist ein Risiko, das sich einzugehen lohnt«, sagte Gambler.

Khara presste die Lippen zusammen. »Also gut.«

»Tobble«, sagte Renzo, »gib mir bitte die Krone.«

Renzo brach drei große Steine heraus und reichte sie Khara, kopfschüttelnd und kommentarlos.

Wir sahen, wie Khara etwa zehn Minuten mit dem Kommandeur feilschte. Schließlich löste er bei allen Männern die Ketten. Sie zerstreuten sich schnell, sichtlich fassungslos über ihr Glück.

Khara kam zurück, und Luca folgte ihr mit schweren Schritten.

»Ich sehe mit Erleichterung, Freund Dalkin, dass es dir gut geht«, sagte er mit rauer schwacher Stimme, als er neben mir stand.

»*Freund?*«, wiederholte ich.

Luca zuckte zusammen und sah zu Boden. Tobble kramte etwas zu essen aus seinem Gepäck und gab Luca Brot, das er mit der Anmut eines ausgehungerten Schweins verschlang. Er trank auch vom Apfelmost, den wir in der Wirtschaft gekauft hatten.

»Kleidung haben wir nicht übrig«, sagte Khara. In ihrer Stimme lag kein Mitleid.

»Diese Lumpen trage ich schon seit vielen Tagen«, sagte Luca. »Ich werd's überleben.«

»Deinesgleichen überlebt immer«, bemerkte Gambler verächtlich. Er konnte kein Geschöpf in Ketten sehen, was aber nicht hieß, dass er sich für Luca erwärmt hätte. »Die kleinste falsche Bewegung, und ich koste, wie dein Blut schmeckt.«

»Wenn du es denn schaffst, ihn zu töten, bevor ich es tue«, sagte Khara.

Luca nickte. Ich sah, dass die Haut an seinen Arm- und Fußgelenken und am Hals von den Fesseln wund gerieben war.

Danach gingen wir schweigend weiter. Luca schien zu spüren, dass wir keine Lust hatten, uns näher auf ihn einzulassen.

Ungefähr eine Stunde später brach er das Schweigen. »Wollt ihr zur Beragaz-Furt?«, fragte er.

»Beragaz-Furt?«, sagte Khara. »Wie kommst du darauf?«

Luca zuckte mit den Schultern. »Ich nehme an, ihr wollt das Meer erreichen. Falls euer Ziel noch immer die lebende Insel ist, der ihr in Nedarra schon so nahe wart.«

»Du bist uns gefolgt?«, fragte ich.

Luca schoss mir einen kurzen Blick zu. »Ja«, sagte er. »Von Weitem. Und ihr wart jedes Mal weg, bevor ich euch einholen konnte.«

»Und wenn du uns eingeholt hättest?«, fragte ich.

Luca zögerte, sichtlich gefangen zwischen der Angst vor meiner Macht, die Wahrheit zu erkennen, und dem Wunsch zu lügen. Er fuhr sich über den roten Streifen, der um seinen Hals lief. »Dann hätte ich dich gefangen, Byx, und mit besten Grüßen an den Murdano geschickt.« Er lächelte fast. »Und natürlich hätte ich Kharas Schwert an mich genommen.«

»Und was hättest du mit dem *Licht von Nedarra* getan?«, wollte Khara wissen.

»Ich hätte es meinem Vater gebracht. Das Schwert hätte uns Kraft gegeben, und wir hätten eine Armee aufgestellt, um in dem kommenden Krieg den Murdano zu verteidigen.«

»Byx muss mir nicht erklären, dass das keine vollständige Antwort ist«, sagte Khara. »Hättest du das Schwert dem Murdano übergeben?«

Lucas Schweigen war die Antwort.

»Ich verstehe«, sagte Khara. »Du hättest den richtigen Zeitpunkt abgewartet, dann hättest du dich gegen den Murdano gestellt und deinen Vater auf den Thron gebracht.«

Luca gelang ein spöttisches Lachen. »Nun, wir haben alle unsere Träume, nicht wahr? Vielleicht sogar du, Kharassande von Donati?«

Ich erwartete eine scharfe Erwiderung von Khara. Doch Lucas Unterstellung, sie könnte persönliche Interessen verfolgen, machte sie sprachlos.

Jedenfalls sprachlos im Beisein eines Dalkins.

15

Mittel zum Zweck

Wir verbrachten die Nacht auf einem überfrorenen Feld voller Schneeblüten. Der Duft war wunderbar rein und erdig, die Kälte weniger angenehm. Aber wir hatten Essen, Wasser und etwas Apfelmost, und unterwegs konnten wir einem Bauern ein paar Kleidungsstücke abkaufen, in denen Luca ordentlich, wenn nicht gar attraktiv aussah. Ich war gespannt, wie lange es dauern würde, bis seine alte Arroganz wieder zum Vorschein kam.

Nachdem wir gegessen hatten und unser Feuerchen kräftig brannte, fing Luca wieder an: »Wie schon gesagt, ich vermute mal … und ich erwarte nicht, dass ihr es mir erzählt … dass ihr nach Osten zum Meer wollt.«

Keiner antwortete.

»Es ist nur, weil ich mich frage, ob ihr über die Geografie von Dreyland Bescheid wisst«, sagte Luca.

Wieder keine Antwort. Nur misstrauische Blicke zwischen Khara, mir und Renzo, ein Felijaga-Augenrollen von Gambler und ein verächtliches Schnauben von Tobble.

»Ich weiß ein bisschen über die Gegend«, sagte Luca. »Als ich noch auf der Insel lebte, habe ich Landkarten von Dreyland studiert.«

»Ich bin ein-, zweimal selber hier gewesen«, sagte Renzo. »Wir brauchen deine Hilfe nicht.«

»Ich kenne eine Brücke über den nächstgelegenen Fluss«, sagte Luca beharrlich.

»*Du* willst uns führen?«, fragte Khara, und ihr Ton war nicht freundlich. »In die nächste Falle?«

Luca senkte den Kopf. »Ich bin meiner Familie gegenüber loyal, Khara. Aber meine Familie ist in Nedarra. Und Freunde habe ich hier nicht.«

»Wie bist du dann hierhergeraten?« Sie wollte Luca die Wahrheit entlocken.

»Es stimmt, ich bin euch gefolgt, in der Hoffnung, dein Schwert an mich zu bringen. Ich bin immer an der Küste entlang. Die Wachposten von Nedarra ließen mich durch, weil ich einen Brief von meinem Vater bei mir hatte. Er besitzt noch immer viele Freunde.«

»Er sagt die Wahrheit«, bestätigte ich.

»Ich kletterte eine Felswand hinauf und kam unbemerkt über die Grenze nach Dreyland. Ich war sicher, dass ihr denselben Weg genommen hattet, und glaubte schon, euch dicht auf den Fersen zu sein. Aber dann hatte ich nichts mehr zu essen und auch kein Geld, und nachdem ich vom Verkaufsstand eines Händlers Obst gestohlen hatte, wurde ich verhaftet.«

Immer noch die Wahrheit.

»Die Wachen haben mich an den Sklavenhändler verkauft. Und damit war ich verurteilt, bis zu meinem Tod in den Bergwerken zu schuften. Dann habt ihr mich gerettet.«

»Wir hatten Mitleid«, sagte Khara. »Das heißt aber nicht, dass ich dir glaube.«

Das stimmte nicht: Sie glaubte ihm. Aber ich sagte nichts.

»Und ganz gewiss traue ich dir nicht«, ergänzte Khara. Sie verschränkte die Arme vor der Brust. »Hör zu, wir haben einen Feuerritter und sechs Mitglieder der Weißen Wache des Murdano hinter uns gelassen. Alle tot.«

»Beachtlich.«

»Sag uns also, Luca: Weißt du, ob der Murdano noch mehr Soldaten hinter uns hergeschickt hat?«

»Das weiß ich nicht«, antwortete Luca.

Ich nickte Khara zu. Wieder die Wahrheit.

»Aber ich bezweifle«, fuhr Luca fort, »dass der Murdano das Risiko eingeht, Soldaten über die Grenze nach Dreyland zu schicken. Erst recht nicht jetzt, wo ein Krieg bevorsteht.«

Gambler leckte sich die Pfote. »In diesem Punkt muss ich dem Verräter zustimmen. Der Murdano hat im Moment größere Sorgen als uns.«

»Trotzdem«, sagte Renzo, »kann es nicht schaden, wenn wir unsere Spuren hinter uns verwischen. Der Murdano hätte zu gern einen Dalkin in seinem Arsenal.«

Eine Weile starrten wir alle ins Feuer und sahen zu, wie es Funken in die Dunkelheit sprühte.

»Hört zu«, sagte Luca, wobei er den Blick auf mich richtete, »und ich bitte Byx zu bestätigen, dass ich die Wahrheit sage. Ich kann euch zur Beragaz-Furt führen. Ob sie bewacht wird, weiß ich nicht sicher. Aber es ist der schnellste Weg nach Osten. Und ich habe weder Freunde noch Verbündete in diesem Land.«

»Wahr oder nicht«, sagte Renzo, »ich bin nicht daran interessiert, diesem Typen zuzuhören.«

Luca seufzte. »Dann eben nicht.« Langsam stand er auf, trat aus dem Schein des Feuers und ging ein paar Schritte in die

Dunkelheit hinein. Ich hörte es knirschen, als er sich außerhalb unserer Sicht auf das Polster aus Schneeblüten setzte.

»Ich denke, wir sollten wissen, was er weiß«, sagte ich zu Khara.

Sie nickte und drehte den Kopf in seine Richtung.

Ich stand auf. Gambler erhob sich lautlos und blieb an meiner Seite.

Luca sah nicht auf, als wir uns näherten.

»Also, was kannst du uns sagen?«, fragte ich.

»Und falls du uns anlügst, wirst du im Nu feststellen, wie schnell ich dich ausweiden kann«, sagte Gambler.

Luca nickte. Im schwachen Sternenlicht war sein Gesicht kaum zu erkennen. »Ihr wisst, dass ein gemeiner Felijaga in Dreyland die Macht übernommen hat?«

Gambler schien unangenehm berührt. Die Situation war natürlich nicht seine Schuld, aber ich ahnte, dass er als Felijaga sie persönlich nahm.

»Dieser Kazar Gs'drit ist ein grausamer Kerl«, fuhr Luca fort. »So korrupt und hinterhältig der Murdano und seine Höflinge sind, der Kazar Gs'drit ist schlimmer. Er hat schon ganze Flüsse umleiten lassen, nur um aus tief liegenden Moorgebieten Häfen für seine Flotte zu machen. Er hat Zehntausende unter seine Herrschaft gezwungen und noch viele mehr eingesperrt. So voll sind seine Kerker, dass er Gefangene in Außenlagern unterbringt und sie von Terra-Olmen bewachen lässt.«

»Von Terra-Olmen?« Gambler war verblüfft. »Ich dachte, die Terra-Olme sind niemandem zu Diensten.«

»Wenn sie am Verhungern sind, schon«, sagte Luca. »Der Kazar Gs'drit zerstört die Flächen, unter denen Terra-Olme ihre Nahrung finden. Seine giftigen Substanzen dringen tief in den Boden ein und töten die Lebewesen unter der Erde, von denen Terra-Olme sich ernähren. Nicht alle dienen Gs'drit, aber viele haben sich ihm zugewandt, um zu überleben. Er vernichtet systematisch eine Art nach der anderen oder schüchtert sie so lange ein, bis sie ihm gehorcht.«

Gambler legte den Kopf schief. »Und wie willst du das alles so genau wissen?«

»Ich halte meine Ohren offen«, sagte Luca mit einem Anflug von Ärger. »Was ein Sklave zufällig hört, kümmert doch keinen.« Er pflückte eine weiße Schneeblüte und zupfte nacheinander ihre Blütenblätter ab. »Sind sie nicht wunderhübsch?«, sagte er. »Habt ihr gewusst, dass sie nur im Mondlicht blühen?« Ein seltsamer, wehmütiger Blick glitt über sein Gesicht. »Auf der Akademie hatte ich einen Professor. Zäher alter Kauz, der Mann. Ich war der einzige Student, der damals den Abschluss in seinem Kurs über die Verdahn-Pflanzenwelt mit Auszeichnung bestand.« Luca warf die Blüte weg. »Das war, bevor ich beschloss, die Dessag-Fauna zu studieren – die nahezu ausgestorbenen Arten wie deine, Byx.«

Ich dachte daran, wie Luca mich in der Akademie zum ersten Mal gesehen hatte. Er hatte mich umrundet, hatte sich fasziniert Notizen gemacht zu meinen Gleitflügeln, meinen Daumen, zu jedem Detail meines Körpers. Über Dalkins hatte er früher schon geforscht, aber gesehen hatte er damals noch keinen.

An diesem Tag war ich mir vorgekommen wie eine Laune der Natur. Und in gewisser Hinsicht war ich das ja auch.

»Interessant an diesen Schneeblüten ist«, sprach Luca weiter, »dass sie im Grunde genommen Unkraut sind. Fremdarten. Bauern hassen sie. Sie wachsen wie wild, überwuchern alles, machen denen, die ihnen im Weg sind, das Überleben schwer.« Er warf uns ein kaltes Lächeln zu. »Ähnlich wie Menschen. Und Felijagas.«

»Nicht alle«, sagte Gambler.

»Ich verstehe nicht, warum jemand einen Krieg anzetteln will«, murmelte ich. »Oder warum es jemand für nötig hält, andere zu kontrollieren … oder gar zu vernichten … gleich ganze Arten.«

»Arme Byx«, sagte Luca mit etwas spöttischem Lächeln, »du verstehst immer noch so wenig. Krieg ist doch nicht der Zweck – Krieg ist nur das *Mittel* zu einem Zweck.«

Mein Herz fühlte sich hart an wie eine Faust. »Was für ein Zweck könnte denn einen Krieg rechtfertigen, in dem massenhaft Lebewesen umkommen werden?«

»Macht«, sagte Luca mit matter Stimme. »Für Macht tun sie alles.«

Das Schlimme war, dass er daran glaubte.

Und noch schlimmer war, dass ich es ebenfalls glaubte.

»Schon bald werden sich die Gelehrten an der Akademie nicht nur mit dem Ende deiner Art beschäftigen, Byx.« Luca lachte kurz auf. »Sie werden über viele ausgestorbene Arten forschen müssen. Denk an all die Eumonien! Die vielen Begräbnisfeiern!«

»Genug jetzt!«, fauchte Gambler. »Sonst veranstalten wir gleich ein Begräbnis für dich.«

»Arten kommen und Arten gehen«, sagte Luca. »Kein Grund, beleidigt zu sein. Neue Arten ersetzen alte. Das ist der Lauf der Welt.«

»Aber wenn Menschen dafür verantwortlich sind oder jemand anderes …«, fing ich an.

»Sie sind eben stärker als die Natur«, sagte Luca.

Wir verfielen in Schweigen. Ein kalter Wind ließ die Schneeblüten rascheln. Das Geräusch hätte so schön sein können. Aber es war unheimlich.

»Sag mal, hast du noch dieses Notizheft, das ich dir geschenkt habe?«, fragte Luca.

Ich zog es aus meinem Beutel. In dieses Heft hatte ich über meine Gefühle und Erlebnisse geschrieben, wann immer ich Zeit dazu fand und ich Tinte aus den gerade vorhandenen Pflanzen gewinnen konnte.

»Du solltest unbedingt alles aufschreiben, was du über die Dalkins weißt«, sagte Luca. »Kultur. Überlieferung. Geschichten. Alles.«

»Warum?«, fragte ich, obwohl ich seine Antwort schon kannte.

»Für die Gelehrten.« Luca tippte mit dem Zeigefinger an seine Brust. »Für solche wie mich. Für die, zu denen ich früher gehört habe. Wenn ihr Dalkins endgültig ausgestorben seid, gibt es wenigstens Aufzeichnungen.«

Gambler stupste mich mit dem Kopf an. »Komm, Byx. Bevor ich etwas tue, das ich nicht bereuen würde.«

Und wir ließen Luca allein zwischen den schönen und gefährlichen Blüten sitzen.

16

Der Purpurwald

Widerstrebend einigten wir uns darauf, Lucas Rat anzunehmen, und es stellte sich heraus, dass die Beragaz-Furt tatsächlich dort war, wo er gesagt hatte. Wir erreichten sie nach zwei langen Tagesmärschen. Es war keine Brücke, sondern nur eine Stelle, an der das Wasser seicht genug zum Überqueren des Flusses war.

Renzo und Gambler suchten die Gegend nach Anzeichen von Soldaten ab, fanden aber nur Fußspuren. Allerdings viele, und sie ließen uns an eine Armee denken, die vor Kurzem die Gegend durchquert haben musste.

Der ruhig fließende kalte Fluss reichte mir an der tiefsten Stelle bis zum Hals. Khara ging als Erste, Tobble saß auf Renzos Schultern. Gambler brauchte eine Weile, bis er den Mut aufbrachte. Dann sauste er los, und zwar so komisch, als wollte er versuchen, direkt über die Wasseroberfläche zu rennen.

Das Schlimmste war die Kälte, nachdem wir gerade bis auf die Haut nass geworden waren. Es hatte wieder angefangen zu schneien, aber zum Glück ging kein Wind.

»Ich schätze, dass es von hier nur sechzig, siebzig Meilen bis zur Küste sind«, sagte Luca und schlug sich eine Decke um die Schultern. »Aber das Gelände ist teilweise recht felsig.«

»Ja«, knurrte Renzo. »Wissen sie schon. Hab ich ihnen gesagt.«

Wir stapften weiter, und als wir schließlich nicht allzu weit entfernt einen leuchtend purpurfarbenen Wald sahen, fassten wir neuen Mut. Wir hofften, wir würden vielleicht jagd- und essbares Wild finden und Larven und Kräuter für Tobble. Müde und durchgefroren bis auf die Knochen, wie wir alle waren, schien uns eine warme Mahlzeit und ein lustig knisterndes Feuer genau das, was wir brauchten. Das und eine erholsame Nachtruhe würden uns gewiss wieder herstellen.

»Sobald wir unter den Bäumen sind, werden wir unsere Spuren verwischen müssen«, sagte Khara und deutete mit dem Kopf auf unsere Fußspuren im Schnee.

»Neuschnee überdeckt doch alte Spuren leicht«, sagte ich.

Renzo schüttelte den Kopf. »Aber nicht vor den Augen eines erfahrenen Fährtenfinders wie zum Beispiel Khara.«

Bei seinem Kompliment lächelte Khara ein bisschen. »Der Neuschnee fällt überall gleichmäßig, aber solange er keine wirklich hohe Schicht bildet, sind unsere Spuren zu sehen, nur etwas weniger deutlich.«

Tobble sah sich flüchtig um und schwenkte seine riesigen Ohren nach allen Seiten. »Warum sorgen wir uns um Spuren? Wer verfolgt uns denn?«, fragte er nervös.

»Keiner, soweit ich weiß«, sagte Khara. Dabei schoss sie einen vielsagenden Blick in Lucas Richtung. »Aber man kann nicht vorsichtig genug sein.«

Ich verstand Kharas Gefühle, was Luca anging. Sie hatte die Entscheidung getroffen, ihn zu retten. Sie wusste, dass er jetzt die Wahrheit gesagt hatte. Aber sie mochte ihn nicht, und sie traute ihm nicht. Ich war überzeugt, dass sie ihm nicht verziehen hatte, und im Grunde genommen hatte ich das auch nicht.

Es war schwer, mit so vielen unterschiedlichen Gefühlen fertigzuwerden, die ein und dieselbe Person betrafen. War das so, wenn man erwachsen wurde? Würde immer alles so kompliziert und verwirrend sein? Grau statt schwarz und weiß? Würde sich Glück immer mit Sorge mischen? Wut mit Mitleid?

Ich dachte an den Tag, als ich Maia, meine Mutter, zum letzten Mal gesehen hatte. Wir hatten Butrillos beobachtet, die sich im Wind treiben ließen. »Mir ist so langweilig«, hatte ich damals gejammert. Ich wollte Abenteuer erleben, die Welt sehen, mutig sein.

Ich hatte es so eilig gehabt, erwachsen zu werden! Da hatte meine Mutter mich angesehen. »Es ist nicht nötig, sich nach mutigen Taten zu drängen«, hatte sie leise gesagt. »Ganz und gar nicht nötig.«

Erst jetzt fing ich an zu verstehen, was sie gemeint hatte.

Nach einem langen Marsch bergab durch zerklüftetes Gelände erreichten wir den Waldrand. Entlang der Wand aus Bäumen verlief ein schmaler reißender Bach, der den Wald abschnitt wie eine leicht zu überwindende Absperrung. Wir fanden eine Stelle mit steilen Uferböschungen zu beiden Seiten und kamen mit einem Sprung spielend hinüber. (Tobble hielt für alle Fälle Renzos Hand fest.)

Auf der anderen Seite blieb ich stehen und hielt schnuppernd die Nase in den Wind. Gambler tat das Gleiche, und wir wechselten einen besorgten Blick.

Der Geruch hier stimmte ganz und gar nicht. Wälder riechen nach Pflanzen, die wachsen, und nach Pflanzen, die verwesen. Dieser Wald aber stank nach einer anderen Art von Verwesung: unangenehm süßlich und gleichzeitig beißend scharf nach Ammoniak.

Als ich aufsah, blickte ich in ein Geflecht von Ästen, die nicht hart und starr, sondern biegsam und geschmeidig wirkten. Eigentlich hätte dieses Muster aus Bögen, Windungen und schneckenförmig gedrehten Ästen dekorativ aussehen können, nur fand das Auge keinen Halt in dem Gewirr. Es war, als betrachte man ein schlecht gearbeitetes Gewebe, als wären all diese Bäume Teil eines riesigen verwahrlosten Teppichs.

Renzo trat an einen der glatten grauen Baumstämme heran und legte die Hand darauf. Hastig zog er sie zurück. »Der vibriert ja! Kommt, fühlt mal!«

Ich wollte nicht feige erscheinen, stellte mich neben ihn und legte meine Hand auf etwas, das sich mehr wie die Haut eines Garilans anfühlte als wie Baumrinde. Es fasste sich kalt an. Aber ich spürte einen langsamen starken Pulsschlag, ein Pochen wie vom Herzen eines Riesen.

»Lasst uns weitergehen«, sagte Khara. »Es wird bald Nacht, dann müssen wir den Wald entweder hinter uns haben, oder wir müssen die Nacht darin verbringen.«

Ihre Worte beflügelten meine Schritte: Ich wollte nicht die Nacht in diesem Wald verbringen. Keiner von uns wollte das.

»Ich suche schon die ganze Zeit nach einem heruntergefallenen Ast«, sagte Renzo. »Damit könnte ich unsere Spuren verwischen. Aber ich habe noch keinen einzigen gesehen.«

»Hier wächst auch gar nichts auf dem Boden«, sagte Tobble. »Obwohl doch genug Licht durch die Bäume fällt, dass Büsche oder Sträucher wachsen könnten.«

Er hatte recht. Der Boden war kahl, nichts als Erde und Stein. Schnee rieselte durch die Bäume, aber er schmolz beim Kontakt mit dem Boden.

Khara beschleunigte ihr Tempo, nicht hastig, sondern unauffällig, als hoffte sie, dass es keiner merken würde. Doch der Gestank, das Gespenstische und das Pulsieren – es schien inzwischen vom Boden selbst zu kommen – hatten blanken Schrecken in mir geweckt. Mit jedem Schritt spürte ich die kalte Angst wachsen, und ich wusste, dass es nicht allein mir so ging: Tobble war noch nie so lange marschiert, ohne zu reden, und als ich ihn anschaute, sah ich seine gerunzelte Stirn und seine unruhig hierhin und dorthin blitzenden Augen.

»Hast du was von dem Wald gewusst?«, fragte ich Luca.

Er schüttelte heftig den Kopf. »Nein. Und wenn ich zu entscheiden hätte, würde ich umkehren und weglaufen.«

Ich wollte antworten, hielt aber inne, als ich Gambler sah – Körper gespannt, Ohren in Alarmbereitschaft.

»Ich höre was«, sagte er mit unterdrückter Stimme, und dann hörte ich es auch.

17

Der Sturz

Wir blieben alle stehen und lauschten. Mein Gehör ist nach dem von Gambler wahrscheinlich das schärfste, aber auch Tobble hat ungewöhnlich feine Ohren.

»Etwas Weiches?«, fragte ich.

»Schmatzendes?«, raunte Tobble.

Gambler gab keine Antwort. Das war auch nicht nötig. Das Geräusch war näher gekommen, wurde lauter. »Lauft!«, schrien Gambler und ich gleichzeitig.

Inzwischen hatte die Dunkelheit zugenommen, und wir sahen kaum mehr, wohin wir rannten. Wir liefen trotzdem weiter, wenn auch nicht so schnell, wie wir es gern getan hätten. Die Bäume standen zu dicht, das Licht war zu diffus. Schließlich wurde das schmatzende Geräusch so laut, dass sogar Khara und Renzo es wahrnehmen konnten. Es hörte sich an, als wäre direkt hinter uns jemand, der einen Sack nasser Steine über morastigen Boden zog.

Die Bäume wurden fast undurchdringlich. »Wir müssen kämpfen!«, rief Khara und riss ihr Schwert aus der Scheide.

Renzo zog sein Messer, und ich tat es ihm nach. Zu sechst nebeneinander stellten wir uns dem Feind entgegen. Luca hatte keine Waffe, aber seine geballten Fäuste waren zum Kampf bereit. Tobble, der nur mit seinem WeitNah und seinem unberechenbaren Temperament ausgerüstet war, stand neben mir.

Das Geräusch hörte auf.

Wir standen da, lauschend, den beißenden Ammoniakgestank in der Nase und umgeben von diesem unheimlichen blutroten Baldachin, der immer weniger wie eine Laube aus Blättern wirkte. Aber nichts passierte.

Khara atmete langsam aus. »Gehen wir weiter«, sagte sie schließlich.

Wir setzten uns wieder in Bewegung und kämpften uns durch das Gewirr der Bäume mit ihren dicht verschlungenen Ästen. Aber sofort war das unheimliche Geräusch wieder da.

Stolpern, tasten, keuchen. Stolpern, tasten, keuchen.

Wenn man im Begriff ist wegzulaufen, fühlt sich Angst anders an. Fliehen heißt zuzugeben, dass man keine Chance hat, sich zu wehren und zu gewinnen. Fliehen ist ein Eingeständnis von Schwäche, und Schwäche facht die Angst an wie trockenes Stroh das Feuer.

Aus dem Augenwinkel nahm ich eine plötzliche Bewegung wahr. Ein dunkles Etwas mit kurzen Flügeln und einem langen Körper flog direkt auf uns zu. Renzo reagierte mit unglaublicher Geschwindigkeit, indem er unseren gestohlenen Schild vom Rücken riss und über sich hielt, bevor die Kreatur ihn überwältigen konnte.

Der Aufprall stieß ihn zu Boden, aber wer oder was dieser dunkle Feind auch gewesen sein mochte, er flog davon.

»Weiter! Lauft weiter!«, drängte Khara, hielt ihr Schwert kampfbereit und spähte gleichzeitig durch die Dunkelheit nach unserem unsichtbaren Feind.

Ich tastete mich voran, stolperte, fand Halt und machte den nächsten Schritt – ins Nichts.

Mein linker Fuß stand auf festem Boden. Mein rechter hing in der Luft.

Ich spürte mehr, als dass ich es sah, dass vor mir ein breites tiefes Loch klaffte. Es musste einen riesigen Durchmesser haben, eine weite gähnende Leere wehte mich an.

»Aaah!«, schrie ich und stürzte.

Renzo griff noch nach mir, aber seine Hand rutschte an meinem Fell ab. Ich fiel vielleicht fünfzehn Meter in die Tiefe, bevor mir meine Gleitflügel einfielen. Ich breitete sie aus, überließ mich der Luft und verwandelte meinen jähen Sturz in einen Sinkflug.

Aber die Gleitflügel eines Dalkins sind keine richtigen Flügel. Wir können damit nicht fliegen, nur gleiten. Und abgesehen von seltenen Fällen besonders starker Aufwinde können wir nur abwärtsgleiten.

Tiefer und tiefer sank und taumelte ich. Ich hatte Angst, dass meine eigene Geschwindigkeit mich gegen die Wände schleudern würde, dass ich dann bewusstlos werden und vermutlich zu Tode stürzen würde.

In engen Spiralen kurvte ich durch die Luft, und die verzweifelten Rufe meiner Freunde über mir wurden schwächer. Ich konnte mich entweder weiter so sinken lassen oder aber das Risiko eingehen, mich nach allen Seiten zu strecken, bis ich irgendwo anstoßen würde.

Ich entschied mich für die zweite Möglichkeit.

Das Resultat war ein heftiger Stoß gegen eine Erdwand, bei dem ich mir die Ellbogen aufschürfte und die Gleitflügel knickte.

Wieder schrie ich auf, das heißt, ich wollte schreien, konnte aber wegen der herabprasselnden Erde nur schlucken und würgen. Ich strampelte verzweifelt, griff überall in feuchte Erde, fiel schreiend tiefer und tiefer, krachte immer wieder gegen die Wand, klammerte mich an alles und jedes.

Ich kam hart auf, entsetzlich hart, der Aufprall presste mir alle Luft aus dem Körper.

Meine Lunge war zum Zerreißen gespannt, mein Mund halb mit Erde gefüllt, mein Herz hämmerte – in diesem Zustand begriff ich plötzlich, dass sich meine linke Hand in eine hervorstehende Wurzel verkrallt hatte. Und wie durch ein Wunder hatte mein rechter Fuß gleichzeitig einen Vorsprung ertastet.

Ich blickte in die Höhe: Sternenlicht und ein Rand vom Mond.

»Byx!« Das war Tobble.

Ich konnte niemanden sehen. Der Rand des Loches musste weit mehr als fünfzig Meter über mir sein. Was ich sehen konnte, waren die Umrisse dieser gespenstischen Bäume, die den Grubenrand dicht umstanden.

Da hörte ich einen zornigen Ruf von Khara, gefolgt von Renzos Schreien und Gamblers Gebrüll, und ich wusste, dass über mir ein Kampf entbrannt war.

Ich hatte nicht genug Atem zum Schreien und meine Freunde nicht genug Zeit zum Lauschen. Das Herz dröhnte in meiner Brust, mein Blut raste, mein Hirn war ein Schrei jenseits aller Vernunft. Ich konnte mich nicht mehr halten, nicht mehr lange. Und meine Freunde wurden gerade angegriffen!

Mir blieb nichts übrig, als auf meine Gleitflügel zu vertrauen und zu versuchen, mich bis auf den Grund sinken zu lassen, wo immer der sein mochte.

Ich warf einen Blick nach unten und sah zum ersten Mal eine Andeutung von Boden. Ein schwacher rötlicher Schein ließ die kreisrunde Unterseite erkennen: das perfekte Gegenstück der oberen Öffnung. Da wurde mir klar, dass dieses Loch, in das ich gefallen war, zu symmetrisch, zu ordentlich war, um eine beliebige Naturgegebenheit zu sein.

Während ich noch einmal hinunterschaute, nahm über mir das Kampfgetümmel unter verzweifeltem Knurren und Schreien zu.

Der rötliche Schein von unten wurde heller, und ich spürte sogar eine Wärmewelle aufsteigen. Für einen Moment, der mich schwindlig machte, überlegte ich tatsächlich, ob der warme Luftstrom reichen würde, um mich aufwärts aus dem Loch hinauszutragen.

Allerdings starb dieser Gedanke im selben Augenblick, als ich hinaufsah, um meine Chancen einzuschätzen, denn die Dinge änderten sich dramatisch. Die Bäume, die das Loch umgaben, bewegten sich plötzlich. Gegen das Mondlicht sah ich umherwirbelnde Äste – Äste, die mich immer mehr an etwas Grauenerregendes denken ließen.

Ich blinzelte. Ich blinzelte noch einmal.

Die Äste wurden zu Riesenwürmern.

Etwas fiel an mir vorbei. Ich konnte nicht erkennen, was es war, aber ich spürte, dass noch etwas hinterherkam. Und dann noch etwas.

Von oben hörte ich Renzo schreien: »Pass auf!« Aber sein Ruf galt nicht mir.

Plötzlich, wie eine von einem Dammbruch entfesselte Sturzflut, rauschte ein Schwall von sich krümmenden Würmern herunter. Sie fielen nur wenige Zentimeter an mir vorbei, während ich eng an die Erdwand gepresst stand. Manche der Würmer waren kurz wie mein Arm, manche lang wie Lanzen und dick wie junge Baumstämme.

Mir kam es vor, als würde ich hinter einem Wasserfall stehen, einem nach Ammoniak stinkenden Wasserfall aus wuselnden Würmern.

Angstschreie drangen an mein Ohr, und durch vereinzelte Lücken in diesem grausigen Regen sah ich, wie Gambler von der Flut über den Rand gerissen wurde. Er stürzte ab, knurrend und um sich schlagend.

»Gambler!«, schrie ich.

Einen Augenblick später konnten auch Khara, Renzo und Dog der Masse der fallenden Würmer nicht mehr standhalten.

»Neiiin! Neiiin!«, schrie ich.

Tobble hörte ich mehr, als dass ich ihn sah. Irgendwie hatte er es geschafft, sich gegen den Schwall der Würmer zu stemmen, aber jetzt fiel auch er und folgte der allmählich dünner werdenden Kaskade.

Tief im Innern eines Dalkingehirns muss es eine Abteilung zum Berechnen von Winkeln und Wahrscheinlichkeiten geben, und dieser Teil des Gehirns scheint absolut selbstständig zu funktionieren. Instinktiv stieß ich mich von der Wand ab, Gesicht nach oben, und als Tobble vorbeirauschte, machte ich eine Drehung und packte ihn an seinem geflochtenen Schwanz.

Bei dieser Aktion konnte ich nur einen Gleitflügel ausspannen, wodurch ich natürlich ins Fallen und Taumeln geriet, aber ich schaffte es, Tobble dicht zu mir heranzuziehen. Er wusste sich gut festzuhalten, sodass ich jetzt beide Gleitflügel ausbreiten und dadurch unseren Sturz abbremsen konnte.

So gut es ging, bemühte ich mich beim Fallen um eine eher horizontale Lage und glitt in Spiralen weiter abwärts, während um uns herum die letzten Würmer fielen.

Da sah ich gegen den höher steigenden Mond Lucas Umriss – er stand noch immer am Rand der Grube.

Er hatte uns verraten.

Wieder.

Einen Augenblick später wusste ich, dass ich diesen vorschnellen kleinlichen Gedanken ewig bereuen würde. Denn gerade als Luca herunterrief »Byx! Khara!«, bekam er von hinten einen Stoß.

Ich nahm einen Körper im Flug wahr. Luca schrie auf, dann wurde er mit unbarmherziger Geschwindigkeit von Fangarmen umklammert.

Er schrie noch einmal. Ich hörte das grauenhafte Geräusch von brechenden Knochen.

Und da schrie auch ich – ich schrie vor Entsetzen, als Lucas blutiger Körper bis auf den Grund der Grube fiel.

18

Die Suche beginnt

Als ich mit Tobble unten aufkam, war es, als landeten wir in einem Haufen glitschiger Fischleiber: eklig, aber zum Glück weich. Würmer flogen auf, als wir uns hindurchpflügten, und schließlich blieben wir in dem ganzen Durcheinander stecken. Manche der Würmer teilten sich sogar in zwei Teile, was ihnen scheinbar nicht im Geringsten schadete.

Auch wenn sie abscheulich waren, schienen sie immerhin nicht giftig wie Schlangen und auch nicht sonderlich interessiert an uns. Sie krümmten und schlängelten sich, als wären sie bestrebt, die unterste Wurmschicht und damit den rötlich schimmernden Boden zu erreichen.

»Khara!«, schrie ich. Es war schwierig, auf der wabbelnden schleimigen Masse nicht den Halt zu verlieren, aber ich gab mir die größte Mühe, aufrecht stehen zu bleiben, bis ich meine Freunde würde sehen können.

Tobble jammerte: »Was hat das alles zu bedeuten? Was passiert da gerade?«

»Khara! Renzo! Gambler! Dog!«, schrie ich. Dann, noch viel hoffnungsloser: »Luca!«

Ich sah ein in sich zusammengesunkenes Etwas und watete darauf zu.

Tobble griff nach meinem Arm und hielt mich zurück. »Nein, Byx. Das willst du nicht sehen.«

Noch nie hatte ich Tobble so elend erlebt. Und nach einem Blick in sein Gesicht wusste ich, dass er gesehen hatte, was er mir ersparen wollte.

»Ist er …«

Tobble wollte etwas sagen, aber er brachte kein Wort heraus. Er beugte sich vor und übergab sich auf ein Knäuel Würmer unter seinen Füßen.

»Byx«, brachte er endlich heraus, »ich kriege keine Luft … ich kann nicht … diese Würmer! Byx, ich hab solche Angst!«

»Sie sind anscheinend nicht darauf aus, uns was zu tun«, sagte ich und versuchte, Tobble zu beruhigen.

Er schaute an mir vorbei und erstarrte. Sein Mund bewegte sich, als wolle er sprechen, stattdessen kam nur ein erstickter Schrei.

Noch bevor ich mich umdrehte und es sah, spürte ich: Da war ein Terra-Olm. Ein Insekt, so riesig, so fremd, dass der Belag aus Würmern vergleichsweise idyllisch wirkte.

In Erwartung unseres bevorstehenden Todes spannte ich die Muskeln und versuchte, so gut ich konnte, Tobble vor dem grauenhaften Insekt zu beschützen.

Doch schien sich der Terra-Olm für Tobble und mich gar nicht zu interessieren. Er stelzte auf seinen sechs mit Gelenken versehenen Beinen an uns vorüber, ignorierte das Gewusel unter sich und steuerte den blutigen Haufen an, den Tobble mich nicht sehen lassen wollte.

Der Terra-Olm hob auf, was von Luca übrig war, und machte sich davon.

»Sieh doch!«, schrie Tobble und zeigte mit der Pfote.

Der Terra-Olm eilte einen Tunnel hinab, in dieselbe Richtung, in die sich inzwischen auch die Millionen von Würmern wälzten. Sie schoben sich durch eine große Öffnung knapp über dem Boden.

Um die Wette hasteten sie unter unseren Füßen ihren Brüdern und Schwestern nach, aber irgendwann spürte ich auf einmal die wunderbare Festigkeit eines soliden wurmfreien Grundes.

So plötzlich wie sie aufgetaucht waren, so plötzlich waren die Würmer verschwunden. »Khara!«, rief ich. »Gambler! Renzo!«

Nichts. Nur das langsam schwächer werdende feuchte Schmatzen der abrückenden Würmer.

»Wir müssen ihnen nach«, sagte ich.

»Aber …«, fing Tobble an. »Aber wir sind so klein … und diese Würmer, Byx … ich kann nicht.«

»Ja«, sagte ich. »Wir sind klein. Aber wenn wir nicht nach unseren Freunden suchen, sind wir noch kleiner.«

Da straffte Tobble die Schultern und schüttelte heftig den Kopf, als wollte er unangenehme Gedanken beiseitewischen. »Es tut mir leid. Wenn Wobbyks nicht gerade zur See fahren, verbringen sie einen Großteil ihrer Zeit unter der Erde. Wir wissen, was da lauert.«

»Du musst dich nicht entschuldigen, Tobble.«

Er stemmte die Pfoten in die Hüften. »Also dann! Übernimm du die Führung, meine Freundin.«

Führung? Das Wort erschreckte mich. Ich hatte nie irgendjemanden oder irgendetwas anführen wollen.

Mutige Töne anzuschlagen und zu verkünden, dass wir unseren Freunden nachgehen müssten, war das eine. Etwas anderes war es, das auch wirklich zu tun.

Ich bemühte mich, entschlossen und zuversichtlich zu wirken, aber natürlich kannte Tobble mich zu genau.

»Schon gut«, sagte er. »Ich weiß, du hast genauso viel Angst wie ich.«

»Vielleicht mehr.« Es war eine Erleichterung, das zuzugeben.

Rasch traten wir durch die Öffnung in den Tunnel, und da es immer abwärtsging, wurden wir ganz von selber schneller. Allerdings war der Tunnel völlig anders als die Höhlen und Gänge, die wir in der Welt der Subdur-Natintjes kennengelernt hatten.

Nichts an dieser langen Rutsche hier war natürlichen Ursprungs. Die Wände waren glitschig, der Boden war glatt und der ganze Tunnel so gerade wie einer von Kharas Pfeilen. Wir bewegten uns hier nicht in einem natürlich entstandenen Gang, sondern in einem, der von lebenden Wesen hergestellt worden war. Und das ließ sich nur einer einzigen Art zuschreiben: den Terra-Olmen.

Von klein an hatte man mir eingeschärft, Felijagas zu fürchten, obwohl die großen Raubkatzen die Jagd auf Dalkins aufgegeben hatten, nachdem sie hinter die Pläne des Murdano zu unserer Ausrottung gekommen waren.

Natintjes, so hatten wir gelernt, beherrschten die Meere und Buchten, schienen also weit entfernt von unserem Leben – so weit wie die langweiligen Gedichte, die wir immer hatten auswendig lernen müssen.

Auch manche der Raptidons hatten wir fürchten gelernt. Für Habichte, Steinadler und Kestriddis waren wir jungen Dalkins eine Delikatesse. (Erst wenn wir das Gewicht von ein, zwei Steinen hatten, fiel es ihnen schwerer, uns als Mahlzeit davonzutragen.)

Und natürlich wussten wir durch flüchtige Blicke aus der Ferne, aus oft erzählten Geschichten und endlosen Warnungen auch vieles über die Menschen.

Doch von allen großen Arten waren es die Terra-Olme, die uns immer am fremdartigsten erschienen waren, die so ganz anders waren als wir. Ihr Äußeres war so merkwürdig mit den dreieckigen Köpfen, auf denen zwei knollig hervorstehende Augen saßen, dazu hatten sie sechs spinnenähnliche Beine. Vier zusätzliche Gliedmaßen umgaben einen ununterbrochen mahlenden Mund, und jedes dieser verkürzten Glieder endete in gekrümmten, gefährlich scharfen Klauen. Terra-Olme hatten so gar nichts Vertrautes oder Beruhigendes an sich.

Meine Eltern hatten meine Geschwister und mich oft ermahnt, eine Art niemals nach ihrer äußeren Erscheinung zu beurteilen. Und unser Lehrer Dalyntor, der kluge Rudelälteste, hatte viele Stunden darauf verwendet, uns das unabänderliche Gesetz des »Pacequilibrio« nahezubringen: die nötige Ausgewogenheit und Vielfalt in der Welt der Natur.

Jede Pflanze, jedes Tier, jedes Insekt erfüllt einen Zweck, hatte Dalyntor gesagt, egal, wie lästig, hässlich, furchterregend oder unappetitlich es sein mag.

Oder wie mein Vater gern sagte: »Kein Zweifel, die Natur hat Sinn für Humor.«

Trotzdem.

Terra-Olme waren abscheulich.

Schwer vorstellbar, warum die Welt Insekten in der Größe von Pferden brauchte.

Ich fürchtete schon, dass unser Abstieg stundenlang dauern könnte oder vielleicht in absolute Dunkelheit führen würde.

(Davon hatte ich genug.) Doch während wir weiterliefen, wurde klar, dass es in regelmäßigen Abständen eine Art von Beleuchtung gab, und zwar in Form einer grünlichen Schmiere, die in kleinen Mulden von kaum einem Meter Umfang schimmerte. Es war nicht gerade strahlendes Sonnenlicht, aber besser als nichts.

Lange bevor wir zu einem Ende des abwärtsführenden Tunnels kamen, wurde der Gestank nach Ammoniak schwindelerregend. Noch schlimmer aber war das Geräusch: ein unerbittliches Mahlen und Knacken.

Ein Geräusch, wie wenn Fleisch zerkaut wird.

Plötzlich schrie Tobble auf. »Ahh! Sieh mal!«

19

Gespräch mit einem Terra-Olm

Es war ein Terra-Olm. Ein schimmerndes facettenreiches Auge starrte uns aufmerksam an, während sich das andere unabhängig vom ersten drehte wie ein bizarrer Edelstein.

Wir standen vor Furcht wie gelähmt, und Tobble flüsterte mit zittriger Stimme: »Was machen wir jetzt?«

Das auf uns gerichtete Auge schwenkte nach unten und erspähte einen fetten Wurm, der in dem wilden Gedränge offenbar den Anschluss verloren hatte. Da klappte der Terra-Olm seine Vorderbeine ein wie in einer atemberaubenden Parodie einer galanten Verbeugung. Zwei der mit Schneiden ausgestatteten verkürzten Gliedmaßen ergriffen den Wurm und beförderten ihn geschickt in den Mund des Terra-Olms.

Vorsichtig hob ich eine Hand, um festzustellen, ob der Terra-Olm Notiz von uns nahm. Nein, er bemerkte uns nicht. Probehalber machte ich einen Schritt nach vorn, und auch jetzt reagierte er nicht.

»Lass uns einfach weitergehen«, sagte ich, war aber alles andere als sicher, ob das eine gute Idee war.

Da ging ich direkt auf die Kreatur zu und an ihr vorbei. Tobble hielt sich so dicht hinter mir, dass er mir praktisch auf die Fersen trat.

»Puhhh«, sagte ich, »das ging besser als gedacht.«

Nachdem wir diesen vereinzelten Terra-Olm hinter uns gelassen hatten, kamen wir an eine Stelle, an der sich mehrere Tunnel verzweigten. Bei näherem Hinsehen stellten wir fest, dass es sich eigentlich nicht um Tunnel handelte, sondern um etwa zehn Meter tiefe Gruben. In jeder hockten drei bis fünf Terra-Olme, die alle damit beschäftigt waren, Würmer zu verschlingen. Während wir an den Vertiefungen vorbeigingen, drehte das eine oder andere der Rieseninsekten ein Auge in unsere Richtung, wandte sich dann aber gleichgültig ab.

»Die warten auf etwas. Aber nicht auf uns«, sagte ich.

»Auf Würmer. Nach Würmern halten sie Ausschau, die Widerlinge. Was für ein Gestank!«

»Sind das die Schlammwürmer aus dem Lied, das du uns beigebracht hast?«, fragte ich.

»So richtig hab ich eigentlich noch keinen echten Schlammwurm gesehen. Die hier haben scheinbar gar kein Interesse, uns zu fressen, zumindest jetzt noch nicht. Vielleicht gehören sie zu einer anderen Wurmart.« Tobble schluckte. »Trotzdem. Sie sind gruselig. Ekelhaft. Abscheulich.«

»Ich frage mich, was die Terra-Olme tun würden, wenn ich laut nach Khara rufe?«, sagte ich.

Tobble fröstelte. »Ich hoffe nur, sie machen's kurz.«

Ich zögerte. Mir war sehr wohl klar, dass ich der Aufgabe, eine Entscheidung über Leben oder Tod zu treffen, nicht gewachsen war.

»Khara!«, rief ich.

Die Terra-Olme schienen ungerührt.

»Khara!« Ich schraubte meine Stimme in eine höhere Tonlage. »Khara! Renzo! Gambler! Dog!«

Nichts.

»Sie müssen hier entlanggekommen sein, mitgerissen von der Flut der Würmer«, sagte ich. »Wenn sich die Terra-Olme für uns nicht interessieren, haben sie vielleicht auch unsere Freunde unversehrt gelassen.«

»Was hat das bloß alles zu bedeuten?«, fragte Tobble, während wir an Dutzenden von Gruben vorbeigingen, die alle voll waren mit klackernden, mampfenden Terra-Olmen. »Es kann nicht sein, dass Terra-Olme normalerweise so leben.«

»Warum nicht?«

Tobble zog die Schultern hoch. »Kommt mir eben einfach nicht richtig vor.«

Es schien wirklich irgendwie verkehrt, aber ich wusste zu wenig über die unterirdisch lebenden Arten, um sicher zu sein. Falls es zur gewohnten Lebensart der Terra-Olme gehörte, rund um riesige Fallgruben Wälder mit Wurmbäumen anzupflanzen, hätte ich sicher schon davon gehört. Und wenn nicht ich, dann bestimmt Khara, Renzo oder Gambler, die weit herumgekommen waren.

»Ob sie reden können?«, überlegte Tobble.

»Ich glaube, dass diese Klickgeräusche ihre Sprache sind. Aber sie müssten auch den allgemein verbreiteten Dialekt verstehen. Immerhin waren an der Akademie auch Terra-Olm-Gelehrte. Die mussten sich doch mit anderen Arten verständigen können.«

»Hallo?«, sagte Tobble zum nächsten Terra-Olm, der schmatzend auf einem glitschigen Wurm herumkaute.

Keine Antwort.

»Vielleicht verstehen sie uns ja doch nicht«, sagte ich.

»Manche von uns sprechen den allgemein gebräuchlichen Dialekt.«

Tobble und ich machten einen meterhohen Satz in die Luft. Wir fuhren herum – es muss komisch ausgesehen haben – und standen plötzlich Auge in Auge, oder vielmehr Auge an Knie, einem Terra-Olm gegenüber.

»Du … du …«, stotterte ich. Ich klaubte meine fünf Sinne zusammen und brachte endlich einen ganzen Satz zustande. »Du sprichst den allgemein üblichen Dialekt?«

»Die Frage beantwortet sich von selbst, nicht?«

»Äh … ja, Sir«, antwortete ich mit einem Kiekser in der Stimme.

»Welche Art von Lebewesen seid ihr?«, fragte er.

Ich kam nicht dahinter, wie der Terra-Olm seine Wörter bildete, denn ich konnte keine Mundbewegung erkennen. Wie mit diesem widerlichen, Würmer vertilgenden Schlund Vokale und Konsonanten so präzise geformt werden konnten, war mir ein Rätsel.

»Ich bin ein Dalkin und heiße Byx. Das hier ist Tobble, ein Wobbyk.«

Der Terra-Olm neigte seinen dreieckigen Kopf auf die Seite. »Für den Umgang mit Dalkins oder Wobbyks haben wir keine Anweisungen.«

»Heißt das … warte, Freund Terra-Olm, heißt das, ihr habt sehr wohl Anweisungen, was andere Arten betrifft?«

»Menschen, Natintjes und Felijagas sind vor den Zwei und den Drei zu bringen.«

»Verzeihung, aber hast du einen Namen?«, fragte Tobble höflich wie immer.

»Ich bin der Achtundsiebzig vom Achtzehnerhaufen aus der Gruppe der Dreizehn.«

»Hast du auch einen … einen Kurznamen?«, fragte ich.

»Nein.«

»Ah«, sagte ich. »Darf ich fragen, wer das ist – der Zwei und der Drei?«

»Das sind die, die entscheiden.«

Allmählich begriff ich, wie das Monster einzuordnen war. Dieser spezielle Terra-Olm schien durchaus willens, Fragen zu beantworten. Und war offensichtlich nicht daran interessiert, uns als Nahrung zu betrachten.

»Du hast nicht kürzlich Menschen oder Felijagas gesehen?«, fragte ich.

»Nein.«

»Ist es möglich, dass sie unbemerkt vorbeigekommen sind?«

»Nein. Sie wurden gesehen.«

Mein Herz machte einen Hüpfer. »Gesehen – aber nicht von dir? Von anderen Terra-Olmen?«

»Ja.«

»Und weißt du, wo sie jetzt sind?«, fragte ich und versuchte, meine Stimme nicht allzu dringlich klingen zu lassen.

»Ja.«

»Und … und hat man auch einen toten Menschen gefunden?«

»Ja. Getötet von einem Verteidiger des Waldes.«

»Was war das für einer?«, fragte ich. »Dieser Verteidiger.«

»Ich kenne keinen anderen Namen für die Art. Sie sind Geschöpfe des Kazar Gs'drit.«

Ich schluckte meine Ungeduld hinunter. »Kannst du uns zeigen, wo die anderen sind? Die Lebenden?«

»Sie sind bei dem Zwei und dem Drei.«

»Ich verstehe. Und darf ich fragen, was der Zwei und der Drei mit ihnen machen werden?«

Der Terra-Olm verlagerte behutsam sein Gewicht. »Sie behalten sie, um sie dem Meister zu übergeben.«

Die Redeweise der Terra-Olme ist ausdruckslos, auch ihre Augen sind es, und trotzdem spürte ich bei dem Wort »Meister« ein leichtes Zaudern in der Stimme.

»Und wer ist der Meister?«, fragte ich.

»Der, der für unsere Nahrung sorgt. Der uns benutzt.«

Diesmal war ich mir sicher, aus seinem Tonfall etwas herauszuhören. Abneigung? Groll? Verbitterung? Was wusste ich über Terra-Olme? Wie war sein Ton einzuschätzen?

Mir fiel das Gespräch zwischen Gambler und Luca ein:

»Ich dachte, die Terra-Olme sind niemandem zu Diensten.«

»Wenn sie am Verhungern sind, schon.«

»Und was wird dieser Meister mit ihnen machen?«, fragte ich und musterte den Terra-Olm aufmerksam.

»Wenn sie zu gebrauchen sind, macht er sie zu Sklaven.«

»Und wenn sie nicht zu gebrauchen sind?«, fragte ich und drängte das Zittern in meiner Stimme zurück.

»Wenn sie nicht zu gebrauchen sind«, erwiderte der Terra-Olm, »wird er sie töten.«

20

Unser nicht sehr guter Plan

Der Terra-Olm hatte alle Fragen, die uns eingefallen waren, beantwortet. Als wir ihn noch fragten, wie der Zwei und der Drei zu finden wären, kritzelte er mit einer seiner Klauen eine Wegbeschreibung auf den Boden.

Wir bedankten uns und gingen weiter, wobei wir von allen Terra-Olmen, an denen wir vorbeikamen, weiterhin ignoriert wurden. Sogar noch mehr als vorher, denn jetzt warfen sie uns nicht mal mehr flüchtige Blicke zu.

»Ich glaube, sie wissen Bescheid, dass wir kommen«, sagte ich zu Tobble. »Vorhin haben sie noch aufgeschaut, als wir vorbeigingen. Jetzt ist es, als ob wir gar nicht existierten.« Ich hatte eine Vermutung. »Ich denke, sie können sich untereinander verständigen auf eine Art, die wir nicht verstehen. Durch eine Art Magie vielleicht.«

»So wie Bienen?«, fragte Tobble. »Es ist ja bekannt, dass jede Biene weiß, was die anderen wissen.«

»So wohl eher nicht«, sagte ich, aber Tobble lag vermutlich gar nicht so falsch. Man hatte die Terra-Olme angewiesen, auf Menschen, Natintjes und Felijagas zu achten, nicht auf Wobbyks und Dalkins. Gut möglich, dass unser »Freund« Achtundsiebzig vom Achtzehnerhaufen aus der Gruppe der Dreizehn vorgeschickt worden war, um herauszufinden, welche Art von Lebewesen wir waren. Und diese Information war inzwischen an alle anderen Terra-Olme weitergegeben worden.

Dass keiner auf uns achtete, war gut. Falls unsere Vermutung stimmte, bedeutete das aber auch, dass jeder Terra-Olm jederzeit neue Anweisungen erhalten konnte. Zum Beispiel: »Fresst jeden Dalkin oder Wobbyk, der euch in die Quere kommt.« Und das war ein beunruhigender Gedanke.

Ich hatte mir die Skizze des Terra-Olms eingeprägt, und während wir weitergingen, schwebten wir ständig zwischen angespannter Neugier und lähmendem Schrecken.

Wie Achtundsiebzig vom Achtzehnerhaufen von der Gruppe der Dreizehn gesagt hatte, erreichten wir schließlich einen Tunnel, an dessen hinterem Ende ein ganzer Pulk von Terra-Olmen beschäftigt war mit dem, was sie am besten konnten: in der Erde buddeln.

Es war faszinierend und gleichzeitig gruselig, ihnen zuzusehen. Sie arbeiteten in perfekt aufeinander abgestimmten Teams. Ganz vorn in der wogenden Masse mussten die Tunnelwühler sein, die sich energisch durch die Erde gruben. Was sie ausgeschachtet hatten, wurde von Terra-Olmen, die an schmale, tief liegende Wagen geschirrt waren, weggekarrt. Sie hasteten an uns vorbei in einen Seitengang, wo sie die Erde offenbar auskippten.

Eine dritte Gruppe beschmierte die Tunnelwände mit einem dünnen Brei, den sie aus ihren Mägen hervorwürgten. Und schließlich glätteten und begradigten kleinere, offenbar noch nicht ganz ausgewachsene Terra-Olme, die Decke. Sie waren nicht größer als ich und konnten ihre Arbeit problemlos kopfüber erledigen.

Plötzlich kam von links ein tiefer Klang, ein einzelner nachhallender Ton wie von einem Gong. Auf der Stelle hörten alle Terra-Olme zu arbeiten auf und kamen auf uns zugerannt.

»Runter!«, rief ich und schob Tobble unter mich.

Wie viele Insektenbeine an uns vorbei, um uns herum und über uns hinwegwuselten, werde ich nie erfahren. Aus irgendeinem Grund jedoch verfehlte uns jedes dieser Beine, wenn auch manchmal nur um Haaresbreite.

Kaum waren sie weg, beugte ich mich hinunter. »Alles in Ordnung, Tobble?«

»Aaah! Sie kommen zurück!«

Und tatsächlich, sie kamen, aber es waren nicht dieselben Terra-Olme. Offenbar fand gerade ein Schichtwechsel statt: Eine Gruppe wurden zum Fressen geschickt, gleichzeitig kam eine neue Mannschaft und setzte die Arbeit ohne Unterbrechung fort. Und wieder vermieden es die Terra-Olme, uns in ihrem chaotischen Insektengedränge zu zermalmen.

Zitternd standen wir auf, klopften uns den Dreck aus dem Fell und setzten unsere Suche fort.

»Khara! Gambler! Renzo!«, rief ich, aber es kam keine Antwort.

»Wofür graben sie diesen Tunnel, was meinst du?«, überlegte Tobble laut.

Ich zuckte mit den Schultern. »Wer weiß schon, warum Terra-Olme dieses oder jenes machen? Vielleicht erfahren wir es von diesem Meister. Ich stelle mir vor, dass er eine Art Terra-Olm-König ist.«

»Wir gehen also schnurstracks zu einem Terra-Olm-König und verlangen eine Erklärung, was mit unseren Freunden ist?«

»Es klingt tatsächlich zum Lachen, wenn du es so ausdrückst«, gab ich zu und fühlte mich ein bisschen in die Enge getrieben. »Aber was haben wir für eine Wahl? Willst du sie einfach im Stich lassen?«

In plötzlicher Erregung packte mich Tobble am Ellbogen. Als ich stehen blieb, blickte ich in ein ungewöhnlich ernstes Wobbykgesicht.

»Nie!«, sagte er heftig. »Niemals, Byx!«

»Tobble«, sagte ich mit einem entschuldigenden Lächeln, »das weiß ich doch. Natürlich weiß ich das. Es war ja nur …«

»Gut«, blaffte er, übernahm die Führung und schritt zielstrebig voran.

Ich ging hinter ihm her und fühlte mich hundeelend, weil ich ihn verärgert hatte. Tobble war so mutig wie ich. Mutiger sogar. Er war zuverlässig wie ich. Er war klug und liebenswürdig.

Und recht hatte er auch, ich hatte keinen Plan.

»Ich weiß einfach nicht, was wir tun sollen«, gestand ich, obwohl ich nicht sicher war, ob Tobble mich hören konnte, da er ein paar Schritte voraus war.

»Wir brauchen eine Geschichte«, redete ich weiter. »Aber mir fällt nichts ein.«

Stille.

»Tobble?«

Tobble drehte sich um. Zu meiner Erleichterung hatte sich seine Miene entspannt. »Hmm.« Er spitzte den Mund. »Vielleicht sind wir ja hier, um den Tunnel zu inspizieren. Als Gesandte von diesem … wie heißt der noch mal? Dieser Schuft von Felijaga?«

Ich kramte in meiner Erinnerung, rief mir Gamblers Stimme ins Gedächtnis. »Der Kazar Gs'drit.«

»Genau«, sagte Tobble. »Wir sind herschickt worden, um den Fortschritt der Tunnelarbeiten zu begutachten.«

»Das ist doch besser als nichts«, sagte ich.

Tobble reckte die Pfoten. »Nicht viel besser als nichts.«

»Also dann«, sagte ich, »weiter mit unserem nicht sehr guten Plan.«

Wir kamen durch einen fahlgrün schimmernden Gang. Die Geräusche der pausenlosen Grabearbeiten hinter uns wurden schwächer, während vor uns wie aus dem Nichts zwei Reihen Terra-Olme auftauchten.

Eine Ehrenwache? Oder richtige Wächter?

»Stehen bleiben!«, rief eine Terra-Olm-Stimme.

Wir blieben reglos stehen.

»Nennt eure Namen, eure Art und euer Anliegen«, forderte der erste Terra-Olm zu unserer Rechten.

»Ich heiße Byx und bin ein Dalkin. Ich komme in einer Mission des mächtigen Kazar Gs'drit dem Gnadenlosen.« *Mächtig* und *gnadenlos* hatte ich hinzugefügt. Ich nahm nicht an, dass jemand widersprechen würde.

»Ich bin Tobble, ein Wobbyk, und in derselben Angelegenheit hier.«

Der Terra-Olm ließ uns eine Weile stehen. Ich hatte den deutlichen Eindruck, dass er sich stumm mit anderen Terra-Olmen besprach.

»Der Meister zweifelt an eurer Geschichte«, sagte der Terra-Olm schließlich. »Aber er wird euch empfangen. Setzt euren Weg fort.«

Voller Beklemmung gingen wir weiter. Ich hatte einen Kloß im Hals, meine Hände zitterten, mir war flau im Magen. Angst: Da war sie wieder.

Wir gingen weitere zwei-, dreihundert Meter zwischen Reihen stummer, regloser Terra-Olme hindurch.

Und dann sahen wir unsere Freunde.

21

König Tobble

Khara erkannte ich zuerst.

Vielmehr Kharas Kopf.

Er hing an der Seitenwand des Tunnels.

Nur der Kopf.

Er ragte aus der Erdwand heraus, als wäre er da von Natur aus angewachsen.

Renzos Kopf war nur wenige Meter weiter. Gegenüber sahen wir Gamblers großen Kopf, das ebenholzschwarze Fell über und über voll Erde. Dogs Kopf hing dicht neben ihm.

»Tobble«, brachte ich über die Lippen und hoffte, ihn vor dem Anblick bewahren zu können, so wie er es mit mir getan hatte. »Sieh nicht hin.«

Aber es war zu spät. Schon liefen ihm die Tränen über die Wangen.

Ich streckte den Arm nach ihm aus, und wir fielen uns um den Hals. Langsam sanken wir auf die Knie und brachen in tiefe Schluchzer aus. Und noch während wir uns so hielten, spürte ich, wie sich mein zerrissenes Herz allmählich in etwas verwandelte, das mir wohlbekannt war und mir Angst machte.

Es war dieses Gefühl, das ich damals kennengelernt hatte, als meine Familie, mein Rudel, meine Welt vernichtet worden waren.

»Ich bringe sie um«, murmelte ich, das Gesicht in Tobbles Fell vergraben. »Ich bringe sie um, Tobble.« Wie Lava strömten die Worte aus meinem Mund. »Sie sollen den gleichen Schmerz spüren! Ich werde …«

»Byx!« Tobbles warme runde Pfote drückte meine Hand. »Sieh doch mal!«

Ich hob den Kopf und folgte Tobbles Blick.

Khara blinzelte.

Sie blinzelte!

Sie lebte.

Khara lebte!

»Khara!«, rief ich.

»Lauft weg, ihr zwei! Lauft!«, flüsterte sie.

Tobble und ich rannten zu ihr hin. »Du lebst«, flüsterte ich. »Khara, du lebst!«

»Geht jetzt! Sofort!«

Ich ignorierte ihre Worte und streckte stattdessen den Arm, um ihr Haar zu berühren.

Tobble sah inzwischen nach Renzo und Gambler.

Alle waren noch am Leben, obwohl sie zurückhaltend und eingeschüchtert wirkten. Abwechselnd beschworen sie uns wegzulaufen.

Ich schüttelte den Kopf und Tobble ebenso.

Nein, wir würden nicht weglaufen.

In der Nähe unserer Freunde ragten weitere Köpfe aus dem harten Erdwall. Manche gehörten Menschen, manche Felijagas, aber wie es schien, lebte keiner mehr. Ich konnte es nicht ertragen, an die Qualen zu denken, die ihnen dieses Begräbnis bei lebendigem Leib bereitet haben musste.

»Tobble«, flüsterte ich. »Du hast doch die Krone bei dir? Und das WeitNah?«

»Ja.«

»Setz die Krone auf. Du bist jetzt König Tobble, Herrscher über alle Wobbyks, und ein enger Verbündeter des Kazar Gs'drit. Ich bin dein Dalkin, der erkennt, ob die Wahrheit gesagt wird.«

»Aber das kann ich nicht. Ich bin doch nur … ich.«

»Weißt du noch, wie arrogant der Murdano war? Genauso musst du jetzt auch sein.«

Wir blieben stehen, damit Tobble die Krone aus seinem Gepäck nehmen und vorsichtig auf seinem Kopf platzieren konnte. Wären nicht seine hochstehenden Ohren gewesen, das Ding wäre heruntergerutscht und wie eine schwere, mit Edelsteinen besetzte Kette um seinen Hals gefallen.

Tobble gab mir das WeitNah. »Besser, wenn du das hältst. Du bist immerhin mein Gehilfe.«

Wir gingen an dem schaurigen Anblick der Erdwälle vorbei und weiter, bis uns eine Reihe Terra-Olme den Weg versperrte.

»Ihr werdet euch dem Meister auf Knien nähern!«, sagte der Größte von ihnen. »Oder ihr seid des Todes.«

»Unsinn«, sagte ich weit zuversichtlicher, als ich mich fühlte. »Das ist König Tobble aus dem Wobbyk-Königreich, ein enger Verbündeter des Kazar Gs'drit. Er kriecht vor niemandem!«

Die Terra-Olme schienen unsicher, was sie mit meiner Erklärung anfangen sollten. Mit möglichst majestätischer Haltung schritten wir an ihnen vorüber und standen plötzlich vor einem Geschöpf, das völlig anders war als alle Lebewesen, die ich bisher gesehen hatte.

Dieser Meister war kein Terra-Olm. Er war zwar mehr Insekt als etwas anderes, aber doch nicht ganz Insekt. Er war groß, doppelt so groß wie die Terra-Olme, die ich gesehen hatte. Sein Hinterleib bestand aus einer Chitinschale, die in einen dicken insektenähnlichen Panzer überging, und einer ungeschützten, eher verwundbaren Vorderseite mit – wie es aussah – einer Vielzahl kleiner Beine. Aus seiner Körpermitte schlängelte sich eine Unmenge an Greifarmen von unterschiedlicher Länge und Dicke, manche nicht länger als eine Schlange, andere ungefähr sieben Meter lang.

Sein Kopf steckte unter einem Schutzhelm aus Chitin, der sein Gesicht verschattete, ein Gesicht, das auf den ersten Blick wie das eines Natintjes aussah. Und tatsächlich schien er ein Wesen zu sein, das teilweise im Wasser lebte, denn er saß in einem flachen Wasserbecken auf einem Thron. Durch Röhren aus den Erdwänden strömten zwei Wasserstrahlen, die sich fortlaufend über ihn ergossen. Ein Gurt hielt seinen Oberkörper aufrecht und ermöglichte ihm eine sitzende Position, sodass er aus imposanter Höhe auf uns herabschauen konnte.

»Erinnert an einen Hummer!«, flüsterte Tobble. Das sagte mir nichts, da ich noch nie von einem Hummer gehört hatte. Aber ich machte mir keine Gedanken darüber, wie er aussah. Ich konzentrierte mich auf das, was er uns antun könnte.

»Was führt euch hierher?«, verlangte er zu wissen. Seine Stimme war schwer zu verstehen, sie war ein mahlendes, ab und zu von Klicken unterbrochenes Geräusch.

Ich schluckte meine Angst hinunter, so gut ich konnte. Von meiner Antwort hing unser Überleben und das unserer Freunde ab.

Oh, hätte ich in diesem Moment Kharas Mut, Renzos Draufgängertum und Gamblers List besessen!

Ich war immer der Kümmerling unter meinen Geschwistern gewesen. Kein Anführer.

Aber wenigstens hatte ich König Tobble an meiner Seite.

22

Ein Geschenk für den Meister

Großer Meister«, sagte ich und richtete mich zu voller Größe auf, »das ist König Tobble, Herrscher des Wobbyk-Reiches, Erster Berater und zuverlässiger Verbündeter des großen Kazar Gs'drit.«

Ich wollte schon ergänzen, »wie Ihr an der Krone auf seinem Kopf sehen könnt«, hielt aber im letzten Moment inne. Zu viel zu erklären wäre ein Fehler. Der Meister hatte die Krone gesehen, und Kronen gehörten nicht zu den Dingen, die jede gewöhnliche Person auf dem Kopf trug.

Tobble stand da mit der lässigen Arroganz eines Wesens, das befugt ist, eine Krone zu tragen, und legte damit eine Spur von Respektlosigkeit in seine Haltung.

Egal wie klein, Tobble war immerhin ein König.

Der Meister richtete ausdruckslose rote Augen auf uns. Zwei leicht zitternde Fühler wölbten sich in eleganten Bögen aus seinem behelmten Kopf. »Man hat mir keinen Besuch gemeldet«, sagte er. Offensichtlich war er nicht überzeugt.

»Es hätte wenig Sinn, Meister«, sagte Tobble, »würde eine überraschende Inspektion vorher angekündigt werden, nicht wahr?«

Ich konnte einen Applaus für diesen Auftritt gerade noch zurückhalten.

»Inspektion?« Zu einem zweifelnden Stirnrunzeln war der Meister nicht in der Lage, in seiner Stimme aber schwang Zweifel.

»Ja«, sagte Tobble. »Und meine Höflichkeit zwingt mich, dich wissen zu lassen, dass mein Dalkin Wahrheit und Lüge sofort und unfehlbar unterscheiden kann.«

»Ich habe gehört, dass …« Der Meister verstummte. »Man hat mir gesagt, die Art der Dalkins existiert nicht mehr.«

»Glaubst du etwa, dass der Kazar Gs'drit all seine Geheimnisse mit Geschöpfen wie dir teilt?« Tobbles verächtlicher Ton war schlicht atemberaubend. »Bevor wir jedoch anfangen, lässt dir mein Freund, der Kazar, ein Geschenk überbringen – etwas sehr Seltenes.«

Tobble schnippte mit den Fingern, und ich zog hastig das WeitNah aus meiner Ledertasche.

»Nun?«, fuhr Tobble mich an. »Überreiche das Geschenk des Kazars, bevor ich dich auspeitschen lasse!«

Ich trat vor und streckte dem Meister meine Hand mit dem WeitNah entgegen. Mit einem Fangarm, größer als jede Schlange, die ich je gesehen hatte, schnappte die monströse Kreatur es aus meiner Hand.

»Wenn ich vielleicht …«, begann ich, aber Tobble machte eine abweisende Geste. »Großer Meister, das WeitNah muss ans Auge gehalten werden. Wenn du durch das eine Ende schaust, erscheint dir alles sehr klein. Wenn du durch das andere blickst, rücken entfernte Dinge scheinbar näher.«

Der Meister hielt es versuchsweise an sein rechtes Auge. Er sonderte ein feuchtes Schmatzen ab, das möglicherweise ein erstauntes Luftschnappen sein sollte. Dann drehte er das WeitNah und sah sich im Raum um.

»Das ist wirklich großartig!«, sagte er. »Bitte übermittelt dem Kazar Gs'drit – möge sein Ruhm ewig währen – meine tiefe und unendliche Dankbarkeit.«

»Was ich aber jetzt von dir hören möchte, ist ein Bericht über den Fortschritt der Arbeiten hier«, sagte Tobble.

»Selbstverständlich«, sagte der riesige Käfer. »Ich kann vermelden, dass der Tunnel schon weiter ist als im Zeitplan vorgesehen. Wir haben eine Methode zur Ernährung meiner Sklaven entwickelt und …«

»*Deiner* Sklaven?«, fragte Tobble mit hochgezogener Augenbraue.

Der Meister verbesserte sich hastig. »Natürlich sind sie die Sklaven des Kazar, so wie ich sein Diener bin. Sein getreuer Diener.«

»Niemand zweifelt an deiner Loyalität«, sagte Tobble mit einem eleganten Pfotenschwung.

Der Meister fuhr fort, uns über die Einzelheiten zu informieren, was eine ganze Weile dauerte. Ich war erschöpft und ängstlich, meine Knie zitterten. Wie mochte erst Tobble zumute sein?

Nachdem uns der Meister auf den neuesten Stand gebracht hatte, wurden wir an einen überladenen Tisch voll der unterschiedlichsten Gerichte gebeten, deren gemeinsame Hauptzutat offenbar Würmer waren. Und nun lieferte Tobble sein Glanzstück.

»Ein wahrhaft herrliches Festmahl, Meister! Allerdings nehme ich fast ausschließlich frisches Menschenfleisch zu mir.« Er tätschelte seinen runden Bauch. »Ich habe die Erfahrung gemacht, dass Menschenfleisch eins der wenigen Dinge ist, die meine Verdauung nicht durcheinanderbringen.«

So kam es, dass wir eine Stunde später von sechs Terra-Olmen zur Erdoberfläche geleitet wurden. Und bei uns waren, gefesselt und vornübergebeugt, Khara und Renzo – unser Frischfleisch – und Gambler. Der arme Dog hing an einer schweren Kette.

Zuerst war der Meister misstrauisch gewesen, als Tobble ihn bat, sie mit uns ziehen zu lassen. Doch rasch hatte Tobble eine überzeugende Geschichte zur Hand: Wir hätten diese beiden Menschen mit ihrem Hund bereits verfolgt. Und auch einen verräterischen Felijaga, den der Kazar gern in seine Foltergrube werfen lassen wollte.

»Foltergrube?«, hatte der Meister gefragt.

»Natürlich. Hast du etwa keine?«, schoss Tobble zurück.

Schließlich traten wir mit unseren noch sehr lebendigen Freunden, mit Kharas Schwert und Renzos Schild wieder ins Sonnenlicht und verabschiedeten uns von unserem Begleittrupp.

»Ich bin wirklich überzeugt, Tobble«, sagte ich, während das unterirdische Reich des Meisters in der Ferne verschwand, »dass dir in jeder fahrenden Schauspielertruppe eine Hauptrolle sicher wäre.«

Tobbles Barthaare zitterten, so sehr bemühte er sich, ein Lächeln zu unterdrücken. »*König* Tobble, wenn ich dich erinnern darf.«

»Da brauche ich keine Erinnerung«, sagte ich und machte eine tiefe Verbeugung. »Und werde auch nie eine brauchen.«

23

Weder vergebens noch sinnlos

Mithilfe von Kharas Schwert und Tobbles geschickten Pfoten gelang es uns, Dog von der Kette zu befreien, die fest um seinen Hals lag. Länger dauerte es, Kharas, Renzos und Gamblers Fesseln zu lösen. Alle drei schienen verstört und wacklig auf den Beinen – umso mehr, nachdem wir ihnen erzählt hatten, was mit Luca passiert war.

Es war jedoch Khara, die diese Berührung mit dem Tod offenbar am härtesten getroffen hatte. Sie weigerte sich zu reden, und auch wenn einer von uns sie fragte, was wir als Nächstes tun sollten, stapfte sie einfach mit schweren Schritten weiter. Wir folgten ihr auf den Fersen.

Tief erschöpft, wie wir waren, brauchten wir dringend Schlaf. Trotzdem gingen wir weiter, bis die Sonne über den Horizont linste und der grässliche Purpurwald weit hinter uns lag.

Dieser Wald, der gar kein Wald gewesen war.

Khara, Renzo und Gambler hatten allerhand aufgeschnappt, während sie in ihrem unterirdischen Gefängnis eingeschlossen waren. Der Wald war scheinbar nichts anderes als eine bizarre Zuchtstation, einzig und allein angelegt, um Nahrung für die Terra-Olme zu erzeugen. Irgendwie hatte der Meister des Kazar Gs'drit eine Möglichkeit gefunden, in baumähnlichen Gebilden riesige Mengen an Würmern heranzuziehen. Magie, wie Renzo vermutete.

Da die Terra-Olme verzweifelt vor Hunger waren, nachdem der Kazar ihre Hauptnahrungsquelle vergiftet hatte, fiel es ihm nicht schwer, sie zum Tunnelbau zu zwingen.

Als wir schon lange an dem Wald vorbei waren, schloss ich zu Renzo auf. »Geht es dir gut?«, fragte ich leise.

»Nein«, sagte er. Seine Lippen waren zu einem Strich zusammengepresst. Nach einem Moment fuhr er fort: »Ich dachte, ich würde sterben, Byx.«

»Damals, als dich der Feuerritter beinahe gebraten hätte«, sagte ich, »schien dir das kaum etwas auszumachen. Ich wundere mich, warum das Erlebnis bei den Terra-Olmen so viel schlimmer war.«

Renzo sagte nichts. Er beschleunigte seine Schritte, bis er mir weit voraus war, und ich begriff, dass meine Neugier, gelinde gesagt, fehl am Platz gewesen war.

»Wir haben alle unsere Ängste, Byx«, sagte Gambler neben mir. »Da kann einer neunmal mutig sein, beim zehnten Mal ist er ein Feigling. Das gilt für alle Lebewesen, die zu denken imstande sind.«

Der furchtlose Gambler hatte Angst vor Wasser. Renzo hatte Angst zu verhungern. Tobble fürchtete sich vor Schlammwürmern.

Und ich? Wovor hatte ich Angst?

Ich hatte Angst, als Letzte meiner Art zu sterben, nie mehr auch nur eine einzige Stunde mit einem Dalkin zu verbringen.

Ich hatte Angst davor … Angst zu haben. Den Mut zu verlieren, ausgerechnet dann, wenn ich ihn am dringendsten brauchte.

Vermutlich fürchtete ich mich vor mir selber.

Was mag Khara wohl fürchten, überlegte ich, während ich zusah, wie sie immer noch tief in Gedanken voranging.

»Ich hatte noch gar keine Gelegenheit, euch für unsere Rettung zu danken«, sagte Gambler.

»Zum größten Teil hat Tobble die Unterhaltung geführt«, gab ich zu.

»Ich weiß. Ich habe auch Tobble gemeint.«

»Mich?«, quiekte Tobble.

»Du bist einfach hingegangen und hast dieses Riesen-Hummermonster getäuscht«, sagte Gambler. »Einen heldenhafteren Auftritt kann ich mir kaum vorstellen. Wir verdanken dir alle unser Leben.«

Renzo tauchte kurz aus seiner wortkargen Stimmung auf. »Stimmt«, sagte er. »Als Dieb, der viel zu viel Zeit damit verbracht hat, sich mit Tricks aus Schwierigkeiten herauszumanövrieren, würde ich den Hut vor dir ziehen, wenn ich einen hätte.«

Sogar Khara gab etwas von sich, wenn auch so leise, dass wir es kaum hören konnten. »Ich danke dir, Tobble«, sagte sie. »Und dir auch, Byx.«

Tobble schien unsicher, wie er mit all dem Lob umgehen sollte. Er bemühte sich um eine neue Gangart, eine aufrechtere Haltung, er machte längere Schritte, straffte die Schultern und reckte die Brust.

Doch nach wenigen Minuten wurde ihm das alles zu anstrengend, und er verwandelte sich wieder in den gewohnten alten Tobble. »Sag es den anderen nicht«, flüsterte er mir zu, »aber ich war gar nicht mutig. Ich hab mich zu Tode gefürchtet vor diesen Würmern. Und die Terra-Olme waren auch nicht gerade lustig.«

Gambler hatte es gehört und ließ sein Felijaga-Lachen hören, das eher wie das Räuspern eines Menschen klang. »Wer keine Angst hat, ist ein Narr. Wer aber Angst hat, sich sogar zu Tode fürchtet und trotzdem einen kühlen Kopf behält, der ist wirklich mutig. Jetzt, Freund Wobbyk, werde ich dich ganz bestimmt nie fressen können.«

Ich war sicher, dass dieser letzte Teil ein Felijaga-Witz sein sollte.

Jedenfalls ziemlich sicher.

Nach einer kurzen, dringend nötigen Rast führte unser Weg durch felsiges Gelände. Es schien, als würden wir ständig entweder bergauf steigen oder abwärtsgehen. Auf den Gipfeln hatten wir freien Ausblick, aber sonst war unsere Sicht meistens begrenzt. Gut, dass wir uns rechtzeitig von Vallino getrennt hatten. Diesen Weg hätte er unmöglich geschafft.

Schnaufend und japsend erreichten wir endlich den höchsten der schneebedeckten Bergrücken. Von hier aus konnten wir im Osten das grenzenlose Grau des fernen Meeres erkennen.

»Immer noch ein weiter Weg«, sagte Renzo. »Aber wenigstens können wir unser Ziel schon sehen.«

Khara sagte nichts.

Am Abend waren wir durchgefroren und nass nach einem Regenschauer, der in Schnee übergegangen war und unseren Weg mit Matsch bedeckte. Wir lagerten in einer kleinen Höhle an einem Berghang. Holz für ein Feuer hatten wir nicht, und so zitterten wir vor Kälte unter unseren lächerlich dünnen Decken und spürten, wie die Nässe in unsere Kleidung drang.

Ich schlief unruhig. Einmal wachte ich auf und sah Khara, die ganz allein dastand und in die Ferne schaute. Ich ging zu ihr. Sie rührte sich nicht.

»Was macht dir Sorgen, Khara?«, fragte ich.

Sie nahm sich Zeit zum Antworten. »Ich war so ungerecht, Byx«, sagte sie leise. »Ich dachte, Luca hätte uns betrogen. Das Letzte, was er gehört hat, war meine Stimme – ich habe ihn einen Verräter genannt.«

»Aber, Khara«, sagte ich, »er hat uns tatsächlich einmal betrogen.«

»Ja, aber diesmal hatte ich einen Dalkin, der mir versichert hat, dass er die Wahrheit sagte.« Sie blickte an mir vorbei, starrte scheinbar ins Nichts. »Ich habe Luca nicht vertraut. Ich habe sogar dir nicht vertraut. Und wenn wir schon dabei sind, auch Renzo traue ich noch nicht ganz.«

Sie schwieg, ging aber nicht weg. Da ich unsicher war, was ich sagen sollte, damit sie sich besser fühlte, blieb ich einfach neben ihr stehen, in der Hoffnung, das würde genügen.

Nach einer Weile sprach Khara weiter. »Ich bin die Anführerin dieser … dieser … vergeblichen und sinnlosen Unternehmung. Ich habe euch in diesen Wald geführt. Mit meiner Entscheidung habe ich Luca getötet. Und beinahe hätte ich uns alle getötet. Dann lag ich da unten, eingegraben, hilflos und im Glauben, tagelang so ausharren zu müssen. Ich merkte, wie Renzo und Gambler schwächer wurden, ich wusste, dass sie Angst hatten. Ich wusste, dass unser Sterben lange dauern würde. Und ich wusste, dass ich sie in dieses Unheil geführt hatte.«

»Khara, du bist nur ein Mensch! Menschen, Felijagas, Dalkins … wir alle machen Fehler. Wir alle versagen mal.«

Sie nickte langsam, aber ich spürte, dass sie nicht überzeugt war.

»Als wir in dem Tunnel waren«, sagte ich, »hat Tobble mich aufgefordert, die Führung zu übernehmen.« Ich schaute Khara in die Augen. »Nie zuvor hat mich ein einfaches Wort so erschreckt – *Führung*.«

»Beim ersten Mal ist es auch am schwersten.« Khara lächelte ein bisschen. »Aber es kann gut sein, Byx, dass du die Führung noch einmal übernehmen musst, bevor das alles geschafft ist. Besser, du gewöhnst dich schon mal dran.«

»Wird es denn später leichter?«

Khara lachte kurz auf. »Nun … es wird … anders. Selbstverständlicher. Aber leichter? Nein.«

»Wir haben vorhin darüber gesprochen, wovor wir Angst haben. Das ist bei jedem anders.« Ich zögerte, denn ich musste daran denken, wie ich durch meine Fragerei Renzo offenbar bedrängt hatte. Aber dann bohrte ich doch weiter. »Hast du jemals Angst, Khara?«

Sie stieß langsam die Luft aus, sodass ihr Atem in der eisigen Luft eine Wolke bildete. »Ich habe Angst zu scheitern«, sagte sie. »Angst, euch alle zu enttäuschen.«

»Hör zu, Khara«, sagte ich und gab mir die größte Mühe, einen weisen, elterlichen Ton anzuschlagen. »Du magst unsicher sein, du magst wütend auf dich selber sein – aber wir brauchen dich. Nimm dir Zeit und überlege, was du in Zukunft besser machen könntest. Und dann sei wieder unsere Anführerin bei dieser vergeblichen sinnlosen Unternehmung. Selbst wenn du das Risiko eingehen musst, anderen zu vertrauen. Eins weiß ich genau, Khara: Du magst manchmal Fehler machen. Aber du wirst uns nie im Stich lassen.«

Ich befürchtete schon, ich hätte sie beleidigt. Doch dann spürte ich ihre Hand auf meiner Schulter. »Unsere Unternehmung ist nicht vergeblich und auch nicht sinnlos«, sagte sie sanft. »Wir finden deine Insel. Du findest deine Dalkins.«

Ich nickte. »Du hast recht«, sagte ich, als ich wieder sprechen konnte. »Diese Expedition ist nicht sinnlos. Und mit dir als Führerin ist sie vielleicht nicht mal vergebens.«

Sie lachte und umarmte mich. »Kommst du schlafen?«, fragte ich und musste ein Gähnen unterdrücken.

»In einer Weile. Versprochen.«

Ich trottete zurück zu meiner erbärmlichen Decke, legte mich auf den feuchten kalten Boden, und auf meinem Gesicht ließen sich Schneeflocken nieder.

Das Letzte, was ich hörte, bevor mich der Schlaf überwältigte, war ein Gemurmel von Renzo, der neben mir lag. Die Worte dürften allein für seine Ohren bestimmt gewesen sein.

»Ich mag dieses Mädchen. Ich mag dieses Mädchen sehr.«

24

Auf See

Am Morgen hingen die Wolken tief, übergossen uns manchmal mit Regen und bestäubten uns manchmal mit Schnee. Endlich erreichten wir eine steile Böschung, von wo aus wir wieder das Meer sahen. Es war nicht länger mehr ein grau verschmierter Fleck in der Ferne. Es lag jetzt direkt vor uns, keine halbe Meile weit weg.

Unser WeitNah besaßen wir nicht mehr, weil wir es dem Meister geschenkt hatten. Doch auch mit bloßen Augen konnten wir in nordöstlicher Richtung an der Küste ein Fischerdorf sehen. Ein Stück weiter erkannten wir die Schiffsmasten und Anlegestellen einer größeren Hafenstadt. Rechts von uns erhob sich das gewaltige Gebirgsmassiv, das weit ins Meer hinausragte und damit die trennende Linie zwischen Dreyland und Nedarra bildete.

Allein der Gedanke, wie nah wir der Insel und anderen Dalkins sein könnten, ließ mein Herz rasen. Obwohl ich wusste, dass es unwahrscheinlich war, sog ich den Wind ein, in der Hoffnung, vielleicht einen Hauch von meinesgleichen zu erhaschen.

Aber nein. Ich roch keine Dalkins, nur Salz und Meer.

»Ich kann die Insel Tarok nicht sehen«, sagte Khara, »aber sie könnte auch jenseits der geschwungenen Landzunge treiben. Außerhalb unserer Sicht.«

»Lebende Inseln bewegen sich nicht immer gleich schnell«, sagte Renzo. »Das hängt davon ab, wie viel Nahrung sie im Wasser finden.«

»Meint ihr, Tarok ist wirklich eine fleischfressende Insel?«, fragte Tobble nervös.

»Könnten auch nur Gerüchte sein«, sagte Khara. »Eine Geschichte, um sich andere vom Leib zu halten.«

»Die Würmer in diesem Tunnel haben sich jedenfalls als harmlos herausgestellt«, sagte ich. »Trotz deinem Wobbyk-Lied.«

»Diese Würmer waren nicht harmlos!«, sagte Tobble. Ihn schauderte. »Wegen denen werde ich mein Leben lang Albträume haben.«

Zwischen uns und dem Meer verlief eine Straße, auf der marschierende Soldaten und schwer beladene Wagen unterwegs waren.

»Wie viele Soldaten hat dieser Kazar Gs'drit?«, fragte Renzo.

»Zweifellos mehr, als der Murdano je aufbringen kann«, sagte Khara finster. »Und wenn es den Terra-Olmen gelingt, einen Tunnel unter den Bergen durchzugraben, werden die Truppen aus Dreyland in Nedarra einströmen. Unsere Sol…« Sie unterbrach sich. »Ich meine, die Soldaten des Murdano sind im Osten zusammengezogen, weil sie mit einer Invasion über das Wasser rechnen. Der Tunnel bedeutet ihr Todesurteil. Sie werden von Dreyland ins Meer gedrängt werden.«

»Hat denn der Murdano so wenige Soldaten?«, fragte Renzo.

Khara zog die Schultern hoch. »Viele wollen sich für ihn nicht in den Kampf stürzen. Sie kämpfen vielleicht zum Schutz von Nedarra, falls sie die Gefahr ahnen, aber für den Murdano in den Krieg ziehen, das wollen sie nicht.«

»Was ist mit den Menschen im Westen, all den einst großen Familien, die dort im Exil leben?«, fragte Renzo an Khara gewandt. »Deine eigene Familie zum Beispiel. Würden die sich nicht einsetzen, um Nedarra zu retten?«

»Mein Vater würde sich eher die Hand abhacken, als sie zur Verteidigung des Murdano zu erheben«, erwiderte Khara. »Und viele andere folgen dem Beispiel meines Vaters.«

Gambler, der sich anmutig auf einen flachen Felsen gelagert hatte, seufzte. »Jedenfalls werden die Terra-Olme als Erste durch den Tunnel kommen«, sagte er. »Und sie werden nicht nur töten. Sie werden verschlingen, was ihnen über den Weg läuft.«

»Genug spekuliert«, sagte Khara entschieden. »Wir haben eine Richtung, wir haben ein Ziel. Dieser kommende Krieg ist nicht unsere Sache.«

»Noch nicht«, flüsterte Renzo.

Wir warteten, bis die Soldaten durchgezogen waren, dann setzten wir unseren Weg fort. Es kam uns endlos vor, bis wir die Küste erreichten, und als wir endlich dort waren, fanden wir weiter nichts als einen dunklen Sandstrand, der sich meilenweit in beide Richtungen hinzog. Auch ein Blick über das Meer brachte keine erhellenden Erkenntnisse. In der Ferne waren ein paar Schiffe zu sehen, aber keine Spur von einer Insel, lebend oder nicht.

Und dann erspähte Tobble sie.

Die Sonne sank gerade dem Horizont entgegen, und wir dachten allmählich an unser Abendessen. Tobble, der ein dichtes Gebüsch entdeckt hatte, dessen Blätter, wie er behauptete, den Geschmack unserer Mahlzeit verbessern würden, war auf den Kamm einer Düne gestiegen.

Aus der Ferne hörte ich schwach seine Stimme.

»Da! Da ist sie!«

Wir rannten über den schwarzen Sand zu ihm hin. Und tatsächlich lag hinter einer geschwungenen Landspitze eine kleine Insel. Sie war von Bäumen in lebhaften Farben bedeckt, roten, grünen, gelben – ganz anders als die zurückhaltenden Farben der immergrünen Pflanzen auf dem Festland.

Ich war sicher, dass es die Insel war, die ich jenseits der Berge in Nedarra so flüchtig gesehen hatte: Tarok.

Tarok war ein sogenanntes Rooklet, wie ich von Khara und Renzo erfahren hatte, ein urtümliches Lebewesen von enormer Größe. Diese seltenen Kreaturen haben im Lauf der Jahrtausende Schichten von Schmutz und treibenden Pflanzen an sich gezogen, bis sie praktisch zu lebenden Inseln geworden waren.

»Das ist sie«, hauchte ich.

Ich spannte alle meine Sinne an und suchte nach einem Hinweis, der die Anwesenheit von Dalkins bestätigen könnte. Den Klang des singenden Tonfalls unserer Sprache, den Duft unseres silbrigen Fells, den Blick auf ein von Dalkins gebautes Baumnest.

Nichts.

»Da ist was am Ufer – ein Stück weg von diesem Dorf«, sagte Khara, die den Kopf gereckt hatte. »Seht mal dort die Koppel. Ich zähle acht … nein, neun prachtvolle Pferde. Welches kleine Fischerdorf ist reich genug, um sich neun Pferde leisten zu können?«

»Ein Fischer steckt jede Münze, die er kriegen kann, wieder in sein Boot«, nickte Renzo. »Und Boote sehe ich da unten nur zwei. Die haben sie auf den Schlickstreifen gezogen.«

»Runter!«, befahl Gambler. »Sofort!«

Wir duckten uns hinter die Düne. »Was hast du gesehen, Gambler?«, fragte ich.

»Eine Uniform. Grün und hellbraun«, antwortete Gambler. »Nur eine, aber wo ein Soldat ist, sind immer mehrere. Wenn es dunkel wird, mach ich einen Erkundungsgang.«

Später an diesem Abend, als wir alle dicht nebeneinander im Sand lagen, tauchte Gambler lautlos aus der Dunkelheit auf.

»Das ist gar kein Fischerdorf«, meldete er. »Ich habe einen Zug Soldaten gesehen. Und es waren mehr Offiziere dabei, als es für eine kleine Einheit üblich ist. Die Pferde gehören den Offizieren.«

»Eine Überzahl an Offizieren ...«, sinnierte Khara. »Ob die der Insel Tarok folgen?«

»Oder sie sind unterwegs nach Süden, um sich dort Truppen mit mehr Soldaten anzuschließen«, gab Renzo zu bedenken.

»Auf jeden Fall können wir Tarok nicht erreichen«, sagte Gambler, »ohne an fünfzig oder mehr bewaffneten Männern vorbei durch das Dorf zu gehen.«

»Wir könnten ein Boot klauen ...«, schlug Renzo vor.

Khara sah uns der Reihe nach an. »Kann einer von euch segeln?«

Tobble hob zögernd die Hand. »Ich bin schon gesegelt. Wobyks sind ein Seefahrervolk.«

»Was meinst du, wie stehen unsere Chancen, mit einem Boot zur Insel zu kommen?«, fragte Khara.

»Die Gezeiten wechseln alle zwölf Stunden«, sagte Tobble. Er rieb über sein Kinn. »Es sieht so aus – oh, ich vermisse mein WeitNah – es sieht aus, als ob die Flut im Kommen ist. Bis die Boote aber im Wasser liegen, wird es noch Stunden dauern.«

»Und was denkst du über die Besitzer?«, fragte Renzo.

»Die tauchen wahrscheinlich nicht vor dem ersten Tageslicht auf. Wir könnten es wohl schaffen, bevor jemand auf uns aufmerksam wird.«

»Die Natintjes kontrollieren alle Gewässer«, sagte Khara. »Aber gewöhnlich halten sie sich weiter draußen auf, nicht an der Küste. Wenn wir Glück haben, entdecken sie uns nicht.«

Wir beschlossen also, eins der Boote zu stehlen. Unser Plan war zu warten, bis die Flut hereinkam, und dann die halbe Meile oder so bis zur Insel zu segeln.

Als Khara den Zeitpunkt für richtig hielt, schlichen wir hinaus auf den Schlick, wobei unsere Füße mit jedem Schritt in den weichen Boden einsanken. Wir gingen geduckt und verhielten uns still, auch wenn uns hier wahrscheinlich niemand hören konnte. Im Dorf war eine lärmende ausgelassene Feier im Gang, begleitet von Trommeln, Lautenmusik und vielen betrunken klingenden Stimmen.

Wir kamen zu dem nächsten und kleineren der beiden Boote. Gambler, dem das Laufen über den Schlick viel leichter fiel als uns und der bei Dunkelheit so gut wie unsichtbar war, schlich voraus und berichtete, dass sich niemand im Boot befand.

An Bord zu gelangen war nicht ganz einfach, weil das Boot immer noch schräg im Schlick steckte und sein einziger Mast in einem 45-Grad-Winkel stand. Das ganze Boot war nicht mehr als sieben Meter lang.

Ich machte mich auf die Suche nach der Kajüte und fand dort einen kleinen Vorrat an Nahrungsmitteln – eine Wurst, ein paar Kekse. Es war Diebstahl, das Essen zu nehmen, aber andererseits hatten wir ja vor, sogar das ganze Boot zu stehlen. Trotzdem plagte mich mein Gewissen. Für irgendeinen Menschen war dieses Boot, das nach dem verblichenen Schriftzug auf dem Bug *Granis Rose* hieß, der Lebensunterhalt.

Khara schien den gleichen Gedanken zu haben. »Tobble«, sagte sie und wies auf seinen Beutel, in dem er die Krone verstaut hatte.

Tobble gab den schimmernden Goldschatz an Renzo weiter, der wieder einen kleinen Edelstein herausbrach. Er verdrehte die Augen und warf Khara den grünen Stein zu.

»Wir können ihn hier reinlegen«, schlug ich vor und zerrte an einer Kiste, die auf den Schiffsplanken stand. »Da steht der Name des Bootes drauf. Hoffentlich findet der Besitzer die Kiste, bevor jemand anders sie entdeckt.«

»Es ist das Beste, was wir tun können«, sagte Khara und legte den Edelstein in die Truhe.

»Ganz schön zart besaitet, ihr zwei«, brummte Renzo, trotzdem half er Khara, die Kiste über den Schlick zu ziehen und sie auf trockenem Sand zu platzieren.

Das Boot stank nach Fisch, doch wir hatten uns schon in schlimmerer Umgebung aufgehalten. Bald spürten wir, dass sich das Boot bewegte: Die Flut war gekommen. Erst schaukelten wir nur ein wenig im sanften Wellengang. Dann hatten wir auf einmal Wasser unter uns und kamen waagrecht zu liegen.

»Falls sich der Wind aus Nordwest hält, können wir jederzeit in See stechen«, sagte Tobble. »Und bis die Sonne aufgeht, dauert es noch eine Stunde.«

»Okay«, sagte Khara. »Dann setz Segel, Käpt'n Tobble!«

»Aye, aye, Admiral«, sagte Tobble.

In Nedarra gelten Wobbyks als angesehene Fischer, doch sind

ihre robusten Boote viel primitiver als die Segelboote der Menschen. Ich musste Tobble bewundern, wie flink und zielstrebig er zum Heck sprang, nach dem Steuer griff und Renzo Order gab, das Segel zu hissen.

Leicht und elegant glitten wir über das Wasser. Kaum hatte der Wind das Segel gebläht, steuerte Tobble mit aller Kraft nach einer Seite. Das Boot legte sich schräg, und schon bald hielten wir auf die lebende Insel zu, die seit dem Augenblick, da ich sie zum ersten Mal erblickt hatte, Teil meiner Träume war.

Wie gern hätte ich jetzt unser WeitNah gehabt, da ging es mir wie Tobble! Was ich sehen konnte, war nichts als eine weite, üppig bewachsene Fläche mit dicht stehenden Bäumen, eine dunkle Masse vor dem kobaltblauen Himmel kurz vor der Morgendämmerung. Mein Herz schlug unregelmäßig, und mein Atem ging schnell in der feuchten würzigen Luft. Es könnte sein, dass ich … jeden Moment würde ich vielleicht einen anderen Dalkin sehen, vielleicht sogar viele … zum ersten Mal, seit mein Rudel vernichtet worden war.

Unseren wohlig-vertrauten Geruch wittern.

Die angenehme Melodie unserer Sprache hören.

Unter meinesgleichen sein.

Wie viele Male hatte ich mir diese Szene ausgemalt? Nachts, wenn meine Freunde schliefen und nur der wachsame Mond mir Gesellschaft leistete, hatte ich mir diesen Augenblick immer wieder vorgestellt. Würde ich mich krampfhaft um eine bedeutungsvolle Ansprache bemühen? Oder würde ich mich einfach den anderen Dalkins anpassen?

Würde ich weinen? Oder lachen? Oder beides?

Würde ich ihnen in die Augen schauen und spüren, wie mein

früheres Ich zurückkehrte? Oder hatte ich mich schon so grundlegend geändert, dass ich nicht mehr die alte Byx war, der Kümmerling unter den Geschwistern, das unbedeutendste Rudelmitglied?

»Aufgeregt?«, fragte Khara, als sie neben mich im Bug trat und die eiskalte Dusche in Kauf nahm, die mit jeder Welle, die wir durchschnitten, von Neuem über uns hereinbrach.

»Ja«, gab ich zu.

»Ich wünsche dir Glück und Zufriedenheit, Byx.«

Tränen stiegen mir in die Augen. »Danke, Khara. Ohne dich wäre das alles nicht möglich gewesen.«

Khara strich mir über die Schulter, und schweigend sahen wir zu, wie die Insel näher kam.

Ich meinte, ich hätte auch in Kharas Augen Tränen gesehen, aber vielleicht war es doch nur der salzige Sprühregen.

25

Endlich auf der Insel

»Segel einholen! Klar zum Beidrehen!«, rief Tobble.

Renzo zog das Segel ein, und Khara und ich steckten die zwei langen Ruder in die Dollen. Khara übernahm das eine, ich das andere. Da ich aber nicht darauf hoffen durfte, mit Kharas kraftvollen Schlägen mithalten zu können, kam bald Renzo zu meiner Unterstützung.

Zentimeter um Zentimeter näherten wir uns der Insel. Eine halbe Stunde ruderten wir parallel zum Ufer weiter, immer im Gleichklang mit der langsamen Bewegung der Insel, bis wir ihre dem Meer zugewandte Seite erreicht hatten. Bis jetzt waren wir nicht verfolgt worden, doch früher oder später würde man das Fehlen des Bootes sicher bemerken.

Wir konnten nur hoffen, dass der Edelstein, den wir zurückgelassen hatten, den Eigentümer besänftigen würde. Jedenfalls hätten wir hinter der Insel, wo wir den Blicken von der Landseite her verborgen waren, wenigstens die Chance, mit heiler Haut davonzukommen.

Während die Morgendämmerung sich ausbreitete, wurden die Farben der Bäume und der anderen Pflanzen immer leuchtender. »Ist das schön!«, rief ich. »Meint ihr wirklich, die Insel könnte … gefährlich sein?«

»Gefährlich« klang wesentlich besser als »fleischfressend«.

»Du meinst, ob sie uns verschlingen wird?«, sagte Khara. »Ich denke, um das herauszufinden, gibt es nur einen Weg.«

»Hier ist überall Magie«, sagte Renzo leise. »Das spüre ich.«

»Was für eine Art von Magie?«, fragte ich.

»Reste uralter magischer Formeln, die gegen Seeschlangen und Drachen schützen.«

»Ja«, nickte Khara. »Hier wirkt überhaupt alles alt. Sehr alt. Zweifellos wird dieser Ort schon jahrhundertelang durch Zauberei bewacht und geschützt, aber diese uralten Formeln haben inzwischen nur noch einen schwachen Einfluss. Die Magie auf der Insel schwindet.« Sie sah mich kurz an. »Spürst du etwas, Byx?«

Ich schüttelte den Kopf. »Nichts.«

»Na gut«, sagte Khara, »ich denke, es ist Zeit, an Land zu gehen, Käpt'n Tobble. Wir wollen sehen, was wir hier finden.«

»Und hoffen, dass diese Insel schon gefrühstückt hat«, ergänzte Renzo mit düsterem Lächeln.

Tobble steuerte das Boot auf einen schmalen Küstenstreifen. Wir kamen zum Halten, und unter dem Bug knirschte Sand, pechschwarz marmoriert und glitzernd wie ein Nachthimmel voller Sterne.

Renzo sprang an Land, um das Boot an einem Baumstamm festzubinden. Bei jedem Schritt hinterließen seine Stiefel einen Abdruck – der schwarze Sand färbte sich purpurrot, als würde er für einen Augenblick verwundet werden.

Ich stieg als Nächste aus dem Boot und spürte sofort etwas Fremdartiges in der Luft: ein Nachhall von Magie vielleicht? Oder war es das völlige Fehlen von Geräuschen? Kein Vogelgezwitscher, kein Knacken von Zweigen, wie es entsteht, wenn etwa neugierige Wesen heranschleichen, um Eindringlinge zu beobachten. Blätter tanzten ohne das leiseste Rascheln im leichten Wind. Sogar das Plätschern der Wellen am Ufer war verstummt.

Khara, Tobble und Gambler kamen nach, und alle hinterließen wir eine purpurn leuchtende Spur im Sand, während wir darüber hinstapften. Gambler mit seinen riesigen Pranken bewegte sich so leichtfüßig, dass er kaum Abdrücke verursachte, nur ein kurzes lavendelfarbiges Aufglühen wie der letzte Hauch eines Abendrots.

»Der Sand ist heiß!«, rief Tobble plötzlich und hüpfte von einem Fuß auf den anderen.

»Ja! Meine Sohlen verbrennen fast«, nickte ich.

»Etwas warm, ja«, sagte Gambler.

Khara berührte den Sand – prallte zurück und hinterließ einen rotweinfarbenen Handabdruck. »Jetzt versteh ich, was ihr meint.«

»Sogar meine Stiefel sind warm«, sagte Renzo.

»Byx und Tobble«, sagte Gambler, »steigt auf meinen Rücken. Ich habe gut gepolsterte Fußballen. Solange wir in Bewegung bleiben, spüre ich kaum was.«

Ich stieg auf Gamblers Rücken, Tobble hinterher. »Ich sehe niemanden«, murmelte ich, während Gambler über den Sand trabte. »Hallo!«, rief ich. »Hallo, Hallo! Wir kommen in friedlicher Absicht. Wir tun euch nichts!«

Stille.

Von der Küste aus gesehen, war uns die Insel nicht groß vorgekommen, nicht größer als vielleicht eine Viertelmeile in der Breite und doppelt so lang. Khara betrachtete eingehend den dichten Vorhang aus grünen und gelben Ranken und ineinander verschlungenen Bäumen vor uns, in der Hoffnung, eine Lücke zu entdecken. Als sich nichts zeigte, nahm sie ihr Schwert und machte sich daran, einen Weg durch das Geflecht aus Zweigen und Blattwerk zu hacken, erst behutsam, dann immer energischer.

Renzo folgte ihrem Beispiel, und so waren die einzigen Laute in den nächsten Minuten das angestrengte Atmen der beiden und das dumpfe Dröhnen von Metall auf Holz. Nach wie vor zeichnete sich jeder Schritt auf dem sandigen Boden ab und verschwand dann wieder. Gambler lief hin und her, damit er die Hitze nicht so spürte.

Ich rief immer wieder laut und lauschte auf eine Antwort. Schon das Zwitschern eines Zaunkönigs wäre eine Erlösung gewesen. Doch wir hörten nichts, gar nichts außer unserem eigenen unruhigen Atmen.

»Vielleicht, Byx«, schlug Tobble vor, »klappt es mit deiner eigenen Sprache?«

Natürlich! Ich rief noch einmal, diesmal in der Dalkinsprache. »Palouy rohnoon a rooex?« *Ist jemand da?* Fremd klangen mir die Worte in den Ohren.

Wieder keine Antwort. Kein Laut.

Khara und Renzo arbeiteten weiter, kamen nur zentimeterweise voran. Schließlich hieb Renzo mit aller Kraft auf einen besonders harten und starken Ast, und als dieser nachgab, lag vor ihm der Weg frei.

Neugierig spähten wir durch die Öffnung, die entstanden war.

»Eine Lichtung!«, sagte ich. »Und da sind auch … Wasserfälle!«

Bald fanden wir uns auf einem weiten offenen Platz. Der Sand war einem dichten Teppich aus rotem Moos gewichen. »Hier kann man gut laufen«, meldete Gambler, und Tobble und ich sprangen von seinem Rücken.

Die Lautlosigkeit der dichten Vegetation machte dem Rauschen von Wasser Platz, das sich mit einer sonderbaren, aber wunderschönen Musik mischte. Nach der erdrückenden Stille brauchten meine Ohren eine Weile, um sich darauf einzustellen.

Vor uns lag ein kleiner kreisrunder See, unmittelbar dahinter eine Felswand aus glitzerndem schwarzem Gestein. Feine Wasserfälle, vielleicht ein Dutzend, ergossen sich aus Spalten im Fels.

»Ist das Wasser?«, fragte Tobble. »Die Farben sind so komisch.«

»Was es auch sein mag«, sagte ich, »es sieht fantastisch aus.«

»Also trinken würde ich es jedenfalls nicht«, sagte Renzo.

Die Wasserkaskaden änderten laufend ihre Farben von Bernsteingelb über Silber- bis zu Rottönen. Sobald das Wasser jedoch auf den See traf, wurde es schwarz.

»Die Musik«, sagte Tobble. »Sie kommt vom Wasser herüber.«

Tatsächlich, Tobble hatte recht. Jeder Wasserfall schien einen eigenen Klang zu erzeugen. Die Klänge mischten sich zu einer Art Musik ohne Melodie, verträumt und tief bewegend.

Dem See entsprossen Blumen auf langen blattlosen Stängeln. Jeder Stängel trug nur eine einzige große goldene Blüte, die sich träge im Kreis drehte wie ein Kinderspielzeug und die einen köstlich süßen Duft verströmte.

Die Musik, der Duft … Irgendwie war mir das vertraut.

Bekannt.

Angenehm.

Ich atmete ein und versuchte, die Fülle der Gerüche zu entschlüsseln. Der Duft der Blumen war überwältigend. Und doch war ich überzeugt, dass da noch etwas anderes Vertrautes in der Luft hing.

Ein Gedanke blitzte durch mein Hirn, überraschend wie ein Sonnenstrahl durch eine Wolkenlücke, ein Gedanke an längst vergangene Zeiten, als die Dalkins Belenmaas feierten: ein Ritual in Nächten, wenn der Mond frisch, neu und nicht viel mehr als eine schmale Silbersichel war. Dann sang das ganze Rudel bis zum Sonnenaufgang hoffnungsfrohe Lieder, traurige Balladen und ausgelassene Melodien – alles in vollkommener Harmonie.

Natürlich hatte ich ein solches Belenmaas-Ritual nie selbst erlebt. Zu der Zeit, als ich geboren wurde, war den wenigen auf der Welt noch verbliebenen Dalkins ihr Leben in Stille und Verborgenheit wichtiger als ihr Gesang. Meine Eltern aber hatten uns oft in den Schlaf gesungen und uns damit die alte Musik ein wenig nahegebracht.

Ich schloss die Augen, eingelullt von Erinnerungsfetzen an ein Lied aus meiner Kindheit. Es war eine einfache Melodie. Fröhlich. Witzig.

Tröstlich.

Ich öffnete die Augen und atmete noch einmal tief ein. Khara sah mich fragend an, aber ich hatte keine andere Antwort als ein Schulterzucken. Sie lockerte ihr Schwert in der Scheide, und auch Renzo hielt sein Messer griffbereit.

Gambler brach den Bann. »Ich rieche Menschen«, murmelte er. »Sie waren erst vor Kurzem hier.«

Menschen, ja richtig. »Ich rieche es auch«, sagte ich.

Ich bedeutete meinen Freunden, sich nicht von der Stelle zu rühren, und ging langsam weiter. Ich wusste nicht, wohin, aber mir war klar, dass ich etwas tun musste.

Direkt neben den Wasserfällen war ein langes Steingebäude mit einem Strohdach. Es wirkte verlassen, kein Rauch stieg aus dem Schornstein. Trotzdem war das Dach in gutem Zustand, und vor dem Eingang hatte jemand das Gras geschnitten, um den Schotterweg um das Gebäude freizuhalten.

Ich ging näher heran.

Knarrend öffnete sich die Tür.

Die Blumen kreiselten. Die Wasserfälle sangen. Die Erinnerungen kamen.

Wusste ich es, bevor ich es sah, oder sah ich es, bevor ich es wusste?

War das wichtig?

Nein. Alles, worauf es ankam, alles, was auf der ganzen weiten Welt zählte, war die Tatsache, dass er endlich vor mir stand – ein anderer Dalkin.

Teil Drei

Schicksale

26

Elexor

Du bist nicht allein.

Die Worte aus meinem Traum kamen mir wieder.

Es stimmte.

Ich war nicht allein. Jetzt nicht mehr.

Vor mir stand ein anderer Dalkin. Einer von der gleichen Abstammung wie ich. Von der gleichen Art.

Er war männlich und alt, älter als mein Vater. Das Fell an seinem Kinn war grau, sein Schwanz weiß und ausgedünnt.

Ich ging auf ihn zu, vergaß jede Vorsicht, lief schneller und schneller, bis ich fast rannte.

Erst kurz vor ihm blieb ich stehen und sagte im üblichen Dialekt und mit bebender Stimme: »Sei gegrüßt, Vater Dalkin! Ich bin Byx.«

Er starrte mich an. Blinzelte. Neigte den Kopf.

Ich bebte, war schwindlig vor Erwartung.

Was würde er sagen?

Wie würde er mich begrüßen?

Würden wir uns umarmen?

»Wer bist du denn?«, blaffte der alte Dalkin. »Dich habe ich nicht erwartet.«

Ich wiederholte in Gedanken die Worte. Dieser Dalkin musste doch glücklich sein, mich zu sehen!

Er musste doch die Bedeutung dieses Augenblicks begreifen!

»Ich … wir sind …«, stammelte ich. »Ich verstehe nicht.«

»Oder bist du hier, um mich abzulösen?«, sagte der Dalkin, und seine trüben Augen hellten sich auf.

»Dich ablösen?«

»Warum solltest du sonst hier sein?« Er blickte mich prüfend an, sichtlich irritiert. »Merkwürdig, dass sie einen schicken, der noch so jung ist.«

Khara kam mir zu Hilfe. »Mein Name ist Khara«, sagte sie, während sie sich schnell näherte und neben mich trat. »Und das hier sind Gambler, Renzo und Tobble.«

Der Dalkin schüttelte überrascht den Kopf. »Ihr seid ja nun überhaupt nicht die, mit denen ich gerechnet habe. Mir wurde gesagt, ich soll zwei Spione mit ihren Waffenknechten und einen Schmuggler erwarten.«

»Dürfen wir deinen Namen erfahren?«, fragte Khara freundlich.

Der Dalkin richtete sich auf und straffte die Schultern, als wäre diese Frage eine Beleidigung. »Ich bin Elexor.« Seine Augen verengten sich misstrauisch. »Ein Name, den ihr eigentlich kennen solltet, wenn ihr hier zu tun habt.«

Mein Verstand galoppierte davon. Ich versuchte zu verstehen, was ich eben gehört hatte, und gleichzeitig breitete sich eine kalte Leere in mir aus. Was redete dieser Elexor da? Wusste er nicht, dass Dalkins als ausgestorbene Art galten? Freute er sich denn nicht, einen jungen Dalkin zu sehen?

»Ich denke, Elexor«, sagte Khara, »du solltest uns besser erzählen, was hier vor sich geht.«

»Wer bist du, dass du Erklärungen forderst? Verlasst diese Insel! Alle! Ihr habt kein Recht, hier zu sein!«

Khara legte die Hand an ihren Schwertgriff, Gambler reagierte spontaner. Mit einem kurzen Sprung überwand er die Entfernung zwischen sich und Elexor und fletschte seine glänzenden Zähne. »Du kannst wählen, entweder du beantwortest ihre Fragen«, sagte er ruhig, »oder du wirst mein Frühstück.«

»Gambler! Sei vorsichtig!«, rief ich instinktiv, auch wenn ich wusste, dass er dem alten Dalkin nichts tun würde.

Nachdem Gambler seine Stärke präsentiert hatte, gab Elexor seinen Widerstand auf. Unentwegt schnaufend und brummelnd führte er uns in das Steingebäude. Mit vier Feldbetten für Menschen und einer großen Strohmatte, die als Lager für einen Felijaga dienen konnte, war es eindeutig ein Schlafraum wie in einer Kaserne. Ein kleiner Küchenraum war mit einem Herd ausgestattet und mit einem Tisch, auf dem Töpfe, Pfannen und Geschirr standen. Dog drehte eine Runde durch den Raum, wobei er alles höchst interessiert beschnüffelte.

»Was ist das für ein Gebäude?«, wollte Khara wissen. »Und vergiss nicht, wir haben auch einen Dalkin bei uns.«

Elexor warf mir einen Blick zu und leckte sich über die Lippen. »Es ist, wie ihr seht, eine Kaserne.«

»Für wen?«, drängte Khara.

Keine Antwort.

»Also dann, Gambler«, sagte Khara mit einer Geste in Elexors Richtung. »Dein Frühstück steht bereit.«

»Nein! Nein!«, schrie Elexor. »Wollt ihr meinen Sohn zum Waisenkind machen?«

»Deinen Sohn?«

»Er ist unschuldig, noch ein Junge.«

»Und wenn er der Kronprinz wäre, das interessiert mich nicht«, fauchte Khara. »Sag uns jetzt alles! Auf der Stelle!«

Erschöpft ließ sich Elexor auf einem Holzstuhl nieder. »Die Insel wird genutzt, um … gewisse Personen … zwischen Nedarra und Dreyland hin- und herzubefördern.«

»Gewisse Personen?«, fragte Khara.

Elexor zog die Schultern hoch und sah zur Seite. »Nicht alle in Nedarra sind große Freunde des Murdano. Manche wollen eben fort aus Nedarra und lieber in Dreyland leben.«

»Verräter also?«

»Du magst sie so nennen«, sagte Elexor. »Obwohl sie diese Bezeichnung selber nicht verwenden würden.«

»Wir sollen also glauben, dass du Flüchtlinge aus Nedarra unterstützt?«, fragte Khara.

»Ja«, sagte Elexor mit erhobenen Händen.

Khara wandte sich nach mir um. »Das ist eine Lüge«, flüsterte ich und kam mir fremd und gemein vor – als Verräterin an meiner eigenen Art.

»Erzähl uns von diesen Leuten aus Nedarra, die du transportierst«, sagte Khara.

»Es sind …« Ein wütender Blick in meine Richtung. »Es sind Leute, die wohl ihre Gründe haben, vor dem Murdano zu fliehen.«

Zum ersten Mal seit einer Weile mischte sich Renzo ins Gespräch. »Und warum solltest ausgerechnet du denen helfen?«

»Weil … Ich arbeite für den Kazar Gs'drit«, sagte Elexor, hin- und hergerissen zwischen der stolzen Fassade, die er zur Schau trug, und einem dahinterliegenden Gefühl von Scham. »Meine Aufgabe ist es, die Leute zu befragen. Ich soll herausfinden, ob ihre Geschichten wahr sind.«

»Du hast gerade neue Passagiere erwartet«, sagte Khara. »Dreyländer?«

Elexor scharrte unbehaglich mit den Füßen. »Ja. Manche gehen von Dreyland nach Nedarra. Die befrage ich auch. Und manchmal kommen dieselben Dreyländer zurück, und ich befrage sie noch mal.«

Renzo lachte laut heraus. »In die eine Richtung Verräter und in die andere Spione!«

»Das sind deine Worte«, sagte Elexor. Aber mehr offenbarte er nicht.

Ich sank auf eines der Feldbetten und vergrub meinen Kopf in den Händen.

Der Dalkin, den ich so verzweifelt gesucht und dabei nicht nur mich, sondern auch meine Freunde in Gefahr gebracht hatte, dieser Dalkin war ein Diener des Kazar Gs'drit!

Er nutzte seine besondere Fähigkeit als Dalkin, die Geschichten derer zu überprüfen, die auf die Seite des Kazar überlaufen wollten. Und nach Nedarra brachte er Spione, deren Berichte er bei ihrer Rückkehr ebenso überprüfte.

Das war der Dalkin, dem zu begegnen ich so lange geträumt hatte?

»Aber wie bringst du die Insel dazu, dass sie deinen Wünschen folgt?«, hakte Khara nach.

»Gar nicht natürlich!«, sagte Elexor, wobei er sich Mühe gab, einen Bruchteil seiner ursprünglichen Arroganz zu retten. »Keiner außer den Natintjes gebietet über diese Insel.«

Renzo kniff die Augen zusammen. »Die Natintjes erlauben also … sie unterstützen das alles?«

Elexor antwortete nicht. Das brauchte er nicht.

Khara sah uns an. »Wenn die Natintjes sich mit Dreyland zusammentun und auch die Terra-Olme vom Kazar kontrolliert werden, gibt es keine Hoffnung für Nedarra.«

»Spielt das eine Rolle?«, sagte Renzo zynisch. »Murdano oder Kazar, beide sind machthungrige Irre, die alles dransetzen, einen Krieg vom Zaun zu brechen.«

»Ich kann mich niemals auf die Seite eines Valtti stellen, eines Tyrannen wie diesem Gs'drit«, sagte Gambler. »Und meine Familie, meine Brüder und Schwestern leben in Nedarra.«

»Meine Familie auch«, sagte Khara. »Allerdings würde ich nur ungern etwas tun, um dem Murdano zu helfen.« Sie wandte sich wieder an Elexor. »Deine Passagiere in Richtung Süden, wann erwartest du sie?«

»Die Galeere müsste jederzeit eintreffen. Ich hatte gehofft, ich könnte vorher meinen Sohn wach kriegen, damit er hier sauber macht. Aber er ist ein kleiner Faulpelz und nicht immer gehorsam.«

»Dann müssen wir hier weg, wenn wir einen Kampf vermeiden wollen, den wir nur verlieren können«, sagte Khara.

Tobble hob die Hand, was seine Angewohnheit war, wenn er sich ins Gespräch einmischen wollte.

»Er hat von einer Galeere gesprochen. In tiefen Gewässern dürfte ein Segelboot schneller sein als eine Galeere, zumindest dann, wenn der Wind günstig für uns steht.«

»Was ist eine Galeere?«, fragte ich.

»Ein Schiff, das von Sträflingen oder Leibeigenen gerudert

wird. Manche Galeeren sind mit zwanzig Männern besetzt, zehn an jeder Seite. Für eine Galeere ist der Wind unwichtig. Sie haben einen sehr geringen Tiefgang und könnten sich daher leicht in einer Fahrrinne außerhalb unserer Sicht verbergen.«

»Was ist denn hier los?«

Eine neue Stimme ertönte, und wir fuhren herum, um zu sehen, wem sie gehörte.

Mein Herz machte einen Hüpfer.

Unter der Tür stand noch ein Dalkin.

27

Angriff!

Elexor hatte gesagt, dass er einen Sohn hatte, ein Kind. Irgendwie war ich von einem sehr jungen Dalkin ausgegangen, doch dieser hier schien etwa in meinem Alter zu sein.

Er hatte nicht ganz meine Körpergröße, doch breitere Schultern, sein Fell war glänzend weizenfarben, und seine großen Ohren hatten die Form von herabfallenden Tränen.

Elexor, der bedrückt und beunruhigt wirkte, sagte: »Das ist mein Sohn Maxyn. Ihr seht, er ist noch ein Kind.«

Maxyn rollte mit den Augen. Er musterte uns, einen nach dem anderen, und ließ zuletzt seinen Blick auf mir ruhen. Mit unverhohlener Neugier betrachteten wir einander. Er war der erste junge Dalkin, den ich seit langer, langer Zeit sah.

Es hätte ein bedeutsames Ereignis sein müssen. Jauchzen hätte die Luft erfüllen müssen. Doch jetzt, wo ich endlich vor zwei Artgenossen stand und damit vor der unbestreitbaren Tatsache, dass ich wirklich und wahrhaftig kein Endling war, konnte ich Maxyn und seinen Vater nur stumm ansehen.

Sie waren nicht nur eine Idee, ein Traumgespinst, nicht nur der Beweis dafür, dass meine Art womöglich doch überleben könnte. Sie waren lebendige Individuen.

Nach einer offenbar peinlich langen Pause dämmerte mir, dass Khara darauf wartete, dass ich etwas sagen würde. Als ich aber weiterhin nichts anderes zustande brachte, als mit offenem Mund zu glotzen wie ein Narr, ergriff sie das Wort.

»Ich bin Khara.« Sie zeigte auf uns andere. »Gambler, Renzo, Tobble und natürlich Byx.«

»Byx«, wiederholte Maxyn.

Ich nickte eine Spur zu begeistert. Die Sprache hatte ich immer noch nicht wiedergefunden.

»Aber was hat das alles zu bedeuten?«

»Es scheint so, dass dein Vater benutzt wird, um für den Kazar Gs'drit die Aufrichtigkeit von Spionen und Verrätern zu kontrollieren«, sagte Khara unverblümt.

»Das weiß ich. Aber …« Maxyn runzelte die Stirn. Er hatte interessante Augen, dunkler als meine, sturmfarben und schwer zu deuten. »Aber was hat das mit euch zu tun?«

Wir waren ein bunt zusammengewürfelter Haufen, das musste ich zugeben, und ich konnte Maxyns Verwirrung gut verstehen.

»Wir haben …«, sagte ich endlich, und meine eigene Stimme klang mir fremd in den Ohren. »Wir sind auf der Suche nach Dalkins. In Nedarra heißt es, dass unsere Artgenossen alle tot sind. Vom Murdano ausgelöscht. Deshalb dachte ich, ich bin …« Ich erstickte fast an meinen Worten. Betreten schüttelte ich den Kopf und sah flehentlich zu Khara hin.

»Byx glaubte, vielmehr fürchtete, sie wäre ein Endling. Der allerletzte Dalkin. Deshalb sind wir auf der Suche nach anderen ihrer Art. Die Insel haben wir schon von Nedarra aus gesehen, und so sind wir ihr bis hierher gefolgt.«

»Wir sind aber doch gar nicht die letzten Dalkins«, sagte Elexor.

Ich brauchte einen Moment, um seine Worte zu begreifen.

»Sind wir also nicht …?«, brachte ich heraus und fürchtete fast, ich könnte das Atmen vergessen.

»Wir sind nur noch wenige, das ist richtig«, sagte Elexor. »Was einst eine kleine Kolonie auf dieser Insel war, ist inzwischen bis auf uns zwei geschrumpft. Doch ich bin überrascht, dass ihr nichts von der Kolonie am Fluss Pellago wisst. Selber war ich noch nicht dort, aber …«

»Der Fluss Pellago?«, unterbrach Khara. »Der ist im Nordwesten von Nedarra, nicht weit von den Ländereien meiner Familie. Aber in dieser Gegend hausen wilde Tiere und Monster. Niemand geht dorthin. Und wenn, kehrt er nicht zurück.«

»Möglich«, sagte Elexor. »Wenn es aber das ist, was ihr sucht, macht ihr euch besser auf den Weg, bevor die Männer des Kazar kommen. Die Zeit wird knapp …«

Gamblers Ohren zuckten, sein Nackenfell sträubte sich. »Zu spät«, sagte er und fuhr seine Krallen aus. »Sie sind schon da!«

Gambler war als Erster aus der Tür, Khara mit gezücktem Schwert gleich hinter ihm.

Auf die Lichtung traten ein vornehm gekleideter Mann, eine Frau und vier bewaffnete Männer, dazu ein sichtlich brutaler Schlägertyp, der einen Holzprügel mit einem schweren, knorrigen Ende in der Hand hatte.

Sie sahen uns im selben Moment wie wir sie, doch Khara war die schneller entschlossene Befehlshaberin. »Angriff!«, schrie sie.

Vier Bewaffnete, drei Zivilpersonen. Zusammen verfügten sie über fünf Schwerter und einen Knüppel, dazu kam, dass die Frau möglicherweise eine verborgene Waffe hatte.

Auf unserer Seite hatten wir ein junges Mädchen mit einem sagenumwobenen Schwert, einen Dieb mit einem Schild und einem Messer, einen Wobbyk mit nichts als seiner unberechenbaren Eigenschaft, seine helle Wut explodieren zu lassen, und mich mit einem Messer, das ich mir gern als Schwert vorstellte.

Und Dog natürlich.

Aber wir hatten noch etwas: einen Felijaga.

Ich werde nie verstehen, wie Gambler sich so blitzschnell bewegen und dabei noch elegant und beinahe entspannt wirken kann. Er lief, sprang, brüllte Furcht einflößend, schlug den nächstbesten der bewaffneten Männer zu Boden und erwischte mit einer ausgefahrenen Klaue gleich noch einen zweiten.

Khara schwang ihr Schwert gegen einen dritten Soldaten. Er parierte den Schlag geschickt, doch dem *Licht von Nedarra* konnte seine Waffe nicht standhalten. Kharas Schwert zerschmetterte das seine, und mit einem Hieb aus der Rückhand jagte sie ihn in die Flucht.

Die Frau klammerte sich kreischend an ihren Gefährten, der sich abmühte, sein juwelenbesetztes Schwert zu ziehen.

Renzo schlug ihn mit der Kante seines Schildes nieder, und der Mann sackte zu Boden. Jetzt sah es schon besser für uns aus. Wir hatten es noch mit einem Soldaten und zwei Zivilisten zu tun.

Der Große mit dem Knüppel, offenbar ein tapferer und erfahrener Kämpfer, traf Renzo mit einem weit ausholenden Schlag in den Rücken. Renzo schrie auf vor Schmerzen und stürzte schwer.

Ich hielt mein Messer bereit, hatte jedoch nur eine einzige Aktion gelernt. Aber ich kann schnell sein, wenn es darauf ankommt. In einer Mischung aus Entsetzen und Entschlossenheit schrie ich auf und stürmte dem großen Mann entgegen, der jetzt seinen Knüppel gegen mich schwang. Ich warf mich auf den Boden zwischen seine Beine und schlitzte ihm das Knie auf. Die Klinge war auf Widerstand gestoßen.

Der Sturz auf den Boden trieb mir die Luft aus der Lunge. Hilflos lag ich da und rang nach Atem. Aus einem Augenwinkel bemerkte ich, wie der übrig gebliebene Soldat kehrtmachte und um Hilfe rufend davonlief.

Mit Mühe kroch ich ein paar Meter weiter und rollte mich herum. Zu meiner Erleichterung war der große Mann mit dem Prügel ins Taumeln geraten. Sein Hosenbein war blutgetränkt. Verblüfft sah er mich an, blinzelte, als könnte er nicht glauben, was er sah, dann knickten ihm die Beine weg.

Gambler sah zum Fürchten aus – ich war froh, dass sich sein aufgestauter Zorn noch nie gegen mich gerichtet hatte. Kharas Schwert war rot gefärbt. Renzo kam unbeholfen auf die Beine, hielt sich den Rücken und krümmte sich vor Schmerzen.

Ich hörte etwas durch die Luft schwirren, und im gleichen Moment warf sich Renzo auf Khara. Ein Pfeil flog vorbei, genau dort, wo Khara noch vor einer Sekunde gestanden hatte! Jemand schrie auf vor Erstaunen – da sah ich den gefiederten Pfeilschaft aus Elexors Brust ragen.

»Vater!«, schrie Maxyn. Er fing Elexor auf, als er fiel. Ein zweiter Pfeil kam geflogen und streifte Gambler.

Der geflohene Soldat war mit einem Bogenschützen zurückgekehrt.

Ein erfahrener Bogenschütze braucht vielleicht drei Sekunden, um einen neuen Pfeil anzulegen, den Bogen zu spannen und zu zielen. Gambler aber brauchte nur einen Bruchteil dieser Zeit, um mit einem mächtigen Satz den Mann zu erreichen und ihm die Zähne ins Fleisch zu bohren.

Der letzte Soldat sank auf die Knie und streckte die Hände in die Luft. »Ich ergebe mich! Ich ergebe mich!«

Im Nu hielt ihm Khara ihr Schwert an die Kehle. »Kommen da noch mehr Soldaten?«

»N-n-nein! Nein!«

»Wie seid ihr hergekommen?«

»Die Galeere«, japste der Soldat.

»Tobble, fessle ihn«, befahl Khara. »Gambler, komm mit!« Die beiden liefen in Richtung Wasser.

Ich kniete mich gegenüber von Maxyn auf den Boden neben Elexor. Er lebte noch, aber lange würde er wohl nicht mehr durchhalten. Der Pfeil hatte sich tief in seine Brust gebohrt, jeder Atemzug fiel ihm schwer.

»Mein Sohn«, keuchte Elexor.

»Vater!«

»Wir können versuchen, den Pfeil rauszuziehen«, sagte ich.

»Die Männer des Kazar Gs'drit benutzen Pfeile mit Widerhaken«, sagte Maxyn verbittert.

Die beiden Zivilpersonen, der kostspielig gekleidete Mann und die Frau, waren noch da. Der Mann hatte sich nach dem Schlag von Renzo wieder aufgerappelt, aber als er sah, wie die Dinge standen, warf er sein Schwert auf den Boden. »Ich bin kein Soldat!«, erklärte er.

»Nein, nur ein Spion«, knurrte Renzo, ächzend vor Schmerzen.

Khara und Gambler kamen zurück, sie wirkten erleichtert. »Die Galeere liegt nur hundert Meter entfernt«, sagte Khara. »Es gibt sechs Ruderer, alle sind Gefangene aus Nedarra, die nur zu gern dorthin zurückrudern werden.«

Ich versuchte, mich auf ihre Worte zu konzentrieren, aber alles, woran ich denken konnte, war der alte Dalkin, der neben mir in den Armen seines Sohnes lag.

»Wie geht es ihm?«, fragte ich leise.

Maxyn sah mich hasserfüllt an.

»Er ist tot«, sagte er. »Er ist tot wegen euch!«

28

Die Verfolgungsjagd

Tränen rannen mir aus den Augen. Ein Elternteil zu verlieren war kaum zu ertragen. Und auf so gewalttätige Art … Ich wusste nur zu gut, wie sich das anfühlte.

»Es tut mir so leid, Maxyn«, brachte ich hervor.

»Verschone mich mit deinem Mitleid.«

»Ich weiß, wie dir zumute ist«, sagte ich und wischte mit dem Handrücken über meine Wangen.

»Wie kannst denn du das wissen?« Seine Stimme war schroff, aber seine Hand lag zärtlich auf dem Arm seines Vaters.

»Ich weiß es«, sagte ich schlicht. »Du kannst hier nicht bleiben. Ich bin überzeugt, dass du bleiben willst, aber es geht wirklich nicht. Du musst mit uns kommen – zu deiner eigenen Sicherheit.«

»Ich lasse mir von denen, die den Tod meines Vaters verschuldet haben, keine Befehle erteilen!«, sagte Maxyn, während er mit den Tränen kämpfte.

»Dann bleib eben hier, wenn du unbedingt sterben willst«, sagte Renzo.

»Willst du mir drohen?«, sagte Maxyn trotzig.

»Nein«, sagte Renzo, der Tobble dabei half, die beiden Männer und die Frau zu fesseln. »Aber wenn die Soldaten des Kazar kommen, geben sie wahrscheinlich dir die Schuld für das, was hier passiert ist. Wer wütend ist, stürzt sich schnell auf den nächstliegenden Verdächtigen.«

Ich wollte Maxyn sagen, dass Renzo die Wahrheit sprach, aber das wusste er ja selber.

»Hör zu, Maxyn, bitte«, sagte ich und nahm seinen Arm, aber er schüttelte mich ab. »Nach allem, was wir wissen, sind wir beide, du und ich, vielleicht die letzten überlebenden Dalkins ...«

»Unsinn! Mein Vater hat oft von der Kolonie am Fluss Pellago gesprochen.«

»Und bestimmt hat er auch daran geglaubt. Aber bist du sicher, dass er recht hatte? Und wie willst du diese Kolonie je erreichen ohne uns?«

Maxyn antwortete nicht. Sein Blick war kalt. Ich konnte kaum etwas anderes erwarten: Er hatte gerade seinen Vater verloren. Aber dass ich die Wahrheit sagte, wusste er.

»Wir müssen los«, drängte Khara.

»Maxyn, bitte«, sagte ich.

»Lass mich«, flüsterte er, während er den Kopf seines Vaters streichelte. »Lass *uns.*«

Widerstrebend folgte ich Khara und den anderen zur Galeere. Immer wieder drehte ich mich nach Maxyn um, hoffend – entgegen aller Wahrscheinlichkeit –, er würde begreifen, dass er mit uns kommen musste.

»Gib ihm einen Moment zum Nachdenken«, riet Khara. »Vielleicht kommt er noch.«

Die tief im Wasser liegende Galeere war lang und schlank. Zwölf Ruder steckten aufrecht wie kleine Masten in ihren Halterungen. Zwischen den Rudern saßen sechs Männer, alle an den Fußgelenken mit einer Kette gefesselt.

Khara ging an Bord. Ohne ein Wort zerschlug sie mit dem *Licht von Nedarra* das Hauptschloss der Kette.

Einen Moment saßen die Ruderer sprachlos und wie gelähmt auf ihren Bänken, dann ließ einer nach dem anderen laut scheppernd die Kette von den Füßen gleiten. Vorsichtig, immer noch furchtsam standen sie auf.

Khara sprang auf ein Fass in der Mitte des Schiffs und sagte laut und mit zuversichtlicher Stimme: »Ihr seid freie Männer. Ihr könnt bleiben oder gehen, ganz wie ihr wollt. Doch ihr sollt wissen, dass wir diese Galeere nach Nedarra bringen werden. Wenn ihr bleibt, müsst ihr rudern, und zwar mit voller Kraft. Aber: Ihr werdet als freie Männer rudern, die nach Hause fahren!«

Alle sechs entschieden sich zu bleiben. Einer von ihnen, älter als die anderen und graubärtig, sagte: »Ich heiße Norbert. Wir sind unendlich dankbar und stehen tief in deiner Schuld, jetzt und für immer. Aber viele von uns sind in Nedarra an langjährige Treueeide gebunden, die zu erfüllen sind. Verlangst du, dass wir unsere Verpflichtungen aufgeben und dir die Treue schwören?«

Khara überlegte einen Augenblick. Wir waren nun unterwegs nach Nedarra, doch würden wir uns noch an den Patrouillenbooten des Murdano vorbeischmuggeln müssen, vielleicht auch an den Natintjes.

»Ja«, sagte sie. »Ihr seid meine Gefährten und mir etwas schuldig. Um eure Schuld abzutragen, fordere ich, dass ihr meine Befehle erfüllt, ausnahmslos alle und ohne zu zögern, bis wir Nedarra sicher erreicht haben. Sobald wir an Land sind, geht ihr eurer eigenen Wege, und wir gehen der unseren. Damit ist eure Schuld beglichen. Von da an soll jeder von euch tun, was ihm sein Gewissen gebietet.«

Norbert sah sich unter seinen Gefährten um, die heftig nickten. »Wir geloben, deinen Befehlen blind zu gehorchen, bis wir sicher an der Küste von Nedarra sind.«

»Gut«, sagte Khara. »Denn wir haben nicht viel Zeit.« Sie zeigte mit ihrem Schwert auf eine zweite Galeere in der Ferne. Sie war viel größer als unsere und hielt rasch auf die Insel zu.

»Norbert«, kommandierte Khara, »nimm drei deiner Männer, sammelt ein, was ihr an Waffen finden könnt, auch alles Essbare. Renzo, du nimmst die übrigen Männer mit. Füllt an dem Bach dort jeden Wasserschlauch und jeden Behälter, den ihr auftreiben könnt. Tobble, du machst dich mit dem Betrieb des Schiffes vertraut. Schnell! Schnell! Die andere Galeere wird bald hier sein.«

Khara drehte sich nach mir um. »Und du, Byx, musst noch mal mit Maxyn reden.«

Ich nickte. »Ich will's versuchen«, sagte ich.

Maxyn kniete noch immer neben seinem Vater, so wie wir ihn zurückgelassen hatten. Er weinte still vor sich hin.

Dass ich noch einmal kam, schien ihn nicht zu überraschen. »Ich bitte dich, meinem Vater … dem Körper meines Vaters … die letzte Ehre zu erweisen«, sagte er, als ich mich neben ihn kniete. »Wenn du vielleicht ein Feuer machen könntest? Es muss nicht groß sein. Wir sind ja nur kleine Lebewesen.« Ich begegnete seinem Blick, und es war, als würde sich mein eigener Schmerz darin spiegeln. »Wir Dalkins.«

Maxyn brachte seine Bitte, ohne zu schluchzen, vor, mir aber liefen die Tränen aus den Augen.

Wieder ein toter Dalkin, und dabei gab es nur noch so wenige.

Gambler, der gerade vorbeikam, hatte Maxyns Bitte gehört. »Ich kümmere mich«, sagte er.

Ich streckte die Hand aus. »Bitte komm mit uns, Maxyn«, sagte ich. »Hier gibt es nichts für dich. Nicht mehr. Und wir sind doch so … so wenige.«

Er atmete tief ein und erhob sich. Meine Hand schlug er aus. Langsam ging er auf die Galeere zu, warf nur noch einmal einen Blick zurück zu der Stelle, an der Gambler behutsam die Verbrennung von Elexors Leiche vorbereitete.

Als Maxyn und ich an Bord gingen, nickte mir Khara kaum merklich zu.

Es dauerte nicht lange, da war Norbert mit seinen Leuten samt Waffen und Ausrüstung wieder auf der Galeere. Gleichzeitig kam Renzo mit den restlichen Männern, sie brachten Wasserschläuche und Feldflaschen mit.

Die sich nähernde Galeere hatte ihre Entfernung zur Insel inzwischen um die Hälfte verringert. Selbst ohne Tobbles WeitNah konnten wir erkennen, dass sie mit vierundzwanzig Rudern bestückt war und mindestens ein Dutzend Soldaten beförderte.

Wie hatten sie Kenntnis erhalten von dem, was hier vor sich ging? Die Küste bot den harmlosesten Anblick, den man sich denken konnte, nur Möwen kreisten über dem Wasser. Hatte vielleicht eine von ihnen die Nachricht verbreitet? Oder war ein verräterischer Raptidon über uns hinweggeflogen?

»Gambler!«, rief Khara. »Tobble! Sind wir bereit zum Ablegen?«

»Ja!«, bestätigte Tobble von seiner Position am Steuer.

Einer der befreiten Männer kam auf Khara zu und sagte: »Ich bin Aloish. Ich kenne die Gewässer hier gut.«

Mit einem Kopfnicken bestätigte ich, dass er die Wahrheit gesagt hatte, und er ging, um sich mit Tobble zu beraten.

Ein Geruch stieg mir in die Nase, und ich wandte mich nach der Insel um. Vor den Bäumen stieg eine schwache Rauchsäule auf.

»Da kommt Gambler«, sagte ich und sah kurz zu Maxyn hin.

»Männer, an die Ruder! Leinen los!«, rief Khara, und gerade als wir ablegten, kam Gambler angesprungen. Er segelte elegant durch die Luft und landete mit beeindruckender Lässigkeit an Deck.

»Na, Gambler«, sagte Renzo stirnrunzelnd, »jetzt gibst du aber an.«

»Hätten wir nicht Dalkins unter uns, die die Wahrheit kennen, würde ich das glatt abstreiten«, meinte Gambler.

Maxyn tauschte einen Blick mit ihm. »Danke«, sagte er, während er auf den sich kräuselnden Rauchstreifen starrte.

Gambler nickte ernst. »Es tut mir sehr leid, dass du einen solchen Verlust zu beklagen hast.«

»Ruder ab!«, kommandierte Norbert und übernahm selber eines. »Schlägt jemand die Trommel und gibt das Tempo an?«

Im Heck des Schiffes stand eine große, mit Tierhaut bespannte Trommel. Da ich keine andere Aufgabe hatte, setzte ich mich auf den winzigen runden Hocker daneben, nahm den Schlägel, schlug einmal probehalber auf die Trommel und brachte einen einigermaßen überzeugenden Klang hervor.

Norbert klatschte den Takt. »So!«, rief er. »Schlag … Schlag … Schlag!«

Kaum war ich in den vorgegebenen Rhythmus gefallen, legte die Galeere mit einem derart unerwarteten Ruck ab, dass ich fast vom Hocker fiel. Ich trommelte gleichmäßig weiter, bis Norbert rief: »Doppeltes Tempo jetzt!«

Renzo hatte das Ruder von Aloish übernommen, dem Mann, der nach eigener Auskunft die Gewässer hier kannte. Obwohl er sein Ruder mit angespannten Muskeln kräftig durchs Wasser zog, schien er doch enttäuscht von seiner verhältnismäßig schwachen Kondition im Vergleich mit den Ruderern neben ihm. In deren Gesichtern stand jetzt ein Lächeln, und sie ruderten mit all ihrer Kraft.

Wir pflügten durch das Wasser und erzeugten dabei eine prächtige Bugwelle. Die andere Galeere aber änderte ihren Kurs, um uns abzufangen – und sie war schneller als wir. Die Grenze von Nedarra lag noch viele Meilen südlich von uns, jenseits der Berge, deren Ausläufer weit ins Meer hineinragten. Bis dorthin würden wir vor den Truppen des Kazar Gs'drit nicht sicher sein, und für meine unerfahrenen Augen sah es ganz und gar nicht so aus, als könnten wir es schaffen.

Khara und Tobble berieten sich mit Aloish, und kurz darauf kam Khara zu mir an die Trommel. »Aloish sagt, da vorn gibt es eine Untiefe, ein Unterwasserriff. Wir könnten es überwinden – falls wir vor der Galeere des Kazar dort sind. Die liegt tiefer im Wasser und dürfte von dem Riff aufgehalten werden.«

»Wollen es hoffen«, sagte ich, während ich weitertrommelte.

»Wir wollen mehr tun als hoffen«, sagte Khara. »Norbert, gib den Takt für höchstes Tempo vor!«

»Schlag, Schlag, Schlag, Schlag!«, schrie er.

Ich übernahm den Takt – und die Galeere, die sich nach meinem Gefühl schon jetzt mit unvorstellbarer Geschwindigkeit bewegt hatte, schien nur so über das Wasser zu fliegen.

Khara blieb nicht untätig und brachte den Ruderern Wasser zu trinken. Sie schienen fast schockiert über diese Geste – ich bezweifelte, dass man ihnen je solche Gefälligkeit erwiesen hatte. Ich hatte die Peitsche gesehen, die in der Nähe lag.

Nach einer Weile löste Maxyn Khara beim Wassertragen ab. Sein Gesicht verriet keine Emotion, aber ich ahnte, wie ihm zumute war, und wünschte, es gäbe etwas, das ich tun oder sagen konnte.

Die Verfolgungsjagd war keine Sache von Minuten, sondern von Stunden. Da die beiden Schiffe aus unterschiedlichen Winkeln auf einen Schnittpunkt zurasten, würden schon wenige Sekunden Rückstand unser Schicksal besiegeln.

Die Männer waren erschöpft, ruderten aber unbeirrt weiter, schwitzend, mit verzerrten Gesichtern. Ich hatte nur einen Bruchteil ihrer Arbeit zu tun und war schon erschöpft.

Schlag, Schlag, Schlag, Schlag, Schlag. Die Distanz zwischen uns und unseren Verfolgern verringerte sich mit jedem Schlag. Wir waren wie zwei Seiten einer Triangel, die im Scheitelpunkt aufeinander zuliefen. Die Galeere des Kazar war jetzt so nahe, dass ich die entschlossenen Gesichter der Männer ausmachen konnte. Wütend starrten sie uns unter ihren silbernen Helmen entgegen.

Ich beobachtete, wie einer dieser Männer beiseitetrat. Er hatte etwas in der Hand. War das …?

»Vorsicht, Pfeil!«, schrie ich.

Der Pfeil beschrieb einen flachen Bogen und fiel dann ins Wasser. Aber er verfehlte uns höchstens um sechs Meter. Wir würden schon bald in Schussweite sein.

Und tatsächlich schlug der nächste Pfeil mit einem dumpfen Geräusch gegen die Seite unserer Galeere.

»Khara!«, schrie Tobble. »Der Wind dreht sich. Wir können Segel setzen!«

Aloish rannte los, um den Befehl auszuführen, aber inzwischen schossen schon zwei Bogenschützen auf uns, und ihre Pfeile kamen mit erschreckender Geschwindigkeit und zunehmender Präzision. Einer der Ruderer wurde ins Bein getroffen. Mit schmerzverzerrtem Gesicht ruderte er weiter, obwohl der Schaft aus seinem Bein ragte.

Ein Pfeil prallte gegen den Mast und verfehlte Maxyn nur knapp, der plötzlich in jähe Wut ausbrach. Er sprang auf, riss den Pfeil aus dem Mast und schleuderte ihn auf unsere Verfolger zurück.

Eine tapfere Geste, doch konnte sie nicht verhindern, dass sich der nächste Pfeil in den Arm eines der Ruderer bohrte. Sofort übernahm Aloish dessen Platz, damit wir möglichst wenig an Geschwindigkeit verloren, aber von nun an hatten wir nichts mehr zuzusetzen.

Dann aber tat sich ein wunderbarer Anblick auf: Das Segel, nach dem Tobble verlangt hatte, füllte sich mit Wind und blähte sich auf.

Wir schossen davon wie ein Pfeil aus eigener Kraft, geradlinig und unschlagbar schnell.

29

Dabyrro

Der Wind war unser Freund. Der nächste Pfeilhagel traf nur unser Kielwasser.

»Da drüben ist das Riff!«, schrie Aloish Tobble zu. »Zwei Grad backbord!«

Wir wendeten scharf und hielten auf eine aufgewühlte Stelle im Wasser zu, die von zwei schwarzen, aus dem Meer ragenden Felsen flankiert wurde. Tobble steuerte uns direkt in die weiße Schaumrinne zwischen diesen Felsen.

Ich behielt meinen Trommelrhythmus bei, und die erschöpften Ruderer legten sich in die Riemen. Als ich mich kurz nach unserem Verfolger umdrehte, sah ich dort sorgenvolle Blicke. Auch sie kannten diese Gewässer und wussten genau, dass wir auf ein Unterwasserriff zurasten.

Kein Zweifel, sie schätzten jetzt ihre eigenen Chancen ab. Vielleicht, wenn sie im richtigen Moment eine Welle erwischten, könnte ihnen das Manöver gelingen. Die Alternative wäre, abzudrehen und uns zu verlieren.

Da rief Tobble: »Ruder hoch!«

Die Ruder hoben sich steil aus dem Wasser – aber nicht, bevor eins an einem der Felsen zersplitterte.

Mir wurde flau im Magen, als wir durch die Felslücke flogen wie ein Schlitten über einen vereisten Hügel.

»Ruder ab!«, rief Tobble. »Normales Tempo jetzt, Byx!«

Ich begann wieder zu trommeln, doch langsamer. *Schlag. Schlag. Schlag.*

Es war nur zu klar, dass die andere Galeere, falls sie das Riff überwand, uns einholen würde. Wir alle, auch die ausgelaugten Ruderer, beobachteten angstvoll, wie sie, von einer Welle emporgehoben, vorwärtsschnellte.

Dann hörte ich ein scheußliches Knirschen, ein Splittern von Holz. Die Galeere steckte fest. Die nächste Welle hob sie wieder vom Riff ab, schien sie tatsächlich durch die Rinne zu tragen, aber das schwerfällige Gefährt bewegte sich nicht schnell genug. Die Welle lief aus, und die Galeere landete unsanft mit dem Heck auf den Felsen.

»Ja!«, schrie ich, und alle brachen in Jubelrufe aus – Jubelrufe, die plötzlich verstummten, als wir die Galeere wie ein klappriges Spielzeug auseinanderfallen sahen. Männer stürzten ins Wasser, sie schrien vor Angst.

Vielleicht würden einige von ihnen Wrackteile finden, um sich über Wasser zu halten. Vielleicht konnten manche so gut schwimmen, dass sie eine Chance hatten, die Küste zu erreichen. Aber die meisten, fürchteten wir, würden wohl ertrinken.

Gambler schien meine Gedanken zu lesen. »Schön, wenn man überlebt«, sagte er. »Aber das macht es nicht leichter, andere sterben zu sehen.«

Schweigend segelten wir weiter. Die Ruderer, einschließlich Renzo, die am Ende ihrer Kräfte waren, ruhten sich aus und aßen, während Khara sich um ihre Verletzungen und ihre blasenbedeckten Handflächen kümmerte. Gambler ließ sich an einer sonnigen Stelle im Vorschiff nieder und sah aus wie eine geschnitzte

Galionsfigur am Bug eines großen Schiffes. Tobble lehnte am Steuerrad, genoss die ruhige See, und seine großen Ohren flatterten im Wind.

Ich ging ans Heck zu Maxyn. Er streichelte Dogs Kopf und blickte zurück nach Tarok, das jetzt nur noch ein Strich am Horizont war.

Ich reichte ihm einen Wasserschlauch. »Danke«, sagte er, ohne mich anzusehen.

Viele Fragen gingen mir durch den Kopf, aber ich hütete mich, ihn zu bedrängen. Stattdessen sagte ich einfach: »Es tut mir leid, was alles passiert ist.«

Maxyn nahm einen ausgiebigen Schluck aus dem Wasserschlauch. »Ich weiß, dass es nicht deine Schuld ist«, sagte er ausdruckslos. »Keiner von euch ist schuld.« Er glich so sehr meinem ältesten Bruder Avar: der gleiche skeptische Blick, das gleiche dichte goldene Fell. »Niemand ist schuld. Solche Dinge passieren, wenn Krieg herrscht.«

»Noch ist kein Krieg«, sagte ich.

»Aber bald.« Maxyn drehte sich um, den Rücken gegen das glänzende Holz der Reling gelehnt, sodass wir einander gegenüberstanden.

»Nur Narren kennen Anfang und Ende der Geschichte«, sagte ich.

Maxyn zog die Stirn kraus. »Was?«

»Das hat mein Vater gern gesagt. Er mochte Redensarten, Sprichwörter und so.«

»Ich weiß nur, dass ich schon das ganze letzte Jahr Spione habe kommen und gehen sehen. Glaub mir, Krieg wird kommen, und zwar bald.«

Eine Weile sagten wir nichts, aber dann packte mich doch die Neugier. »Hast du schon immer auf Tarok gelebt?«, fragte ich.

Maxyn nickte. »Ich bin dort auf die Welt gekommen. Meine Mutter ist bei meiner Geburt gestorben.«

»Das tut mir leid.«

»Wiederum nicht deine Schuld.«

»Es muss doch komisch gewesen sein, jahrelang so über das Meer zu treiben«, sinnierte ich. »Und dazu noch auf einer fleischfressenden Insel!«

Zum ersten Mal, seit ich Maxyn kennengelernt hatte, lächelte er. »Fleischfressend? Rooklets wie Tarok ernähren sich von Algen und Seetang. Ab und zu fressen sie mal Köderfische wie Stinte.«

»Aber wir haben da Geschichten gehört …«

»Mehr ist es aber auch nicht. Alte Geschichten. Vielleicht von den Natintjes aufgebracht. Sie lieben ihre Legenden.« Er nickte. »Erstaunlich, dass du und deine Freunde eine Insel betretet, von der ihr dachtet, sie würde euch fressen.«

»Sie sind wirklich echte Freunde. Sie haben verstanden, wie wichtig es mir war, andere Dalkins zu finden.«

Wir lächelten uns an, und auf einmal wurde mir schmerzlich bewusst, wie lange es schon her war, dass ich mit einem Artgenossen ein solches Lächeln hatte austauschen können.

»Seid ihr die einzigen Dalkins auf der Insel gewesen, du und dein Vater?«, fragte ich.

Maxyn schüttelte den Kopf. »In der Zeit, als ich aufgewachsen bin, nicht. Da waren wir vielleicht ein Dutzend. Manche sind weitergezogen, manche sind gestorben, und in den letzten Jahren waren nur noch mein Vater« – er stockte und seine Stimme versagte kurz – »mein Vater und ich übrig.«

»Wir haben mal ein Gedicht gelernt über eine Dalkinkolonie auf einer Insel.« Ich griff in meinen Beutel und kramte meine schmuddelige Zeichnung heraus. Schüchtern reichte ich sie Maxyn.

»Dalkinholm, ja. Im Zentrum der Insel. Das Kasernengebäude, das du gesehen hast, ist ungefähr alles, was davon noch übrig ist.« Er nickte, während er das abgenutzte Playa-Blatt studierte. »Mein Vater hat mir von den alten Zeiten erzählt. Vor vielen Generationen gab es eine blühende Kolonie auf Tarok.« Er zuckte leicht mit den Schultern. »Tut mir leid, wenn ich dich enttäusche. Aber wie es aussieht, bin ich als Einziger übrig geblieben.«

Ich steckte meine Karte wieder ein. »Aber vielleicht gibt es ja noch Dalkins in der Kolonie am Fluss Pellago?«

»Vielleicht.« Maxyn seufzte. Er sah müde aus, und ich begriff, wie viel ihm dieser Tag abverlangt haben musste.

»Du solltest schlafen«, sagte ich. »Warte, ich hol dir eine Decke.« Ich durchwühlte unsere Vorräte, die wir in der Eile unserer hektischen Flucht in die Kombüse geworfen hatten. Als ich eine fadenscheinige Decke gefunden hatte und wieder zum Heck kam, hatte sich Maxyn auf den Schiffsplanken eingerollt, seine Augen waren geschlossen. Ich breitete die Decke über ihn, da zuckten seine Lider.

»Dabyrro«, murmelte er.

Ich brauchte einen Moment, um zu begreifen.

Dabyrro. *Danke* in der Dalkin-Sprache.

»Rhen eh taber«, flüsterte ich.

Freut mich, wenn ich helfen kann.

Und ich freute mich wirklich. Ich freute mich ganz unglaublich.

Während wir von einer milden Brise südwärts getragen wurden und Aloish sich um das Segel kümmerte, ging ich zu Tobble ans Steuer. »Käpt'n Tobble«, sagte ich, »du hast heute ein Glanzstück im Segeln abgeliefert!«

»Danke«, sagte Tobble, den Blick auf die Wellen gerichtet. Vor uns breiteten sich Schaumkronen aus wie weiß überfrorene Hügel auf einer grenzenlosen blauen Wiese. »Wie geht es Maxyn?«

»Den Umständen entsprechend«, sagte ich.

»Ich freu mich für dich, Byx«, sagte Tobble. »Und ich bin erleichtert. Ich hatte solche Angst, dass wir nach all dem, was wir durchgemacht haben, vielleicht keinen Dalkin mehr finden würden. Ich weiß, es ist nur einer. Trotzdem bedeutet es Hoffnung. Für dich. Und für alle Dalkins.«

Ich fragte mich, womit ich einen so guten und treuen Freund verdient hatte.

»Dabyrro, Tobble«, sagte ich leise.

»Was heißt das?«

»Das heißt, dass ich dir deine Freundschaft nie genug danken kann.«

»Ich wüsste schon, wie du mir danken kannst.«

»Wie?«

»Übernimm mal für einen Moment das Steuer. Meine Pfoten sind schon ganz verkrampft.« Er trat ein wenig zur Seite. »Keine Angst, ich bleibe neben dir.«

Ich spürte den uralten Sog des Meeres in meinen Händen, als ich das Steuerrad umfasste. Mein Herz war so übervoll, als wollte mir die Brust zerspringen, und ich begriff, was dieses ungewohnte Gefühl bedeutete.

Freude. Schlicht und einfach Freude.

Ich hatte sanften Wind im Rücken.

Einen lieben Freund am Steuerruder.

Eine Schar treuer Gefährten um mich.

Und endlich einen Artgenossen an meiner Seite, einen Seelenverwandten, einen Dalkin.

30

Die Natintjes

Am späten Nachmittag hatten wir die unsichtbare Grenze zwischen Dreyland und Nedarra passiert und waren froh, dass unsere Befürchtungen für den Augenblick gebannt waren.

Natürlich wussten wir, dass unsere letztendlich bevorstehende Landung neue Gefahr bedeuten würde.

Aber das war irgendwann später. Vorerst hatten wir günstigen Wind und eine ruhige See.

Leider erwies sich Kharas frühere Sorge wegen der Natintjes als begründet.

Die Meere gehörten ihnen.

Und sie kamen, als die Sonne wie eine Goldmünze, die man ins Wasser geworfen hatte, hinter den Horizont sank. Ich hatte steuerbords eine blitzschnelle Bewegung wahrgenommen. Ein Delfin, dachte ich.

Dieser Delfin aber schnellte plötzlich aus dem Wasser und landete tropfnass auf dem Deck. Noch einer kam, dann noch einer, und in wenigen Sekunden hatten wir ein halbes Dutzend Natintjes auf der Galeere, alle bewaffnet mit tödlichen Wurfspeeren.

Khara zog ihr Schwert, doch der Natintje, der als Erster an Bord gekommen war, hob eine Hand, die Handfläche nach vorn, und sagte: »Bevor du mir drohst, sei so freundlich und sieh dich um.«

Khara folgte der Aufforderung – wir alle taten es –, und was wir sahen, war ein Dutzend oder mehr Natintjes, Köpfe und Schultern aus dem Wasser streckend, Wurfspeere einsatzbereit.

»Und falls diese hier nicht genug sind«, sagte der Natintje an Bord selbstsicher, »kann ich jederzeit mehr heranrufen. So, und nun werdet ihr euer Segel streichen.«

»Hol das Segel ein«, murmelte Khara an Aloish gewandt. Er tat wie befohlen, und die Galeere wurde auf der Stelle langsamer.

»Ich werde im üblichen Dialekt Emecktril genannt. Da wir euer Schiff nicht als in diesen Gewässern beheimatet kennen, muss ich Erkundigungen über euch einziehen. Wer ist euer Wortführer?«

Die meisten Blicke richteten sich auf Khara, manche auf Norbert. Doch der Mann ließ Khara mit einem wohlwollenden Nicken den Vortritt.

»Ich«, sagte Khara.

Emecktril besaß die Körpergröße eines Mannes, war aber etwas größer und kräftiger als mein erster Natintje, den ich damals auf der Insel Ursina gesehen hatte. Sein Gesicht erinnerte – wie das aller seiner Artgenossen – an die Form eines Schiffsbugs, er hatte Fangarme, die aus seinem Rücken wuchsen, und dunkelgrüne und türkisfarbene Schuppen. Überrascht war ich über seine zwei breiten, mit Schwimmhäuten versehenen Füße. Ich hatte immer gedacht, Natintjes bewegten sich nur mithilfe ihrer fischähnlichen Schwänze.

»Ich weiß, dass du den Blutzoll bezahlt hast«, sagte Emecktril zu Khara. »Er berechtigt dich aber nur für Fahrten zwischen der Insel der Gelehrten und dem Festland von Nedarra.«

»Wir wollten eure Gesetze nicht missachten oder verletzen«,

sagte Khara. »Aber wir hatten keine Wahl. Wir sind von Feinden verfolgt worden und …«

Emecktril unterbrach sie mit einer ungeduldigen Geste. »Ja. Aber diese Verfolger bedrohen euch nicht länger.«

Keiner von uns konnte seine Überraschung verbergen. Wir wussten zwar, dass Natintjes Methoden der Verständigung besitzen, die in unglaublichem Tempo über weite Entfernungen funktionieren. Trotzdem war es verstörend, dass Emecktril, ähnlich wie die Terra-Olme, bereits von Ereignissen wusste, die erst Stunden zurücklagen.

»Was wir allerdings nicht kennen, das sind deine Absichten, Kharassande von den Donatis.«

Mir fiel auf, dass Norbert Khara einen scharfen Blick zuwarf. Aber er schwieg.

Khara holte tief Luft. »Wir sind auf der Suche nach lebenden Dalkins. Für unsere Freundin Byx.«

Emecktril musterte mich von Kopf bis Fuß, dann nickte er. »Ja, wir wissen über sie Bescheid.« Er richtete seinen unergründlichen Blick auf Maxyn. »Den hier kennen wir von Tarok her. Und diese Menschen sind die Ruderknechte der Galeere.«

»Sie sind jetzt freie Männer«, sagte Khara entschieden.

Emecktril schnaubte. »Das ist eine Festlandsangelegenheit, da mischen wir uns nicht ein.«

Ich sah in Kharas Augen dieses gefährliche Leuchten, und da wusste ich, dass sie wütend wurde. »Ihr mischt euch sehr wohl in Festlandsangelegenheiten ein, indem ihr lebenden Inseln wie Tarok gestattet, Spione und Verräter zwischen Nedarra und Dreyland hin- und herzubefördern.«

Die Worte trugen ihr ein Lächeln des Natintjes ein, das fast komisch aussah – wie ein gähnendes Fischmaul. »Willst du mich nun in politischen Dingen belehren, von denen du nichts verstehst?«, fragte Emecktril spöttisch lächelnd.

»Krieg wird kommen!«

»Ein Landkrieg. Der uns nichts angeht.«

Khara warf mir einen Blick zu. »Byx?«, sagte sie fragend.

Ich schluckte schwer und sagte: »Der Natintje lügt.«

Emecktril schien nicht einmal besonders ärgerlich. Tatsächlich lachte er sogar, und zwar mit einem tiefen, fließenden Gurgellaut. »Ich sehe, das Talent der Dalkins ist mehr als nur ein Mythos. Ich werde meine Bemerkung also korrigieren: Wir tun, was wir für richtig halten und wann wir es für richtig halten – aus Gründen, die allein unsere Sache sind.«

»Mit Aktionen, die vielleicht Zehntausende Tote zur Folge haben«, sagte Khara.

Darüber dachte Emecktril einen Augenblick nach, dann nickte er vor sich hin. »Diese Angelegenheit bedarf weiterer Überlegungen«, sagte er schließlich.

Damit formte er seine hinteren Fangarme zu einer Art Zeichen, das eine bestimmte Bedeutung haben musste, denn plötzlich brachen die Natintjes, die noch im Wasser waren, in hastige Geschäftigkeit aus. Diejenigen, die an Bord gekommen waren, sprangen alle, bis auf Emecktril, über den Rand der Galeere und schlossen sich ihren Artgenossen an.

Auf einmal gab zu meinem großen Entsetzen das Deck unter meinen Füßen nach. Mit hoher Geschwindigkeit sank die Galeere. Doch während wir noch in panischer Angst schrien, wurde deutlich, dass sich das Schiff, während es sank, im Innern einer stabilen Luftblase befand. Blaugrün und schäumend stieg das

Wasser um uns herum auf, und doch berührte es uns nicht einmal.

Als sich das Meer aber über unseren Köpfen schloss, kreischten viele der Ruderer vor Entsetzen. Ich war genauso erschrocken, aber ich unterdrückte die Angstschreie, die mir in die Kehle steigen wollten.

Je tiefer wir sanken, desto trüber wurde das Wasser, trotzdem konnte ich Dutzende von Natintjes erkennen, die ringsumher schwammen und tauchten. Sie schienen ebenso im Wasser zu Hause zu sein wie die neugierigen Fische, die herbeiströmten, um die ungewohnte Störung in ihrer Umgebung zu erkunden.

Ich bahnte mir einen Weg zur Reling der Galeere und blickte in die Tiefe. Weit unter uns lag eine Art Unterwasserstadt, es war, als hätte das Meer hier eine Insel verschlungen. Sie wirkte nicht so unüberschaubar groß wie Saguria, auch nicht so weiträumig wie die Insel Ursina, war aber größer als ein Dorf. Sonderbare, spiralförmig gewundene Bauten aus rosa Korallen und goldfarbenem Gestein erhoben sich aus dem sandigen Grund.

Hinter dem Ort war ein Spalt im Meeresboden, und daraus perlten wild sprudelnde Blasen. Ich war nicht sicher, meinte aber zu sehen, dass ein merkwürdiger gelber Schimmer von diesen Blasen ausging.

Bald schwebten wir an dem höchsten der Korallen- und Steingebäude vorüber. Ziel war anscheinend ein weiträumiger viereckiger Platz, der sich vor einem großen palastähnlichen Bauwerk erstreckte.

Wie alle Gebäude der Natintjes bestand der Palast aus mehreren Stockwerken oder Zwischenböden, die von stabilen Balkengittern getragen wurden. Mauern gab es keine, und das bedeutete, dass das Wasser ungehindert durch das Haus fließen konnte. Auch Türen sah ich keine. Das Ganze wirkte unheimlich, strahlte aber auch eine seltsame Schönheit aus.

Auf einigen der Zwischenböden sah man Gruppen von erwachsenen Natintjes eifrig mit etwas beschäftigt, aus dem ich nicht im Entferntesten schlau wurde. In anderen Stockwerken hingen große Netze, voll mit glatten Eiern von der Größe eines Dalkinkopfs. In einigen Bereichen konnte ich etwas erkennen, das wie dichte Schwärme von Kaulquappen aussah. Sie wurden von robust wirkenden, schwer bewaffneten Natintjekriegern bewacht.

»Das ist ein Laichplatz«, sagte Renzo. »Kann gut sein, dass dieser ganze fantastische Ort eine Aufzuchtstation ist.«

Wir setzten auf dem weiten offenen Platz auf, und die Galeere knirschte laut auf dem mit Korallen gepflasterten Boden. Ich sah meine Gefährten an, auf deren Gesichtern der gleiche ungläubige Ausdruck stand.

Wir befanden uns in einer Blase auf dem Grund des Ozeans. Platzte diese Blase, würden wir sterben.

Wir waren im Land der Natintjes. Und vollkommen in ihrer Hand.

31

Grendwallif

Ich nehme zwei Menschen und die Dalkins mit«, verkündete Emecktril. Mit zusammengekniffenen Augen sah er zu Gambler hin. »Wohl auch den Felijaga und den Wobbyk.«

»Und was ist mit Dog?«, fragte Renzo. »Er bleibt in jedem Fall bei mir.«

»Gut. Nimm auch den Hund mit«, sagte Emecktril und winkte uns zu sich.

»Wohin bringst du uns?«, wollte Khara wissen und versuchte selbst hier, an einem Ort, an dem allein die Natintjes das Sagen hatten, ihre Autorität zu behaupten.

»Aus dieser Blase können wir nicht raus, oder?«, fragte Maxyn, und er klang so ängstlich, wie ich mich fühlte.

»Wir haben da unsere Methoden«, sagte Emecktril selbstgefällig. »Stellt euch vor mir auf!«

Nervös befolgten wir seine Aufforderung. Der Natintje schloss die Augen und fing an, in einer Sprache, die ich noch nie gehört hatte, sonderbare, nicht zu entziffernde Worte zu murmeln.

»Tamak on maaginen colloitsu, joka trojuu vett'ank antar simulle heng itsken«, raunte er.

»Ein magischer Spruch«, erklärte Renzo.

Vermutlich wollte er uns beruhigen, aber das gelang ihm nicht. Ich spürte, wie sich etwas über meinen Körper breitete, als würde jemand mein Fell mit Gelee überziehen. Es war unsichtbar und ekelhaft schleimig. Als das glitschige Zeug dann auch über mein Gesicht kroch, geriet ich für einen Moment in Panik.

»Nun folgt mir.« Damit trat Emecktril geradewegs durch die riesige durchsichtige Lufthülle, die unsere Galeere umgab. Erstaunlicherweise blieb die Blase unversehrt.

Emecktril drehte sich nach uns um und winkte ungeduldig.

Khara ging zuerst. Als sie heil auf der anderen Seite angekommen war, holte sie vorsichtig Luft – und machte große Augen. Dann forderte sie uns mit einer Geste auf, ihr zu folgen.

Es war vielleicht das seltsamste Erlebnis, das ich je hatte: Durch die Wand der Blase zu schlüpfen war völlig schmerzlos. Ich stand also unter Wasser – weit unter Wasser –, und doch blieb mein Fell trocken. Als ich probehalber einatmete, spürte ich nichts als kühle saubere Luft in der Nase.

Meine Füße berührten nassen Sand, und ich stellte fest, dass ich laufen konnte, allerdings mit dem Widerstand, den man im Wasser erwartet. Jeder Schritt war langsam und mühevoll. Emecktril dagegen befand sich in seinem natürlichen Element, schwamm mit wenigen Stößen seiner Schwimmfüße gemächlich dahin und bestimmte mithilfe der Schwimmhäute an seinen Händen die Richtung.

Es war wie ein Traum, seltsam und unwirklich, ein Traum, in dem man keine Angst hatte. Schimmernde Fische zogen an meinem Gesicht vorbei. Ein Krake kroch über den Meeresboden und wirbelte eine kleine Wolke aus Sand auf. Natintjes trieben vorüber, einzeln oder in Gruppen. Andere bewegten sich geschäftig in gesonderten Bauten mit großen Räumen, die offenbar als Schlüpfstationen dienten. Maxyn stieß mich an, und als ich seinem Blick folgte, sah ich eine Anzahl von Eiern, bestimmt an die hundert, alle zusammengehalten in einem frei beweglichen Netz. Noch während wir hinsahen, schlüpften Junge aus den Eiern und stießen dabei Schnüre einer purpurroten Flüssigkeit aus. Als sich die Kaulquappen von ihren Eierschalen befreit hatten, beförderten drei Natintjes die Frischgeschlüpften mit kleineren Netzen ins nächste Stockwerk der Aufzuchtstation.

Emecktril führte uns in ein großes Bauwerk. Das war nach allen Seiten offen und enthielt eine Art Gebäude im Gebäude, einen fensterlosen Würfel mit einem einzigen Eingang. Emecktril öffnete die Tür und schwamm hinein. Wir folgten ihm – und auf einmal umgab uns wieder Luft. Der plötzlich fehlende Wasserwiderstand ließ mich stolpern, und Maxyn griff nach meinem Arm.

Der Raum war völlig kahl, kein einziges Möbelstück, keinerlei Art von Dekoration. »Was ist das für ein Ort?«, fragte Khara.

»Wir nennen diesen Raum *Schnittstelle*. Es ist ein Raum, in dem Natintjes Luftatmern ermöglichen können, sich wohlzufühlen.«

Ich fühlte mich ganz und gar nicht wohl. Ich war sogar kurz davor, die Nerven zu verlieren, sobald ich an die vielen Meter Wasser zwischen mir und der Atmosphäre dachte. Aber ich wurde schnell abgelenkt.

Die Tür schwang weiter auf, und ein großer Natintjekopf schob sich herein. »Ah! Ihr seid schon da!«

Diesem Kopf, der breiter und nicht so schnittig war wie der von Emecktril und in dem erstaunlich blaue Augen funkelten, folgte ein langer, dreimal so großer Körper wie der von Emecktril. Als dieses Geschöpf vollends drinnen war, füllte es ein Viertel des Raumes aus.

»Willkommen, willkommen«, sagte der Ankömmling gut gelaunt. »Ich bin Grendwallif, die Gewählte und Oberste dieses Laichplatzes.«

So was wie einen fröhlichen Natintje hatte ich noch nie getroffen oder gesehen, nie davon gehört oder mir gar vorgestellt. Aber fröhlich war sie, diese »Gewählte«.

»Emecktril! Lass Erfrischungen für unsere geehrten Gäste bringen. Und dann … wie nennt man diese Vorrichtungen … ich habe es vergessen. Menschen benutzen so etwas. Sie platzieren ihre rückwärtigen Fettpolster darauf und …«

»Sessel, Gewählte«, half Emecktril. »Sind schon unterwegs.«

Zwei neue Natintjes schleppten Gegenstände aus Korallen herbei, die wohl als Sessel gedacht waren.

»Ah, ja. Bitte macht Gebrauch davon«, sagte Grendwallif, die Gewählte.

Kaum hatte sich Khara gesetzt, rief Grendwallif: »Oh, ich will das auch mal ausprobieren!« Sie zwängte sich kurz in einen der viel zu kleinen Sessel, bevor sie ihn dann mir überließ. »Nun«, sagte sie verlegen, »jedem das Seine, nicht wahr?«

Bald wurde Essen gebracht: roher Fisch, etwas Grünes, das unangenehm bitter schmeckte, und zu unserer Freude auch eine Kanne Tee und Tassen. Der Tee war heiß und ein bisschen süß, nicht gerade hervorragend, aber trinkbar und höchst willkommen.

Während wir aßen, wartete Grendwallif und ging ungeduldig auf und ab, immer zwei Schritte in jede Richtung. Hin und wieder murmelte sie: »Ich muss meine Geschicklichkeit im Trockengehen üben.«

Schließlich sagte Khara: »Grendwallif – Gewählte –, darf ich den Grund für dieses Treffen erfahren?«

»Oh, natürlich!«, rief Grendwallif. »Du musst wissen, ich bin weder eine Diplomatin noch eine Kriegerin, ich habe auch keine leitende Funktion inne – es sei denn über diese kleine Aufzuchtstation. Dennoch hat man mich damit betraut, eure Absichten herauszufinden.« Sie klatschte in ihre mit Schwimmhäuten versehenen Hände. »Wir wollen also beginnen, ja?«

32

Fluch und Prophezeiung

»Wir sind unterwegs nach Nedarra«, antwortete Khara vorsichtig, »nachdem wir einige Galeerenruderer befreit haben, die gern wieder nach Hause möchten.«

Die Gewählte blinzelte mit ihren leuchtenden blauen Augen. Dabei schloss sich zuerst ein durchscheinendes und dann ein undurchsichtiges Lid. In umgekehrter Reihenfolge öffneten sie sich wieder. »Das erklärt nicht, weshalb du von zwei Dalkins, einem Wobbyk und einem Felijaga begleitet wirst.«

Ich fragte mich, warum Grendwallif, wenn sie doch nur Leiterin einer Aufzuchtstation war, uns so verhörte, aber vielleicht war das ein weiterer Hinweis auf die Fähigkeit der Natintjes, Informationen über große Entfernungen weiterzugeben.

Khara zuckte mit den Schultern. »Wir hatten ein gemeinsames Ziel, nämlich lebende Dalkins zu finden.«

»Und diese beiden habt ihr gefunden?«

»Byx« – Khara zeigte auf mich – »war von Beginn an bei uns. Nach dem Mord an ihrem Volk hatte sie kein Zuhause und keine Familie mehr.«

Grendwallif zuckte zusammen. Soweit ich den Gesichtsausdruck eines Natintjes deuten konnte, schien sie echtes Mitgefühl zu empfinden. »Wie furchtbar!«

»Araktik, die Seherin des Murdano, hat die Dalkins für ausgestorben erklärt. Und so machten wir es uns zur Aufgabe herauszufinden, ob das stimmt.«

Grendwallif nickte. »Eine Art zu erhalten ist ein nobles Anliegen. Aber ist das dein einziges Anliegen?«

Ausnahmsweise war Khara einmal überrumpelt. »Es ist das Anliegen, das uns verbindet.«

Das klang ausweichend, aber Grendwallifs Lächeln war geduldig. »Ah, jetzt wäre ich gern eine Diplomatin. Dann würde ich wohl einen besseren Weg finden, um zu sagen, was ich sagen muss ... nämlich, dass deine Antwort ... unzureichend ist. Ist es nicht so, meine Dalkinfreunde?«

Jetzt war ich es, die überrumpelt war. Als ich zögerte, ergriff Maxyn das Wort. »Ihre Antwort ist aufrichtig, aber nicht ganz vollständig.«

»Vielleicht kannst du sie vervollständigen, Dalkin?«

»Nachdem die fünf in meine Heimat gekommen waren, fand mein Vater den Tod.«

Entsetzt wich Grendwallif zurück. »Ist das die Möglichkeit?«

»Es war nicht ihre Tat«, sagte Maxyn.

»Niemals wollten wir Schaden über Maxyns Vater bringen!«, sagte Khara. »Wir haben auf der lebenden Insel Tarok nur nach Dalkins gesucht.«

»Und was wisst ihr über Tarok?«, fragte die Gewählte in ernstem Ton.

»Wir wissen«, sagte Khara, »dass Spione und Verräter auf ihr befördert werden. Wir wissen, dass Maxyns Vater vom Kazar Gs'drit benutzt wurde, um die Glaubwürdigkeit aller Passagiere zu überprüfen und ihm das Ergebnis zu melden.«

»Ah, und jetzt vermutest du, dass wir Natintjes das alles erlaubt haben, ja?«

Khara nickte.

»Macht mich mal nass«, sagte Grendwallif. Eine Klappe unmittelbar über ihrem Kopf öffnete sich, und Meerwasser stürzte in Kaskaden herab und durchnässte Grendwallifs allmählich trocken werdende Schuppen. Das Wasser sammelte sich in Pfützen um unsere Füße, dann verschwand es.

Grendwallif seufzte tief. »Wir mischen uns nicht in die Angelegenheiten von Luftatmern. Das heißt auch, dass sich Schiffe oder sogar Inseln frei bewegen können, solange der Blutzoll entrichtet und die Gebühren gezahlt sind. Diese Gebühr besteht manchmal aus Dingen, die wir selbst nicht herstellen können. Und manchmal besteht sie aus ... Informationen.«

Khara hatte den Zusammenhang noch vor mir begriffen. »Man hat euch also über die Geschehnisse auf der Insel auf dem Laufenden gehalten.«

Grendwallif nickte und lächelte. »Du musst wissen, dass das hier nicht meine gewohnte Tätigkeit ist. Meine Aufgabe ist es, über die Jungen zu wachen. Sie zu beschützen. Aber hier bin ich, und hier bist du – also fällt die unangenehme Pflicht, dich auszufragen, mir zu. Auf keinen Fall möchte ich unhöflich sein, das habe ich nicht vor.«

Khara nickte. Renzo verdrehte die Augen. Gambler studierte interessiert eine seiner Pfoten.

»Es ist leider so«, sagte sie widerstrebend, »dass deine Geschichte noch immer nicht vollständig ist. Würdest du mir bitte dein Schwert zeigen, Kharassande von Donati?«

Khara hatte keine Wahl. Sie zog ihr Schwert aus der Scheide

und reichte es Grendwallif mit dem Griff voran. Der große Natintje prüfte es sorgfältig.

»Dieses Schwert ist mit großer und uralter Magie belegt«, verkündete Grendwallif. »Das ist kein Schwert für ein gewöhnliches Mädchen, das eine kleine Expedition auf der Suche nach Dalkins anführt. Es ist ein Schwert von großer Bedeutung, nicht wahr?«

»Ja«, gab Khara zu.

»Willst du mir den Namen deines Schwertes nennen?«

»Es wird *Licht von Nedarra* genannt.«

Aus Grendwallifs Gesicht wich alle Heiterkeit. »Es ist also, wie wir vermutet haben. Krieg wird kommen, und bald werden unsere Gewässer von den Körpern toter Luftatmer vergiftet sein.«

»Aber ich bin nicht die Ursache für einen Krieg!«, protestierte Khara.

»Nein«, räumte Grendwallif ein. »Aber ich sehe, dass du die Magie nicht kennst, die sich um dein Schwert rankt, Kharassande von Donati. Die Magie der Luftatmer ist primitiv, aber machtvoll, doch für die Augen der Natintjes stellen ihre Geheimnisse keine Geheimnisse dar. Wir sehen, was Luftatmer bloß fühlen.«

Khara wechselte ratlose Blicke mit uns. »Von welchem Zauber sprichst du?«

»Ich spreche von einem Schicksalszauber, der von einem Magier mit großer Macht und tiefem Wissen bewirkt wurde. Das Schwert besitzt Kräfte der herkömmlichen Art. Es ist scharf und schwer und aus einem Metall geschmiedet, dessen Geheimnisse längst verloren gegangen sind. Es ist aber auch mit einer schwächeren Magie behaftet, die den Ruhm dieses Schwertes verbirgt und es wie eine primitive rostige Waffe erscheinen lässt – so lange, bis es im Zorn gezogen wird.«

Khara nickte. »Über diese Magie weiß ich Bescheid.«

»Ein Schicksalszauber jedoch unterliegt ganz anderer Magie, er ist Fluch und Prophezeiung. Dieses Schwert wird blutgetränkt aus einem großen Krieg hervorgehen. Ich spüre das Erwachen seiner uralten Macht. Ihre Zeit kommt.« Mit einem ihrer Fangarme reichte Grendwallif Khara das Schwert zurück, als könnte sie es nicht schnell genug loswerden.

Die Gewählte stand eine Weile stumm und reglos, ihre Augen auf kein bestimmtes Ziel gerichtet. Ich ahnte, dass sie mit anderen Natintjes, die vielleicht meilenweit entfernt waren, Rücksprache hielt.

Als sie wieder das Wort ergriff, war ihr Ton streng. »Du musst mir sagen, was du vorhast, Kharassande von Donati.«

»Ich …« Khara schüttelte den Kopf. »Ich habe keine Pläne.«

»Möglich. Aber du hast einen Traum, nicht wahr?«

Khara schien mit sich selbst im Streit, ihre Miene wechselte zwischen ärgerlich, sorgenvoll und letzten Endes zustimmend.

»Ja«, sagte sie, »ich habe einen Traum.« Sie sah keinen von uns an, als sie weitersprach. »Ich träume davon, zu meinem Vater zurückzukehren und eine Armee zusammenzustellen.«

Ich sah kurz zu Renzo und Gambler hin. Keiner der beiden wirkte besonders erstaunt.

»Und für wen würde deine Armee kämpfen?«

»Für keine der beiden Seiten!«, sagte Khara hitzig. »Ich würde das Kämpfen stoppen. Ich würde meine ganze Macht und die ganze Macht dieses Schwertes einsetzen, damit der Krieg aufhört.«

»Ein Schwert, das Frieden stiftet?« Grendwallif war skeptisch.

»Ja«, sagte Khara. Ihr Gesicht war gerötet, als hätte das Geständnis sie verlegen gemacht, ihre Stimme war leise, doch voller Entschlossenheit.

Vielleicht hätte ich nicht überrascht sein sollen. Ich hatte Khara nie direkt gefragt, ob sie, abgesehen von der Sorge um unser Leben, irgendwelche Pläne hatte.

Doch Grendwallifs Gesicht zeigte weder Ungläubigkeit noch Spott. Im Gegenteil, sie schien traurig. »So viel Blutvergießen für eine Sache, die ihr Luftatmer ›Frieden‹ nennt.«

Khara wagte einen Vorstoß. »Wir haben gehört … wir müssen annehmen, dass … dass sich euer Volk nicht neutral verhält.«

»Nein, wir sind nicht neutral«, sagte Grendwallif. »Wir widersetzen uns allen, die die Meere vergiften oder die Flüsse, die darin münden. Wir wissen, dass der Murdano um die Vorherrschaft der Menschen kämpft, auch wenn das die Vernichtung aller anderen Arten bedeutet. Und wir wissen, dass der Kazar nicht besser sein wird, falls er siegt. Narren alle beide! Begreifen sie nicht, dass jedes Lebewesen in Zusammenhang mit allen anderen steht? Verschwenden sie auch nur einen Gedanken daran, dass sich Krankheit und Verzweiflung unter allem Lebendigen ausbreiten wird, wenn manche Arten ausgerottet und andere versklavt werden?«

»Aber …«, platzte ich heraus, klappte meinen Mund jedoch schnell wieder zu.

»Sprich nur, Byx«, sagte Grendwallif.

»Aber habt ihr Natintjes denn nicht selbst die Macht, den Krieg zu beenden?«

»Wir könnten es versuchen. Aber würden wir uns die Luftatmer nicht zu Feinden machen, wenn wir uns in ihre Angelegenheiten einmischen? Die Meere sind weit, aber nicht unendlich, während die Gier und der Ehrgeiz der Menschen« – sie sah Gambler an – »und offenbar auch der Felijagas grenzenlos sind.«

Renzo räusperte sich. »Was werdet ihr also mit uns tun, Gewählte?«

Wieder verfiel Grendwallif in Schweigen und lauschte unhörbaren Stimmen. Schließlich sah sie Khara an – nur Khara – und sagte: »Wir werden uns nicht in dein Schicksal einmischen. Aber höre, Kharassande von Donati: Solltest du einst zu Macht kommen, erinnere dich an diesen Tag. Erinnere dich deiner Schutzlosigkeit. Und vergiss nie, dass du den Natintjes dein Leben verdankst.«

Ich rechnete damit, dass Khara eine solche Möglichkeit abstreiten und die Vorstellung als lächerliches Fantasiegebilde abtun würde. Aber ich irrte mich.

»Grendwallif, Gewählte, ich werde mein Leben lang nicht nur deiner Freundlichkeit, sondern auch der Weisheit deiner Worte gedenken. Denn auch ich glaube, dass alles Lebendige miteinander verbunden ist, dass alles voneinander abhängt. Ich werde immer eine Freundin eures Volkes sein.«

33

Kharas Traum

Die Natintjes brachten uns mitsamt unserem Schiff heil zurück an die Oberfläche. Wir grinsten vor Erleichterung, wieder über Wasser zu sein und richtige Luft zu atmen. Zügig und bei lebhaftem Wind segelten wir davon.

Norbert kam auf mich zu. »Freund Dalkin«, sagte er. »Ich muss mit Khara sprechen und hätte dich gern dabei, damit du beurteilst, ob ich die Wahrheit sage.«

Verwundert willigte ich ein.

Als Norbert dann vor Khara saß, machte er den Eindruck, als fühlte er sich äußerst unwohl, schien aber zugleich sehr entschlossen. »Ich muss etwas sagen.«

»Nur zu«, sagte sie.

»Ich habe nicht gewusst, dass du zu den Donatis gehörst. Ich muss dir sagen, dass ich durch meinen Eid der Familie Corpli verpflichtet bin.«

Die Corplis. Lucas Familie.

Khara nickte vorsichtig. »Ich verstehe.«

»Die Donatis sind eingeschworene Feinde meines Lehnsherrn.«

»Ja, leider. Ein Zustand, den wir nicht wollen.«

»Dein Vater und etliche seiner Leute fallen trotzdem immer wieder im Land der Corplis ein«, sagte Norbert.

Khara knirschte bedenklich mit den Zähnen, aber ihr Atem ging ruhig. »Es hat auf beiden Seiten viele Verstöße gegeben. Aber in einer Zeit, in der ein schrecklicher Krieg droht, würde ich …« Sie unterbrach sich stirnrunzelnd. »Würde mein Vater es lieber sehen, wenn wir Verbündete wären.«

Norbert schüttelte den Kopf. »Darüber eine Entscheidung zu treffen ist nicht meine Sache, Kharassande von Donati. Ich kann nur meinem Lehnsherrn gehorchen.«

»Verstehe.«

»Ich habe aber auch geschworen, deine Befehle zu befolgen, bis wir in Sicherheit sind. An diesen Eid werde ich mich halten. Trotzdem muss ich dir sagen, dass ich verpflichtet bin, meinem Herrn alles, was ich weiß, zu berichten.«

»Dann möchte ich dich bitten, ihm etwas zu sagen, falls du diese Last auf dich nehmen willst«, sagte Khara. »Sein Sohn Luca ist tot. Aber nicht durch meine Hand ist er umgekommen, auch nicht, weil ich es etwa wollte.«

Norberts Miene verdüsterte sich, und er schien vor unseren Augen um zehn Jahre zu altern. »Ich werde meinem Herrn diese schlimme Nachricht überbringen.«

»Sag ihm auch, dass wir Donatis …« Sie unterbrach sich wieder und runzelte die Stirn, als wäre sie unzufrieden mit ihren eigenen Worten. »Sag ihm, ich, Kharassande Donati, würde ihm in Freundschaft meine Hand reichen und der Fehde zwischen unseren Familien ein Ende machen.«

Norbert nickte. »Ich werde es bestellen.«

Als ich Khara etwas später allein im Bug fand, war ich froh. Ich hatte so viele Fragen und so wenige Antworten. »Du hast dich verändert, Khara«, fing ich an.

Sie widersprach nicht.

»Du hast auf einmal Bedenken, für deinen Vater zu sprechen. Du sprichst jetzt mutiger für dich selbst. Als wir uns begegnet sind, das heißt, als du mich gefangen hast« – ich unterstrich mit einem Lächeln, dass ich es im Spaß meinte –, »bist du als Pfadfinder aufgetreten. Nur langsam wurde deutlich, dass du mehr warst. Dass du die Nachfahrin der Donatis bist. Dass du das *Licht von Nedarra* trägst.«

Khara verzog die Lippen. »Hast du eine Frage, Byx?«

»Es ist mehr eine Bitte. Erzähl mir deinen Traum.«

»Du meinst, was ich träume?« Sie schien verblüfft.

»Nein, Khara, nicht, was du träumst. Nicht die Fantasien deiner schlafenden Gedanken. Ich meine deinen *Traum*. Du entstammst einer einst großen Familie. Du trägst ein Schwert, das von Magie und Legenden umhüllt ist. Ich meine … als wir uns auf diese Reise machten, wolltest du mir einfach helfen, andere Artgenossen zu finden. Aber inzwischen glaube ich nicht mehr, dass das dein einziges Ziel ist.«

Khara schwieg lange. »Ich habe keine Geschwister«, begann sie. »Wie du dir denken kannst, war das für meinen Vater eine große Enttäuschung.«

Ich zog die Stirn kraus.

»Oh, ich habe vergessen, dass Dalkins nicht davon ausgehen, nur männliche Wesen könnten Anführer sein.« Khara ließ ein kurzes Lachen hören. »Wir Menschen sind nicht alle so aufgeklärt. Noch nie gab es bei den Donatis ein weibliches Oberhaupt. Noch nie eine Kriegerin, abgesehen von sagenhaften Gestalten aus Mythologie und Legende.«

»Aber du bist doch eine Kriegerin!«, wandte ich ein. »Du hast uns Hunderte Meilen über gefährliche Wege geführt. Die Ruderer haben deine Führerschaft akzeptiert. Und wenn wir schon dabei sind – sogar Renzo erkennt an, dass du die Anführerin bist.«

Kharas Blick wirkte gequält. »Ach was, die Ruderer haben mich akzeptiert, weil ich sie befreit habe. Gambler folgt mir zwar scheinbar, aber in Wahrheit folgt Gambler keinem.« Sie lächelte freudlos. »Und was Renzo angeht …« Sie zuckte mit den Schultern. »Er ist mir ein Rätsel.«

Ich achtete sorgfältig darauf, dass mein Gesichtsausdruck nichts verriet. Die arme Khara hatte tatsächlich keine Ahnung, warum Renzo ihr folgte. Für mich schienen seine Gefühle leicht genug zu durchschauen, wohl auch für Gambler und Tobble – und dabei waren wir nicht einmal Menschen.

Aber es war nicht meine Sache, Khara solche Dinge zu erklären. Das würde sie schon selber herausfinden müssen.

»Du hast mir noch nicht von deinem Traum erzählt«, drängte ich.

»Mein Traum? Er ist eine Illusion, eine abwegige Fantasie. Ich stelle mir manchmal vor, nach Hause zurückzukehren und die vertriebenen Familien miteinander zu vereinen – gegen den Murdano.« Sie zuckte zusammen, als erwartete sie ein Lachen von meiner Seite, und schien überrascht, als ich nur nickte. »Doch vorerst geht es noch nicht darum, sie zu vereinen, um den Murdano zu stürzen. Vorerst ist da meine Illusion – mein Traum, wie du es nennst –, diesen Krieg zu verhindern.« Sie breitete die Hände aus. »Darüber hinaus, Byx, weiß ich nichts. Es gibt vieles, was ich nicht weiß.«

»Dann will ich dir sagen, was ich weiß«, sagte ich. »Ich vertraue dir. Ich glaube an dich. Und ich werde dir folgen. Genau wie

Tobble und Gambler und Renzo das tun werden.« Ich sah flüchtig zu Maxyn hinüber. Er hatte sich an den Mast gelehnt und schlief. »Wie es mit Maxyn ist, weiß ich nicht.«

»Er hat keinen Grund, mir zu folgen«, sagte Khara. »Wenn er überhaupt jemandem folgt, dann dir, Byx.«

Ich lachte laut auf bei der Vorstellung, ich könnte irgendjemanden anführen. Einen kurzen Geschmack davon hatte ich bekommen. Und es hatte mir keine Freude gemacht.

Khara beugte sich vor. »Vergiss nicht, Byx«, sagte sie, »du bist alles, was Maxyn auf der Welt hat. Er gibt sich unerschrocken, aber du weißt nur zu gut, was er durchgemacht hat.«

»Zu viel Tod«, flüsterte ich, noch nicht einmal für Kharas Ohren bestimmt.

»Viel zu viel«, stimmte Khara grimmig zu. »Und es wird noch mehr davon geben. Viel mehr.«

34

Rückkehr nach Nedarra

Es war tiefste Nacht, als wir an der Küste von Nedarra entlanggeisterten und an Landfail vorbeikamen, jener Halbinsel, wo ich zum ersten Mal einen flüchtigen Blick auf Tarok erhaschen konnte und wo mich die prickelnde Hoffnung gepackt hatte, dass ich vielleicht doch nicht die Letzte, doch nicht der Endling meiner Art wäre. Als wir die Halbinsel passiert hatten, öffnete sich zu unserer Rechten eine große Bucht namens Rebit Sund, und Tobble befahl das Einholen des Segels.

»Norbert«, rief Tobble, »weck deine Männer auf. Wir haben nicht mehr genug Wind.«

Unter dem sanften Geräusch der Ruder glitten wir in die Bucht hinein. Als wir knirschend ans Ufer stießen, war die Dunkelheit so schwarz, dass ich kaum die Hand vor meinem Gesicht sehen konnte. Norbert und einige seiner Männer sprangen aus der Galeere und schlangen ein Seil um einen verkümmerten Baum. Wir Übrigen folgten – und spürten sogleich das außerordentlich Beruhigende von festem Land unter den Füßen, nachdem wir uns so lange Zeit auf einem ständig schwankenden Schiffsdeck aufgehalten hatten.

Khara richtete das Wort an die Ruderer: »Ihr habt euren Eid mir gegenüber erfüllt, Männer. Nehmt unseren Dank entgegen und geht eurer Wege.«

»Wir verdanken dir unsere Freiheit, Khara«, sagte Norbert. Er musste sich räuspern, bevor er fortfuhr: »Dir und deinen Gefährten. Wir dienen verschiedenen Herren und werden uns nun jeder auf den Heimweg machen, um unsere Frauen und Kinder wiederzufinden. Aber wir werden nicht vergessen.«

»So geht in Frieden«, sagte Khara. Einer nach dem anderen traten die Ruderer vor Khara hin, jeder beugte das Knie und senkte den Kopf, dann verschwanden sie in der Nacht.

An Maxyn gewandt sagte Khara. »Du, Maxyn, bist gegen deinen Willen in unsere Gesellschaft hineingestoßen worden. Dein Vater wurde getötet – nicht von uns, zum Teil aber wegen uns. Für dich besteht kein Grund, mir zu folgen, so wie es Byx, Renzo und Gambler für sich entschieden haben. Es steht dir frei, zu gehen oder bei uns zu bleiben.«

Maxyn sah erst mich an, dann besann er sich. »Hast du noch immer vor, diese vielleicht tatsächlich existierende Dalkinkolonie am Pellago zu erreichen?«

»Ja«, sagte Khara. »Allerdings …« Sie unterbrach sich, sah mich an, und eine Frage stand in ihren Augen. »Ich hatte ein Gespräch mit Byx.«

Ich war überrascht, meinen Namen zu hören, und fragte mich, worauf Khara hinauswollte.

»Und sie drängte mich, ihr meinen … nun, meinen Traum zu bekennen.« Khara lächelte verlegen. »*Traum,* ich glaube, so hast du es genannt.«

»Traum?«, wiederholte Renzo mit hochgezogener Augenbraue und beugte sich vor.

»Meinen Traum, diesen heraufziehenden Krieg zu verhindern«, sagte Khara, und Renzo wirkte etwas enttäuscht.

Sie zog die Schultern hoch. »Ich weiß. Es ist verrückt zu denken, ich könnte die Zukunft von Nedarra ändern. Aber ich muss es versuchen. Und bevor ich entscheiden kann, was meine nächsten Schritte sein werden, muss ich meinen Vater sehen. Wer weiß, vielleicht ist sein Wille ein anderer als meiner.« Sie warf mir einen schmerzlichen Blick zu. »Diese Sache ist von so großer Bedeutung, Byx, dass ich sie nicht einfach beiseiteschieben kann. Ich möchte so schnell wie möglich zu meinem Vater. Und sollten sich nach dem Gespräch mit ihm meine Pläne ändern, wäre es durchaus möglich, dass ich nicht weiter …«

»Wenn nötig«, unterbrach Gambler, »werde ich es übernehmen, Byx zu der Dalkinkolonie zu bringen.«

»Und ich bleibe an ihrer Seite«, fügte Tobble hinzu. Ich lächelte den beiden dankbar zu.

»Ich versteh dich schon, Khara«, sagte ich, obwohl ich insgeheim verzweifelt war, dass wir unsere Pläne, die Kolonie zu finden, vielleicht verschieben oder dass wir gar ohne Khara weitergehen sollten. »Du musst in dieser Sache deinem Herzen folgen.«

Renzo sagte nichts. Er machte ein Gesicht, als hoffte er, dass keiner nach seinen eigenen Plänen fragen würde. Aber ich hatte keinen Zweifel: Seine Loyalität galt an erster Stelle Khara.

Maxyn schien noch über seine Möglichkeiten nachzudenken. »Ich liebe Dreyland nicht, und was mit Nedarra geschieht, kümmert mich auch nicht. Ich will auf keiner Seite eines Krieges stehen, weder hier noch dort. Was dabei herauskommt, habe ich an meinem Vater gesehen.«

»Manchmal ist es nötig, sich auf eine Seite zu stellen«, sagte Gambler, und seine blauen Augen musterten Maxyn von Kopf bis Fuß.

»Vielleicht«, sagte Maxyn. »Aber manchmal bringt es einen um, wenn man Partei ergreift. Vorerst bleibe ich bei Byx und helfe ihr, nach anderen Dalkins zu suchen. Das scheint mir in einer Welt voller schlechter Entscheidungen die beste zu sein.«

»Gut«, sagte Khara. »Wir werden also zuerst meinen Vater und seine Anhänger aufsuchen. Und danach entscheiden wir, wie es weitergeht.«

Die Unsicherheit und Gefahr, die sich hinter Kharas Worten verbarg, beunruhigte mich zutiefst. Doch was blieb mir übrig? Sie war unsere Anführerin.

Alles wird gut, sagte ich mir. Wir würden ihren Vater finden. Wir würden über unsere nächsten Schritte entscheiden. Und am Ende würden wir auch noch weitere Dalkins finden.

Wir mussten welche finden.

Den Rest der Nacht verbrachten wir in der Nähe der Küste in einem Wäldchen mit Dendrobäumen. Ich machte mich auf die Suche nach Holz für ein Feuer, weil die gelben gezackten Blattwedel der Bäume beim Verbrennen zu viel Rauch verursachen würden. Hier im Süden der Berge lag kein Schnee mehr. Aber kühl und feucht war es trotzdem.

Es war nicht leicht, im Dunkeln etwas zu finden, geschweige denn geeignete Äste. Als ich hörte, dass sich jemand in der Nähe bewegte, rief ich laut: »Wer ist da?«

»Ich«, sagte Maxyn.

»Oh. Gut.«

»Hier draußen kann man sich leicht verirren.«

»Ja, das stimmt«, sagte ich.

Danach beschränkte sich unser Gespräch auf Dinge wie »Kannst du mir mal mit diesem Ast helfen? Ich muss ihn durchbrechen« und dergleichen mehr zum Thema Feuerholz. Trotzdem war es sehr angenehm, einen anderen Dalkin an meiner Seite zu haben.

Gemeinsam brachten Maxyn und ich das Feuer endlich in Gang. Es wurde nur ein kleines, Funken sprühendes Feuer, und ich schlief ein, kaum dass es richtig brannte.

Am nächsten Tag brachen wir in der Morgendämmerung auf und gingen in der Hoffnung, ein Fischerdorf zu finden, an der Küste entlang. Als sich das als vergeblich erwies, wandten wir uns landeinwärts. Es dauerte nicht lange, bis wir auf ein Dorf stießen, das einen wohlhabenden Eindruck machte. Hier tauschten wir einen weiteren Edelstein aus der Krone gegen Proviant ein.

Zwei Tage später, es war inzwischen wärmer geworden, befanden wir uns auf einem meilenweit sich hinziehenden Pfad, gesäumt von leuchtend violetten Nossitbäumen, deren ineinander verschlungene Äste einen atemberaubenden, lieblich duftenden Tunnel bildeten. Da wir ein ganzes Stück von größeren Straßen entfernt waren und schon tagelang keine Seele mehr gesehen hatten, begannen wir bald frei heraus zu singen – zu unwiderstehlich war das Echo in diesem Baumtunnel.

Wir brachten Maxyn Tobbles Lied von den Schlammwürmern bei und erzählten ihm unser grausiges Abenteuer im Purpurwald. Gambler sang eine wunderschöne Felijaga-Ballade über verlorene Liebe – erstaunlich, wenn man das einzelgängerische Wesen seiner Art bedachte. Sein prächtiger Bariton ließ die Äste über uns erbeben. Khara und Renzo versuchten sich an einem Menschenlied und harmonierten anfangs auch recht gut miteinander. Das Lied handelte anscheinend von einem Mann, der zu viel Erdbeerkuchen aß und schließlich platzte, aber ich war nicht ganz sicher.

Trotz mehrerer Versuche brachen sie immer wieder in Gelächter aus, noch ehe sie zum Ende des Kehrreims kamen.

Als sie atemlos und mit geröteten Gesichtern aufgaben, begann Maxyn ein altes Lied von einem eigensinnigen kleinen Dalkin. Ich erinnerte mich, wie meine Eltern dieses Lied meinen Geschwistern und mir vorgesungen hatten – wieder und wieder und noch einmal, weil wir immer um noch eine Strophe gebettelt hatten. Zusammen übersetzten Maxyn und ich den Liedtext aus der Dalkinsprache, sodass unsere Gefährten mitsingen konnten:

Ihr kleinen Dalkins, schlaft nun fest
Und träumt in eurem Blätternest.
Wir schützen euch und halten Wacht,
Nun gönnt auch uns eine ruhige Nacht.

Wie ich erfuhr, hatte Maxyn auf Tarok oft Schlafnester in Bäumen gebaut, wie es zu Zeiten unserer Ahnen Brauch gewesen war. Meine Eltern hatten mir und meinen Geschwistern beigebracht, wie man ein solches Nest baut, weil sie es wichtig fanden, dass wir mit unserer Tradition vertraut blieben. In den letzten Jahren aber, als Dalkins ständig gejagt wurden, hatte man die Baumnester zugunsten verborgener Stellen auf dem Boden aufgegeben. In den Nestern waren wir viel zu schutzlos ausgeliefert und zu leicht zu entdecken.

Wir blieben auch weiterhin den Hauptstraßen fern, hielten uns stattdessen an Viehpfade und richteten uns allein nach der Sonne. Ein Tag folgte dem anderen, und obwohl wir uns öfter als einmal verstecken mussten, um eine Begegnung mit nordwärts marschierenden Soldaten zu vermeiden, war es eine glücklicherweise ereignislose Wanderung durch eine sanft gewellte Hügellandschaft.

Traurig machte uns immer wieder der Anblick abgeholzter Wälder, ganzer Flächen von Baumstümpfen, aus denen das Harz sickerte. Khara vermutete, dass das Holz nach Saguria im Südosten geschickt wurde, als Bauholz für die Invasionsflotte des Murdano. Was würde wohl aus den Tieren werden, überlegte ich, aus den Vögeln, Insekten und Reptilien, für die diese Wälder Heimat gewesen waren. Wohin würden sie gehen? Ob sie wie ich durch die Welt zogen auf der Suche nach einem Ort, an dem sie neu anfangen konnten?

Eines Abends machten wir halt an einem kleinen Bach, der von knorrigen grauen Bäumen mit dicken Stämmen begrenzt war. Von seinen biegsamen Ästen rauschten – wie kleine Wasserfälle – fadenartige dunkelblaue Blätter herab. »Ich wette, aus diesen Ästen könnten wir uns ein Nest zurechtmachen«, sagte Maxyn. »Am besten eignen sich Weiden, aber der hier ginge auch.«

Ich sah Khara an. »Hältst du es für sicher?«

»Das sind Botwort-Ulmen«, sagte Khara. »Von Natur aus kräftig und robust. Die Äste würden euch aushalten, keine Frage. Aber ein Baumnest ist aus großer Entfernung zu sehen. Es wäre ein gefährlicher Hinweis, dass wir Dalkins bei uns haben.«

»Vielleicht könnten wir es dann auf dem Boden bauen«, schlug ich vor. »Und morgen früh, wenn wir unser Lager abbrechen, würden wir es wieder auseinandernehmen.«

In den nächsten Stunden sammelten wir Orbnetze, Moos, Distelwolle und lange Zweige. Als unsere Sammlung vollständig war, machten wir uns an die Arbeit.

Meine Aufgabe war es, die Zweige von Blättern zu befreien,

während Maxyn sie zu einer immer größer werdenden Scheibe zusammenflocht. Gemeinsam stopften wir weiche Materialien wie Moos in die Ritzen zwischen den Zweigen.

Ich bemerkte, dass Tobble uns von Weitem zusah, und winkte ihn heran.

»Hilf uns, Tobble!«, rief ich.

Er hielt seine runden Pfoten hoch. Sie sahen aus wie die winzigen Fausthandschuhe, die ich an kalten Tagen bei Menschenkindern gesehen hatte. »Du vergisst, dass mir die Daumen fehlen. Ihr Dalkins habt Glück.«

»Ja, aber deine Pfoten sind doch klein und geschickt«, sagte ich.

Tobble kam näher und sah uns bei der Arbeit zu. »Weißt du noch, Byx, als wir uns zum ersten Mal begegnet sind?«, sagte er. »Damals haben wir über deine Daumen gewitzelt.«

Ich verzog das Gesicht bei dem Versuch, einen allzu dicken Zweig zurechtzubiegen, doch am Ende gab ich es auf und warf ihn beiseite. »Und dann hast du mir deinen Wobbyk-Ohrentrick gezeigt.«

Maxyn sah Tobble interessiert an. »Darf ich ihn auch sehen?«

Da versetzte Tobble seine riesigen Ohren in Drehungen, dass sie aussahen wie kleine Tornados, und ebenso schnell drehte er sie wieder zurück.

Maxyn lachte. »Ich denke, ich bleibe am Ende doch lieber bei meinen Daumen.«

Das Lagerfeuer erlosch zur gleichen Zeit, als wir mit unserem Nest fertig waren. Ich fand, es war ein Kunstwerk geworden, stark und geräumig. Als ich zurücktrat, um unsere Arbeit zu bewundern, musste ich an die Nester denken, die ich mit meinen Geschwistern übungshalber gebaut hatte. Die Erinnerung zog mir das Herz zusammen. Ein Blick auf Maxyn sagte mir, dass er genauso traurig war.

»Ich finde, Khara«, sagte Renzo, »sie könnten ihr Nest doch in der Gabelung des größten Baumes dort festmachen. Siehst du die Stelle, wo sich die unteren Äste teilen? Ich glaube nicht, dass es da zu sehen ist, höchstens vielleicht von einem ortsansässigen Eichhörnchen oder einem Cotchet.«

»Und wer ist jetzt zart besaitet?«, stichelte Khara, aber dann nickte sie Maxyn und mir zu. Mit Gamblers Hilfe schafften wir es, das große Nest zwischen den Ästen des Baumes zu verkeilen, wie es Dalkins in den alten Zeiten getan hätten.

Mühelos kletterten wir hinauf – Dalkins haben lange scharfe Krallen – und fanden uns von einem wispernden Blättervorhang umgeben. Es war fast unmöglich, durch die ineinander verflochtenen Zweige zu blicken, was umgekehrt bedeutete, dass es für andere ebenso schwierig war, uns zu entdecken, besonders bei Nacht.

»Tobble«, rief ich hinunter, »komm rauf und sieh dir das an! Es ist wundervoll hier oben!«

»Ich glaube dir«, sagte er. »Aber Wobbyks sind eher in Gängen unter der Erde zu Hause als in Bäumen.«

»Das Nest ist unglaublich weich«, sagte ich. »Bist du sicher, dass du nicht zu uns kommen magst?«

»Ganz sicher.«

»Khara«, rief Maxyn hinunter, »meinst du, dass Byx und ich die ganze Nacht hier oben bleiben können?«

Khara sah Renzo an, der sie verlegen angrinste. »Ich denke schon«, sagte sie, »aber ihr müsst es abbauen, bevor es hell wird.«

»Versprochen«, sagte Maxyn.

»Tobble« – ich versuchte es noch einmal –, »willst du wirklich nicht raufkommen?« Es kam mir falsch vor, dass wir ihn nicht bei uns hatten, falsch wie ein Lied mit schiefen Tönen. Außerdem wollte ich sicher sein, dass er sich nicht ausgeschlossen fühlte.

»Wirklich nicht. Schlaf gut, Byx«, rief er.

Irgendwann demnächst würden wir den Cruacan Pass erreichen, den Durchgang zwischen zwei ineinander übergehenden Gebirgszügen. Der Pass würde bewacht sein, warnte Khara, und wir könnten uns nicht unbedingt darauf verlassen, uns vorbeimogeln zu können.

Bis dahin aber würden noch Tage vergehen. Jetzt, heute Nacht, würde ich mit einem anderen Dalkin in einem Baumnest schlafen, wie es meine Vorfahren viele Generationen lang getan hatten. Ich würde die sanfte Wärme unseres Fells spüren, dem Schlaflied der knarrenden Äste lauschen und endlich nachempfinden können, wie es gewesen sein musste, ein freier hoffnungsfroher Dalkin zu sein – bevor sich die Welt für immer gegen uns gewandt hatte.

35

Der Pass

Es wird nicht einfach sein, den Durchgang am Cruacan zu passieren«, sagte Khara ein paar Tage später. »Er bildet die alte Trennlinie zwischen dem dichter besiedelten Osten und dem wilderen Westen von Nord-Nedarra. In alten Zeiten war er nur wenig bewacht, höchstens Banditen wurden angehalten. Aber in letzter Zeit sind die Wachposten verstärkt worden. Als ich das letzte Mal durchkam, waren die Männer des Murdano dabei, eine Festung auf einem Felsvorsprung zu bauen, von wo aus der Pass zu überblicken ist.«

Tobble stöhnte. »Wie kommen wir da bloß durch?«

»Ja, das ist die Frage«, sagte Khara. »Es gibt vier Möglichkeiten: Wir könnten uns als harmlose Bauern oder Bergarbeiter ausgeben, die mit kaiserlicher Erlaubnis Güter transportieren.«

»Passt nicht zu uns«, sagte Renzo.

»Dann gibt es die Möglichkeit eines bewaffneten Überfalls.«

»Auch nichts für uns«, sagte ich.

»Oder mit List«, bot Khara an.

Bedächtig nickte Renzo, als könnte er sich diese Möglichkeit noch am ehesten vorstellen.

»Und dann wäre da noch Bestechung.«

»Ah«, sagte Renzo. »Wieder mal Steine aus der Krone brechen?«

Khara schüttelte den Kopf. »Die Leute hier sind keine Dorfbewohner. Es sind harte Männer und Amtspersonen mit Adleraugen. Wenn da plötzlich ein Rubin oder Smaragd auftaucht, wird sie das nur darin bestärken, uns gründlich zu durchsuchen und alles abzunehmen, was wir bei uns haben.«

»Also mit List?«, fragte ich.

»Oder mit einer ganz anderen Art von Bestechung«, sagte Khara. »Hier, auf dieser Seite des Cruacan liegen die Ländereien der Belthassans. Eine reiche, habgierige Familie, unehrlich und gewissenlos. Und enge Verbündete des Murdano.«

»Ah ja?«, sagte Renzo. »Und welche Art von Geschäften betreiben sie so?«

»Sie sind hauptsächlich Viehzüchter. Züchten Struzzis.«

»Was sind Struzzis?«, fragte Maxyn.

»Große Vögel, die auf drei Beinen laufen und hervorragendes Fleisch liefern«, sagte Renzo. »Sie sind sehr wertvoll. Ein einziger Struzzi kann so viel einbringen wie drei Pferde.«

»Das stimmt«, sagte Khara. »Schon eine kleine Zahl dieser Tiere wäre eine hervorragende Bestechung. Noch dazu eine, die wahrscheinlich nicht allzu viel Aufsehen erregen würde.«

Renzo rieb sich die Hände. »Mir scheint, dass demnächst meine Talente gefragt sind. Ich denke, ich könnte ein paar dieser Struzzis schnappen und mit ihnen die Wachen am Pass bestechen.«

»Sind wir denn jetzt gewöhnliche Diebe?«, flüsterte mir Maxyn ins Ohr.

»Wenn uns keine Wahl bleibt«, sagte ich, doch die Wahrheit war, dass mich die Vorstellung sehr wohl beunruhigte.

»Vielleicht müssen wir uns die Struzzis ja nur *ausleihen*«, sagte Renzo, während er sich ans Kinn klopfte. »Vorübergehend.«

»Wie meinst du das?«, fragte ich.

»Ich denke nur mal so über meine Möglichkeiten nach«, antwortete er. »Gewöhnliche Bestechung ist doch so was von …« – er täuschte ein Gähnen vor – »… öde.«

»Werd bloß nicht zu fantasievoll«, warnte Khara.

Wir waren inzwischen leicht nach Süden abgebogen, weiter in Richtung der Perricci-Gebirgskette. Als die Sonne hochstand, konnte ich jetzt die ferne Passage am Cruacan sehen: zwei gewaltige kahle Berge, getrennt durch ein Tal von kaum einer Viertelmeile Breite. Die Bäume standen dicht genug, um uns vor spähenden Augen zu schützen und etwas Schatten zu spenden. Der Wind war kühl, aber nicht kalt.

Immer öfter sahen wir nun Zäune aus Stein oder Holz, die große Flächen eingrenzten. Auf manchen standen Vieh oder Pferde, auf anderen die sonderbaren unbeholfenen Struzzis, die ihre langen orangefarbenen Hälse reckten und uns aus weit aufgerissenen Augen einfältig anglotzten.

»Wir sind jetzt auf dem Land der Belthassans, Gambler«, sagte Khara. »Jeder Mensch, den wir sehen, muss hier als gefährlich eingeschätzt werden.«

Sie gab Gambler keine Anweisungen, doch er verstand ihren unausgesprochenen Wink. »Ich werde die Gegend auskundschaften.«

Er verdoppelte sein Tempo und hatte sich bald von uns entfernt. Als er zurückkam, wurde es gerade dunkel. »Eine Meile östlich haben Viehzüchter mit Pferden ihr Lager aufgeschlagen. Wenn wir uns dicht an die Gebirgsausläufer halten, kommen wir ungesehen vorbei.«

Wir verbrachten die Nacht in einem Wäldchen, das von einem

reißenden eiskalten Bach durchflossen wurde. Er speiste einen kleinen, mit Polstern von Silberlilien halb bedeckten Weiher, und da trotzte ich mutig dem Wasser und gönnte mir das erste Bad seit langer Zeit. Auch Maxyn sprang mit einem Salto in den Weiher und tauchte mit Vergnügen.

Ich sah, dass Tobble am Ufer des Bachs stand und uns beobachtete. »Tobble!«, rief ich. »Komm rein zu uns! Es ist eisig, aber man gewöhnt sich dran.«

Maxyn bespritzte mich, und ich kreischte. »Huuu! Vielleicht gewöhnt man sich doch nicht dran«, räumte ich ein. »Aber es fühlt sich einfach gut an, wieder mal sauber zu werden.«

Tobble schüttelte den Kopf. »Morgen vielleicht«, sagt er. »Ich geh schlafen.«

»Du verpasst was«, rief ich, aber er war schon umgekehrt und wieder auf dem Weg zu den anderen. Als ich ihn so davontrotten sah, spürte ich Traurigkeit in mir aufsteigen, sogar ein Gefühl von Schuld. War Tobble eifersüchtig auf meine neue Freundschaft mit Maxyn?

Ich beschloss, besser auf ihn zu achten. Tobble war mein allerbester Freund.

Ich verdankte ihm alles.

Aber es war schwer, zwei Freunde gleichzeitig zu haben. Als ich klein war, war ich immer mit meinen Geschwistern zusammen gewesen. Sie waren meine einzigen Freunde, und mehr Freunde brauchte ich nicht.

Aber das hier war etwas anderes.

Khara weckte uns, kaum dass der Mond untergegangen war. Als wir uns dem Cruacan Pass näherten, stellte sie fest, dass wieder zwei neue Wehranlagen gebaut worden waren. Die eine, rund

und gedrungen, war auf der Nordseite des Durchgangs. Die andere, ein kleinerer schlankerer Wachturm, ragte bedenklich dicht am Abgrund eines hohen Felsvorsprungs auf.

In der runden Festung, so vermutete Khara, wurde wahrscheinlich Kriegsgerät gelagert. Wurfmaschinen, die Steine von Hunderten Pfund Gewicht schmettern konnten. Feststehende, mit geflochtenen Garilansehnen bespannte Armbrüste, von denen gezackte Speere abgeschossen wurden. Feuerspeier, die nach Renzos Ansicht mithilfe von magischen Elementen flüssiges Feuer versprühten. Und mit Kübeln versehene Wurfmaschinen, aus denen nicht Steine geschleudert, sondern große Mengen von brennendem Öl katapultiert wurden.

»Hätten wir doch jetzt Tobbles WeitNah«, sagte Khara. »Aber nach dem wenigen, das ich sehen kann, sind die Belagerungswaffen nach Osten gerichtet, als würden die Soldaten mit einem Angriff aus dieser Richtung rechnen.«

»Könnten sie aber trotzdem Steine auf uns werfen?«, fragte Tobble.

»Ja.«

»Und wie wollen wir da durchkommen?«, fragte Maxyn.

»Gute Frage«, räumte Khara ein. »Es herrscht überraschend wenig Verkehr auf der Straße zum Cruacan. Das lässt nichts Gutes ahnen. Es bedeutet, dass der Murdano keine Waren von den Familien auf den Hochebenen von Nedarra kauft – Holz, Lebensmittel oder Leder.«

»Vielleicht hat der Murdano alles, was er braucht«, sagte ich.

»Möglich«, sagte Khara. »Kann aber auch sein, dass die Lage zwischen den verbannten Familien und dem Murdano noch feindseliger geworden ist.«

Nur vereinzelt bewegten sich Menschen und Pferde durch das enge Tal zwischen den Bergen. Jede Hoffnung, dass wir uns unbemerkt in einem Pulk von Wagen und Tieren vorbeimogeln könnten, schwand dahin.

»Sag mir noch mal, Dieb«, wandte sich Khara mit einem Seitenblick an Renzo. »Wie gut bist du in Magie?«

Renzo zuckte mit den Schultern. »Ich kann mit Zaubersprüchen eine optische Täuschung bewirken, aber nicht, dass man ganz unsichtbar wird. Solche Sprüche habe ich genutzt, um was zu essen zu stehlen – manchmal auch mehr als Essen –, aber ich konnte die Ladenbesitzer damit nur täuschen, sodass sie an Dog und mir vorbeischauten. Trotzdem, mit einer kleinen Willensanstrengung hätten sie mich sehen können.«

»Ich jedenfalls komme ungesehen vorbei«, sagte Gambler, und alle Blicke richteten sich auf ihn. »Wir Felijagas sind, wenn wir wollen, so gut wie unsichtbar – allein schon deshalb, weil wir Felijagas sind. Allerdings habe ich auch gewisse magische Kräfte.«

»Ach wirklich, Gambler?«, sagte ich überrascht. »Du hast uns nie etwas vorgeführt.«

Gambler präsentierte seine Version eines zufriedenen Lächelns: eine Art selbstgefälliges Grinsen, begleitet vom Zucken seiner Schnurrhaare. »Ich bin ein Felijaga. Wir haben es nur selten nötig, auf Magie zurückzugreifen.«

Khara dachte gründlich über seine Worte nach. Sie warf einen Blick auf den Pass, auf Gambler, auf Renzo, auf mich, dann wieder auf den Pass. Nach einer Wiederholung dieser Reihenfolge erklärte sie: »Wir brauchen ein Ablenkungsmanöver. Ein großes. Hätten wir so was, könnten wir bis zur nördlichen Festung rennen. Seht ihr, wie die eingezwängt ist von der Landschaft? Ich wette, dass man von dem kleineren Wachturm aus die runde Festung gar nicht sehen kann. Die Männer, die sich in der Festung aufhalten, würden uns höchstwahrscheinlich nicht bemerken. Dabei würden wir direkt unter ihnen vorbeilaufen.«

»Ein großes Ablenkungsmanöver, hmm …«, sagte Renzo und sah dabei grübelnd zu Gambler hin. »Wenn du mitmachst, Freund Felijaga, riskier ich es.«

»Seid vorsichtig, ihr zwei«, mahnte Khara, als sie aufbrachen.

»Vorsichtig? Das würde nur Zeit kosten«, rief Renzo lachend über die Schulter zurück.

Wir versteckten uns zwischen übereinanderliegenden Felsbrocken, verzichteten auf ein Feuer, aßen kalt und unterhielten uns nur leise. Danach schlichen wir langsam im Schutz von Felsen und Bodenvertiefungen weiter, bis wir möglichst nah an der nördlichen Festung waren. Sie schien jetzt direkt oberhalb von uns, obwohl sie in Wirklichkeit noch hundert Meter oder mehr entfernt war.

In gespannter Alarmbereitschaft warteten wir und waren jederzeit darauf gefasst loszulaufen. Während Khara an ihrem Daumennagel kaute, blickte sie forschend über das Gelände vor uns.

»Khara?«, raunte ich. »Mach dir keine Sorgen. Sie schaffen das!«

»Um Gambler mach ich mir keine Sorgen«, gab sie leise zurück. »Er kann selber auf sich achtgeben.« Sie fuhr sich über die Augen. »Es ist Renzo, um den ich Angst habe. Er riskiert zu viel.«

»Du aber auch«, sagte ich.

»Ja, nur dass die Risiken, die ich eingehe, immer gut bedacht sind«, erwiderte sie mit einem schwachen Lächeln.

Die Stunden zogen sich hin. Wir konnten weiter nichts tun als warten und hoffen, dass das Ablenkungsmanöver klappen würde.

Wir sollten nicht enttäuscht werden, wie sich herausstellte.

36

Das Ablenkungsmanöver

Zuerst hörten wir das durchdringende Geschrei der Struzzis, ein scheinbar endloses Kreischen von höchsten bis zu tiefsten Tönen und umgekehrt.

Dass niemand Struzzihirte sein will, hat seinen Grund. Struzzis wälzen sich in ihrem Dreck, rauben die Nester anderer Vögel aus und fressen häufig sogar ihre eigenen Jungen. Werden sie erschreckt oder aufgescheucht, stoßen sie dieses grässliche ohrenbetäubende Sirenengeheul aus.

Aber das ist noch nicht alles, was sie von sich geben. Verängstigte Struzzis verströmen einen strengen beißenden Gestank, gegen den die Ausdünstung eines Stinktiers der reinste Rosenduft ist.

Als Nächstes bemerkten wir das orangefarbene Leuchten.

»Das ist es!«, zischte Khara, und wir machten uns zum Spurt bereit. »Wartet … wartet noch …«

Eine Herde von etwa drei Dutzend Struzzis kam durch das enge Tal geprescht, hinter ihnen her wälzte sich eine Feuerwand.

»Jetzt!«, schrie Khara, und los ging's, wir rannten, stolperten über Steine und hatten zu tun, am steilen Hang das Gleichgewicht zu halten.

Auf den Wehrgängen der runden Festung loderten Fackeln auf, Alarmgeschrei ertönte.

Wir verursachten selber jede Menge Lärm, weil unsere ungeschickten Füße Kaskaden von losem Gestein ins Rollen brachten. Aber wir wussten, dass nichts zu hören sein würde. Der Lärm der wild gewordenen Struzzis, die von … tja, von Fässern verfolgt wurden, war kaum zu übertönen.

Fässer. Es waren tatsächlich brennende Fässer, die hinter den Struzzi her über die sanft abfallende Passstraße rollten.

Das war der Augenblick, in dem die Männer des Murdano begriffen, dass sie soeben Zeugen eines Ablenkungsmanövers wurden. Doch schon liefen wir an der runden Festung vorbei und rannten und rannten, so schnell es das schwierige Gelände zuließ. Unser einziger Vorteil: Die Wachen würden die Gefahr aus der Richtung vermuten, aus der die Struzzis kamen.

Als wir eine besonders schwierige Stelle am Hang überwinden mussten, stürzte ich auf beide Knie. Maxyn half mir auf, und da sahen wir schemenhaft die Gestalten von zwei Männern. Ich konnte gerade so eben die Umrisse von Helmen und Speerspitzen erkennen.

Khara bedeutete uns stehen zu bleiben und ging allein weiter. Wir hörten sie fragen: »Ist das da unten ein Angriff?«

»Wissen wir noch nicht«, erwiderte eine männliche Stimme. Dann fragte der Soldat mit erwachendem Misstrauen: »Wer bist du?«

Inzwischen hatte Khara ihr Schwert gezogen. Ein harter schneller Hieb, und der Mann, der gefragt hatte, sprach nicht mehr. Der Zweite rannte in Panik davon, und Khara schrie: »Jetzt, jetzt, jetzt!«

Wir hasteten hinter ihr her, als sie den fliehenden Mann verfolgte. Für einen Augenblick verschwanden beide aus unserer

Sicht, und als wir Khara wieder erreicht hatten, stand sie keuchend und mit einem blutigen Schmierer im Gesicht da.

Wortlos, eng an die Bergseite des Passweges gedrückt, schoben wir uns am Fuß des Felsens vorwärts, immer in der Angst, entdeckt zu werden. Wir gerieten zufällig in eine kleine Gruppe von Händlern, die aus der anderen Richtung kam, bahnten uns einen Weg hindurch und erreichten eine Kontrollstation, von der aus die andere Seite des Passweges bewacht wurde.

»Wenn wir da vorbeikommen, könnten wir's überstanden haben«, flüsterte Khara.

Die Kontrollstation war eine aus Steinen errichtete Kaserne, in der vielleicht zehn Soldaten Platz fanden. Sie stand an der schmalsten Stelle des Passweges, wo der Abstand zwischen den Felswänden kaum zwanzig Meter betrug. Dass zehn Soldaten viel zu viele waren, als dass Khara es ganz allein mit ihnen aufnehmen könnte, war uns allen klar. Maxyn, Tobble und ich würden ihr keine große Hilfe sein.

»Rieche ich da einen Stall?«, fragte Tobble.

Ich erhob mich vorsichtig, um besser zu sehen, und wirklich lag dort, in einer Senke diesseits der Kaserne, ein Stall. Gerochen hatte ich ihn auch, allerdings nicht seine Bedeutung erkannt.

Ich sah Kharas Zähne aufblitzen. »Hinter mir her!«

Wir folgten ihr in geduckter Haltung, unsere Schritte waren jetzt lauter zu hören, weil das Gekreisch der Struzzis hinter uns allmählich schwächer wurde. Doch eine Umkehr war ohnehin nicht möglich. Jeder, der gerade vom Wachturm herunterschaute, konnte uns sehen.

Vor dem Stall stand ein einzelner Wächter, aber der schaute gebannt zu den zwar nicht mehr rollenden, doch immer noch brennenden Fässern hinüber. Khara erhob sich hinter ihm und schlug ihm den Griff ihres Schwertes auf den Schädel. Er würde schreckliche Kopfschmerzen haben, wenn er aufwachte, aber aufwachen würde er jedenfalls.

Im Stall fanden wir sechs Pferde in Boxen stehen, alle ungesattelt.

»Legt ihnen Zaumzeug an, zum Satteln ist keine Zeit«, sagte Khara. Tobble, Maxyn und ich fummelten ein Gewirr von Riemenzeug auseinander, und nach einigem Hin und Her schafften wir es, allen sechs Pferden Zaumzeug über die Köpfe zu streifen.

»Tobble, du kommst zu mir«, sagte Khara und schwang sich auf den Rücken einer rotbraunen Stute. »Byx und Maxyn auf den gescheckten Wallach, und jeder von euch nimmt zwei freie Pferde am Zügel.«

»Warum nehmen wir denn die übrigen Pferde mit?«, wunderte sich Maxyn laut, während er und ich auf die Boxentür kletterten, um von da auf den breiten Rücken des Wallachs zu steigen.

»Hättest du es lieber, wenn die Soldaten zu Pferd oder zu Fuß hinter dir herjagen?«, sagte Khara. »Byx, halt dich an der Mähne fest, und du, Maxyn, hältst dich an Byx fest. Ich mach jetzt das Tor auf. Fertig?«

Hätte ich der Ehrlichkeit der Dalkins nachgegeben, hätte ich geantwortet: »Ganz und gar nicht fertig! Nicht mal ansatzweise.« Doch was ich sagte, war: »Mmh.«

Khara beugte sich auf ihrem Pferd vor und stieß das Tor auf. »Los jetzt!«, rief sie. »Und lasst euch durch nichts aufhalten!«

Sie gab ihrem Pferd die Sporen, und ich tat es ihr nach, obwohl ich bezweifelte, dass mein Pferd überhaupt etwas davon merkte.

Zum Glück folgte es bereitwillig Kharas Stute, und so sprengten wir aus dem Stall wie die wilde Jagd.

Aus der Kaserne kam ein Soldat gerannt, den Speer zum Werfen bereit und gleichzeitig nach Hilfe rufend. Er versuchte, uns den Weg abzuschneiden.

Khara holte mit ihrem Schwert aus und schlug den vorbeisirrenden Speer mit dem *Licht von Nedarra* in zwei Stücke.

Es war eine schwindelerregende Tollheit: sechs Pferde in vollem Galopp, und keiner von uns hatte eine Ahnung, wo ihre Hufe auftreffen würden. Einmal, als unser Wallach strauchelte, wäre ich beinahe abgerutscht und hätte Maxyn mitgerissen. Hinter uns ertönte das wütende Geschrei der Soldaten, die uns zu Fuß verfolgten und keine Chance hatten, uns einzuholen. Es war wie ein Traum: das Tempo, das Aufblitzen der Bergwand, die hohen Felsen, das ruckartige Zerren von Brombeerranken.

Nach ein paar Minuten spürte ich Weite um mich herum und bekam die frische Witterung eines leichten Nordwinds in die Nase. Wir hatten die enge Passage hinter uns und galoppierten hügelabwärts über Weideland. Vor uns sah ich zwei Reiter, ihre Rüstungen schimmerten im Licht des heraufziehenden Mondes. Sie sprengten von Norden heran, um uns den Weg abzuschneiden.

Es waren keine gewöhnlichen Soldaten, es waren Ritter.

Ausgebildet zum Töten mit jeder nur denkbaren Waffe.

Plötzlich schrie einer der Ritter vor Schreck und Überraschung auf und flog in hohem Bogen vom Pferd. Das bäumte sich auf, wich vor irgendetwas zurück und geriet in Panik. Das Pferd des zweiten Ritters blieb abrupt stehen, und auch dieser Reiter stürzte ab.

Beide Pferde, die inzwischen mehr als genug hatten, rannten wiehernd in die Nacht hinaus.

Wir galoppierten weiter, obwohl mein Pferd deutlichen Widerwillen zeigte, sodass ich es antreiben musste. »Keine Angst, Pferdchen, ein Freund ist in der Nähe«, sagte ich.

Und tatsächlich hatten wir einen neuen Reisegefährten bekommen. Er lief in einiger Entfernung neben uns her, bis wir sicher sein konnten, dass die Pferde durch unsere Beschwichtigungen ruhiger geworden waren und ihr anfängliches Entsetzen überwunden hatten.

»Gut gemacht, Gambler«, sagte Khara.

»Pferde«, spottete Gambler. »Die haben nicht den Mumm, Felijagas gegenüberzutreten, erst recht nicht bei Nacht.«

Die abgeworfenen Ritter hinter uns stießen wüste Drohungen aus, aber ohne Pferde waren sie keine Gefahr für uns. Und dann sahen wir vor uns auf einer kleinen Erhebung Renzo auf einem gestohlenen Pferd sitzen.

»Hat's dir gefallen, unser Ablenkungsmanöver?«, fragte er, als wir unsere Pferde neben ihm zügelten.

»Jedenfalls hat es geklappt«, gab Khara zu.

»Und jedenfalls musst du erleichtert sein, dass ich die Sache unverletzt überstanden habe«, sagte Renzo breit grinsend.

»Hm«, machte Khara, aber ich sah ihre unverhohlene Bewunderung.

»Ich … also, mir hat das nicht gefallen«, sagte Tobble hinter Kharas Rücken hervor.

»Dass ich überlebt habe?«, stichelte Renzo.

Tobble machte ein ärgerliches Gesicht. »Ich meine«, sagte er ernst und mit leiser Stimme, »dass es unglaublich mutig von dir war, was du getan hast, und es hat uns das Leben gerettet, und natürlich bin ich dir und Gambler ewig dankbar. Aber …«

»Es gibt immer ein Aber«, seufzte Renzo, lächelte aber noch wie berauscht von seinem Erfolg.

»Aber«, sprach Tobble weiter, »diese Struzzis müssen zu Tode erschrocken gewesen sein! Ich weiß, es sind unsympathische Vögel mit ihrem Geschrei und ihrem, äh, ihrem Gestank, aber trotzdem …«

»Du vergisst ihre Gewohnheit, ihre eigenen Jungen zu fressen«, sagte Renzo.

»Trotzdem …«

»Und den Umstand, dass sie Nester ausrauben«, ergänzte Maxyn.

»*Trotzdem* …«, sagte Tobble.

»Und die Art, wie sie …«, fing ich an, aber Gambler unterbrach mich.

»Ruhe!«, fauchte er. »Lasst den Wobbyk ausreden. Kann sein, wir können alle etwas lernen.«

Tobble räusperte sich. Seine großen Augen funkelten in dem bleichen Sternenlicht. »Ich habe einfach das Gefühl, dass Struzzis, auch wenn sie nicht zu den liebenswürdigsten Arten gehören – und, meine Güte, ja, sie riechen wirklich scheußlich –, dass man sie trotzdem, na ja, freundlich behandeln sollte. Und diese großen brennenden Fässer! Was, wenn eins davon einen Struzzi getroffen hätte?«

»Bevor ich die Fässer ins Rollen brachte, habe ich den richtigen Moment genau berechnet«, sagte Renzo.

»Aber wenn einer der Vögel gestolpert wäre?«, sagte Tobble. »Oder wenn ein Kleiner zu langsam gewesen wäre …«

»Es waren keine Kleinen dabei. Und wenn es sein muss, können Struzzis auch mal kurze Strecken fliegen«, sagte Renzo, aber er klang nun doch etwas ernüchtert.

»Ist mein Leben wichtiger als das eines Struzzis?«, fragte Tobble. »Nur weil ich niedlich und schlau bin?«

Wir wurden schweigsam, während die Pferde weitertrabten.

»Vielleicht ließe sich dagegen einwenden, Tobble, dass wir uns in einem unerklärten Krieg befinden«, sagte Renzo schließlich in nachdenklicherem Ton. »Und dass in einem Krieg notwendige Opfer gebracht werden müssen.«

»Aber wer entscheidet das?«, fragte ich laut. Mir fiel auf einmal das Willkürliche auf – die Ungerechtigkeit noch nicht einmal mitgerechnet. So wenige auf der ganzen Welt besaßen Macht. Und so viele besaßen keine.

»Ist mein Vater ein notwendiges Opfer gewesen?«, sagte Maxyn.

»Und mein Rudel?«, ergänzte ich.

Wir sahen zu Khara hin, ob sie das Problem für uns lösen würde. Doch sie blickte vor sich hin und schien nicht einmal zuzuhören.

Gambler, der auf leichten Pfoten neben uns hersprang, sagte: »Tobble, du bist ein kluger junger Wobbyk. Es ist in jedem Krieg gut, wenn einer die schwierigen Fragen stellt – Fragen, auf die es keine einfachen Antworten gibt.«

»Es ist eben auch so kompliziert«, sagte Tobble. »Nichts ist nur schwarz oder weiß. Dazwischen liegen immer alle möglichen Schattierungen.«

Zum ersten Mal meldete sich Khara zu Wort. »Du hast recht. Aber lass dich von Schwierigkeiten nicht abhalten, Stellung zu beziehen, Tobble. Bist du im Herzen überzeugt, dass etwas böse ist, musst du dagegen kämpfen. Aber mit Ehre. Mit Nachsicht. Mit Anstand.«

»Erzähl das mal den Soldaten, die dein Schwert zu spüren bekommen haben«, sagte Renzo.

Khara schoss ihm einen Blick zu. »Zweifelst du an meiner Entscheidung?«

»Keineswegs«, sagte Renzo aufrichtig. »Ich bezweifle nur, dass Krieg immer mit Ehre, Nachsicht und Anstand geführt werden kann.«

»Mit Blick auf das, was vor uns liegt«, sagte Khara, »lass uns hoffen, dass du dich irrst, mein Freund.«

37

Der Baron

Nachdem wir den Cruacan Pass hinter uns gelassen hatten, mussten wir den Fluss Telarno überqueren. Die Brücken wurden sicher alle bewacht, und uns war klar, dass wir unser Glück schon bis zum Äußersten herausgefordert hatten.

Khara beschloss, einen Tag lang in Richtung Norden zu reiten in eine Gegend, in der sich die Berge zu unserer Rechten wie eine mächtige Wand auftürmten. Zum Glück kannte sie eine Furt, und so überquerten wir den Fluss an einer Stelle, die so seicht war, dass den Pferden das Wasser kaum bis über die Knie reichte.

Danach tauchten wir in dichte Wälder ein, und ich fragte Khara, warum sie so unberührt waren, so anders als viele, die wir völlig zerstört vorgefunden hatten.

»Die Bäume hier sind zum größten Teil Bergeichen«, erklärte Khara. »Ihr Holz ist hart wie Eisen, sie lassen sich nur schwer fällen und sind für Masten oder Schiffsplanken ungeeignet, weil sie nicht gerade genug wachsen. Außerdem sind diese Wälder nicht unbewohnt, und etliche der Bewohner dürften etwas gegen Baumfäller haben.«

»Gibt es hier grimmige Lebewesen?«, wollte Tobble wissen.

»Oh, die grimmigsten«, sagte Khara leichthin, die tatsächlich ungewöhnlich entspannt wirkte.

Zwischen den Bäumen kamen wir mit den Pferden nur langsam voran. Die Bergeichen streckten ihre dicken Äste waagrecht aus, oft schon in Gesichtshöhe. Ständig mussten wir uns ducken oder schwierige Stellen umgehen. Khara aber schien die ganze Zeit eine klare Vorstellung zu haben, wohin sie wollte.

Plötzlich schwirrte – *fscht* – etwas durch die Luft, und in einem der Baumstämme blieb zitternd ein Pfeil stecken. Gambler knurrte, Renzo warf sein Pferd herum und hielt Ausschau nach einem Feind. Khara aber ritt gelassen zu dem Pfeil hin, der haarscharf neben ihrem Kopf vorbeigesaust war, zog ihn heraus und untersuchte ihn.

In einem anderen Ton als sonst sagte sie – und das war nicht für uns bestimmt: »Sieh dir das an, jetzt ist dein Pfeil verbogen. Etwas mehr Geduld beim Zielen, und du hättest sogar die Kiefer da vorn getroffen.«

Plötzlich standen zwei Männer und eine Frau an der Stelle, wo Sekunden vorher – das hätte ich geschworen – nur Bäume und Büsche gewesen waren. Die drei trugen Lederwämse und eng anliegende Hosen, alles in Grün- und Brauntönen, sodass die Kleidung perfekt den Farben des Waldes angepasst war. Alle drei hatten Bögen in der Hand, die Pfeile bereits angelegt, die Bogensehnen aber noch nicht gespannt.

»Mit deinem nächsten Atemzug erklärst du, warum du dieses Land betreten hast!« Das kam von einem der Männer, einem blondbärtigen Kerl mittleren Alters mit tief liegenden Augen.

»Hör mal, Archer Maccan, wenn du mich nicht erkennen kannst, muss ich annehmen, dass deine Augen zu schwach sind, um mit Pfeil und Bogen im Wald rumzulaufen.«

Der Schütze starrte Khara mit offenem Mund an und senkte langsam den Bogen. »Lady Kharassande?«

Khara ließ sich leicht von ihrem Pferd gleiten, machte zwei rasche Schritte und warf sich in Maccans Arme. Beide lachten, als er sie auffing und herumwirbelte.

»Oh, du bist ja viel schwerer als letztes Mal, als ich dich gesehen habe«, beschwerte sich Maccan. »Ich kann dich kaum mehr hochheben, ohne mir das Kreuz zu brechen!«

»Und du bist noch kahler als letztes Mal, als ich dich gesehen habe, alter Mann. Mit ein bisschen Bienenwachs könnte ich deinen Kopf zu einem Spiegel polieren.«

»Oh, du verzogenes kleines …«

Khara gab ihm einen ordentlichen Schubs. »Wo bleibt der Respekt, der mir gebührt?«

»Bitte vielmals um Entschuldigung«, sagte Maccan und vollführte eine weit ausholende Verbeugung. »Ich hatte dich für einen Wilderer gehalten, einen Landstreicher vielleicht.« Dann verschwand sein breites Grinsen. »Ich bin froh, dass dich die Nachricht erreicht hat. Dem Baron bleibt nur noch wenig Zeit, fürchte ich.«

Khara griff nach seinem Arm. »Was sagst du?«

»Du weißt es nicht?« Er riss die Augen auf. »Ah, du weißt es tatsächlich nicht. Dein Vater, mein Herr, Baron Donati, wurde von Krankheit ergriffen und …« Er sah zur Seite. »Und es tut mir leid, es zu sagen … Die Ärzte rechnen nicht damit, dass er es übersteht.«

Khara blinzelte. »Sein Herz?«

Maccan nickte traurig. »Im letzten Monat hat er zwei Herzkrämpfe gehabt und ist sehr geschwächt.«

»Den Rest kann mir meine Mutter erzählen«, sagte Khara in Eile. »Wo ist das Lager?«

»Deine Mutter?«, echote Maccan.

»Ja. Pflegt sie ihn denn nicht?«

»Wir haben die Frau Baronin schon seit Monaten nicht mehr gesehen.«

Khara hatte die Fäuste geballt. »Ich verstehe nicht. Wo ist meine Mutter?«

»Wir wissen es nicht. Der Baron will es nicht sagen.«

»Genug davon. Wo geht es zum Lager?«

»Du kennst die Wiese des alten Humber? Von da aus folgst du dem Bach nördlich davon. Ich würde dich führen, aber …« Maccan wies mit einer Geste auf den Wald hinter sich.

»Deine Pflicht hält dich hier«, sagte Khara und klopfte ihm auf die Schulter. »Meine ist bei meinem Vater.«

Ohne ein weiteres Wort an uns zu richten, grub sie ihrem Pferd die Fersen in die Flanken, und wir ritten eilig hinter ihr her. Sie galoppierte nicht – das wäre bei den frei liegenden Wurzeln und tückischen Löchern im Waldboden gefährlich für das Pferd gewesen –, aber sie ritt zügig und drängte ihre Stute vorwärts. Wir kamen an eine Wiese mit hohem goldgelbem Gras, das sich im Wind wellte wie ein leicht gekräuselter Meeresspiegel bei Sonnenaufgang. Von da aus folgten wir einem kleinen Bach.

Khara hatte ab und zu von ihrer Familie, den Donatis, gesprochen. Ich wusste, dass es einst eine große einflussreiche Familie war, die ausgedehnte Ländereien und ein prächtiges Schloss namens Watersmeet besaß. Ich wusste auch, dass sie sich dem Aufstieg des ersten Murdano widersetzt hatten und enteignet worden waren.

All dies zusammengenommen, wusste ich trotzdem nicht recht, was ich eigentlich erwartet hatte, sicher aber nicht das, was ich bald sehen sollte.

Wir ritten wieder unter knorrigen dicken Bergeichen hin, und als ich irgendwann zufällig in die Höhe blickte, stellte ich zu meiner Verwunderung fest, dass die Bäume hier Plattformen trugen, die mit Seilen untereinander verbunden waren. Hängematten hingen an Ästen, und an Leinen flatterten Wäschestücke, alle in den täuschenden Grün- und Brauntönen, wie wir sie bei Maccan und seinen Leuten gesehen hatten. Der Wald schmiegte sich eng an einen mächtigen Felsvorsprung, dessen Spitze das Blätterdach der Bäume weit überragte.

An einer Bergeiche machten wir halt. Sie war so dick, dass auch zehn Männer sie nicht hätten umfassen können. Von den oberen Ästen ließ sich ein junger Mann herab, lautlos wie eine Spinne an einem Seidenfaden.

Er verbeugte sich vor Khara und sagte: »Ich kümmere mich um die Pferde, Lady.«

»Mein Vater …?«

»Er liegt im Bett. Willst du hinauf?«

Khara nickte. Sofort wurde ein Seil, dessen unteres Ende mit einer Schlinge versehen war, vom Baum herabgelassen. »Komm mit, Byx«, sagte Khara. »Bitte, ihr anderen … ihr werdet gleich zu essen und zu trinken bekommen.«

Khara setzte den Fuß in die Schlinge und griff nach dem Seil. Ich tat es ihr gleich, und so hangelten wir uns zwischen dichtem Blattwerk in die Höhe. Erst kamen wir an eine Plattform, die den ganzen mächtigen Baum umgab und von Bogenschützen bewacht wurde. Von da aus kletterten wir durch eine von Balken umrandete Öffnung auf eine höhere rechteckige Plattform.

Sie war breit und lang genug für ein großes Haus. Doch statt eines festen Gebäudes sah ich drei Zelte, das eine von ihnen doppelt so groß wie die beiden anderen. In jedem konnten Menschen aufrecht stehen, allerdings ohne allzu viel Spielraum nach oben.

»Wir bauen nichts Dauerhaftes«, sagte Khara wie zur Erklärung. An der Öffnung zu dem großen Zelt in der Mitte zögerte sie. »So können wir jederzeit alles abbrechen und innerhalb einer Stunde weiterziehen.«

»Verstehe«, sagte ich. »Das war bei meinem Rudel ganz ähnlich.«

Kharas Miene war undurchdringlich, ihre Stimme ausdruckslos, aber ich kannte sie zu gut, um mich täuschen zu lassen. Ich sah ihre angespannten Kiefermuskeln, nahm ihre Kurzatmigkeit wahr und den unsteten Herzschlag.

»Mein Vater ...«, fing sie an. »Mein Vater ...«

»Du musst nichts erklären.«

Khara nickte. »Nur ... weißt du, er war mal der stärkste, klügste und liebevollste Mann. Seine äußere Erscheinung wird wohl ... du hast ja gehört, dass er krank ist.«

Ich verstand. Khara wollte nicht, dass ich vom Anblick ihres Vaters enttäuscht wäre. Ich legte ihr tröstend meine Hand auf die Schulter und nickte.

Wir schoben die Zeltklappen zur Seite und traten ein. Es war recht warm, weil unter einem Abzugsloch im Dach ein Feuer brannte. Neben der schwachen Flamme stand ein Bett aus roh behauenen Balken, die mit Ranken zusammengebunden waren. Unter einem Berg aus Tierfellen sah ich einen Kopf mit dünnem, spärlichem grauem Haar hervorlugen.

Zwei ältere Frauen, offenbar Pflegerinnen, verbeugten sich vor Khara und traten zurück. Ich blieb im Hintergrund bei ihnen stehen und fühlte mich wie ein Eindringling in einem zutiefst vertraulichen Moment.

»Vater … ich bin's, Khara. Ich bin mit meiner Freundin Byx hier.«

Der alte Kopf hob sich aus den Kissen, und ich war bestürzt – nicht wie krank und hinfällig er aussah, sondern weil ich ahnte, was er einmal dargestellt haben musste.

Kharas Vater war sehr abgemagert, die Wangen hohl und ohne Farbe, doch seine Augen … Als ich seine Augen sah, hätte ich fast gelacht. Sie wirkten scharf, intelligent und so, als könnte der Mann Dummköpfe nur schwer ertragen. Kurz, es waren Kharas Augen. Und ein Kinn hatte er, das eiserne Entschlossenheit ausdrückte. Die Ähnlichkeit zwischen dem kranken alten Mann und dem gesunden jungen Mädchen war unverkennbar.

»Kharassande«, sagte Baron Donati und bemühte sich um einen festen Ton, der allerdings von einem keuchenden Husten zunichtegemacht wurde.

Khara beugte sich vor und umarmte ihn, ihr Kopf lag an seiner Brust. Ihr Vater schlang seine dünnen Arme um sie.

»Ich hatte Angst, du wärst tot«, flüsterte er. »Die letzte der Donatis.«

»Nein, Vater, ich lebe.«

Er wischte sich mit dem Handrücken Tränen aus dem Gesicht. »Gut, dich zu sehen, mein Kind. Du wirst schon so vermisst. Ich wünschte nur, deine Mutter könnte hier sein und sich mit mir freuen.«

»Wo ist sie, Vater?«, sagte Khara.

Der Baron sah kurz zu mir herüber, sichtlich besorgt, ob er in meiner Gegenwart offen reden konnte. Er blinzelte mehrmals, und da ahnte ich, dass auch seine Sehkraft nachgelassen hatte.

»Ich vertraue Byx bei meinem Leben, Vater.«

Er nickte. »Deine Mutter ist an einem sicheren Ort.«

»Einem sicheren Ort? Was heißt das?« Khara erhob sich, die Hände in die Hüften gestemmt. »Ich kenne meine Mutter. Sabrinei Donati würde niemals freiwillig von deiner Seite weichen.«

Ihr Vater brachte ein schwaches Lächeln zustande. »Niemand sagt, es wäre freiwillig geschehen.«

»Das heißt?« Khara neigte abwartend den Kopf.

»Sabrinei ist mit einer Handvoll Dienern und Wächtern im westlichen Hochland.« Er seufzte. »Sie ist schwerfällig geworden, nicht mehr in der Lage, ohne Hilfe zu reisen. Dafür hat die Kraft ihrer magischen Fähigkeiten zugenommen. Und ihre Zunge ist so scharf wie eh und je. Ich konnte sie nur mit großer Mühe davon überzeugen, dass sie uns aufhält.« Der Baron ließ ein wehmutsvolles Lachen hören. »Und jetzt schau mich an.«

»Wenigstens ist sie in Sicherheit«, sagte Khara. »Das ist ein Trost.« Sie wischte sich verstohlen eine Träne ab und richtete sich auf. »Nun denn, Vater. Ich habe dir viel zu erzählen. Wirklich viel. Lass mich damit beginnen, dass ich dir Byx, meine Reisegefährtin und Freundin, vorstelle.« Und nach einer kurzen Pause: »Byx ist ein Dalkin.«

38

Noch eine Art Endling

Dem Baron gelang ein mattes Lächeln. »Einen Moment dachte ich, du hättest gerade Dalkin gesagt! Von diesen Lebewesen habe ich nämlich seit vielen Jahren keins mehr gesehen.«

»Du hast mich richtig verstanden, Vater.« Khara winkte mich heran.

Als ich neben das Bett trat, atmete der Baron hörbar ein. Er umklammerte meinen Unterarm, und ich spürte, dass seine Finger zitterten. »Ich dachte, Dalkins gibt es nur noch in der Erinnerung – dank dem Vater des jetzigen Murdano. Existieren noch viele deiner Art, Byx?«

Ich schüttelte den Kopf. »Bis jetzt wissen wir nur von einem einzigen außer mir. Aber es gibt Gerüchte von einer Kolonie am Fluss Pellago.«

»Ein gefährlicher Fleck anscheinend.« Der Baron drückte mir die Hand. »Aber hoffen wir, das Gerücht ist wohlbegründet.«

Kharas Vater war ein schwacher todkranker Mann, doch seine Neugier war immer noch stark, und nachdem er die ausführliche Geschichte seiner Tochter gehört hatte, stellte er vernünftige und scharfsinnige Fragen.

»Ferrucci hat dich betrogen?«, fragte er. »Das macht mich traurig. Wir haben an ihn als Gelehrten und Vertrauten geglaubt.«

Khara hatte sich damals an Ferrucci gewandt, weil sie hoffte, in ihm einen Verbündeten zu finden, der helfen würde, mich, den mutmaßlichen Dalkin-Endling, zu beschützen. Aber er hatte viel zu viel Angst vor dem Murdano und seiner Seherin gehabt.

»Dass hinter dem Versuch, die Art der Dalkins zu vernichten, der Vater des Murdano stand«, fuhr der Baron fort, »das habe ich schon lange vermutet. Und die Felijagas« – er unterbrach sich, weil ein Husten seine ausgemergelte Gestalt erschütterte – »die Felijagas werden die Nächsten sein. Es überrascht mich auch nicht, dass der junge Murdano im Nachhinein offenbar den Vorteil von einem oder zwei eigenen Dalkins entdeckt hat. Solange niemand sonst einen besitzt.« Er schüttelte den Kopf. »Und was diesen Tunnel der Terra-Olme angeht …« Sein Gesicht verzerrte sich, und er verstummte.

»Ja, das ist ziemlich übel«, sagte Khara. »Ich glaube nicht, dass in Nedarra jemand davon weiß. Es scheint absurd, und doch haben wir einen Teil des Tunnels selber gesehen. Falls … wenn sie ihn beenden, können sie völlig überraschend angreifen. Und als Vorhut Tausende Terra-Olme schicken, um alle Verteidiger in Schrecken zu versetzen.«

»Ein Sieg für Dreyland ist wirklich kein wünschenswerter Ausgang«, sagte der Baron trocken. »Leider wäre aber ein Sieg des Murdano genauso schlecht für uns.« Er drehte den Kopf und warf seiner Tochter einen vielsagenden Blick zu. »Du bist hier jederzeit gern gesehen, liebste Khara, doch du wirst nicht gekommen sein, um mich einfach nur zu informieren. Schütte dein Herz aus. Was möchtest du?«

Khara verschränkte die Arme vor der Brust und begann langsam auf und ab zu gehen. »Ich weiß es nicht, Vater. Ich weiß nur, was ich tun würde, wenn ich älter wäre. Und ein Mann.«

Der Baron hustete eine ganze Weile, bevor es aus ihm herausbrach: »Wann habe ich dir je beigebracht, Khara, dich auf Frauendinge zu beschränken? Du bist *die* Donati!«

»Nein!«, sagte Khara eine Spur zu laut. Dann, mit ruhigerer Stimme: »Nein, Vater, du bist *der* Donati.«

»Ich werde das Frühjahr nicht überleben«, sagte der Baron. »Und ich werde nie wieder gute Männer und Frauen in eine Schlacht führen. Die Welt wird nicht darauf warten, dass ich sterbe und du dich auf deine neue Rolle einstellst. Es wird Krieg geben, einen Krieg, der nicht Tausende, sondern Zehntausende töten wird. Für einen kranken alten Mann hat die Welt keine Verwendung mehr – aber auch keine Geduld mit jenen, die diesen Wahnsinn noch aufhalten könnten.«

»Aber, Vater! Ich habe einen Dieb, einen Felijaga, einen Wobbyk und zwei Dalkins bei mir. Wie kann ich mit einer sechs Mann starken Armee dem Murdano *und* dem Kazar gegenübertreten und sie besiegen?«

»Du weißt, was du tun musst, Lady Kharassande Donati.«

Vater und Tochter sahen sich an, beide so voller unterdrückter Emotionen, beide so sehr im Bewusstsein unausgesprochener Worte und uneingestandener Ängste.

»Wird mein Anspruch angefochten werden?«

»Ja.«

»Von wem?«, fragte Khara mit bleierner Stimme.

»Von deinem Vetter Albrit. Er ist Hauptmann der Wache. Ein guter Krieger, aber für einen Anführer fehlt ihm der Charakter. Er ist allerdings stolz. Und er wird dich herausfordern.«

Zu mir gewandt sagte Khara: »Albrit ist praktisch doppelt so groß wie ich. Und ein hervorragender Krieger, erfahrener Schwertkämpfer und Bogenschütze.«

Der Baron nickte. »Ja, Albrit gehört zu den ganz Großen.«

»Ich würde ihn nicht gern tot sehen«, sagte Khara.

»Du wirst ihn aber nicht überzeugen – und deshalb seine Herausforderung wohl annehmen müssen. Und, Khara ...« – die Stimme des Barons zitterte – »... du wirst möglicherweise getötet und dann ... dann wird Albrit Di Tarzo herrschen über das, was von den Donatis noch übrig ist, und eine neue Dynastie aufbauen ... auf unseren Gebeinen.«

Khara schwieg und ihr Vater ebenso. Ich wartete, fühlte mich klein und unwichtig, ein unbedeutendes Wesen, das gerade einen Augenblick von großer Tragweite miterlebte, einen Augenblick, in dem sich womöglich die Schicksale zweier Nationen wendeten.

Doch auch wenn ich versuchte, die Worte der beiden in mich aufzunehmen, hatte ich nur den einen Gedanken im Kopf: Khara sterben zu sehen, das würde ich ganz einfach nicht ertragen können.

»Vater, du bist klug im Kampf wie in allen anderen Dingen.« Khara reckte das Kinn und holte tief Luft. »Glaubst du, ich habe eine Chance, Albrit zu besiegen?«

Ihr Vater streckte seine knochige Hand aus und strich über die ihre. »Mit dem *Licht von Nedarra*? Aber sicher glaube ich, dass du eine Chance hast.« Er lächelte durch Tränen.

Damit fielen dem Baron die Lider zu, und er schlief ohne ein weiteres Wort ein.

Als wir gingen, fragte ich Khara: »Willst du wissen, ob er die Wahrheit gesagt hat?«

»Über meine Chancen gegen Albrit?« Khara stieß ein kurzes verbittertes Lachen aus. »Nein, Byx. Das weiß ich auch so.«

»Und doch denkst du daran, dich auf diesen Kampf einzulassen?«, fragte ich und versuchte, meiner Angst Herr zu werden.

»Was habe ich denn für eine Wahl? Ich bin die letzte Donati. Ich schulde es meiner Familie. Viel wichtiger aber ist die Tatsache, dass mein Vater der Meinung ist, Albrit sei als Anführer nicht geeignet in dem Kampf, der uns bevorsteht.«

»Aber ...« Ich hatte nichts Brauchbares mehr zu sagen.

Khara rief unsere Freunde zu uns herauf. »Es scheint so, Byx«, sagte sie, »dass ich selber eine Art Endling bin. Die letzte meiner Familie, wenn nicht sogar meiner Art.« Ihre Worte ließen sie augenblicklich zusammenzucken. »Verzeih, meine Freundin. Ich weiß, dein Schmerz ist unendlich größer.«

»Entschuldige dich nicht, Khara«, sagte ich standhaft. »Es gibt viele Arten von Schmerz.«

Noch während ich die Worte aussprach, schüttelte ich ungläubig den Kopf. Die kleine Byx, der Kümmerling der Geschwisterschar! Hätte ich mir vor ein paar Monaten träumen lassen, dass ich so viel von der Welt erfahren würde?

In dieser Nacht schliefen wir in einem der kleineren Zelte auf der Plattform des Barons. Es gab bequeme Feldbetten in der passenden Größe für jeden von uns, für Mensch, Dalkin und Wobbyk. Gambler schlief auf einem Lager aus biegsamen Zweigen und weichen Blättern.

Am Morgen, als wir gerade Tee tranken und ein kaltes, aber sättigendes Frühstück verzehrten, hörten wir schwere Schritte näher kommen. Kurz darauf stand eine imposante Gestalt im offenen Zelteingang, groß und breitschultrig, das dunkle Haar von Goldfäden durchzogen. Ich ahnte sofort, wer das war.

»Albrit«, sagte Khara und umarmte ihn. Sie lächelten sich zu – keine Feinde, zumindest noch nicht.

»Du bist größer und stärker geworden, seit wir uns zuletzt gesehen haben«, sagte Albrit.

Es stimmte wohl, aber Khara war immer noch einen Kopf kleiner als er und höchstens halb so breit. Diese beiden im Kampf – ich durfte gar nicht daran denken.

»Ich war auf einer langen Reise«, sagte Khara. »Wie geht es deiner Frau und deinen Söhnen?«

»Fiona ist so schön wie immer«, sagte Albrit, »und meine Söhne sind inzwischen fast erwachsen.«

Wir hörten zu, während sie über gemeinsame Erlebnisse und Bekannte plauderten, aber es war deutlich, dass sie sich nur ein höfliches Geplänkel lieferten. Khara war es schließlich, die das Thema anschnitt, das beide bewegte.

»Mein Vater liegt im Sterben, Albrit«, sagte sie klar und nüchtern. »Und ich erhebe den Anspruch auf die Führerschaft der Donatis.«

Albrit nickte. Er schien ein Lächeln zu unterdrücken. »Du bist mutig und klug, Khara. Aber du bist nur eine Frau. Die Donatis sind nie von einer Frau geführt worden, und wir haben gefährliche Zeiten.«

»Ja, es sind tatsächlich gefährliche Zeiten. Ich will offen sein, Albrit. Ich möchte nicht gegen dich kämpfen. Viel lieber hätte ich dich als meinen starken rechten Arm. Ich habe vor, alle Donatis zu versammeln und dann mit den anderen verbannten Familien Frieden zu schließen, um gemeinsam loszuziehen und diesen Krieg zu verhindern – mit aller Macht, die ich einsetzen kann.«

»Du willst in den Krieg ziehen, um einen Krieg zu verhindern?« Albrit lächelte skeptisch. »Warum sollten wir diesen Krieg nicht sogar begrüßen? Soll doch der Murdano diesen skrupellosen Felijaga aus Dreyland bekämpfen! Sollen sie sich gegenseitig vernichten!« Er sprach mit Leidenschaft, und bis jetzt hatte ich keine Falschheit in ihm entdeckt.

»Ich weiß Dinge, von denen du nichts weißt, Albrit. Ich war in Dreyland. Ich habe gesehen, wie dort ein Krieg vorbereitet wird, der unsagbares Gemetzel und Elend über Nedarra bringen wird.«

»Aber nicht hier«, sagte Albrit ungerührt. »Krieg zwischen dem Murdano und dem Kazar wird die verbannten Familien vereinen. Gemeinsam können wir den Cruacan Pass halten und hier im Westen ein neues Königreich errichten. Ein gerechteres Königreich.«

»Mit dir als König?«, fragte Khara.

»Möglich.«

»Ich möchte nicht zusehen, wie Zehntausende Menschen von wutentbrannten Terra-Olmen zerrissen werden.«

»Von Terra-Olmen?« Albrit runzelte die Stirn.

»Du weißt vieles nicht«, sagte Khara.

Albrit schüttelte traurig den Kopf. »Dein Plan ist töricht und deine Bereitschaft, im Kampf gegen mich anzutreten, Wahnsinn. Du kannst mich nicht besiegen, Khara.« Mit einem Kopfnicken schaute er auf ihren Schwertgriff, der aus der Scheide ragte. »Lass mich dir wenigstens eine anständige Waffe leihen. Ich könnte es nicht ertragen zu siegen, nur weil dein schäbiges Schwert zerbricht.«

»Du bist großzügig, Albrit. Aber ich bin an dieses Schwert gewöhnt, und mit ihm will ich zum traditionellen Zeitpunkt gegen dich antreten. Du und einer deiner Gefolgsmänner gegen mich und einen der meinen.«

»Dann also, wenn der Mond untergeht«, sagte Albrit. »Heute Abend.« Er streckte die Hand aus. »Ich will dir ein letztes Mal als Freund die Hand schütteln.«

»Und ich hoffe, unsere Freundschaft wird noch lange andauern«, sagte Khara und griff nach seiner Hand.

Nachdem er gegangen war, kam Leben in die anderen. Renzo sprach hastig und mit einer Dringlichkeit, wie ich sie nie gehört hatte. »Ich könnte in sein Zelt schleichen und mit einer Feile sein Schwert stumpf machen, damit …«

Khara legte die Hand auf seinen Arm und brachte ihn zum Schweigen. »Nein, mein Freund. Ich will die Führerschaft über die Donatis nicht durch List und Betrug erreichen.«

»Weiß denn Albrit nicht, dass du das *Licht von Nedarra* trägst?«, fragte ich leise.

»Von der Donati-Familie wissen das nur mein Vater und meine Mutter«, sagte Khara.

Renzo packte Khara an den Schultern. »Khara!« Ausnahmsweise lag kein Spott in seiner Stimme. »Er wird dich umbringen. Und mit dir sterben all unsere Hoffnungen.«

»Keiner muss mich erinnern, wie ernst die Lage ist«, sagte Khara. Sie sah ihm in die Augen und lächelte. »Aber verzweifle nicht. Ich habe einen Plan.«

39

Kharas Überraschung

Wie wir erfuhren, sollte der Kampf in den Bäumen auf zwei getrennten Plattformen ausgetragen werden, die eine davon fast so lang und breit wie die des Barons, die andere viel kleiner, nicht größer als die Ladefläche eines Fuhrwerks. Beide Plattformen lagen hoch über dem Erdboden, sodass ein Sturz mit großer Sicherheit todbringend sein würde. Die kleinere Plattform war von der größeren durch einen Zwischenraum getrennt, den ein starker Krieger mit einem Sprung überwinden konnte.

Zuschauer – weit mehr, als ich mir vorgestellt hatte, dass die Donatis würden aufbringen können – besetzten die Bäume ringsum. Äste bogen sich, und selbst große Baumstämme schwankten unter dem Gewicht erwartungsvoller Menschen.

Ein Weg aus verknüpften Seilen führte vom Bereich des Barons zur größeren der beiden Kampfplattformen. Meine Freunde und ich standen, krank vor Angst (bis auf Khara wahrscheinlich), als rat- und mutlose Schar auf der Plattform des Barons.

Renzo hatte den Nachmittag damit zugebracht, Waffen zu erbetteln, wer weiß, vielleicht auch zu stehlen, weil er davon ausging, dass er Kharas Mitstreiter sein würde.

Was mich angeht, so vermutete ich, dass Khara Gambler wählen würde. Gegen einen Felijaga konnten sich nur wenige menschliche Krieger halten. So mancher Schwertkämpfer hielt sich für schnell, aber kein Mensch verfügt über die Geschwindigkeit, um sich mit einem Felijaga zu messen.

Khara beachtete uns nicht. Sie saß an einem kleinen behelfsmäßigen Tisch über Papiere gebeugt und machte sich Notizen. Ich stellte mir vor, es handelte sich um ihr Testament, ihren letzten Willen, vielleicht waren es auch Abschiedsbriefe an ihre Familie und an uns, ihre Gefährten. Aber bald zeigte sich, dass ich falsch lag, denn sie rief Boten herbei, schlanke Männer und Frauen, die wendig waren und mit den schnellsten Pferden umzugehen wussten. Khara schickte sie mit geflüsterten Befehlen los.

Erst danach stand sie auf, streckte sich, zwang sich zu einem unsicheren Lächeln und sagte: »So, ich denke, es ist Zeit.«

Sie lieh sich von Renzo den Schild, der von den Subdur-Natintjes stammte. »Ich werde jetzt meinen Sekundanten bestimmen«, sagte sie, »der an meiner Seite kämpfen soll.«

Renzo und Gambler traten vor.

»Wenn ich dich wähle, Gambler, ist jeder Sieg dein Sieg und nicht meiner, und das werden die Donatis als Betrug ansehen.«

»Möglich«, grollte Gambler, »aber du würdest vielleicht überleben.«

»Und du, Renzo, mein geschickter Dieb, du bist mutig und einfallsreich. Du kämpfst gut … aber du kämpfst gut für einen Dieb. Ein Krieger bist du noch nicht.«

»Aber was willst du tun?«, rief Renzo.

»Ich will«, sagte Khara mit einem Lächeln, »meinen wundervollen Freund Tobble bitten, neben mir zu kämpfen.«

Von Tobble kam ein Kiekser, nicht unähnlich dem Laut, den man von sich gibt, wenn einem jemand auf die Zehen getreten ist. Danach ein piepsiges: »Mich?«

»Ja, dich. Willst du mitkommen und mein Schicksal mit mir teilen?«

Ich rechnete damit, dass Tobble nun das klar Ersichtliche aufzählen würde: dass er der Kleinste von uns war, der Schwächste und alles andere als ein Krieger. Doch als er sprach, lieferte er nicht etwa Ausreden – und wieder einmal wurde mir klar, dass ich meinen teuren Wobbykfreund nie unterschätzen sollte.

»Ich w…werde … m…it dir kommen«, sagte Tobble. »Es wäre eine g…große Ehre.«

Von unserem Platz auf der Plattform des Barons hatten wir eine gute Sicht auf den größeren Kampfbereich, die kleinere Plattform sahen wir etwas undeutlicher.

Als Khara und Tobble über den Seilweg gingen, spürte ich Maxyns Hand nach meiner tasten. Ich erwiderte seinen Druck. Ich zitterte am ganzen Körper. Wie mochte sich erst Khara fühlen?

Von den Ästen oberhalb der Kampfplattformen hingen dicke Seile herab, die man ergreifen und sich zum Gegner hin- oder von ihm wegschwingen konnte. Fackeln in den Bäumen und rings um die Ränder der Plattformen warfen ein schemenhaftes flackerndes Licht. Umzäunungen gab es keine.

Albrit erschien und schritt selbstsicher über die Seilbrücke auf die größere Plattform. Da er den Oberkörper entblößt hatte, waren seine starken Muskeln und die Narben in seiner Haut deutlich zu sehen. Er trug lange Lederhosen und hohe Stiefel.

»Ich habe solche Angst um deine Freundin Khara«, sagte Maxyn. »Ich bin kein Menschenkenner, aber dieser Kerl sieht unglaublich stark aus.«

Ich konnte nichts sagen. Mir war, als steckte ein faustgroßer Kloß in meiner Kehle.

Nach Albrit betrat sein Sekundant die Plattform, ein noch größerer Mann. Um einen ganzen Kopf überragte er Albrit, der seinerseits einen Kopf größer als Khara war.

Dann kam ein Possenreißer, ein magerer Bursche in bunten Klamotten, an einem der Seile heruntergerutscht und landete mit einem komischen Purzelbaum in der Mitte der Plattform. Das wurde mit anerkennendem Gelächter belohnt.

Mit lauter quengelnder Stimme sagte er: »Wir werden nun Zeugen eines Kampfes werden! Kharassande von den Donatis, Tochter und einzige Erbin, behauptet ihr Recht, an ihres Vaters Stelle die Führerschaft zu übernehmen.«

Die Zuschauer in den Bäumen raunten und murrten. Es machte mir Mut, als ich ein paar wenige Rufe der Unterstützung für Khara hörte.

»Ihr Herausforderer ist Albrit aus der Sippe der Donatis, jedoch aus der Familie Di Tarzo. Sein Vetter ist sein Mitstreiter. Ihr kennt ihn, ihr liebt ihn: Mountain Morgoono!«

Mountain Morgoono, vermutlich eine Art Spitzname, war unübersehbar ein Liebling der Menge. Mir war aufgefallen, dass die Jubelrufe für Albrit von begeistert bis routinemäßig reichten. Mountain aber mochten sie alle.

»Bitte begrüßt nun Kharassande Donati und ihren Sekundanten Tobble, den Wobbyk!«

Khara ging nervös über die Seilbrücke. Nie zuvor hatte ich sie so furchtsam gesehen. Es war, als versagten ihr die Füße den Dienst. Hinter ihr ging Tobble, zwar flink und geschickt, aber mit deutlich zitterndem, nach hinten weggestrecktem Zopfschwanz.

Khara erntete Beifall, wenn auch nur verhaltenen. Tobble dagegen löste einen Sturm von Gelächter aus und auch manche lautstarke Beleidigung.

»Khara hat ihr Schoßkätzchen mitgebracht!«

»Pass auf, Kleiner, dass Mountain Morgoono dich nicht auffisst!«

Sie erreichten die Plattform und stellten sich in eine Ecke gegenüber von Albrit und Mountain Morgoono. Khara und Tobble brachten es nicht auf die Hälfte des Gewichts allein von Mountain. Und schlimmer noch – Albrit und Mountain waren jeder mit einem schweren Schwert bewaffnet und hatten Dolche in den Stiefeln stecken. An Mountains Gürtel hing außerdem ein knorriger Knüppel.

Tobble war mit einem kleinen Messer ausgerüstet, das Khara ihm gegeben hatte. Khara selbst trug nur ihr äußerlich schäbiges Schwert in der Scheide. Gekleidet war sie leichter, als ich es je gesehen hatte: Sie trug ein einfaches Baumwollhemd locker über eng anliegenden Hosen. Ihre Füße waren nackt.

»Blas die Sache ab, Kharassande«, rief Albrit. »Es verlangt mich nicht, dich zu töten. Zieh deinen Anspruch zurück und tritt in meinen Dienst!«

»Ich fürchte den Tod«, sagte Khara, und es klang durchaus ernst gemeint. »Ich fürchte den Tod, aber unterwerfen werde ich mich nicht.«

Sie hatte die Augen weit aufgerissen, ließ die Schultern hängen, und ihre Hände zitterten sichtlich. Es war qualvoll anzuschauen und kaum zu glauben, dass dies die furchtlose Kriegerin war, die ich so oft im Kampf gesehen hatte.

Kaum zu glauben war es, weil es nämlich nicht stimmte – das erkannte ich plötzlich aufatmend.

Khara tat nur so.

Die scheinbare Unbeholfenheit, die Wahl der Kleidung, die ihre geringe Größe betonte, das Zittern in ihrer Stimme: Es war alles geplant.

»Ich könnte mit allen beiden fertigwerden!«, wütete Gambler neben mir. »Warum hat sie nicht mich zu ihrem Sekundanten gemacht?«

»Weil es dann nicht ihr Sieg wäre, sondern deiner, Gambler«, erinnerte ihn Renzo.

»Sieg?« Gambler ließ seine raue, hustenartige Version eines Lachens hören. »Ich hoffe nur, dass sie – und Tobble natürlich – wenigstens überleben werden. An Sieg ist überhaupt nicht zu denken.«

Renzo zuckte mit den Schultern. »Du hast beinahe recht«, sagte er. »Aber nur *beinahe*.«

In diesem Augenblick fing Mountain an, Tobble zu reizen. »Soll ich etwa mit einer verwilderten Ratte kämpfen? Du bist ja dürrer als das gerupfte Hühnchen, das ich heute Mittag hatte!«

Dass eine solche rituelle Beschimpfung erwartet wurde, das begriff ich, aber Tobble fand es gar nicht witzig. Ich konnte richtig sehen, wie sich in ihm die Wut anstaute, und da begann sich ein winziger Hoffnungsfunke in mir zu regen.

Kein Geschöpf wirkt dümmer, schwächer und weniger bedrohlich als ein Wobbyk. Es sei denn …

Es sei denn, der betreffende Wobbyk gerät in Wut.

»Komm her, kleine Ratte, du darfst in meiner Tasche nisten, ich will dich als meine Schoßratte halten und dich mit Leckereien füttern!«, wieherte Mountain, und über, unter und rings um uns lachte das Publikum von ganzem Herzen.

»Das war ein Fehler«, sagte ich.

Ohne ein weiteres Wort stürmte Mountain auf Tobble los, mit entblößten Zähnen und wehendem Haar, eine seiner wuchtigen Hände streckte er Tobble entgegen, die andere schwang einen Dolch.

Und das war ein noch größerer Fehler.

40

Kampf in den Baumwipfeln

Mountain Morgoono erschütterte die Plattform mit jedem seiner wuchtigen Schritte. Schon drangen Rufe des Mitleids aus dem Publikum, und eine Stimme rief: »Tu dem kleinen Kerlchen nicht weh!«

»Ich mach's schnell. Wirst kaum mitkriegen, dass du stirbst«, sagte Mountain und lachte übermütig, als Tobble quer über die Plattform vor ihm auswich. Dicht am Abgrund stolperte er, und ich dachte, er würde vielleicht vor lauter Entsetzen springen.

Schon berechnete ich eine Gleitflugbahn zu seiner Rettung, da wurden meine Gedanken von einem gellenden Aufschrei unterbrochen.

Begleitet von einem wütenden unverständlichen Wortschwall stürmte Tobble auf Mountain zu, sprang an ihm hoch, klammerte sich an seinen Gürtel und kletterte am Körper des großen Mannes hinauf, als handelte es sich um einen echten Berg, und Tobble hätte es schrecklich eilig, den Gipfel zu erreichen.

Mountain fluchte, schlug wild um sich und traf sich bei seinen hektischen Versuchen, den wuseligen Wobbyk zu ergreifen, nur selber. Tobble aber hockte schon oben auf Mountains Kopf, hatte die Beine um dessen Hals geschlungen und ritt wie ein Kind auf den Schultern seines Vaters.

Und dann geriet er vollends in Rage.

Sogar Albrit erstarrte bei diesem verrückten Anblick: Mountain kam ins Wanken und brüllte auf, als Tobble ihm büschelweise Haare ausriss, ein Nasenloch zerfetzte und ein ordentliches Stück aus seinem rechten Ohr biss.

Danach machte er sich über Mountains Augen her und stocherte und bohrte so lange, bis seinem Gegner die Tränen kamen und er nur noch blinzeln konnte. Mountain, vorübergehend geblendet, tappte hierhin und dorthin wie ein großer Bär. Dabei drehte er sich wild um sich und geriet immer näher an den Abgrund. Um Mountain vor dem sicheren Sturz in den Tod zu bewahren, griff ihm Tobble – wie um ein Pferd zu zügeln – in die Mundwinkel.

Nur wenige Zentimeter vor dem Rand der Plattform stolperte Mountain nach hinten. Da wuselte Tobble wieder hinunter, packte Mountain bei den Fußgelenken und klammerte sich daran fest.

Mountain ging zu Boden wie ein gefällter Baum. Durch die Erschütterung, die sein Aufschlag bewirkte, wäre Khara beinahe gestürzt.

Tobble zog sein Messer und hielt es dem Mann an die Kehle. Mit näselnder Stimme und schrill vor Aufregung schrie er: »Ergib dich! Ergib dich oder stirb!«

Keine zwanzig Sekunden waren vergangen, seit Mountain Morgoono auf Tobble losgegangen war, bis zu dem Moment, als der zutiefst erschütterte und gedemütigte Mann rief: »Ich ergebe mich!«

Ein schockierter und ernüchterter Albrit trat Khara gegenüber.

Nach den Regeln durfte Tobble Khara im Kampf beistehen, und mir war klar, dass Albrit den Ausgang jetzt fürchtete. Khara aber hob die Hand und sagte: »Ich will allein kämpfen.«

Ich vermute, diese Erklärung, mit ruhiger und selbstsicherer Stimme angekündigt, dürfte Albrit noch mehr beunruhigt haben als die Perspektive, sich von Tobble die Ohren abreißen zu lassen.

»Dann komm!«, sagte Albrit. »Ich fürchte dich nicht! Du bist nur ein kleines Mädchen!«

Er beschwichtigte sich selbst. Außerdem war es eine Lüge, dass er Khara nicht fürchtete. Vorher hatte er nicht gelogen. Jetzt war er doch nicht mehr so sicher.

Und seine dunkle Vorahnung sollte sich noch mehr verdüstern.

Khara schritt auf ihn zu, ihre bloßen Füße ließen nichts mehr von der vorgetäuschten Ungeschicklichkeit erkennen. Etwa in der Mitte der Plattform blieb sie stehen, grätschte leicht die Beine, straffte ihre Haltung und zog das Schwert.

»Komm, Albrit, stell dich. Stell dich mir ... und dem *Licht von Nedarra*!«

Von dem schäbigen Schwert war nichts mehr zu sehen, seine Klinge funkelte jetzt scharf wie ein Rasiermesser, und der mit Edelsteinen besetzte Griff schimmerte in magischem Licht.

Die Zuschauer schrien auf, teils vor Schreck und Erstaunen, teils in einer Art blutdürstiger Erwartung. Was ihnen bisher als ein wahrscheinlich einseitiges Gefecht erschienen war, sah nun aus wie ein echter Wettkampf.

Gemurmel setzte ein, wurde hier und dort aufgenommen, verstärkte sich mit jeder Wiederholung.

»Das *Licht von Nedarra*!«

»Das Schwert!«

»Ich dachte, es ist verloren gegangen!«

»Das *Licht von Nedarra* ist wieder da!«

Albrit schüttelte den Kopf, wie um seine Bedenken abzuschütteln, doch blieb ihm wenig Zeit für Überlegungen, denn jetzt war es Khara, die angriff. Lautlos auf ihren bloßen Füßen, ergriff sie mit dem Tempo und der Wendigkeit der Jugend eins der herabhängenden Seile und schwang sich Albrit entgegen.

Er duckte sich nach rechts weg, doch im Vorübergleiten gelang es Khara, eine rote Spur in Albrits Schulter zu ritzen.

Am Ende des Pendelschwungs ließ Khara das Seil los, schnellte herum und blickte Albrit entgegen, der jetzt angestürmt kam und sein Schwert mit solcher Wucht waagrecht durch die Luft hieb, dass Khara leicht in Stücke hätte zerteilt werden können.

Sie duckte sich unter dem Schwertstreich und tauchte neben Albrit wieder auf, zu dicht, als dass er einen neuen Versuch hätte starten können. Statt ihm das Schwert ins Herz zu stoßen, streckte sie die Hand vor, bekam Albrits Dolch zu fassen, zog ihn aus seiner Scheide und schleuderte ihn weit über den Rand der Plattform.

»Nein!«, schrie Renzo. »Sie kämpft nicht, um zu töten!«

»Närrisches Mädchen!«, knurrte Gambler.

Albrit wich rasch nach hinten aus, und Khara, aus dem Gleichgewicht gebracht, fiel ihm entgegen. Als er sein Schwert herumwirbelte und mit verblüffender Geschwindigkeit ausholte, warf sich Khara nach vorn durch seine Beine. Sie ließ sich ein Stück wegrollen, stand auf, lief zum Rand, schnappte sich ein Seil und schwang sich auf die kleinere Plattform.

Nun hatte Albrit die Wahl. Er konnte sie entweder verfolgen – zu seinem Nachteil – oder auf einen Angriff verzichten und als Feigling dastehen. In einer solchen Situation blieb einem tapferen Krieger nur eine Möglichkeit. Als Khara das Seil zurückschwingen ließ, ergriff Albrit es mit einer Hand. Er trat ein paar Schritte zurück, um sich mehr Spielraum zu verschaffen, nahm Anlauf und glitt mit einem fürchterlichen Kriegsschrei auf Khara zu, das Schwert weit von sich gestreckt, um sie zu durchbohren.

Zu langsam. Zu schwerfällig.

Khara wich mühelos aus, riss ihr Schwert hoch und durchschnitt mit einem Hieb das Seil. Albrit stürzte. Er schlug mit der Brust gegen die Kante der Plattform, seine Beine baumelten über dem Abgrund. Das Schwert musste er loslassen, um sich an den hölzernen Rand zu klammern und zu versuchen, wieder festen Halt zu gewinnen.

Khara stand über ihm und sah hinunter. Mit dem Innenfuß schob sie seine rechte Hand von der Kante der Plattform, und jetzt hing Albrit nur noch an einer Hand über dem Waldboden.

»Mach schon, töte mich!«, sagte Albrit keuchend.

Der Krieger war Khara völlig ausgeliefert. Ich hielt die Luft an, ersehnte und fürchtete zugleich den plötzlichen Stoß ihres Schwertes, der ihm durch den Hals ins Herz fahren würde.

»Nein, ich werde dich nicht töten«, sagte Khara. »Es sei denn, du lässt mir keine Wahl.«

»Töte mich und bring es zu Ende«, stieß er wütend hervor. »Hast du mich nicht genug gedemütigt? Willst du mich zum Gespött machen?«

»Nein«, sagte Khara. »Nie würde ich einen so mutigen und fähigen Krieger verspotten. Ich habe andere Verwendung für dich, Albrit.«

»Verwendung?« Albrit war ein kräftiger Mann, aber allmählich wurden seine Finger weiß vor Anstrengung, und die Muskeln in Armen und Schultern zitterten.

»Ja«, sagte Khara. »Ich brauche große Krieger. Ich brauche einen General.«

41

Ein Plan mit drei Teilen

Dalkins haben wenige Helden von der Art, wie Menschen sie verehren: starke, eigenwillige, manchmal sogar gewalttätige Persönlichkeiten. Einen aber haben wir, den Großen Gerel. Der Große Gerel soll doppelt so groß wie jeder andere Dalkin gewesen sein und zehnmal so stark, sogar einen Riesen-Sumpfbären konnte er niederringen. Wenn ein Dalkin etwas besonders Mutiges getan hatte, wurde er anerkennend als »neuer Gerel« gelobt.

Dass Khara und Tobble Albrit und Mountain Morgoono bezwungen hatten, war in den Augen der Donatis ganz und gar unmöglich. Es war, als hätte ich den Großen Gerel bezwungen.

Und doch war es geschehen.

Es war einfach nicht vorstellbar, dass ein Mädchen und ein Wobbyk zwei große, kraftvolle und erfahrene Krieger besiegen konnten.

Und doch.

Während ich mit Khara über den Blätterteppich des Waldes spazierte, spürte ich deutlich, wie die Donatis tuschelten, mit dem Finger zeigten und Khara anstarrten, als wäre sie selbst ein Geschöpf aus einem Mythos.

»Du bist *die* Heldin«, sagte ich.

»Ja.« So beiläufig die eigene Erhebung in den Heldenstand einräumen und dabei weder beeindruckt noch selbstgefällig klingen, das konnte nur Khara.

»Was machen wir jetzt?«, fragte ich.

Khara ging eine Weile schweigend und mit gesenktem Kopf weiter. Dann seufzte sie, sah sich um, ob niemand in Hörweite war, und sagte: »Mein Plan hat drei Teile. Teil eins: Albrit hat mir Gefolgschaftstreue geschworen, und er wird sein Wort halten. Er wird Reiter aussenden und auch selbst aufbrechen, um alle unsere Leute von den Ländereien der Donatis zu versammeln.«

»Du bist sicher, dass er dich nicht betrügen wird?«

»Hätte ich den leisesten Zweifel an seiner Ehre, hätte ich ihn fallen lassen.«

Sie brachte diese harte Bemerkung ohne sichtbare Skrupel hervor, und wieder einmal wurde mir klar, dass dieses Mädchen, das ich einst für meine Entführerin gehalten hatte, zutiefst unbekannte Seiten besaß.

»Und Teil zwei?«, ermunterte ich sie.

»Teil zwei ist, dass ich zu den Corplis gehen und vorschlagen werde, Frieden zwischen unseren Familien zu schließen. Und ein Bündnis gegen unsere gemeinsamen Feinde.«

»Ob sie das tun werden?«

Khara zuckte mit den Schultern. »Vielleicht. Vielleicht nicht. Lucas Vater ist ein ehrenhafter Mann. Er wird mich anhören, wenn ich unter der weißen Fahne zu ihm komme. Mehr kann ich nicht erwarten.«

»Haben denn die Corplis so viele Krieger, dass es einen Unterschied macht?«

»Ja. Wir Donatis bringen vier-, vielleicht fünftausend Soldaten zusammen, auch wenn ich die Bezeichnung ›Soldaten‹ nicht sehr eng sehe. Die meisten sind Farmer, Hirten oder Kaufleute. Die Corplis kommen auch auf diese Stärke.«

»Zehntausend – das hört sich nach sehr vielen an«, sagte ich. »Wir haben aber erfahren, dass die Armee des Murdano fünfmal so stark ist und immer noch wächst.«

»Wenn sich die Corplis mit uns verbünden, werden sich auch andere Familien aus dem Westen anschließen. Dann könnten wir wohl mit fünfzehntausend Bewaffneten rechnen.«

»Aber trotzdem …«

Khara breitete die Hände aus, Handflächen nach oben. »Nein, du hast schon recht. Es reicht nicht, um gegen den Murdano anzutreten, geschweige denn gegen den Kazar. Und ganz bestimmt nicht gegen beide. Aber wenn es mir gelingt, die Corplis zu überzeugen, werde ich auch noch mit anderen … Gruppen sprechen.«

Das war keine Lüge, aber Khara war auch nicht ganz offen. Ich ahnte, dass sie nicht andere Menschen meinte, sondern wohl eher andere Arten.

»Du hast gesagt, dein Plan hätte drei Teile. Was ist Teil drei?«

Khara drehte sich herum, sodass sie mir direkt in die Augen sehen konnte. »In Teil drei geht es um die Zukunft, Byx. Um die Zukunft von ganz Nedarra und auch um die von Dreyland. Den Krieg zu stoppen reicht nicht. Wir müssen etwas ändern an der Art, wie wir regiert werden.«

»Willst du also Königin sein?«, fragte ich und meinte es als Hänselei. Aber Khara blieb ernst.

»Ein bloßer Titel hat nichts zu bedeuten. Zu lange haben unsere Herrscher mit Lügen und Täuschungen regiert. Das Volk – die einfachen Leute, die Landwirtschaft und Fischerei betreiben, die mit ihrer Hände Arbeit etwas herstellen – diese

Leute werden nie gefragt, immer nur kontrolliert. Das würde ich gern ändern, Byx. Aber ohne die Wahrheit geht gar nichts. Wahrheit ist alles.«

Ich spürte, wie sich ein kalter Schauder in mein Herz schlich. Bevor Khara es aussprach, wusste ich, was sie jetzt sagen würde, und dieses Wissen erfüllte mich mit Furcht und Traurigkeit.

»Diese Welt braucht Dalkins«, sagte Khara. »Aber ich kann nicht nach der Kolonie am Pellago suchen, nicht jetzt, Byx. Falls sie existiert, dann haben die Dalkins dort allen Schwierigkeiten zum Trotz überlebt. Sie werden vorsichtig und verängstigt sein und einem menschlichen Eindringling niemals vertrauen – mit gutem Grund.« Sie legte mir die Hand auf die Schulter. »Aber einem anderen Dalkin würden sie vertrauen.«

Ich schluckte an dem Kloß in meiner Kehle. »Aber was willst du, das ich tun soll, Khara?«

»Ich frage dich, Byx, ob du dich auf die Suche nach diesen Verschollenen machen willst. Und ihnen, wenn möglich, erklärst, wie wichtig sie für die Welt sind.«

»Ich … es ist ein weiter Weg, und ich weiß nicht …« Langsam versickerten meine Worte, ich hörte die Feigheit in meiner Stimme.

Aber in Wahrheit war die Angst vor Kharas Bitte nur ein Teil meiner Gefühle. Der Rest war Angst vor dem Verlust.

Ich wusste nicht, wie ich ohne die Unterstützung meiner außergewöhnlichen neuen Familie existieren sollte, wie leben ohne Tobble, Gambler, Renzo und besonders ohne Khara. Sie alle, einschließlich Maxyn, auch wenn ich ihn noch nicht gut kannte, waren das ganze Rudel, das ich jetzt hatte.

Ich wollte Khara anflehen, es sich anders zu überlegen.

Ich wollte sie daran erinnern, dass ich doch nur Byx war, das kleinste und unbedeutendste Rudelmitglied.

Ich wollte ihr sagen, dass ich keine Anführerin war und nie eine sein konnte.

Ich probierte Worte aus in meinen verzweifelten Gedanken. *Ich kann nicht, Khara. Ich will nicht.*

Khara wartete, sah mich an mit dem durchdringenden Blick aus ihren dunklen klugen Augen.

Ich konnte diese Worte nicht zu ihr sagen.

Nie.

»Ich werde mein Bestes tun«, sagte ich kläglich.

»Natürlich wirst du das«, sagte Khara. »Und, Byx, meine liebe Freundin, du wirst nicht allein sein.«

42

Sabito Siebenkralle

Bei Kharas Worten spürte ich eine Woge der Erleichterung. Ich würde nicht allein sein auf meiner Reise! Ich würde immerhin eine Chance auf Erfolg haben, wenn Gambler, Renzo und …

»Ich werde Tobble und Maxyn mit dir schicken«, unterbrach Khara meine Überlegungen. »Ich wünschte, ich könnte dir auch Gambler und Renzo mitgeben, aber die Hilfe der beiden werde ich dringend brauchen. Auch eine Handvoll Krieger der Donatis könnte ich mitschicken …«

»Ja«, drängte ich. »*Bitte!*«

»… aber wie viele es auch wären, im Fall eines Kampfes würden es nicht genug sein«, sprach Khara ihren Satz zu Ende. »Ich denke, da seid ihr als drei – verzeih mir – kleine harmlose Lebewesen besser dran.«

Darüber dachte ich einen Augenblick nach. Ja, sie hatte zweifellos recht.

Ich brachte ein mühsames Lächeln zustande. »Stimmt. Zu dritt können wir auch schneller vor Gefahren weglaufen.«

Khara erwiderte mein Lächeln, aber ihr Blick war ernst. »Ihr bekommt schnelle Pferde, Proviant, Waffen und noch einen Gefährten.«

Ich zog die Stirn kraus. »Noch einen Gefährten?«

»Erinnerst du dich an Rorid Kopfknacker?«

»Wie könnte ich den vergessen?«

Rorid, ein weiser und enorm großer Raptidon mit einer Flügelspannweite von zehn Metern, war uns begegnet, als wir vor dem Feuerritter flüchteten. Rorid hatte uns wichtige Informationen gegeben und uns erlaubt, durch sein Gebiet zu ziehen. Später dann, in einem Augenblick höchster Gefahr, als schon alles verloren schien, war ein Schwarm Krähen aufgetaucht und hatte uns gerettet. Wir waren nie ganz sicher gewesen, ob Rorid die Vögel zu unserer Hilfe geschickt hatte, hielten es aber für sehr wahrscheinlich.

»Nach unserer Begegnung damals hat der alte Rorid einen Vertreter der Raptidons ausgesandt, der nachsehen sollte, was aus meiner Familie geworden war.«

»Kluger alter Vogel. Er hat gespürt, dass du eine wichtige Person bist.«

»Vielleicht. Aber tatsächlich wichtig ist, dass sich seit ein paar Wochen ein junger Falke hier in der Gegend niedergelassen hat. Er hat den Auftrag, alles zu beobachten und, wenn er gerufen wird, mich in jeder erdenklichen Weise zu unterstützen.«

»Dieser Vogel also«, sagte ich, »soll uns begleiten?«

»Wenn du erlaubst.«

Wie ein Echo hallte diese merkwürdige Formulierung durch meinen Kopf. Wenn *ich* erlaube? Ich? Die Jüngste aus meiner Familie, die von den Geschwistern »Kümmerling« und »Welpe« genannt worden war?

Erst in diesem Augenblick dämmerte es mir, dass ich die Anführerin dieser Expedition sein sollte. Es würde meine Aufgabe sein, in Bruchteilen von Sekunden Entscheidungen zu treffen, wie Khara es oft getan hatte, Entscheidungen, bei denen es um Leben und Tod ging.

»Natürlich«, sagte ich. Meine Stimme klang schwach und hilflos in meinen Ohren. »Falken sollen ausgezeichnet sehen können. Sie fliegen in großer Höhe und können …«

Da hörte ich ein schwaches Rauschen in der Luft, und ein gefiederter Fleck schoss an meinem Gesicht vorbei. Ein Bergfalke spreizte seine Schwingen, vollführte eine Wendung wie ein Akrobat und landete auf Kharas ausgestrecktem Arm. Er hatte eine weiße Unterseite, blaue und braune Federn mit schwarzen Streifen und einen indigoblauen Schwanz.

»… und können auch ganz gut hören«, sagte der Falke.

»Byx«, sagte Khara, »ich darf dir Sabito Siebenkralle vorstellen.«

Ich tat, was wahrscheinlich jeder, der den Spitznamen »Siebenkralle« hörte, getan hätte: Ich schaute auf die Krallen des Falken. Normalerweise haben alle Arten von Raptidons an jedem Fuß vier Krallen – drei nach vorn und eine nach hinten gerichtet –, und die sind stark genug, um ein kleines Säugetier im Nu zu zerquetschen. Dem Falken Sabito aber fehlte tatsächlich eine Kralle am rechten Fuß.

Er streckte sein rechtes Bein vor, um es mir zu zeigen. Sein starrer Blick war einschüchternd: je ein schwarzer Punkt inmitten einer braunen Iris, beidseits des gelben gekrümmten Schnabels.

»Freut mich, dich kennenzulernen, Byx von den Dalkins«, sagte Sabito, und seine Stimme klang angenehmer, als das sonst bei Raptidons der Fall ist.

»Freut mich auch«, antwortete ich.

Ich war überrascht, wie gut Sabito zu verstehen war. Raptidons haben ihre eigene Sprache und zudem verschiedene Dialekte, aber wenn sie den allgemein verständlichen Dialekt sprechen, bereiten ihnen meistens die Konsonanten w, b, d, f und m Schwierigkeiten. Rorid Kopfknacker zu verstehen war mir nicht leichtgefallen, Sabitos Aussprache dagegen war hervorragend.

Wir musterten einander abschätzend – er mit diesem tiefgründigen unerbittlichen Blick und ich mit … nun, ich weiß nicht, wie ich andere Leute ansehe. Obwohl ich vermute, dass meine Augen wie Hundeaugen aussehen. (Natürlich mit einem intelligenteren Ausdruck.)

»Du wirst Bedenken haben«, sagte Sabito ohne Umschweife. »Du bist verraten worden und wirst misstrauisch sein – mit gutem Grund. Du wirst dich fragen, ob ich geheime Absichten habe. Du wirst dich auch fragen, ob ich, ein Raptidon – eine Art also, die für ihre Arroganz bekannt ist –, mich der Führung eines Dalkins fügen werde.«

Ich musste lächeln über die selbstkritische Bemerkung, die er über seine eigene Art gemacht hatte. »Und?«, fragte ich. »Was hast du für Antworten auf diese Fragen?«

»Nun, meine Absichten sind nicht geheim. Ich diene Rorid Kopfknacker, doch hat mein weiser Herr mich beauftragt, Kharassande zu gehorchen. Du kannst mir glauben, dass ich Rorid gehorche und damit Kharassande und damit dir. Allerdings …«

»Ja?«

»… wenn ich der Meinung bin, dass du eine törichte Entscheidung triffst, werde ich dich gnadenlos kritisieren, bis du mir sagst, ich soll den Schnabel halten und tun, was mir aufgetragen wurde.«

»Und dann?«

»Und dann werde ich den Schnabel halten und tun, was du mir aufgetragen hast.« Sabito ruckelte seinen Kopf hin und her und vor und zurück, was bei einem Vogel vielleicht ein Schulterzucken sein soll. »Allerdings …«

Ich lächelte. »Allerdings?«

»Sollte sich allerdings herausstellen, dass deine Entscheidung falsch war, werde ich dir das offen sagen, und zwar auf eine arrogante und sogar unausstehliche Art. Allerdings …«

»Allerdings?«, fragte ich wieder.

»Falls deine Entscheidung allerdings die richtige war, werde ich dich loben.«

»Und zugeben, dass du dich geirrt hast?«

»Geirrt? Wir Raptidons irren uns nie!«

»Natürlich nicht.« Obwohl ich mir vorgenommen hatte, misstrauisch und wachsam zu bleiben, fand ich den selbstironischen Falken sympathisch. »Also schön, Sabito, dann begrüße ich dich bei« – ich sah kurz zu Khara hin und dachte an unsere Formulierung von früher – »bei unserer zum Scheitern verurteilten, sinnlosen Unternehmung.«

»Zum Scheitern verurteilt und sinnlos?«, wiederholte Sabito. »Würde es etwa Vergnügen bereiten, wenn sie nicht zum Scheitern verurteilt und sinnlos wäre?«

Teil Vier

Wählt den Mut

43

In der Wahrheit liegt die Stärke

Wir hatten vor, am nächsten Morgen zeitig aufzubrechen. Es war kühl, und der Wald lag unter einer dichten Nebeldecke, die ringsum alle Laute verschluckte, Vogelgezwitscher kaum durchdringen ließ, Schritte dämpfte und Worte zu Geflüster machte. Hoffentlich würde der Nebel irgendwie auch meine Angst und Bedenken einhüllen.

Ich wollte nicht, dass meine Gefährten sahen, wie wenig bereit ich mich fühlte.

Wie wenig bereit ich tatsächlich war.

Während ich mein Gepäck nochmals prüfte, kam Gambler auf mich zu. Seine Stirn war zerfurcht, sein Blick gesenkt. Es war ein Ausdruck von Sorge, wie ich ihn bei dem Felijaga noch nie gesehen hatte. Fast immer war sein Blick undurchdringlich, nur manchmal, besonders bei Renzos Tollheiten, wirkte er leicht irritiert.

»Ich hatte fest vor, dich auf deiner Suche nach der Kolonie zu begleiten«, sagte Gambler. »Es tut mir sehr leid, dass ich dir falsche Hoffnungen gemacht habe.«

»Khara braucht dich, Gambler«, sagte ich. »Sie hätte dich nicht gebeten zu bleiben, wenn es nicht dringend notwendig wäre.«

Es waren die richtigen Worte. Und es war die Wahrheit. Trotzdem wünschte ich verzweifelt, Gambler könnte mit mir kommen. Nicht nur wegen seiner unglaublichen Schnelligkeit und Stärke, sondern auch wegen seiner schlauen Einfälle, seiner Ruhe und Erfahrung. Er kannte die Welt auf eine Weise, wie ich sie nun mal nicht kannte.

Gambler setzte sich auf die Hinterbeine, hob seine rechte Pranke und legte sie behutsam auf meine Schulter. Seine Krallen boten sogar in eingezogenem Zustand einen Furcht einflößenden Anblick, die Pfote selbst war riesig und schwer.

»Vertrau deinem Instinkt, Freund Dalkin. Du bist klüger, als du denkst.«

Ich wollte etwas sagen, brachte aber nur Tränen statt Worte hervor.

Die Donatis gaben uns vier kleine Pferde mit. Gegenüber unseren früheren großen Rossen war das eine Verbesserung, sie waren zwar immer noch groß für Dalkins, aber doch zu beherrschen. Maxyn ritt einen stämmigen Rotschimmel mit leicht violett schimmerndem Fell, mein Pferd dagegen war silbrig gesprenkelt, hatte eine wehende weiße Mähne und fransig behaarte Fesseln. Tobble saß hinter mir, da kein Pferd sanftmütig genug ist, um sich von einem Wobbyk beherrschen zu lassen. Die anderen beiden Pferde waren mit Proviant und Waffen beladen, außerdem mit Geschenken von Khara für alle Dalkins, auf die wir vielleicht stoßen würden.

Als wir uns zum Aufbruch bereit machten und schon auf den Pferden saßen, kam Renzo zu Tobble und mir geschlendert.

»So«, sagte Renzo mit gezwungenem Grinsen. »Wie heißt denn dein Pferd?«

»Havoc. Chaot«, sagte ich.

»Ha! Dann mag ich ihn sofort.« Renzo lachte kurz auf. »Weißt du … ihr schafft das schon«, sagte er schließlich. »Wie Tobble diesen Mountain Morgoono gepackt hat, also … glaubt mir, ihr habt nichts zu befürchten.«

Ich sah kurz über die Schulter und merkte, wie Tobbles Ohren bei Renzos Kompliment nervös zuckten.

»Und, Byx, wenn du schlau bist«, sagte Renzo noch, »dann ärgere diesen kleinen Wobbyk nicht.«

»Es hat schon seinen Grund, warum seine Familie ihn Tobble den Schrecklichen genannt hat«, erwiderte ich.

Wieder wurde Renzo ungewöhnlich still.

»Wir werden dich vermissen, Renzo«, sagte ich, um das Schweigen zu beenden. »Wer wird für uns stehlen, wenn es mal unbedingt sein muss?«

Ich erwartete einen Scherz als Antwort, aber Renzo sah mich mit großem Ernst an. Er warf einen verstohlenen Blick nach rechts, wo Khara gerade Maxyns Steigbügel einrichtete, dann wandte er sich wieder mir zu.

»Du weißt, dass ich mitgehen würde«, sagte er leise, »wenn ich könnte. Aber sie« – ein weiterer Blick zu Khara – »braucht mich.«

Ich nickte. »Das ist wahr.«

»Wir kommen schon zurecht«, sagte Tobble. »Pass du gut auf Khara auf, Renzo.«

»Wie auf mich selbst!«, flüsterte er.

Standen etwa Tränen in seinen Augen? Ausgerechnet bei Renzo? Er ging davon, bevor ich es richtig erkennen konnte, und Khara trat an seine Stelle.

Sie sah von mir zu Tobble und wieder zurück, dann nickte sie knapp, als wolle sie sich überzeugen, dass sie die richtige Entscheidung getroffen hatte.

»Die Reise, die ihr jetzt unternehmt, kann die Zukunft von Nedarra verändern«, sagte sie.

»Khara, ich …« Ich verstummte. Ich war jetzt eine Anführerin. War es nicht meine Aufgabe, etwas Tiefgründiges zu sagen? »Ich … ich weiß nicht so richtig, was ich sagen soll.«

»Aber ich«, sagte Tobble mit der ganzen Selbstsicherheit, die mir fehlte. »Bevor Wobbyks sich auf eine lange Seefahrt machen, sagen sie: Günstige Winde und ruhige See! Das heißt so viel wie: Gute Reise.«

»Das Gleiche wünsche ich euch«, sagte Khara mit einem Stolperer in der Stimme.

Es war Zeit aufzubrechen, aber irgendwie konnte ich mich nicht überwinden, Havoc in Trab zu setzen. Stattdessen griff ich in meinen Bauchbeutel, in dem ich meine wenigen Schätze aufbewahrte.

Zum größten Teil waren das Dinge, die Tobble von dort, wo mein Rudel getötet worden war, gerettet hatte. Scherben einer Welt, die mir für immer verloren gegangen war.

Ein Stück von einer Muschelschale, rosa wie ein Sonnenaufgang im Sommer.

Ein ausgefranstes Playa-Blatt: die Landkarte, die ich als Schülerin gezeichnet und die uns nach Tarok geführt hatte.

Ein viel geliebtes Spielzeug: die Figur eines Dalkinwelpen aus dicht geflochtenem Schilfgras.

Das schmale ledergebundene Tagebuch, das mir einst Luca geschenkt hatte, und eine von einem blauen Moorhuhn stammende Feder, die ich zum Schreiben benutzte. (Tinte machte ich mir aus Beeren und Blättern, wenn es die Zeit erlaubte.)

Ein flacher Stein mit eingeritzten Wörtern.

Diesen schwarzen Stein gab ich Khara. »Den sollst du jetzt nehmen.«

Sie studierte die winzigen Buchstaben, dann sah sie mich stirnrunzelnd an.

»Da steht ›Xial renarriss‹«, erklärte ich. »Das Motto unseres Rudels in der alten Dalkinsprache: *In der Wahrheit liegt die Stärke.* Ich glaube, der Stein hat unserer Pfadfinderin Myxo gehört.«

Khara fuhr sich über die Augen. »Das kann ich nicht annehmen, Byx. *Du* bist jetzt die Pfadfinderin.«

Sie hielt mir die Hand mit dem Stein entgegen, und da merkte ich, dass ihre Hand zitterte.

Ich hätte erschrecken müssen bei diesem deutlichen Anzeichen ihrer Angst. Doch irgendwie gab es mir genau die Zuversicht, nach der ich mich in diesem Augenblick so sehnte. Wer weiß, vielleicht brauchte Khara mich ja genauso dringend, wie ich sie brauchte. Ich war es ihr schuldig, stark zu sein.

Oder wenigstens so zu tun, als wäre ich stark.

»Es sieht so aus, als wären wir nun beide Pfadfinder«, sagte ich. »Behalte den Stein, bis wir uns wiedersehen. Und denk daran, was wir uns dann alles zu erzählen haben werden!«

Khara schloss die Faust um den Stein und nickte. Ehe ich noch etwas sagen konnte, gab sie Havoc einen Klaps, und er trabte los. Ich erlaubte mir nur einen einzigen Blick zurück, während Khara, Renzo, Gambler und Dog im Nebel verschwanden – wie ein Traum, den man in wachem Zustand geträumt hat.

Wir waren noch nicht weit gekommen, da zeigten sich in dem

dichten Nebel schnell Sabitos Vorzüge. Wieder und wieder kreiste er hoch über der Nebeldecke, schoss dann im Sturzflug herunter und rief uns zu, welche Richtung wir nehmen und wovor wir uns in Acht nehmen sollten.

»Weicht nach Norden aus, ihr müsst ein Brombeergestrüpp umgehen!«, rief er, oder: »Zweihundert Meter weiter ist ein Bach, da könnt ihr die Pferde tränken.«

Am späten Vormittag hatte sich der Nebel aufgelöst, und wir kamen allmählich aus dem Wald heraus auf die große Hochebene von Nedarra, ein Gebiet von Tausenden Quadratmeilen Ackerland. Von diesen ausgedehnten Feldern kam der größte Teil von Nedarras Getreide: Weizen, Mais, Sagrasch, Hafer und Irridin.

Das war, so hatte Khara mir erklärt, Teil des andauernden Streits zwischen den verbannten Familien im Westen und dem Murdano im Osten. Armeen brauchten zu essen, und um seinen Soldaten eine gute Ernährung gewährleisten zu können, hatte der Murdano (wie vorher schon sein Vater) stets darauf geachtet, die verbannten Familien nicht zu eigenmächtig werden zu lassen.

Alle diese Nahrungsmittel für den östlichen Teil des Landes wurden aber über den Cruacan Pass geschafft, und dort hatten wir erstaunlich wenig Verkehr bemerkt. Entweder war die Ernte auf der Hochebene von Nedarra schon abgeschlossen, oder die Familien hielten das Getreide zurück.

War Letzteres der Fall, dann arbeiteten die verbannten Familien bereits gegen den Murdano. Wenn er also Nedarras Kornkammer haben wollte, würde er Soldaten schicken müssen. Dieser Umstand bereitete Khara große Sorgen – aber nicht mir und nicht jetzt. Ich hatte andere Probleme, angefangen mit der erdrückenden Einsicht, dass ich jetzt allein für alles verantwortlich war.

Ich. Verantwortlich für einen Dalkin, einen Wobbyk, einen Raptidon und vier Pferde. Vielleicht nicht eben eine beeindruckende Armee, für mich aber bedeutete diese Verantwortung eine größere Machtstellung, als ich je gehabt hatte, und das war, gelinde gesagt, einschüchternd.

Bald stellte ich fest, dass ich ungeduldig gegenüber meinen Gefährten wurde, die ich angesichts der vor uns liegenden Aufgabe viel zu optimistisch fand. Ich war überängstlich und suchte dauernd den Horizont nach Hinweisen auf irgendwelche Störungen ab. Mein Schlaf war unruhig und voller Angstträume, die ich trotz fieberhafter Bemühungen nicht kontrollieren konnte.

Doch während die Tage vergingen und wir immer weiter über endlose gepflügte Felder ritten, die auf die nächste Bestellung warteten, entspannte ich mich allmählich. Wir sahen keine Anzeichen von Verfolgung, und immer war Sabito hoch über uns und ließ sich im warmen Aufwind treiben. Es schien nicht sehr wahrscheinlich, dass wir unerwartet angegriffen werden könnten.

Trotzdem hatte ich meine Verantwortlichkeiten.

»Tobble«, mahnte ich, als wir uns für die Nacht in einer tiefen Schlucht niederließen, die von einem reißenden Fluss geformt worden war. »Vergiss nicht, nur *eine* Ration! Wir müssen mit unserem Proviant auskommen.«

»Aber Wasser ist jede Menge da«, sagte Tobble sorglos.

»Im Moment«, brummte ich. »Wir müssen unsere Wasserschläuche bis zum Rand füllen, für den Fall, dass wir schnell aufbrechen müssen. Und Maxyn, denk dran, dein Pferd gründlich zu bürsten und nach seinen Hufen zu sehen.«

Solche Dinge sagte ich oft.

Tobble war erstaunlich tolerant. Maxyn weniger.

»Hör mal, Königin Byx«, sagte er einmal, »ich folge dir. Ich tue, was du anordnest. Aber ich muss dir auch sagen, dass du langsam etwas unleidlich wirst.«

»Es ist eben nicht einfach!«, schoss ich zurück. »Ich bin zum ersten Mal als Anführerin unterwegs. Und für uns alle verantwortlich.«

Tobble und Maxyn antworteten mit resigniertem Seufzen und Augenrollen.

Ich nahm mir vor, nicht mehr so viel herumzukommandieren, sondern lieber zuversichtlich und gelassen zu sein wie Khara. Aber ich stammte eben nicht von einer großen Familie ab. Ich trug kein legendäres Schwert. Ich konnte nicht so mühelos Autorität ausstrahlen. Während meiner ganzen Kindheit hatte ich nichts anderes getan als das, was andere mir sagten.

Meistens jedenfalls.

Mit jedem Tag, der verstrich, bewunderte ich Khara mehr. Sie trug eine viel größere Verantwortung als ich. Wie war es ihr gelungen, die Disziplin aufrechtzuerhalten?

Ich hatte nur drei »Gefolgsleute«. Ich wusste, dass Tobble mich liebte, Maxyn mich irgendwie widerstrebend mochte und Sabito wenigstens so tat, als wäre es ihm nicht gleichgültig, was ich sagte. Wie hatte Khara es geschafft, mit Gambler und dem stets eigenwilligen Renzo zurechtzukommen?

Besser jedenfalls, als ich das gerade fertigbrachte. Das war die beschämende Antwort.

44

Meine erste Bewährungsprobe als Anführerin

Unser vierter Tag fing an wie die vorherigen: Tobble und ich ritten voran, Maxyn hielt sich hinter uns, die beiden Packpferde waren an seinen Sattel gebunden.

Havoc erwies sich trotz seines Namens als ruhiges Pferd – vielleicht sogar zu ruhig. Wenn er gerade Lust auf ein Büschel Spitzwegerich hatte oder lieber dem Tanz der Wolken nachschauen wollte, schaffte er es problemlos, meine Kommandos zu ignorieren. Manchmal, wenn er galoppieren sollte, kam weiter nichts dabei heraus als ein verbummelter Spazierschritt. Ich machte mir Sorgen, wie das in der Hitze eines Gefechts werden sollte, wenn es darauf ankäme, jedes Kommando unbedingt zu befolgen.

Wir waren an diesem Vormittag noch nicht weit geritten, als Sabito aus den tief hängenden grauen Wolken geschossen kam.

»Von Süden her kommt ein Trupp Jäger«, meldete er. »Menschen. Fünf Männer auf Pferden. Mit Bögen bewaffnet.«

Alle wandten sich an mich. *Sag uns, was wir tun sollen,* stand in ihren Augen.

Wie oft hatte ich Khara mit dem gleichen Ausdruck angesehen, immer überzeugt, dass sie die richtige Antwort haben würde.

»Gibt es ein Versteck?«, fragte ich Sabito. Nördlich von uns breitete sich kahles Hügelland aus, aber das war noch mehrere Meilen entfernt.

Sabito landete auf einem der Packpferde. »Ich habe nirgends ein Versteck gesehen. Kennst du zufällig einen magischen Spruch, der unsichtbar macht?«

Ich schüttelte den Kopf.

»Dann müssen wir entweder fliehen oder ihnen entgegentreten«, sagte Sabito. »Sie werden uns in den nächsten Minuten sehen, wenn sie es nicht schon haben.«

Er schien nicht allzu besorgt zu sein. Aber Sabito hatte ja auch wenig Grund dazu – der Himmel war groß.

»Sind es einfache ehrliche Jäger oder sind es Banditen? Das ist die Frage«, sagte ich. »Maxyn?«

»Ja?«

»Mach die Packpferde los.«

»*Losmachen*?«

»Wahrscheinlich werden sie uns folgen«, sagte ich, ganz und gar nicht sicher, ob ich damit recht hatte. »Tobble, halt dich jetzt gut fest.«

»Mach ich.«

»Maxyn, gib deinem Pferd die Sporen, mal sehen, ob wir den Männern davonreiten können«, sagte ich mit wenig Selbstvertrauen.

Ich drückte Havoc die Fersen in die Rippen. Maxyn tat bei seinem Pferd das Gleiche, und unter unseren ermutigenden Rufen fielen beide in Galopp. Zu meiner großen Erleichterung hielten die Packpferde mit uns Schritt. Und Havoc überraschte mich mit einem plötzlich neu entdeckten Gespür für Eile.

Vielleicht witterte er meine Angst.

Die Jäger kamen von Süden, sodass wir entweder geradewegs nach Norden fliehen oder weiter auf unserem westlichen Kurs bleiben konnten. »Nach Westen!«, schrie ich über das Donnern der Hufe, als wäre ich meiner Entscheidung sicher.

Ich beugte mich tief über den Pferdehals, eine Hand an den Zügeln, die andere in Havocs Mähne. Wir flogen nur so dahin.

Es war ein wildes, berauschendes Rennen. Pflanzen schlugen gegen unsere Schenkel, und da ein Sturm im Anzug war, wurde es kälter. Wir galoppierten, bis unseren Pferden Schaum vor den Mäulern stand und ihre Rücken vor Schweiß glänzten.

Schließlich hob ich die Hand, signalisierte Maxyn, das Tempo zu verringern, und Sabito stieg auf, um die Lage zu erkunden. Er kehrte zurück mit der willkommenen Nachricht, dass die Jäger unsere gut sichtbare Spur gekreuzt hatten und nach Norden geritten waren.

Sie waren also gar nicht hinter uns her. Ich hatte meine erste große Entscheidung als Anführerin getroffen, und erstaunlicherweise schien es genau die richtige gewesen zu sein.

Ich freute mich, war sogar ein bisschen stolz.

Viel wichtiger aber war, ich fühlte mich erleichtert.

Am frühen Nachmittag sahen wir südwestlich von uns in der Ferne den Spiegelsee. Den Wind im Gesicht ritten wir noch eine Weile weiter über die Felder, bevor ich das Zeichen zum Rasten gab. In der Aufregung unseres hektischen Ritts hatte ich ganz vergessen, zu einer Essenspause anzuhalten.

An einer Hecke aus dichten stacheligen Büschen, die einen kleinen Bach säumten, stiegen wir ab. Tobble sorgte für eine einfache Mahlzeit, während Maxyn und ich die Pferde tränkten.

Als wir gegessen hatten, zog ich aus meinem Beutel das Tagebuch, das Luca mir gegeben hatte. Seit einer Ewigkeit hatte ich nichts hineingeschrieben, aber ich besaß noch ein wenig Tinte und meine Schreibfeder.

Maxyn lehnte sich gegen einen Stein, die Hände hinter dem Kopf verschränkt. »Worüber willst du schreiben?«

»Ich dachte, ich halte fest, was auf unserer Reise so passiert«, sagte ich. »Damit ich Khara und den anderen eines Tages davon erzählen kann.«

Kaum waren die Worte aus meinem Mund, zuckte ich zusammen. Es schien nicht richtig, einfach so davon auszugehen, dass wir uns alle wiedersehen würden. Das war, als wollte ich das Schicksal herausfordern. Mal ehrlich, wie standen denn die Chancen, dass wir – nach allem, was war – unsere lieben Freunde je wiedersehen würden?

»Luca hat gesagt, ich soll alles aufschreiben, was ich über Dalkins weiß«, sagte ich und schob meine düsteren Gedanken beiseite. »Unsere Sagen, unsere Musik und unsere Geschichte. Für Gelehrte und so, für den Fall, dass wir wirklich die Letzten unserer Art sind.«

»Um sich die Zeit zu vertreiben, ist das wahrscheinlich ebenso gut wie alles andere«, sagte Maxyn.

»Ich werde wohl mit unseren Familiengeschichten anfangen«, sagte ich, drehte die Feder zwischen den Fingern und überlegte. »Danach kommt alles, was wir aus unserem Geschichtsunterricht noch wissen.«

Maxyn lachte. »Also, dafür werden wohl kaum zwei Zeilen

nötig sein! Wenn mein Vater mir etwas aus der Geschichte beibringen wollte, war das für mich immer das beste Einschlafmittel.«

»Ich mochte Geschichte gern. Aber jetzt wünschte ich wirklich, ich hätte besser zugehört.« Eine Erinnerung an Dalyntor mit seiner weißen Schnauze blitzte in mir auf, Dalyntor, wie er über die Sagen der Dalkins sprach, während ich mit offenen Augen von Abenteuern träumte.

Und? Hatte ich nicht mehr als genug Abenteuer bekommen? Ganz wie mein Vater gern sagte: »Träume von großen Taten, und du wirst vor großen Herausforderungen stehen.«

In der nächsten Stunde schwelgten Maxyn und ich in Erinnerungen an unser früheres Leben. Wir erzählten uns gegenseitig von Familientraditionen, Volkssagen und Liedern, von Lieblingsfeiertagen und leckerem Essen. (Beide mochten wir besonders gern gerösteten blauen Honigmais und Fischaugen-Pastete.)

Wir vergossen ein paar Tränen, aber wir lachten auch: Es war wundervoll, so aus dem Bauch heraus zu lachen, bis uns die Luft ausging. Ich fühlte mich erleichtert, dass ich mich mit einem, der sich in der Welt der Dalkins auskannte, in mein altes Leben zurückwagen konnte. Lange Zeit hatte ich mir nicht erlaubt, dem nachzuhängen, was ich verloren hatte.

Ich füllte sechs Seiten in Lucas Notizbuch mit meinem flüchtigen Gekritzel. Tobble, der mit Sabito aufmerksam zugehört hatte, sagte: »Du wirst bald keine Tinte mehr haben, Byx. Ich geh mal nachsehen, ob ich irgendwelche Beeren oder Kräuter für Nachschub finde.«

»Danke, Tobble«, sagte ich. »Das ist lieb von dir. Ich habe das Gefühl, dass wir noch sehr viel Tinte brauchen werden.«

Maxyn lachte, ein kräftiges Lachen aus voller Kehle, das mich an meine Brüder erinnerte. »Mehr Tinte? Mehr Notizbücher werden wir brauchen!«

»Ohne Frage«, sagte Tobble leise, während er einen kleinen Beutel aus der Satteltasche zog. »Gar keine Frage.« Er winkte uns zu. »Bin in ein paar Minuten zurück.«

»Trödel nicht«, sagte ich und fiel wieder in meine Rolle als Anführerin und Nervensäge, aber Tobble hatte uns schon den Rücken zugewandt und lief bachabwärts davon.

»Ist mit Tobble alles in Ordnung?«, flüsterte Maxyn. »Ich kenne ihn natürlich nicht so gut wie du, Byx, aber er wirkt irgendwie … verstört.«

Ich klopfte mit dem Finger an mein Kinn. »Ich weiß nicht genau. Aber du hast schon recht.«

»Vielleicht hat er Angst vor dem, was vor uns liegt«, mischte sich Sabito ins Gespräch. Den Kopf zur Seite geneigt, richtete er ein Auge auf mich, glänzend braun wie eine Kastanie.

»Tobble ist mutiger als wir drei zusammen«, sagte ich. »Nein, es ist etwas anderes. Ich frage mich, ob er sich nach seinem Zuhause sehnt.«

»Immerhin«, sagte Maxyn schulterzuckend, »hat er ein Zuhause, nach dem er sich sehnen kann.«

Ich nickte. Ich wusste, was Maxyn meinte, aber ich spürte auch, dass es ungerecht war, anderen zu grollen, weil sie Familien hatten und wir nicht.

Er lächelte mir zu, ein schiefes Grinsen, das mein schweres Herz erwärmte. Ich sehe tatsächlich einem anderen Dalkin ins Gesicht, sagte ich mir wohl zum hundertsten Mal. Einem von meiner Art. Einem, der mein Leben und meinen Schmerz verstehen kann wie sonst keiner.

Nicht Khara, nicht Gambler und auch nicht Sabito. Nicht einmal der liebe Tobble, der gerade eifrig Beeren sammelte, nur damit ich meine kostbaren Erinnerungen noch ein wenig länger festhalten konnte.

45

Matsch und Mühsal

Der Sturm, der seit Tagesbeginn gedroht hatte, brach schließlich am späten Nachmittag los, als wir noch unterwegs waren.

Sabito kam aus der Höhe geschossen. »Hagel!«, krächzte er, landete auf einem Packpferd und bedeckte den Kopf mit einem seiner Flügel.

Schon setzte der Hagel ein, harte Kugeln, so groß wie meine Faust. Sie prasselten auf die Felder nieder, sprangen lustig auf die nackte Erde, und ein besonders großer Eisbrocken streifte Maxyns Ohr und schlug es sogar blutig.

Nach wenigen Minuten hörte der Hagel auf, aber, als sollten wir bestraft werden, ließ uns das Wetter auch danach keine Ruhe. Regen ergoss sich in Sturmfluten über uns, sodass wir im Nu durchnässt waren. Der Boden verwandelte sich in zähen Matsch und Schlamm, der an den Hufen unserer Pferde sog. Wir kamen nur im Schneckentempo voran.

Es dauerte nicht lange, da waren alle vier Pferde völlig erschöpft. Wir stiegen ab und gingen neben ihnen her, unsere Füße stapften durch eisigen Matsch.

Und dann wurde alles noch schlimmer. Die Temperatur fiel dramatisch, und der inzwischen stärker gewordene Wind wirbelte uns Eisstücke und dicke Regentropfen in die Gesichter. Mit steifen empfindungslosen Fingern zerrte ich drei Decken aus der

Satteltasche und gab Tobble und Maxyn jedem eine. Erst als ich mir meine um die Schultern legte, merkte ich, dass sie überhaupt nichts nützte: Sie war auf der Stelle klatschnass und so schwer wie ich selber.

»Wir müssen anhalten!«, schrie Maxyn.

»Aber wo?«, rief ich zurück.

Die Sichtweite betrug kaum ein paar Meter. Nirgendwo sah ich Bäume zum Unterstellen, brauchbare Bodenvertiefungen oder Felsvorsprünge als Deckung vor dem Wind. Wir befanden uns auf einem gepflügten Brachfeld, auf dem unseren Pferden der Matsch bis an die Fesseln reichte.

Maxyn blieb stehen und griff in die Zügel seines Pferdes. »Ich hab eine Idee!« Schreiend und um Luft ringend erklärte er uns seinen Plan, und auch wenn er sich nicht sehr überzeugend anhörte, war er doch besser als nichts.

Während Sabito zusah, banden Maxyn, Tobble und ich die Führungsleine des einen Pferdes an den Schwanz des jeweils vor ihm gehenden. Dann trieben wir alle vier vorsichtig zu einem Kreis zusammen und banden die Leine des ersten an den Schwanz des letzten Pferdes: Damit war ein enger Ring aus schnaubenden unglücklichen Pferden entstanden.

Zuletzt spannten wir unsere Zeltplane über die Pferde. So waren sie ein wenig geschützt und wir auch, obwohl es ein windiger, matschiger und eisig kalter Unterstand war.

Wir vier – sogar Sabito blieb bei uns – krochen unter den Beinen der Pferde hindurch ins Innere. Da der Regen sich auf unserem provisorischen Zeltdach sammelte, stellten Maxyn und ich uns abwechselnd auf die Zehenspitzen und stemmten die Arme unter die Plane, damit das Wasser abfließen konnte.

Die Pferde taten, was Pferde eben tun: Sie produzierten üppige Haufen, sodass wir zu allem anderen Ungemach auch noch den Gestank nach Pferdeurin und … anderem mehr ertragen mussten. Immerhin erwiesen uns die Pferde einen Gefallen, sagte ich mir, und sicher waren sie nicht glücklicher über die Umstände als wir. Es wurde eine endlose und elende Nacht.

Der Morgen war kaum besser. Fahles Sonnenlicht und dicht fallender Schnee begrüßten uns. Das war sicherlich schöner anzusehen als Regen und auch nicht so unmittelbar bedrohlich wie Hagel, aber noch war der Matsch nicht gefroren, sondern umgab uns wie ein grenzenloser brauner Pudding. Gefangen in Dreck und Schlamm, kämpften wir uns stumm weiter. Die Sicht war furchtbar schlecht, und Sabito hatte sich klugerweise dafür entschieden, lieber auf Maxyns Pferd Zara sitzen zu bleiben, statt sich in die Luft zu schwingen.

Stunden später stießen wir auf ein kleines ausgebranntes Gebäude aus Feldsteinen und Holz. Zwei Mauern standen noch, eine dritte war zum größten Teil zerfallen, die vierte fehlte ganz. Das Dach war nur an einer Ecke noch vorhanden, und dort drängten wir uns alle zusammen, die Pferde wieder dicht herangezogen.

In dieser halb verkohlten Hütte verbrachten wir zwei Tage. Wir fütterten die Pferde mit Hafer aus unseren Satteltaschen und ernährten uns selber von Käse und aufgeweichtem Brot. Da wir kein Brennmaterial hatten – die übrig gebliebenen Balken der Hütte waren durchnässt –, konnten wir auch kein Feuer machen.

Jeder war in seine Gedanken vertieft. In leicht abgeänderter Formulierung wurden immer wieder die gleichen zwei Fragen gestellt: »Wie mag es Khara, Renzo und Gambler gehen?« und: »Meint ihr, wir finden wirklich andere Dalkins?«

Während Maxyn und ich nicht aufhören konnten, über all den Dreck und Matsch zu schimpfen, blieb Tobble zurückhaltend. »Langsam frage ich mich, ob du dieses miserable Wetter vielleicht sogar magst«, sagte Maxyn zu ihm, als sich die Dunkelheit wie ein nasser schwarzer Umhang um uns legte.

Tobble lächelte. »Ich komme aus Bossyp. Das ist viele Tagesreisen von hier entfernt, das Wetter aber ist dort ganz ähnlich.«

»Über Bossyp bin ich schon mal geflogen«, sagte Sabito. »Bin im Sturm vom Kurs abgekommen. Ein schönes Fleckchen Erde.«

»Ja, das stimmt«, nickte Tobble. »Zu dieser Jahreszeit halten wir immer die sogenannte ›Tunnelwache‹. Wenn man in unterirdischen Bauten lebt, kann so nasses Wetter tatsächlich gefährlich sein. Deshalb gehen wir bei der Tunnelwache nachts abwechselnd auf Streife und halten Ausschau nach Lecks, durch die Wasser eindringen könnte, oder nach einsturzgefährdeten Stellen. Natürlich gibt es bei einhundertsiebenundzwanzig Geschwistern genug Hilfe.«

»Einhundertsiebenundzwanzig?«, rief Maxyn aus.

»Wobbyks haben pro Jahr mehrere Würfe.«

Maxyn schüttelte den Kopf. »Ich wüsste gar nicht, was ich mit so vielen Geschwistern anfangen sollte.«

»Geht mir ähnlich! Meine Eltern vergessen manchmal sogar unsere Namen.« Tobble strich seine geflochtenen Schwänze glatt. »Na ja, eigentlich sogar *oft*. Aber so viele warme Körper in den Gängen, das ist schön kuschelig und gemütlich.«

Es hörte sich wehmütig an, deshalb sagte ich: »Vielleicht, Tobble, können wir nach unserer abenteuerlichen Reise einen Besuch in Bossyp machen.«

Tobbles lange Tasthaare zitterten, und seine großen runden Augen leuchteten. »Das würde ich gern, Byx. Wirklich sehr gern.«

Es war eine Erleichterung, Tobble wieder lächeln zu sehen, nur hielt es nicht lange an. Als Maxyn und ich Jip-Jop-Nop spielten, ein albernes Spiel, das wir beide aus unserer Welpenzeit kannten, wurde er wieder still. Bei dem Spiel muss man mit Fingern und Daumen drei unterschiedliche Formen bilden, aber weil wir uns kaum noch an die Regeln erinnerten, dachten wir uns selber welche aus.

Ich wollte es Sabito und Tobble beibringen, Sabito aber sagte, es sei unter seiner Würde, sich an Welpenspielen zu beteiligen. Tobble streckte nur seine Pfoten in die Luft und schüttelte den Kopf. »Dafür habe ich wohl nicht genügend Finger«, sagte er.

Ich fühlte mich schlecht – daran hatte ich nicht gedacht, bevor ich gefragt hatte. Wie gedankenlos von mir! Insgeheim nahm ich mir fest vor, künftig aufmerksamer zu sein.

Der nächste Morgen zog kalt und grau herauf, doch ohne Hagel, Regen oder Schnee. Ich konnte mich nach so langer Zeit beengten Sitzens kaum bewegen, und die anderen schienen genauso übel dran zu sein.

Mit klappernden Zähnen ordnete ich an, die Sachen zu packen. Wir führten die Pferde aus der brüchigen Unterkunft und stellten fest, dass der Boden inzwischen leicht gefroren und somit fester unter den Füßen war.

»Habt Geduld«, ermunterte ich meine Freunde. »Wenn sich die Pferde aufgewärmt haben, können wir bestimmt wieder aufsitzen und werden schneller vorankommen.«

Ich hätte vor unserem Aufbruch Sabito bitten müssen, auszufliegen und die Umgebung zu erkunden.

Ich hätte alle denkbaren Gefahren abschätzen und dann entsprechend planen müssen.

Ich hätte die Anführerin sein müssen, die ich ja immerhin sein sollte.

Aber all das habe ich nicht getan.

Und ich sollte es bereuen.

46

Die Verfolgungsjagd

Während wir uns vorankämpften, kontrollierte Sabito aus der Luft unseren Weg. Wenig später wendete er, kehrte zurück und stieß einen kreischenden Warnruf aus – einen Ruf, der zu spät kam. Selbst ich konnte sehen, dass kaum eine Viertelmeile entfernt ein Lager errichtet war, sechs große Zelte, dazu ein offener schräger Unterstand, unter dessen Plane ein Dutzend Pferde angebunden war.

Es war kein Lager von Jägern. Es war auch kein Lager, wie es fahrende Leute aufschlugen. Nein, es war genau das, was ich am allerwenigsten sehen wollte.

Es war unverkennbar ein Heerlager. Schon kamen zwei Reiter in der Uniform des Murdano herangaloppiert, um zu sehen, ob wir Freund oder Feind waren.

Ich konnte mich jetzt nicht einfach auf alle viere niederlassen, stumm bleiben und mich als Hund ausgeben. Sie hatten mich bereits gesehen. Und Hunde reiten auch nicht auf Pferden oder führen Expeditionen an.

»Bleibt ganz ruhig«, raunte ich, obwohl ich mich selbst alles andere als ruhig fühlte. »Vergesst nicht: Wir sind Abenteurer auf der Suche nach einer legendären vergessenen Diamantenmine.«

Diese Lüge wäre wohl glaubhaft gewesen, wenn Renzo sie vorgebracht hätte. Jetzt aber schien die Vorstellung lächerlich, dass uns jemand den Schwindel abnehmen würde.

Wir blieben stehen und warteten. So verhalten sich Unschuldige. Nur wer sich einer Schuld bewusst ist, flieht.

Unter dem Hufgeklapper ihrer mächtigen Streitrosse, die unsere Pferde bei Weitem überragten, kamen die zwei Soldaten näher. Sie blieben in den Sätteln sitzen und ignorierten, dass ihre Tiere Matsch und Schnee aufspritzten und unsere Pferde erschreckten. Dass sie auch uns erschreckten, war ihnen sowieso egal.

»Nennt eure Namen und gebt an, was ihr hier zu suchen habt!«, blaffte der Kleinere der beiden.

»Ja, natürlich«, sagte ich und bemühte mich um eine feste Stimme. »Ich heiße Byx, das ist Maxyn, und das ist Tobble.«

»Und was seid ihr für welche?«

»Ich? Ich bin von weit her, von weit aus dem Süden.«

»Ich hab nicht gefragt, wo du herkommst. Ich hab gefragt, von welcher Art ihr seid.«

»Ah, verstehe. Nun, in euren Augen müssen wir wohl seltsam aussehen, aber wir … sind … Südländische Felijagas.«

»Ihr seid was?«

»Wir gehören zu einer Seitenlinie der Felijagas.« Um das Zittern meiner Hände zu verbergen, presste ich sie zu Fäusten zusammen. »Eine Unterart kleiner, harmloser katzenähnlicher Tiere.«

Der große Mann starrte uns an. »Ihr seht eher wie Hunde aus, nicht wie Katzen.«

»Tja … also, wie gesagt, wir kommen aus einem weit entfernten Land. Ein fremdes Land mit fremdartigen Tieren. Solchen Geschöpfen wie wir.«

Ich plapperte dummes Zeug – die Angst hatte mich gepackt. Ich konnte nur hoffen, die Männer würden vermuten, dass meine Zähne vor Kälte und nicht aus Schuldgefühl klapperten.

Die zwei Männer berieten sich einen Moment. Dann sagte der größere im Befehlston: »Ihr kommt mit in unser Lager. Der Hauptmann wird euch selber befragen.«

Mir war klar, dass eine Weigerung sinnlos gewesen wäre. Zwei bewaffnete Soldaten, die in der Lage waren, uns schneller niederzustrecken, als wir Luft holen könnten, geschweige denn eine Waffe zücken.

»Natürlich«, sagte ich resigniert.

Wir setzten uns in Bewegung und folgten den Soldaten.

»Byx«, flüsterte Maxyn, »wenn die ahnen, dass etwas nicht stimmt, werden sie uns foltern, um Informationen aus uns rauszukriegen.«

Ich biss die Zähne zusammen. Das würden sie doch wohl nicht tun? Wir waren ganz und gar harmlos.

Bis auf …

Bis auf die Tatsache, dass wir für bloße Abenteurer zu viele Waffen bei uns hatten. Bis auf die Möglichkeit, dass jemand in diesem Lager genug wissen könnte, um uns als Dalkins zu erkennen.

»Streitrosse sind groß, aber langsam«, sagte Maxyn. »Wir könnten sie abhängen.«

Wirklich? Aber wohin sollten wir uns wenden? Und würden uns die Soldaten verfolgen, oder würden sie uns als unbedeutend einschätzen und entkommen lassen? Vielleicht hielten sie uns für gewöhnliche Wilderer, für Rechtsbrecher zwar, aber nicht für solche, um die sich ein normaler Soldat viel scheren müsste.

Wenn sie allerdings erfuhren, dass wir Dalkins waren …

Ich warf einen flüchtigen Blick nach Westen. Nur ein paar Meilen in dieser Richtung gab es einen Wald, aber was für ein Wald konnte das sein? Wir waren nun schon so lange unter schlechtesten Sichtverhältnissen unterwegs, dass ich keine klare Vorstellung mehr hatte, wo wir uns befanden. War es der Wald am Spiegelsee? War dieser Dunst am Horizont ein unscharfer Hinweis auf Wasser?

Würden uns die Soldaten folgen, wenn wir lospreschten und den Wald zu erreichen suchten?

Ich sah zu Maxyn hin, unsere Blicke trafen sich, und während mir das Herz bis zum Hals klopfte, nickte ich. »In drei Sekunden«, raunte ich.

»Eins.«

Der kleinere Soldat drehte sich im Sattel um und sagte: »Haltet die Klappe da hinten!«

Ich formte mit den Lippen: *Zwei,* und dann: *Festhalten, Tobble.*

Ich klatschte in die Hände, bohrte Havoc die Fersen in die Rippen, schrie: »Lauf, Junge, lauf!«, und riss die Zügel nach links.

Wir waren mit hoher Geschwindigkeit losgaloppiert, aber das würde nicht reichen. Jetzt musste Havoc zeigen, was wirklich in ihm steckte. »Los, los, los!«, schrie ich, und tatsächlich fiel er in gestreckten Galopp.

Fast augenblicklich drehten sich beide Soldaten um. Einer von ihnen stieß einen Fluch aus, sie wendeten und jagten hinter uns her.

Maxyn hatte recht gehabt: Unsere Pferde waren schneller. Sie waren in den letzten Tagen gut gefüttert und getränkt worden und begrüßten nun die Gelegenheit, ihre kräftigen Muskeln zu strecken.

Hätte ich nicht solche Angst gehabt, wäre das alles spannend gewesen.

Sabito stieß zu uns und hielt sich neben mir. »Euer Vorsprung wächst, aber sie haben Bögen!«

Bögen? Ich hatte keine Bögen gesehen.

Fieberhaft durchsuchte ich mein aufgewühltes Gedächtnis, und da erinnerte ich mich, dass ich quer über den Hinterbeinen eines der gewaltigen Pferde eine längliche Lederhülle gesehen hatte.

Ich riskierte einen Blick zurück. Maxyn war mir dicht auf den Fersen. Die Packpferde liefen frei neben uns her, hielten aber Schritt. Die zwei Soldaten blieben allmählich zurück.

Aus zwanzig Metern wurden fünfzig. Aus fünfzig wurden hundert.

Und dann flog der erste Pfeil an meinem Kopf vorbei, so dicht, dass ich spürte, wie die Federn an seinem Schaft meinen Hals streiften.

»Schneller!«, schrie ich.

Ein zweiter Pfeil prallte mit einem abscheulichen dumpfen Schlag gegen die Rückseite meines Sattels. Sekunden später hörte ich den Schrei eines Pferdes. Ich riss den Kopf herum und sah im gleichen Moment, wie Maxyns Pferd strauchelte, sich wieder fing und dann einen Salto drehte, der den Reiter durch die Luft fliegen ließ.

Die Soldaten waren bei Maxyn, ehe seine Stute Zara überhaupt versuchen konnte aufzustehen. Ein Pfeil steckte in ihrer rechten Flanke.

»Maxyn!«, schrie ich.

Ich wollte Havoc zum Stehen bringen, aber er ignorierte mich, wild vor Entsetzen, und gleichzeitig schrie mir Tobble ins Ohr: »Du kannst ihm nicht helfen, Byx! Du kannst ihm nicht helfen!«

Beide Soldaten gaben die Verfolgung auf. Sie ritten im Kreis um das gestürzte Pferd herum. Ich beobachtete sie, so lange ich konnte, ohne den Halt im Sattel zu riskieren, aber ich sah Maxyn nicht aufstehen.

Tränen gefroren auf meinen Wangen. Ich konnte mir nur zwei Möglichkeiten vorstellen: Maxyn war von seinem Pferd zermalmt worden. Oder er war ein Gefangener der Murdano-Soldaten.

So oder so, dachte ich mutlos, ich hätte es verhindern müssen.

Aber wie immer es sein mochte, ich konnte im Moment nichts für ihn tun.

47

Rückzug

Ich ritt in einem Nebel dahin, der mir so dicht vorkam wie der an jenem Morgen, als wir unsere Freunde zurückgelassen hatten. Nur war dieser Nebel von mir selbst verursacht, er glich einer undurchdringlichen Wolke aus Fragen ohne Antworten.

War es möglich, dass Maxyn noch lebte? Wenn ja, litt er große Schmerzen? Hatte er Angst? Fürchtete er, wir würden ihn für immer aufgeben? Wie konnte ich ihn so im Stich lassen – ihn, für den ich verantwortlich war, meinen Freund, meinen Artgenossen? Warum hatte Khara mich damit betraut, unsere kleine Gruppe anzuführen?

Warum hatte ich mir das zugetraut?

Ich hatte versagt, katastrophal versagt in meiner höchsten Pflicht als Anführerin: das Leben meiner Schutzbefohlenen zu sichern. Zumindest aber ihre Freiheit.

War Maxyn tatsächlich tot, würde das mein Herz brechen, die Kolonie am Pellago aber – falls sie überhaupt existierte – wäre dann vorerst in Sicherheit. War Maxyn am Leben und wurde unter Folter gezwungen, Informationen preiszugeben, würden bald die Soldaten des Murdano hinter uns her sein. Sollte ich den Versuch einer Rettungsaktion unternehmen mit der Wahrscheinlichkeit, nein, der Gewissheit, dass wir allesamt für den Rest unseres Lebens ins Gefängnis gesteckt oder getötet würden?

Wir galoppierten weiter, einfach schon deshalb, weil ich nicht wusste, was wir sonst tun sollten. Tobble und Sabito blieben schweigsam, sie warteten zweifellos darauf, dass ich eine Entscheidung traf. Die zwei Packpferde liefen hinter uns her.

Bald fanden wir uns in sichtlich unberührtem Gelände und umritten den Spiegelsee, ein tiefes düsteres Gewässer. Schließlich gab ich das Zeichen zur Rast. Die Pferde waren erschöpft und wir auch. Tobble und Sabito aßen ein wenig, aber mir war nicht nach Essen zumute. Auch nicht nach Reden, doch Tobble war hartnäckig.

»Byx«, sagte er, wie immer meine Gedanken erratend, »du hast keine Schuld an dem, was Maxyn passiert ist.«

»Doch, natürlich bin ich schuld daran.« Ich fuhr mir über die Augen. »Ich bin verantwortlich. Was dir oder Sabito oder … oder Maxyn … zustößt, dafür trage ich die Verantwortung. Hätte ich nicht entschieden, einen Fluchtversuch zu wagen, würde Maxyn jetzt noch leben.«

»Wir wissen ja nicht, ob er tot ist«, sagte Sabito.

»Wenn er lebt, muss ich versuchen, ihn zu retten«, sagte ich, obwohl ich keine Ahnung hatte, wie. »Nicht nur wegen Maxyn. Auch wegen der Kolonie. Die Soldaten des Murdano werden kein Erbarmen zeigen, und wenn Maxyn unser wahres Ziel nennt, sind auch noch die allerletzten Dalkins in Gefahr.«

»Sechs Zelte gab es in diesem Lager«, erinnerte mich Sabito. »Und zwölf Pferde. Du redest von einem Kampf zwischen einem Dutzend schwer bewaffneter Männer des Murdano und einem Dalkin, einem Wobbyk und einem Bergfalken?« Bevor er weitersprach, schob er mit dem Schnabel eine Feder aus seinem Flügel zurecht. »Das ist schlicht und einfach ein törichtes Unterfangen.«

Ich ging auf und ab, die Hände hinter dem Rücken, wie ich es bei Khara in Krisensituationen gesehen hatte. »Es muss doch etwas geben, das ich tun kann. *Irgendetwas.*«

»Als ich mich, auf Kharas Bitte hin, dieser Expedition anschloss«, sagte Sabito, »habe ich dich gewarnt, dass ich dir unverblümt die Wahrheit sagen würde, wie es meine Art ist. Und die Wahrheit ist, Byx, dass Maxyn höchstwahrscheinlich schon tot ist. Die Wahrheit ist außerdem, dass du bei einem Rettungsversuch – mal angenommen, er lebt wie durch ein Wunder doch noch – getötet, gefoltert oder gefangen genommen wirst. So einfach ist das. Andere Möglichkeiten gibt es nicht.«

Ich sah Tobble an. Ich weiß nicht, was ich von ihm erhoffte. Einen brillanten Plan? Einen Schimmer von Hoffnung? Eine Art Absolution?

»Sabito hat recht, Byx«, sagte Tobble leise. »Es tut mir so leid.«

Plötzlich blieb ich wie angewurzelt stehen. »*Euer* Leben darf ich nicht gefährden. Ich hab schon genug Schaden angerichtet. Aber *ich*, ich kann allein zurückgehen.« Mein Puls raste, meine Pläne überschlugen sich. »Ich schleiche mich ins Lager, sehe nach, ob Maxyn lebt, und wenn ja, dann …«

»Es geht aber nicht nur um Maxyn. Du hast Khara gegenüber eine Pflicht«, unterbrach mich Tobble. »Sie braucht dich, um noch mehr Dalkins zu finden. Für diesen unabwendbaren Krieg.«

»Und für einen möglichen Frieden«, ergänzte Sabito.

»Nur einen Tag oder zwei«, sagte ich fast flehend. »Das bin ich Maxyn schuldig.«

»Du wirst nicht zurückkehren«, sagte Sabito nüchtern. »Und unsere Mission wäre damit zu Ende.«

Ich trat von einem Fuß auf den anderen, die Hände zusammengepresst. »Aber dann könntet ihr doch allein weitergehen, du und Tobble.«

»Wir brauchen einen Dalkin, um an die Kolonie heranzukommen«, erinnerte mich Tobble. »Es ist die einzige Chance, dass sie uns zuhören werden.«

Tobble und Sabito hatten recht, und einen Moment lang hasste ich sie dafür. Ich lehnte mich an einen Baumstamm und ließ die Schultern hängen. Irgendeine Möglichkeit musste sich doch finden, bevor wir so einfach aufgeben und weiterziehen würden.

Da setzte sich ein Fünkchen Hoffnung in meinem Hirn fest. »Sabito«, sagte ich. »Flieg zurück zum Lager, halte Ausschau nach irgendeinem Hinweis auf Maxyn, und dann komm wieder und berichte.«

»Und? Was *dann?*«, fragte Sabito in genau dem arroganten Ton, den er mir schon angedroht hatte.

Ich richtete mich auf, sah ihm direkt in die Augen und zwang mich zu einem scharfen Unterton. »Und dann«, sagte ich, »werde ich entscheiden, was weiter geschieht.«

Er zuckte ein wenig mit den Flügelspitzen, was ich als Zeichen eines widerwilligen Einverständnisses verstand, und flog ohne ein weiteres Wort davon.

Während der nächsten Stunde schlugen Tobble und ich unser Lager auf und kümmerten uns um die Pferde. Ich spürte die bohrenden Blicke aus seinen übergroßen Augen, und das ärgerte mich. Schließlich war ich die Anführerin. Die starke. Die kluge. Ich brauchte keinen kleinen Wobbyk, der mich ständig beaufsichtigte wie ein aufgeregtes Kindermädchen.

»Es geht mir gut, Tobble«, fuhr ich ihn an, als ich ihn schon wieder bei einem dieser verstohlenen Blicke ertappte. »Du musst mich nicht bemuttern.«

Tobbles Ohren sanken herab, und sofort bereute ich meine Worte. »Es tut mir leid«, sagte ich. »Ich bin einfach so ... müde.«

Ich beschäftigte mich ausgiebig mit der Entfernung einer Zecke aus Havocs Schweif, sodass Tobble die Tränen nicht sehen konnte, die sich in meinen Augen sammelten.

Vielleicht ging es mir ja doch nicht gut.

»Ich weiß, wie viel dir Maxyn bedeutet hat ... wie viel er dir ... bedeutet, Byx«, sagte Tobble und kam um Havoc herum. »Mit ihm zusammen warst du nicht mehr der einzige Dalkin. Und nun ...«

Seltsam genug, aber so hatte ich das bis jetzt noch gar nicht gesehen. War ich wirklich wieder ein Endling? Falls sich die Kolonie am Pellago als Legende erwies, lag die Antwort auf der Hand.

Ich zuckte mit den Schultern. »Weißt du, was komisch ist, Tobble? Das kümmert mich gar nicht.«

Ich winkte ab. »Ich meine, natürlich will ich nicht wieder ein Endling sein. Nur, was ich wirklich nicht ertragen kann, das ist die Vorstellung, dass ich verantwortlich bin für das, was Maxyn zugestoßen ist.«

»Du hast dein Bestes getan«, beharrte Tobble. »Würdest du denn das nicht genau so zu Khara sagen?«

»Khara hätte keinen solchen Fehler gemacht.«

»Hilft es dir«, fragte Tobble, »wenn ich dir versichere, dass ich dir als Anführerin restlos vertraue?«

Ich ging zu Havocs Mähne, um auch dort nach Zecken zu suchen. »Du musst das so sagen, Tobble. Du bist mein Freund.«

»Und das war Maxyn auch«, sagte Tobble und begann zu meinem Schreck, ohne Vorwarnung zu weinen. Die tiefen Schluchzer, die seinen Brustkorb erschütterten, schienen viel zu gewaltig für einen so kleinen Körper.

»Tobble!«, rief ich und nahm ihn in den Arm. »Was ist denn?«

»Ich habe … so… so ein schlechtes Gewissen«, brachte er schließlich heraus. Er kramte ein Blatt aus seinem Beutel und schnäuzte sich. »Der arme Maxyn. Ich … ich war eifersüchtig auf ihn, Byx… ich hatte das Gefühl, als … als würde ich deine Freundschaft verlieren, weil … wie konnte ich mit einem anderen Dalkin konkurrieren, wo ich doch nur ein Wobbyk bin … und … und manchmal habe ich mir gewünscht, er … er würde einfach gehen, und jetzt ist er weg und« – er unterbrach sich, rang zitternd nach Luft – »und ich kann mich selber nicht mehr ausstehen, weil ich … so was auch nur gedacht habe und …«

»Tobble«, unterbrach ich, »bist du deshalb immer so still gewesen in letzter Zeit?«

Er fand ein zweites Blatt und putzte sich noch einmal die Nase. »Ja.«

»Und ich dachte, du hast Heimweh nach Bossyp und nach deiner Familie.«

»Ja, das auch. Ein bisschen. Aber meine Familie, das seid jetzt *ihr*, Byx. Du und Khara und Gambler und Renzo. Und vielleicht Sabito. Bei ihm weiß ich es noch nicht so genau.«

Ich nahm Tobble bei den Schultern und sah in seine feucht schimmernden Augen. »Keiner könnte dich je ersetzen, Tobble. *Keiner*. Verstehst du?«

Er schniefte, dann nickte er.

Gerade wollte ich weitersprechen, da zog Sabito über den Himmel, lautlos wie der Mond. Er landete auf Havocs Sattel und ordnete seine Federn, dann sah er mich an. Falken haben einen ziemlich teilnahmslosen Blick. Trotzdem war ich sicher, dass er schlechte Nachrichten brachte.

»Nichts«, sagte er, bevor ich fragen konnte. »Von Maxyn keine Spur, aber sein Pferd hat überlebt. Sie machen Anstalten, das Lager zu verlegen.«

Ich gab keine Antwort. »Ich habe versagt«, sagte ich schließlich. »Ihm gegenüber und euch gegenüber.«

Sabito hüpfte näher heran. Er streckte sein rechtes Bein mit der fehlenden Kralle aus. »Weißt du, wie ich diese Kralle verloren habe, Byx?«

Ich zog die Schultern hoch. Ich wusste es nicht, und es interessierte mich auch nicht.

»Sie wurde mir letztes Jahr in einem Kampf abgerissen. Es war ein Kampf zwischen Rorid Kopfknackers Streitkräften und einer rivalisierenden Gruppe von Raptidons. Eine Revierstreitigkeit, weiter nichts. Rorid hatte die Stärke der anderen falsch eingeschätzt, und wir verloren viele tapfere Kämpfer.«

»Das tut mir leid.«

»Das hat Rorid auch gesagt. Aber er führt uns immer noch an, und er tut es mit Würde und Weisheit. Ich würde keinem anderen in die Schlacht folgen.« Sabito legte eine Pause ein. »Vielleicht mit zwei Ausnahmen.«

Ich sah ihn abwartend an. »Und die wären?«

»Kharassande Donati«, antwortete er. Dann legte er den Kopf schräg und musterte mich eingehend von Kopf bis Fuß. »Und du, Byx. Du.«

48

Endlich nah am Ziel

Ich war froh, dass ich in dieser Nacht nicht schlafen konnte, denn ich ahnte, dass mich Albträume verfolgen würden. Ich wollte mich ihnen nicht aussetzen.

Am Morgen sahen mich Tobble und Sabito erwartungsvoll an. »Worauf wartet ihr denn?«, sagte ich. »Kümmert euch um die Pferde, und dann lasst uns aufbrechen.«

Der Befehl überraschte mich selber. Bevor ich ihn ausgesprochen hatte, war ich keineswegs sicher gewesen, was ich tun würde. Aber in meinem erschöpften Herzen wusste ich, dass Sabito und Tobble recht hatten. Meine Pflicht lag in der Erfüllung unseres Auftrags.

Wir ritten zwei volle Tage auf einem schmalen Pfad zwischen dem Saum des dichten Waldes und dem Unheil verkündenden Spiegelsee, dessen glatte Oberfläche wie eine polierte Rüstung schimmerte. Am dritten Tag unternahmen Tobble und ich – Sabito über uns schwebend – die gefährliche Überquerung des Pellago.

Wir fällten einen abgestorbenen Baum, um uns darauf über den Fluss treiben zu lassen, und beneideten Sabito um das Geschenk seiner Flügel. (Gleitflügel können mit gefiederten Flügeln längst nicht mithalten.) Leider dauerte es ziemlich lange, bis uns der Fluss ans andere Ufer brachte, und wir verloren viel Zeit. Die

Pferde kamen mit der Strömung natürlich besser klar als wir, dafür dauerte es dann fast einen Tag, bis wir sie wieder eingefangen hatten.

Endlich waren wir nah an unserem hoffentlich endgültigen Ziel. Aber »nah« ist ein relativer Begriff. Die bloße Wendung »Das Gebiet am Pellago« grenzt ihn nicht weiter ein. Nach einer Beratung mit Sabito wurde mir klar, dass uns nur zwei Möglichkeiten blieben. Wir konnten entweder hinauf in das Tal, in dem der Pellago seinen Ursprung hatte, oder weiterreiten bis zur Küste. Beide Wege würden uns in die Nähe der Grenze zu Marsony führen, ein wenig bekanntes Land, das nach allgemeinem Glauben von furchterregenden Tieren und gewalttätigen Menschen bewohnt war.

»Was wäre wohl wahrscheinlicher?«, fragte Sabito von seinem Sitz auf dem Packpferd. »Eine Dalkinkolonie, verborgen in einem abgelegenen Tal, oder eine Dalkinkolonie am Meer?«

Ich dachte einen Augenblick nach. »Es ist lange her, dass sich eine Gruppe von Dalkins sicher genug fühlte, um der alten Lebensart nachzugehen. Wir sind Flüchtlinge geworden, die sich tagsüber verstecken und nachts umherschleichen. Ich weiß wirklich nicht, wie Dalkins leben, wenn sie sich nicht ständig bedroht fühlen.«

»Trotzdem haben diese Dalkins am Pellago Angst«, sagte Tobble. »Warum sonst wäre ihre Existenz nur ein Gerücht?«

Ich nickte. »Wenn ich ihre Anführerin wäre … ich glaube, ich würde mich so weit wie möglich vom Murdano entfernt ansiedeln. Weit weg von jedem Menschen.«

Wieder einmal stand ich vor der Entscheidung, welche Richtung wir einschlagen sollten. »Ich erinnere mich, dass Dalyntor mal erzählt hat, in den alten Zeiten hätten Dalkins Boote gebaut«, sagte ich schließlich. »Viel weiter bringt uns das auch nicht. Aber lasst uns den Weg zur Küste nehmen. Von finsteren Wäldern hab ich genug.«

Zwei Tage lang führte uns der Weg an imposanten hohen Felswänden entlang. Manchmal war der Pfad so schmal, dass der Fehltritt eines Pferdehufs einen Sturz in den Tod bedeutet hätte. Aber das gleichförmige Rauschen der Wellen, die unter uns brandeten, hatte auch etwas Beruhigendes. Der Wind war voller kräftiger Gerüche: Muscheln, Salz, Tannen und Sandstrand, Cotchet und Eichhörnchen.

Das ruhige Wetter hielt an, bis wir uns nach Norden wandten. Von da an trieben immer wieder Schneeschauer vom Meer herein, die die Landschaft wie mit Zuckerguss überzogen. Auf unserem weiteren Weg stellten wir fest, dass zwischen dem Festland und zwei schmalen vorgelagerten Inseln eine Art Kanal entstanden war. Wir trafen in diesem Gebiet mehr Tiere an, als ich je gesehen hatte. Scheue Hirsche streckten ihre Geweihe hinter Bäumen hervor, und schneebestäubte Igel und Chillugs watschelten furchtlos über den Weg.

Und Vögel gab es. Tausende.

»Messermöwen!«, rief Tobble und deutete mit zitternder Pfote auf eine Bucht, über der sie in dichten Wolken kreisten, herabschossen und tauchten.

»Ah, gut«, sagte Sabito.

»Gut?«, echote Tobble. »Die wollten uns töten!«

»Und hätten es fast geschafft!«, ergänzte ich.

»Messermöwen? Pah!« Sabitos Stimme klang verächtlich. »Glaubt ihr denn wirklich, solches Lumpenpack würde es wagen, mit meinesgleichen Streit anzufangen?«

Mit lässigem Flügelschlag ließ er sich von der Brise emportragen und flog ihnen entgegen. Nach zwanzig Minuten war er zurück.

»Interessant«, sagte Sabito. »Sie haben das Wort ›Dalkin‹ noch nie gehört. Es sind primitive Vögel, müsst ihr wissen. Schlichte Geschöpfe. Sie sind niemandem untertan. Als ich sie aber aufforderte, dich mal genau anzuschauen, Byx, sagten sie, dass sie ähnliche Tiere möglicherweise schon gesehen hätten.«

»Klingt hoffnungsvoll!«, rief Tobble.

Aber ich dämpfte jede Begeisterung. Noch war ich Anführerin dieser Mini-Expedition und deshalb fest entschlossen, meinen Verstand nicht von Gefühlen trüben zu lassen.

Wir ritten weiter, links die steil abfallende Felswand, in der Tiefe die wogende See und rechts ein lichtes Laubwäldchen. Kaum waren wir hinter einer Gruppe gelber Birken um eine scharfe Kurve gebogen, standen wir unversehens vor einem massiven Hindernis: ein Felsen, so groß wie ein kleiner Berg, aus unüberwindlichen Granitwänden.

Damit war unser Weg an der Küste entlang blockiert, und mit einem Seufzer deutete ich nach dem Wäldchen hin. Als wir hineinritten, hörten wir das Knirschen der Pferdehufe auf den toten eisverkrusteten Blättern.

»Wir müssten uns allmählich der Grenze von Marsony nähern«, bemerkte ich.

»Woher weißt du das?«, fragte Tobble.

»Ich erinnere mich aus dem Geografieunterricht, dass …«

Da fiel mir eine undeutliche Bewegung ins Auge. Ein niedergebogener Baumspross, plötzlich gelöst, schnellte von der Seite hart gegen Havoc und mich, und ich stürzte mit einem dumpfen

Aufprall vom Pferd. Erschrocken galoppierte Havoc auf und davon, samt dem armen Tobble, der sich verzweifelt an den Sattel klammerte.

Während ich mich aufrappelte und mir den Schnee vom Fell wischte, musterte ich die Umgebung. Sabito mit seinen sehr viel schärferen Augen tat das Gleiche, aber keiner von uns entdeckte jemanden, der die simple Falle ausgelöst haben könnte.

»Sieh dich nach Tobble und Havoc um«, sagte ich. »Ich komme nach.«

Sabito hatte Tobble schnell gefunden – er hockte zitternd auf Havoc, der irgendwann angehalten hatte, um an einem aus dem Schnee spitzenden Grasbüschel zu knabbern. Ich sammelte die beiden Packpferde ein und war nach ein paar Minuten wieder bei meinen Freunden.

»Müssen wir umkehren?«, fragte Tobble, und es klang sehr hoffnungsvoll.

»Nein«, sagte ich grinsend. »Verstehst du nicht? Eine Falle bedeutet, dass hier jemand versucht, neugierige Eindringlinge abzuschrecken.«

»Hast du etwa Dalkins gewittert?«, wollte er wissen.

»Nein«, gab ich zu. »Aber die Falle ist vielleicht schon vor längerer Zeit gestellt und erst jetzt ausgelöst worden – mithilfe einer Schnur, die ich nicht sehen konnte.«

Ich ritt weiter, schneller jetzt, dabei aber sorgfältig auf Fallen achtend. Ich fühlte mich angespornt, war sogar ungeduldig. Aber es verging ein ganzer Tag ohne weitere Spuren.

Dann, als schon die Nacht hereinbrach und ich Ausschau nach einem Platz zum Lagern hielt, kam Sabito durch die Bäume gerauscht.

»Beinahe hättest du es verfehlt!«, rief er.

»Verfehlt? Was?«

»Kehr um und führe die Pferde wieder in Richtung Meer, dann wirst du es sehen.«

Wir folgten seiner Anweisung und bewegten uns vorsichtig durch die Dunkelheit zwischen den Bäumen. Ich ließ Havoc genug Zeit, um sich auf jeden Schritt zu konzentrieren, damit er nicht etwa in ein Loch trat oder über eine Wurzel stolperte.

Schließlich erreichten wir die nördliche Seite des gewaltigen Felsens, der unser Weiterkommen behindert hatte, und wieder hörte ich tief unter uns das rhythmische Tosen der Wellen. Wäre Havoc ein einfältiges Tier gewesen, wären wir wohl geradewegs einer Katastrophe entgegengegangen, denn wir standen urplötzlich und in vollkommener Finsternis – abgesehen von einem blassen wolkenverhangenen Mond – vor einer tiefen Schlucht.

»Genau!«, sagte Sabito, der im Sturzflug ankam.

Verblüfft stieg ich ab und trat an den Rand des Abgrunds. Es war ein fast senkrechter Einschnitt, weniger ein Tal, eher ein Riss im Gelände, nicht mehr als zweihundert Meter an der breitesten Stelle.

Ich schnappte nach Luft. Weit unten, dort, wo die Schlucht ans Meer grenzte, sah ich etwas Wunderbares.

Licht.

Mehr als ein Licht. Viele sogar.

Genügend Lichter, um ein kleines Dorf zu beleuchten.

49

Ein tückischer Abstieg

»Wie kommen wir da runter?«, fragte Tobble und blinzelte über den Rand. »Und was ist mit den Pferden?«

»Es muss einen Weg geben«, sagte ich. Doch die Chancen, in der Dunkelheit einen Pfad dahinunter zu finden, waren so gut wie aussichtslos.

»Abwärts könnte ich Tobble tragen«, sagte Sabito. »Aber ich bräuchte dazu einen günstigen Luftstrom. Im Moment kommt der Wind vom Land her, das hilft uns nicht weiter.«

»Ich könnte es vielleicht mit meinen Gleitflügeln schaffen«, sagte ich, aber ich hatte meine Zweifel. Für einen lebensgefährlichen, dreihundert Meter tiefen Sinkflug in einen schmalen Felsspalt hinein sind die Gleitflügel der Dalkins nicht geschaffen. Was ich in letzter Zeit an Luftakrobatik schon überstanden hatte, reichte für ein ganzes Leben.

Am Ende entschied ich, bis zum Morgen zu warten, auch wenn mein Verlangen weiterzugehen fast übermächtig war. Ich versuchte mir vorzustellen, was dort unten sein könnte, und starrte auf die Lichter, bis sie vor meinen Augen verschwammen.

War es tatsächlich die Dalkinkolonie? Und wenn ja, was bedeutete das?

Für Khara und für den Krieg konnte es von großem Vorteil sein. Wer die Wahrheit von der Lüge zu unterscheiden wusste, könnte bei Verhandlungen mit dem Feind von unschätzbarem Wert sein. Und für die Art der Dalkins könnte es bedeuten, dass doch noch Hoffnung für ihr Überleben bestand.

Und für mich? Für mich könnte eine Dalkinkolonie einen neuen Anfang bedeuten. Ein Leben mit meinen Artgenossen. Das, was ich mir immer am meisten gewünscht hatte.

Mit einem Stich im Herzen dachte ich an Maxyn. Wäre er doch hier und könnte diesen Augenblick mit mir erleben!

Tobble hatte Dorya-Tee zubereitet und kam mit dem dampfend heißen Getränk zu mir. Ich wärmte mir die Hände an dem Holzbecher, den wir gemeinsam benutzten. »Danke, Tobble«, sagte ich und meinte damit seine Gesellschaft ebenso wie den Tee.

»Bist du aufgeregt?«, fragte er und betrachtete die Lichter da unten, die wie herabgefallene Sterne funkelten.

»Ja«, gab ich zu. »Obwohl ich mir keine allzu großen Hoffnungen machen will.«

»Ich bin auch aufgeregt«, sagte Tobble. »So erleichtert ich war, als wir Maxyn und seinen Vater gefunden hatten, aber das da unten« – er gestikulierte mit der Pfote – »wäre von noch größerer Bedeutung, falls es wirklich ein ganzes Dalkindorf ist.«

Ich gab Tobble den Becher zurück, und er schlürfte genüsslich – Tobble war ein begeisterter Schlürfer.

»Falls es hier wirklich noch Dalkins gibt«, sagte ich und dachte dabei an das, was Tobble mir wegen Maxyn gestanden hatte, »werde ich eine Weile mit anderen Dingen beschäftigt sein, Tobble. Dalkinsprache reden, Dalkingeschichten erzählen. Aber: Zweifle nie daran, dass du mein liebster Freund bist.«

»Ich will nie wieder daran zweifeln«, versprach Tobble. Er

lehnte den Kopf an meinen Arm. »Ich wünschte, Maxyn hätte das miterleben können. Ich wünschte es wirklich.«

Ich lag den größten Teil der Nacht wach. Schließlich muss ich aber doch eingeschlafen sein, denn als Sabito ein paar Meter von uns entfernt auf einem abgestorbenen Ast landete, erwachte ich von seinem Flügelschlag.

»Gefunden!«, sagte er. »Oh, sie waren raffiniert, deine Dalkins, sehr raffiniert. Zu Fuß hätte das nie jemand entdeckt.«

Tobble war schon dabei, unsere letzte Scheibe Speck zu braten. Ich schlang mein Essen hinunter, verbrühte mir die Zunge am heißen Tee. »Also dann«, sagte ich, »lasst uns aufbrechen. Sabito? Flieg voran, mein Falkenfreund, zeig uns den Weg.«

Wir folgten ihm eine Zeit lang in Richtung Osten. Als ich zurückblickte, konnte ich erkennen, dass der große Felsen, der uns zu dem Umweg gezwungen hatte, genau genommen den Rand des Einschnitts bildete, aber eine Abstiegsmöglichkeit sah ich immer noch nicht. Sobald ich die Klippe hinunterblickte, wich ich entsetzt vor dem Abgrund zurück.

Sabito landete, wie es seine Gewohnheit geworden war, auf einem Packpferd. »Da! Siehst du das?«

Ich sah nichts als ein Felsengewirr, das einen eingestürzten Teil der Klippe füllte. »Mit den Pferden kommen wir unmöglich über diese Felsen.«

»Das müssen wir auch nicht«, sagte Sabito selbstgefällig. »Jenseits davon gibt es nämlich einen schmalen, aber brauchbaren Pfad an der Felswand hinunter. Vom Boden aus würde man den nie bemerken.«

»Schön«, sagte ich. »Aber ich sehe da nur einen Haufen Felsbrocken, und besonders stabil sieht der nicht aus. Ich hab keine

Lust, ein paar Hundert Meter auf einer Felsrutsche in die Tiefe zu stürzen.«

»Siehst du dort diesen ersten Felsblock, den großen mit dem kleinen Baum obendrauf?«

Ich nickte.

»Ich schlage vor, du und Tobble, ihr gebt ihm mal einen Schubs.«

»Einen Schubs?« Ich lachte. »Der Felsen ist größer als ein Haus!«

Sabito legte den Kopf schräg. »Tu mir einfach den Gefallen.«

Widerstrebend stiegen Tobble und ich vom Pferd. Wir kamen uns wie komplette Idioten vor, als wir die Hände an den turmhohen Felsen legten – er war bestimmt schwerer als ein Dutzend Pferde. Wir stemmten uns dagegen, drückten mit unserer ganzen mickrigen Kraft und fielen prompt auf die Nasen.

Der gewaltige Felsen glitt leicht wie eine Tür zur Seite.

Und tatsächlich, es *war* eine Tür.

»Ich habe die Spuren gesehen, die durch das Hin- und Herschieben verursacht worden sind«, sagte Sabito. »Aus der Luft eindeutig zu erkennen.«

Der Pfad durch das Felsengewirr war eng. Ich dachte kurz daran, die Pferde zurückzulassen und zu Fuß weiterzugehen. Aber wir brauchten sie. Nicht nur wegen der Vorräte, die sie beförderten, sondern auch, um notfalls schnell fliehen zu können.

Nichts, was wir bis dahin durchgemacht hatten, hatte mich auf den Abstieg vorbereitet, der nun folgte. Der Pfad war so breit wie Havoc in seiner normalen Haltung, vielleicht zehn Zentimeter breiter. Ein falscher Schritt, und ein tiefer tödlicher Sturz würde unvermeidlich sein. Ich hatte Angst, auch nur einen Muskel zu rühren, und so umklammerte ich die Zügel, bis meine Hände schmerzten. Havocs Flanken schrappten seitlich gegen die Felswand, und Tobble und ich mussten unsere Satteltaschen heraufziehen und die Füße heben – so schmal war der Pfad.

Nach einem Drittel des Weges kamen wir an eine Stelle, wo Regen den Weg weggeschwemmt hatte, sodass eine Lücke von mehr als einem Meter entstanden war.

Sabito konnte Tobble über diese kurze Strecke tragen, und ich konnte gleiten. Ganz anders aber sah es mit den Pferden aus.

Sie würden springen müssen.

Ich hatte noch nie versucht, ein Pferd zum Springen zu bewegen. Es würde nicht einfach werden. Havoc, kluges Tier, das er war, hatte bestimmt kein Interesse daran, von einem schmalen Weg abzuspringen, über einen tiefen tödlichen Abgrund hinweg, um dann auf einem ebenso schmalen Weg zu landen. Ich konnte es ihm nicht verübeln.

Aber ich hatte nun mal entschieden, dass wir die Pferde brauchten, und zum Umkehren war der Pfad ohnehin zu eng. Mit viel gutem Zureden, sanftem Drängen und Sabitos behutsamen, aber nützlichen Schnabelhieben brachten wir Havoc und die Packpferde dazu, langsam und vorsichtig ungefähr fünfzig Meter zurückzugehen.

»Falls er danebenspringt, breite deine Gleitflügel aus und versuche, dich von der Felswand abzustoßen«, riet Sabito.

»Hab ich zufällig auch schon dran gedacht«, erwiderte ich. Es klang unfreundlicher als beabsichtigt, aber wenn man Angst hat, bleibt die Höflichkeit schnell auf der Strecke.

Ich drehte mich im Sattel um. »Halt dich gut fest, Tobble«, sagte ich.

»Ja«, sagte er mit einem Lächeln. »Hab ich zufällig auch schon dran gedacht.«

Ich beugte mich vor und flüsterte Havoc zu: »Du musst mir vertrauen. Wir schaffen das.«

Mit wild klopfendem Herzen und einem mulmigen Gefühl im Magen stieß ich ihm die Fersen in die Rippen und schrie: »Los, Junge! Los!«

Zu meiner Verblüffung – und zu seiner eigenen – rannte Havoc in panischer Angst und mit hämmernden Hufen los. Ich konnte mich kaum im Sattel halten.

Noch erstaunlicher war, dass beide Packpferde, die in Havoc offenbar ihren Anführer sahen, ihm nachjagten.

Der Sprung – jener Augenblick, in dem wir tatsächlich durch die Luft flogen – schien Stunden zu dauern. Mit angehaltenem Atem und wehendem Fell biss ich die Zähne zusammen, und schon war Havoc sicher, wenn auch hart, auf der anderen Seite gelandet.

Das erste Packpferd tat sich schwerer, fand nur mit Mühe Halt. Und dann musste ich zu meinem Schrecken mitansehen, wie das zweite Packpferd den festen Boden verfehlte. Ich schrie auf, als es lautlos in die Tiefe stürzte. Der einzige Trost war, dass es sofort den Tod fand.

Wieder ein Verlust, der allein mir anzulasten war, dachte ich mit einem qualvollen Stich im Herzen. Das arme Tier!

Tief betroffen lenkte ich Havoc weiter abwärts. Es ging um scharfe Serpentinenkurven, und so erhaschte ich immer nur flüchtige Blicke auf unser Ziel. Dann waren wir endlich unten.

Ein Palisadenzaun aus zugespitzten Baumstämmen erwartete uns. Die Stämme waren alt, grau und ausgebleicht, die Rinde von

Ameisen und Termiten zerfressen, neuer schien nur ein Tor in der Mitte der Palisade zu sein. Einen Wächter sah ich nirgendwo, auch keine Wachtürme. Vielmehr machte das Ganze einen ziemlich verlassenen Eindruck.

»Hallo!«, rief ich. Nichts. »Hallo!«, rief ich lauthals, diesmal in Dalkinsprache.

»Soll ich mir einen kurzen Überblick verschaffen?«, schlug Sabito vor.

Ich nickte. Er flog ab, und kurz darauf hörte ich einen lauten Ruf, einen Aufschrei und eine ärgerliche Stimme.

Sabito kam zurück. »Das Tor wird gleich geöffnet. Anscheinend hat der Wächter drinnen gerade zu Mittag gegessen und nicht mit einer Störung gerechnet.«

Für mich gab es natürlich nur eine Frage. War der Wächter ein Dalkin? Doch ehe ich fragen konnte, öffnete sich mitten im Tor ein kleines Guckloch.

Ein Auge starrte hindurch, blinzelte, starrte wieder. Das Guckloch wurde geschlossen. Langsam und nach einigem Kettenrasseln schwang das Tor knarrend auf.

Der Wächter war alt, struppig und grau um die Schnauze. »Bei allen Fischen im Meer!«, rief er aus. »Du bist ja eine von uns!«

50

Eine von uns

U*ns.* Eine von *uns.*

Ich grinste begeistert. Ich nickte wie verrückt.

Ich muss wie eine Idiotin ausgesehen haben.

»Ich bin ein Dalkin!«, rief ich. »Und du bist auch einer!«

»Na, sicher bin ich einer!«, brummte der Alte mit zusammengekniffenen Augen. Er sprach, vermutlich wegen seiner Funktion als Torwächter, den allgemein verständlichen Dialekt.

»Entschuldige. Es ist nur … ich war nicht sicher, ob es … ob es euch gibt«, erklärte ich lachend und wischte mir mit dem Handrücken die Tränen ab.

»Sieht ganz so aus, als ob's mich gibt. Na, dann kommt am besten rein, ich bringe euch zu den Ältesten.«

Tobble klopfte mir auf die Schulter. »Kannst du es überhaupt glauben?«, flüsterte er und hörte sich dabei genauso aufgeregt an, wie ich mich fühlte.

»Nein«, räumte ich ein. »Ich warte immer noch drauf, dass ich aufwache.«

Wir ritten hinter dem langsam schlurfenden Dalkin her, vorbei an einigen Behausungen. Ihr Äußeres variierte zwischen einfachen fensterlosen Blockhäusern mit niedrigen Türen und zweistöckigen Gebäuden, die bedenklich weit in das schmale gepflasterte Sträßchen hineinragten. Seitenwege gab es kaum, und die vorhandenen waren nur wenige Meter lang. Mir war bewusst, dass wir uns hier am tiefsten Punkt einer steilen Schlucht befanden. Das Sonnenlicht erreichte die Pflastersteine der kleinen Straße wahrscheinlich nur selten. Dieser Ort war eindeutig ein Fischerdorf, und zwar kein wohlhabendes. Ich sah keine Gold- oder Silberschmiede. Und selbst die etwas vornehmeren Häuser machten einen heruntergekommenen und mehr oder weniger baufälligen Eindruck.

Doch überall, *überall* waren Dalkins!

Dalkinpaare, die sich aus Fenstern lehnten und uns argwöhnisch beobachteten. Dalkinkinder, die in einer chaotischen Prozession hinter uns herliefen. Dalkinhändler, die an kleinen Buden Fisch, getrocknetes Seegras, Kräuter und Töpferwaren verkauften.

Der alte Dalkin führte uns die ganze Dorfstraße hinunter. Als sie zu Ende war, kamen wir an einen düsteren Strand aus grauem Schiefergestein. Hier gab es eine Anlegestelle aus Felsblöcken, über die man einen Holzsteg gebaut hatte. Er war in besserem Zustand als der Rest des Dorfes. Zwei kleine Fischerboote schaukelten auf dem Wasser, während fünf andere am Ufer lagen, weit genug entfernt von der zurückweichenden Flut. Alle waren mit kräftigen, wenn auch allmählich verblassenden Farben gestrichen.

»Die sollten jetzt eigentlich nicht im Hafen liegen«, sagte Tobble zu mir.

»Was?«

»Die Boote. Ich komme selber aus einem Fischerdorf, und an einem Tag mit so ruhigem Wetter sollten alle Boote auf See sein.«

»Vielleicht ist es wegen denen dort«, sagte Sabito, der neben uns herflog.

Ich folgte der Richtung seines scharfen Falkenblicks und sah zwei Schiffe. Eines war eine Galeere mit ungefähr acht Ruderern. Das andere war viel größer, ein Segelboot mit zwei Masten in der Mitte.

»Wem gehören diese Schiffe?«, fragte ich den alten Dalkin.

»Na, wem wohl?«, schnauzte er.

»Dem Murdano?«

Der Dalkin spuckte aus. »Du musst fremd sein in der Gegend. Von den Männern des Murdano haben wir hier seit Jahren keinen gesehen. Nein, das sind welche aus Marsony. Plünderer. Die hindern uns am Auslaufen und lauern darauf, dass sie unsere Boote in die Finger kriegen. Vor einer Woche sind sie gekommen.«

Am Südende des Strandabschnitts stand das größte Gebäude, das ich bisher gesehen hatte. Es war ein merkwürdiges Bauwerk aus Kalksteinblöcken und Holz. Offensichtlich war hier von Einwohnern längst vergangener Zeiten eine Behausung verlassen und dem allmählichen Verfall preisgegeben worden. Die Dalkins hatten die bröckelnden Steine dann als Fundament für ein zweistöckiges Gebäude genutzt und mit einem etwas baufällig wirkenden Turm versehen, der es nochmals um etwa fünfzehn Meter überragte. Als ich emporblickte, sah ich einen Dalkin, der von dort oben die Schiffe aus Marsony beobachtete.

»Sind dir die Fische in den Verkaufsbuden aufgefallen?«, fragte Tobble.

»Nein. Wieso, was meinst du?«

»Das waren alte Fische. Trübe Augen, schleimige Schuppen, starker Geruch. Ich glaube, das Dorf soll ausgehungert werden.«

Es war ein verstörender Gedanke, aber je genauer ich meine Umgebung betrachtete, desto wahrscheinlicher schien mir diese Möglichkeit.

Vor dem Gebäude aus Stein und Holz blieben wir stehen. »Das ist das Haus der Ältesten«, erklärte der alte Dalkin. »Geht rein und begrüßt sie. Ich muss mich wieder meinen Pflichten widmen.«

Er ließ uns an der Eingangstreppe stehen, die zu einer beeindruckenden Tür mit rostigen Beschlägen führte.

Sabito landete auf dem halb zerfallenen Steingeländer. »Da sind wir also«, sagte er.

Er machte einen recht selbstzufriedenen Eindruck, aber ich war viel zu glücklich, um mich darüber zu ärgern. »Das haben wir dir zu verdanken«, sagte ich. »Zu einem großen Teil jedenfalls.«

»Ja«, stimmte Sabito zu. »Das habt ihr überhaupt *nur* mir zu verdanken.«

Ich glaube, er hatte es als Spaß gemeint. Aber bei Raptidons kann man das nie so genau wissen.

Wir banden die Pferde an, und dann ging ich mit wackligen Beinen die Treppe hinauf, Tobble hinter mir her. Ich berührte die Tür, als wäre sie ein heiliger Gegenstand.

Das Haus der Ältesten. Der *Dalkinältesten*!

Wir traten ein. Sabito wartete lieber da, wo er sich am wohlsten fühlte: ein paar Hundert Meter hoch in der Luft.

Im Innern war es kühl und dunkel, es roch nach Schimmel und nach vergangener Zeit. Ich hatte den Eindruck, dass es ein großer Raum sein musste, doch bei dem dürftigen Licht von nur zwei Kerzen – eine an jedem Ende des rechteckigen Zimmers – ließen sich unmöglich Einzelheiten erkennen.

Eine Dalkinfrau, sehr alt und auf einen hölzernen Krückstock gestützt, kam aus einer Seitentür. Kaum hatte sie uns erblickt, starrte sie uns missbilligend an und sagte dann in Dalkinsprache:

»Na, worauf wartet ihr denn? Die Ältesten sind dort drüben.« Sie wedelte mit ihrer gichtigen Hand.

Ich sah zu Tobble hin, dessen Augen im Kerzenlicht funkelten, und nickte.

Während wir näher traten, hörte ich leises Stimmengemurmel. Am Ende des Raums standen wir vor einer flachen kreisrunden Vertiefung mit Bänken rundherum.

Im schwachen Licht saßen vier Dalkins, zwei männliche, zwei weibliche. Einer strickte. Eine las in einer Schriftrolle. Einer saß an der Wand und würfelte. Und eine schnarchte laut.

Sie hätten die Ältesten aus meinem eigenen Rudel sein können, wie sie an einem friedlichen Nachmittag in freundschaftlichem Schweigen beisammensaßen.

Für einen Moment sog ich diese Szene tief in mich ein. Den Geruch nach einem Raum voll Dalkins! Die angenehme ungezwungene Behaglichkeit. Die Vertrautheit, die mir das Herz wärmte.

Das Gefühl von Angenommensein. Von Zugehörigkeit.

»Hm? Was ist denn das?«, fragte die Leserin in Dalkinsprache, allerdings mit einem Akzent, den ich nicht kannte. Sie ist alt, dachte ich, aber keine Greisin, eine Großmutter, aber keine Urgroßmutter. Ihre Schnauze und ihre Ohrenspitzen waren silberfarben, sonst aber war sie glänzend schwarz, bei Dalkins eine seltene und daher hoch geschätzte Fellfarbe.

Ich holte tief Luft. »Es tut mir leid, wenn ich euch störe«, sagte ich und mühte mich ab, um die Wörter in meiner Muttersprache zu finden. »Ich heiße Byx, und wir … also, das ist mein lieber Freund Tobble …« Ich fing an zu weinen, aber es waren Tränen vor Erleichterung und Dankbarkeit. »Wir sind viele Meilen weit gereist, um euch zu finden.«

51

Ein Raum voller Dalkins

Die ältere Dalkinfrau sah mich genauer an. Ein älterer Mann, es war der, der gestrickt hatte, legte seine Nadeln weg und trat näher.

»Das ist ja ein Wobbyk, wie er leibt und lebt«, sagte er. »Seit Ewigkeiten hab ich keinen Wobbyk mehr gesehen.«

»Sprichst du den allgemein verständlichen Dialekt?«, fragte ich, noch immer schniefend.

Der Dalkin zuckte mit den Schultern. »Sicher. Aber der wird hier nicht viel gebraucht. Warum fragst du?«

»Damit sich mein lieber Freund Tobble an unserem Gespräch beteiligen kann«, sagte ich. Tobble spitzte die Ohren bei dieser zweiten Erwähnung seines Namens.

»Schwer zu glauben, dass ein Wobbyk da viel beisteuern könnte«, sagte die Frau und ergänzte mit einem derben Lachen: »Obwohl er ja, weiß Gott, eine prächtige Mahlzeit abgeben würde!«

Ich beschloss, Tobble diese Bemerkung lieber nicht zu übersetzen. Stattdessen fragte ich im allgemein verbreiteten Dialekt: »Wie viele Dalkins leben in diesem Dorf?«

»Nicht mehr so viele wie früher«, antwortete der Mann und wechselte ebenfalls die Sprache.

»Na gut, aber lasst uns mit dem Naheliegenden anfangen«, sagte die Frau. »Ich heiße Larbrik. Und das dort« – sie machte mit dem Kinn eine ruckartige Bewegung zu dem älteren Mann hin, der gestrickt hatte – »ist mein Mann Fidgeton. Und wer seid ihr noch mal? Woher kommt ihr? Und warum seid ihr gekommen?«

Wieder überwältigten mich meine Gefühle, und ich musste weinen. Unter Tränen stürzte ich auf die Dalkinfrau zu und fiel ihr um den Hals, als wäre sie meine Mutter. Sie tätschelte meinen Kopf. »Na, na, na, ist ja schon gut«, sagte sie, aber in ihrer Stimme schwang noch immer ein misstrauischer Unterton.

»Orban!«, rief sie. »Bring Tee! Was ist mit dir, Wobbyk? Trinkt einer wie du auch gern Tee?«

»Oh ja, und ich bin immer dankbar dafür«, sagte Tobble höflich.

Der Tee kam prompt, ein junger Dalkin brachte ihn, der ungefähr in meinem Alter war. Er zwinkerte mir zu, als er den Tee auf den Tisch stellte, dann zog er sich zurück.

Der Tee schmeckte komisch, war vermutlich aus Algen oder Seetang gemacht und eher salzig als süß. Immerhin aber war er warm und wohltuend, und als ich mich so weit beruhigt hatte, setzten sich alle um mich herum, und ich erzählte ausführlich meine Geschichte.

Inzwischen war ich es so gewöhnt, immer nur zu anderen Arten zu sprechen, dass ich fast vergessen hatte, wie es war, zu meinen eigenen Artgenossen zu sprechen. Bei Menschen zum Beispiel musste man stets damit rechnen, dass sie eine ungewöhnliche Geschichte skeptisch aufnehmen, weil sie Wahrheit und Lüge nicht voneinander unterscheiden können.

So befremdlich meine Schilderungen auch waren, die Dalkins glaubten sie mir ohne Wenn und Aber, weil sie eine Unwahrheit unmittelbar erkannt hätten. Noch vor dem Ende meiner Erzählung hatten sich weitere Dalkins hereingeschlichen und hingen mir an den Lippen.

Je mehr sie fragten, desto klarer wurde mir, wie isoliert diese Dorfbewohner von der Außenwelt lebten. Wer war Araktik? Hatte man den alten Murdano wirklich abgelöst? Und was hatte es mit den verbannten Familien auf sich?

Manche Fragen schnitten mir ins Herz: Was gab es Neues von den Dalkins in Urmanland? Hatte ich einen aus der umherziehenden Blauhimmel-Kolonie getroffen? Wusste ich etwas von den Dalkins am oberen Tellarno?

»Versteht ihr denn nicht?«, rief ich mit brüchiger Stimme. »Sie sind alle vernichtet. Alle tot. Mein eigenes Rudel, meine Familie ...«

Für einen Augenblick konnte ich nicht weitersprechen. Seit ich zuletzt um meine Familie geweint hatte, war eine Weile vergangen. Ich wollte die Gedanken daran lieber verdrängen, denn mit der Trauer kam unweigerlich die Wut, und ich konnte nicht mein ganzes Leben in einem Zustand ständigen Zorns verbringen.

Ich blickte von einem Gesicht zum anderen – so viele Dalkins und so hungrig nach Neuigkeiten. Ich versuchte es noch einmal: »Ihr müsst wissen, ehe wir Maxyn und seinen Vater gefunden hatten, dachte ich, ich wäre der letzte Dalkin. Der Endling unserer Art.«

»Und du bist ganz allein gewesen?«, fragte eine Stimme mitfühlend.

»Ja«, antwortete ich. Doch sofort klang diese Antwort falsch in meinen Ohren, und ich spürte, dass sie von den anderen Dalkins auch als falsch erkannt wurde. »Nein, nicht allein. Gar nicht allein«, sagte ich und zeigte auf Tobble. »Ich habe mich für die

Letzte unserer Art gehalten. Aber ich habe liebe Freunde gefunden auf meiner Reise hierher.«

»Hierher. Nur wozu?«, fragte Larbrik geradeheraus. »Um mit uns zu verhungern? Oder, sobald wir ausreichend geschwächt sind, mit uns in die Knechtschaft der Marsonier zu gehen? Wir haben nur noch für wenige Tage zu essen. Danach werden sich bald die ersten Anzeichen des langsamen Hungertods zeigen.«

»Ihr seid sicher, dass die Schiffe den Marsoniern gehören und nicht dem Murdano?«, fragte ich.

»So weit im Norden hat der Murdano keine Schiffe«, sagte Fidgeton. Aus seinen Ohren wuchsen lange graue Haare, und ihm fehlten einige Zähne. »Von den Marsoniern sind auch früher schon Plünderer hier gewesen, aber so hartnäckig wie diesmal haben sie sich noch nie gezeigt. Früher haben sie Nahrung gestohlen und alles, was sie an Wertgegenständen finden konnten. Diesmal sind wir sicher, dass sie uns endgültig vernichten wollen.«

»Wegen der Marsonier werden wir uns bald keine Sorgen mehr machen müssen«, sagte ich, selbst überrascht von meiner plötzlichen Zuversicht. »Ich bin gekommen, um euch hier rauszuführen. Die Dalkins müssen sich mit Kharassande Donati verbünden, damit wir gemeinsam diesen Krieg aufhalten und das Abschlachten ganzer Arten verhindern! Und um Gerechtigkeit nach Nedarra zu bringen!«

Es war eine mitreißende Rede, und einige der jüngeren Dalkins in der Runde applaudierten. Die meisten allerdings, ob jung oder alt, runzelten die Stirn und machten einen sichtlich unglücklichen Eindruck.

»Byx«, sagte Larbrik, »das hier ist unser Zuhause. Zweiundneunzig Jahre haben wir hier überlebt, und du erzählst uns plötzlich, dass unser Überleben ein Wunder war und wir die Letzten unserer Art sind. Warum sollten wir uns aufmachen, um uns an irgendeinem entfernten Krieg zu beteiligen? Um irgendeinem aufstrebenden neuen Herrscher der Menschen zu dienen?«

Etliche Dalkins murmelten beifällig.

»Und wie stellst du dir überhaupt vor, dass wir hier wegkommen?«, wollte ein junger Dalkin wissen. »Auf dem bröckligen Pfad? Unsere Alten und Schwachen würden den Aufstieg unmöglich schaffen, gar nicht zu reden von den Jüngsten. Sollen wir sie etwa der Gnade der Marsonier überlassen? Unser Dorf aufgeben? Unsere Boote? Unsere Lebensweise?«

»Aber ihr sagt doch, dass die Marsonier euch schon nah am Hungertod haben«, argumentierte ich. »Da könnt ihr doch nicht einfach hier sitzen bleiben und langsam sterben.«

»Lieber ein Knecht der Marsonier, als von dem gefährlichen Pfad in die Tiefe zu stürzen oder von wilden Felijagas gefressen zu werden!«, schrie jemand.

»Es gibt keine wilden Felijagas, die nur darauf lauern, dass ...« Ich warf Tobble einen ratlosen Blick zu. »Ich meine, ja, es gibt natürlich Felijagas, aber sie fressen keine Dalkins. Schon längst nicht mehr. Und überhaupt ...«

»Sie will uns in den Tod führen, diese Fremde!«, rief eine schrille Stimme.

»Geh hin, wo du hergekommen bist!«

»Wir brauchen deine verrückten Ideen nicht!«

Der Geräuschpegel stieg, und die Rufe grenzten schon an Hysterie. »Byx«, raunte mir Tobble ins Ohr, »vielleicht sollten wir ihnen ein bisschen Zeit zum Nachdenken lassen.«

»Genug jetzt!« Eine Stimme durchschnitt den Lärm, eine klare, kluge, weibliche Stimme. Sie gehörte einer jungen Dalkinfrau, kaum ein paar Jahre älter als ich, hübsch und ziemlich groß.

Das Stimmengewirr im Raum ebbte zu einem dumpfen Gemurmel ab. »Falls es eine Möglichkeit gäbe, die Marsonier zu vertreiben, könnten wir doch nach Süden segeln, einen Anlegeplatz suchen und uns Byx' menschlicher Anführerin anschließen«, sagte die junge Dalkinfrau. Sie warf mir ein sympathisches Lächeln zu. »Das ist allemal besser, als an diesem sterbenslangweiligen Ort an Stumpfsinn zu sterben.«

»Ach, ja? Findest du, Glynlee?«, schoss Fidgeton zurück. »Na schön, dann geh hin und vertreib die Marsonier!«

Seine scharfe Entgegnung löste einen Sturm spöttischen Gelächters aus, und Glynlee ließ den Kopf hängen. Trotzdem murmelte sie: »Es ist aber die einzige Möglichkeit.«

Die Worte sprudelten aus meinem Mund, bevor ich überhaupt darüber nachgedacht hatte. »Ich kann es mit den Marsoniern aufnehmen«, behauptete ich so überzeugt, als würde ich erklären: »Ich kann bis zehn zählen.«

Die Menge wurde still. Die einzigen Geräusche waren das Klappern von Stricknadeln und das gleichmäßige Schnarchen der älteren Dalkinfrau.

Keiner nannte mich Lügnerin, was nur bedeuten konnte, dass ich tatsächlich nicht log. Und *das* wiederum konnte nur bedeuten, dass ich irgendwo tief in meinem Innern glaubte – wirklich glaubte –, dass ich es eben doch für möglich hielt.

»Wie willst du das schaffen, Byx?«, fragte Glynlee in einem Ton, der mich ermutigte.

Mein Magen stöhnte, und da merkte ich erst, dass ich etwas zu essen brauchte und – noch wichtiger – Zeit zum Überlegen.

»Gute Frage, Glynlee«, sagte ich und ignorierte Tobbles besorgten Blick. »Ich erkläre euch meinen Plan später. Nach dem Essen.«

52

Ein verwegener, wahrscheinlich völlig verrückter Plan

»Also«, sagte Tobble, als wir ungestört in einer Hütte saßen, die man uns für die Nacht zugewiesen hatte. »Wie genau sieht nun dein Plan zur Vertreibung der Marsonier aus?«

»Du weißt, dass ich keinen habe.«

»Aber ein ganzer Raum voll Dalkins hat dir geglaubt!«

»Weil ich mir in diesem Augenblick ja auch selbst geglaubt habe.«

Ich seufzte. Wir saßen auf dem Lehmboden an einem dürftigen Feuer. Die Hälfte des Qualms kräuselte sich nach oben durch eine Schornsteinöffnung, die andere blieb in der Hütte hängen. Die Ältesten hatten uns zu essen angeboten, aber da wir nun die verhängnisvolle Lage hier kannten, hatten wir beschlossen, uns von unserem eigenen schwindenden Proviant zu versorgen.

Tobble rieb sich die Augen, die in der verqualmten Luft tränten. »Was machen wir denn nun?«

»Keine Ahnung, Tobble«, gestand ich. »Ich weiß es wirklich nicht.«

An einem Tag, der für mich ein Tag des Jubels und des Glücks hätte sein sollen, war ich also genauso in Sorge wie zuvor. Von der Meerseite her wurde die Kolonie von zwei Schiffen belagert. Und über den steilen und gefahrvollen Pfad konnten nur die kräftigsten Dalkins entkommen. Es gab keinen Ausweg.

Die Dalkins hier saßen in einer Falle. Ich hatte versprochen, sie herauszuführen. Dabei hatte ich nicht die geringste Vorstellung, wie das gelingen sollte.

Selbst wenn ich irgendwie in der Lage wäre, sie zu retten, was dann? Ich wusste nicht, wie es um Khara stand. Hatte sich Albrit an seinen Treueschwur gehalten? War es Khara gelungen, Frieden mit Lucas Familie zu schließen? Hatte sie es geschafft, genügend Soldaten um sich zu versammeln, um den bevorstehenden Krieg aufzuhalten?

Ich schüttelte den Kopf und versuchte, die größte aller Fragen zu verdrängen, doch sie hatte sich hartnäckig wie der Pfeil eines Wilderers in mir festgebohrt: Was, wenn Khara gar nicht mehr am Leben war?

Mit einem Ast stocherte ich im Feuer herum. »Meinst du, dass Khara …« – ich suchte krampfhaft nach Worten – »… dass es ihr gut geht?«

»Ja«, sagte Tobble entschieden. »Das meine ich.«

»Wie kannst du so sicher sein?«

»Weil es eben Khara ist.«

Ich wollte Tobble gern glauben, doch ein Teil von mir grübelte bereits, ob diese ganze Reise nicht ein unnützer Verlust an Zeit und Leben gewesen war. Was war mit Maxyn? Und mit dem armen Packpferd, das in den Tod gestürzt war? War es das alles wert gewesen?

Ich stieß wieder ins Feuer, fester diesmal. Holz knackte, Funken flogen auf und landeten auf Tobbles Gepäck. Er schlug sie mit seinem geflochtenen Schwanz aus.

Es war etwas sehr Alltägliches. Feuer knackten immer, und Funken flogen auch immer. Aber vielleicht, weil meine Gedanken sich so aussichtslos im Kreis drehten, war ich auf einmal wie hypnotisiert. Da war doch was! Etwas von Bedeutung …

»Byx?«, sagte Tobble fragend. »Was ist los?«

Ich sprang auf. »Das Feuer!«, rief ich.

»Ja, ich weiß, es qualmt schrecklich«, sagte Tobble entschuldigend. »Das Holz, das sie uns gegeben haben, war ziemlich feucht, und ich wollte kein großes Theater machen …«

»Sabito!«, rief ich und riss weit die Tür auf, während Tobble mich mit offenem Mund anstarrte.

Sekunden später kam Sabito angeflogen. Er ließ sich auf dem Boden nieder und sah verärgert aus. (Falken sehen immer verärgert aus, aber inzwischen wusste ich immerhin, dass Sabito es nicht leiden konnte, wenn er auf einer Stelle landen musste, wo seine Krallen keinen sicheren Halt fanden.)

»Du hast gerufen?«, krächzte er unwillig.

»Hör mal, Sabito, wie weit könntest du Tobble tragen?«

»Waaas?«, riefen Tobble und Sabito einstimmig.

»Tobble«, wiederholte ich. »Ohne Gepäck.«

Der Bergfalke legte den Kopf schräg und überlegte. »Hmm. Ich könnte ihn wohl durch die Luft befördern. Aber nur ein paar Meter.«

»Ich habe dich beobachtet, Sabito«, sagte ich. »Du suchst dir zum Starten immer eine Stelle aus, an der Wärme aufsteigt. Ich habe gesehen, dass du die Wärme von Feuern nutzt, die Wärme aus Schornsteinen, die Wärme der Sonne, die von Felsen abstrahlt, um …«

»Ja, ja«, fiel mir Sabito ins Wort. »Solche Luftströmungen

nennen wir Aufwinde. Warme Luft steigt aufwärts wie in einer Säule. Raptidons breiten dann die Flügel aus und …« Er brach ab und musterte mich aufmerksam.

»Und wenn du so eine warme Luftsäule hättest?«, fragte ich.

»Oh, dann könnte ich wohl auch mit Tobble zusammen aufsteigen.«

»Und wenn du in einer solcher Luftsäule richtig gut in die Höhe kämst«, redete ich weiter und wedelte in Richtung Zimmerdecke, »könntest du dann auch weiterfliegen und ihn immer noch halten?«

Sabito streckte die Flügel und flatterte nervös. »Ich denke, es ist an der Zeit, dass du mir sagst, was genau du im Sinn hast.«

Tobble nickte. »Als der, der durch die Luft getragen werden soll, bin ich ganz Sabitos Meinung.«

Und da erklärte ich ihnen meinen Plan.

Sie hörten interessiert, wenn auch skeptisch zu (besonders Sabito hatte seine Zweifel). Es gab unzählige Fragen und etliches Stöhnen (hauptsächlich von Tobble). Letztendlich aber räumten sie widerstrebend ein, dass mein Plan möglicherweise doch funktionieren könnte.

»Er ist verwegen«, sagte Sabito. »Vielleicht sogar verrückt.« Er wackelte ein bisschen mit dem Kopf, was nach Art der Vögel ein Nicken ist. »Aber er gefällt mir.«

Zu dritt eilten wir zurück zum Haus der Ältesten, wo viele der Dalkins, die wir vorher schon kennengelernt hatten, noch beisammensaßen. Ich fand Glynlee und bat sie, auch die übrigen Dorfbewohner herzuholen. Schon bald war der Raum bis hinten hin voller Dalkins, jungen und alten, die hören wollten, was ich zu sagen hatte.

Ich stellte mich auf eine kleine Holzkiste, räusperte mich und begann.

»Liebe Dalkins und Artgenossen«, sagte ich, »wir haben einen Plan. Man hat mir gesagt, er ist verwegen.« Ich lächelte zu Tobble und Sabito hin. »Und vielleicht verrückt.«

Ich machte eine Pause, blickte in die erwartungsvollen, besorgten und zweifelnden Gesichter vor mir. »Aber«, sagte ich, »wenn es eines gibt, das ich von meinen Freunden gelernt habe, dann, dass manchmal selbst der gewagteste Plan funktionieren kann. Wollt ihr ihn wenigstens hören?«

Gemurmel, Gestöhn, verhaltenes Gelächter.

Ich redete.

Sie hörten zu.

Sie hatten Einwände.

Ich widerlegte sie.

An einer Stelle verließ Tobble die Versammlung. Kurz darauf kam er mit einer der Satteltaschen zurück und reichte sie mir.

Kharas Geschenke für die Dalkins! Das hatte ich völlig vergessen.

»Freunde«, sagte ich, »ich weiß, dass ihr immer noch Zweifel an meinem Plan habt, dass ihr skeptisch seid, was diesen drohenden Krieg und was Kharassande Donati angeht. Ich habe in meiner Eile, zu euch zu sprechen, ganz versäumt, euch die kleinen Geschenke zu überreichen, die Kharassande mitgeschickt hat – als Zeichen ihrer Bereitschaft, sich für euch und unsere Art einzusetzen.«

Ich gab Larbrik die Tasche, die den Inhalt begutachtete und dann jedes Stück einzeln an Fidgeton weitergab. Einen kleinen silbernen Becher, den ich glaubte am Zufluchtsort des Barons in den Baumwipfeln gesehen zu haben. Zwei scharfe Messer mit kunstvoll geschnitzten Griffen. Und am wichtigsten: ein grün schillernder Edelstein aus der Krone der Natintjes.

Larbrik schüttelte ungläubig den Kopf. »Von dem Wert dieser Dinge kann sich unser Dorf ein Jahr lang ernähren.«

»Und doch sind die Sachen wertlos für euch, solange ihr keine Verbindung zur Außenwelt habt«, gab ich zu bedenken.

Das Hin und Her ging weiter, bis ich heiser wurde. Aber allmählich spürte ich doch einen Stimmungsumschwung, und der Auslöser dafür waren nicht etwa meine Rede oder Kharas Geschenke.

Am Ende waren es Tobble und Sabito, die die Dalkins mit zwei schlichten Sätzen überzeugen konnten, meinem Plan eine Chance zu geben.

»Byx würde ich mein Leben anvertrauen«, sagte Sabito.

»Und ich *habe* Byx mein Leben schon anvertraut«, sagte Tobble.

Unsere Zuhörer, mochten sie vielleicht auch noch immer ihre Zweifel haben, wussten eines sehr genau: Tobble und Sabito sagten die Wahrheit.

Und ich wusste, dass wir uns auf meinen verwegenen und wahrscheinlich völlig verrückten Plan einlassen würden.

53

Fidgetons Folly

Am nächsten Tag schickten die Dorfältesten eine Gruppe Arbeiter zum Bergpfad, um an dem schrecklichen Spalt, wo wir unser Packpferd verloren hatten, eine provisorische Brücke über die unterspülte Stelle zu bauen. Sie stellten uns auch das Boot zur Verfügung, um das ich gebeten hatte. Es war klein, alt, ächzte in allen Fugen und stank nach Fisch. Sein hölzerner Rumpf hatte bessere Tage gesehen, aber es besaß einen Mast und ein Segel, und für meine Zwecke war moderndes Holz genau das Richtige.

Tobble fiel der Name des Bootes auf, der mit zum Teil abgeplatzter Farbe an die Seitenwand gemalt war: *Fidgetons Folly*. Natürlich war ich dankbar, dass Fidgeton bereit gewesen war, sein Boot zu opfern. Doch schien mir das Wort »Folly« kein besonders gutes Vorzeichen – es bedeutet »heller Wahnsinn«.

Im Lauf des Tages brachten die Dorfbewohner Strohballen an den Strand hinunter. »Stapelt alles unter Deck auf«, wies ich sie an. »Aber schön locker, bitte.«

Nach einem dürftigen Abendessen kontrollierten Tobble, Sabito und ich unser armseliges Schiffchen ein letztes Mal. Nervös schob ich das trockene Stroh im Rumpf hierhin und dahin, während Sabito über der Anlegestelle kreiste und nach möglichen Behinderungen Ausschau hielt. Es wehte zum Glück ein stetiger leichter Wind, und um die Richtung zu prüfen, hielt Tobble eine angefeuchtete Pfote hoch.

Ein alter Dalkinfischer namens Ornyxus trat an Tobble heran. »Meistens ändert sich nach Mitternacht der Wind«, sagte er. »Wird dann wohl aus Süd-Südost wehen. Um die Zeit zieht sich auch die Flut zurück.«

»Liegt das Boot gut im Wind?«, erkundigte sich Tobble – eine Frage, die mir nichts sagte.

Ornyxus nickte. »Ganz gut, ja. Wenn du segeln kannst, wirst du klarkommen. Eine Weile kannst du westlich gegen den Wind kreuzen.«

»Und dann direkt mit dem Wind«, sagte Tobble und nickte.

»Wenn das Glück mit dir ist«, sagte der alte Seemann.

»Was ist mit Natintjes?«, fragte ich.

»Gott bewahre, die tummeln sich selten in den Gewässern hier, und das Boot ist ja zugelassen. Solang man die Gebühr bezahlt, geben sich die Natintjes nicht mit Fischerbooten ab.«

»Lassen sie deshalb den Marsoniern freie Hand? Zahlen die Plünderer eine Gebühr?«

Ornyxus zog die Schultern hoch. »Die Natintjes kontrollieren die Meere. Sie tun, was ihnen gefällt.«

Es war nach Mitternacht, als – wie Ornyxus vorhergesagt hatte – sich der Wind drehte. Trotz der nächtlichen Kälte und des leichten Schneefalls waren die meisten der Dorfbewohner aus ihren Hütten gekommen. Sie säumten den Landungssteg und ein Stück des Ufers, alle neugierig, die meisten besorgt.

Tobble hob die Pfote, und in einem schwachen Versuch, entschlossen und raubeinig zu klingen, rief er: »Also dann! Zeit und Flut warten nicht.«

Wir kletterten beide an Bord des Bootes, das inzwischen mit Stroh voll beladen war. Auch an Deck hatte ich Stroh in lockeren Haufen aufgeschichtet.

»Du weißt, Tobble, dass du das nicht tun musst.« Ich griff in meinen Beutel und zog die zwingend notwendige Streichholzschachtel heraus. »Du musst weder mir noch sonst irgendwem etwas beweisen.«

Tobble kratzte sich am Ohr und täuschte Gelassenheit vor. »Ich finde, die Sache klingt doch nach einem guten Spaß.«

Ich brauchte nicht meine Dalkinfähigkeit, um zu wissen, dass das nicht der Wahrheit entsprach.

»Bist du wirklich sicher?«, fragte ich noch einmal, getrieben von meiner drückenden Sorgenlast und meinem Schuldgefühl. Falls die Sache schiefging, würde ich verantwortlich sein für den Tod meines besten Freundes.

Tobble legte seine Pfote auf meinen Arm. »Byx«, sagte er, »ich *will* das machen. Es ist meine Entscheidung.«

In einem Moment, in dem so viel auf dem Spiel stand, sehnte ich mich wieder einmal nach meinen Gefährten mit ihren starken Seiten – Kharas Entschlusskraft, Gamblers Erfahrung, Renzos Zuversicht.

»Also dann …« Ich drückte Tobble fest an mich, gab ihm die Streichholzschachtel und wandte mich hastig ab, damit er meine Angst nicht sehen konnte.

»Vorn und achtern Leinen los!«, rief Tobble, sobald ich wieder auf dem Landungssteg war. Einige der Zuschauer beeilten sich, die Taue zu lösen. Mit einem langen Pfahl stieß Ornyxus das

Boot ab, während Tobble schon das Segel hisste. Dann lief er zurück und griff nach dem Ruder.

Der Wind blähte das Segel, Tobble beugte sich tief über das Ruder, und allmählich schlug das Boot einen ungefähren Westkurs ein.

Mit einem Blick über die Schulter vergewisserte ich mich, dass Sabito auf dem Turm der Ältesten saß. Er musste geahnt haben, dass ich nervös war, denn er spreizte die Flügel, damit ich ihn besser erkennen konnte. Die Höhe des Turmes würde dem Bergfalken hoffentlich sofort die Geschwindigkeit verschaffen, die dann dringend nötig sein würde.

Mithilfe des Windes und der zurückweichenden Flut kam Tobbles Boot in Fahrt. Bald war er eine Viertelmeile weit draußen und kaum mehr zu erkennen.

Ich konnte nichts weiter tun als zusehen und warten. Es war quälend. Während der schüchterne Mond sich hinter Wolken versteckte, ging ich auf und ab, starrte in die schwarzen Wellen, murmelte unentwegt vor mich hin.

Die Zeit verging. Die Menge wurde unruhig. Allmählich befürchtete ich, Tobble könnte die Nerven verloren haben oder, schlimmer noch, über Bord gestürzt sein. Aber da entdeckte ich weit draußen auf dem Meer ein kurzes Aufleuchten.

In diesem Augenblick entschloss sich der Mond, wieder zwischen den Wolken hervorzukommen. Ich erkannte ein paar Hundert Meter vor dem größeren der beiden Schiffe aus Marsony ein schimmerndes Dreieck – Tobbles Segel.

Auch die Marsonier hatten Tobble jetzt gesehen. Aufgeregtes Geschrei in einer fremden Sprache drang schwach über das Wasser. Ich stellte mir vor, wie die Matrosen jetzt zu den Beibooten hasteten, weil sie Tobble zweifellos für einen hilflosen Dalkin hielten, der in seinem winzigen Boot einen Durchbruch in die offene See versuchen wollte.

Aber Tobble hatte es nicht auf Flucht abgesehen.

Er bereitete sich auf einen Angriff vor.

»Du schaffst das, Tobble«, flüsterte ich, und dann – als hätte das Wasser selbst Feuer gefangen – erschien wie aus dem Nichts eine gelbe Flammenzunge.

»Sabito!«, schrie ich.

»Schon gesehen!«, rief er. Er breitete die Flügel aus, stieß sich ab, verwandelte den Abwärtsschwung in Geschwindigkeit, schlug mit den Flügeln, um Höhe zu gewinnen, und steuerte aufs Meer hinaus.

Die Flammen auf Tobbles Boot entwickelten sich rasant, prächtig und tödlich, während es sich auf das erste Schiff der Marsonier zubewegte.

Jetzt gellten laute Schreie des Entsetzens durch die Luft. Die Marsonier würden fieberhaft versuchen, den Anker zu lichten und zu fliehen. Würde ihnen genug Zeit bleiben?

Und Tobble? Blieb ihm genug Zeit?

Die Schiffsbesatzung der Marsonier war offensichtlich gut ausgebildet und arbeitete zügig. Schon hatten sie den Anker hochgekurbelt, schon hissten sie ihrerseits die Segel, als Tobbles Boot wie eine hell lodernde Fackel seitlich gegen ihr Schiff prallte.

Ich rannte hin und her und auf und ab, in der verzweifelten Hoffnung, einen flüchtigen Blick auf Tobble zu erhaschen.

Nichts.

Auch von Sabito keine Spur.

Eines aber konnte ich deutlich sehen: Die Flammen von Tobbles Boot, die an der Seitenwand des feindlichen Schiffes emporzüngelten, griffen auf das Takelwerk über und fraßen sich in einer spektakulär hochschießenden Feuerwand in eines der Segel, als wäre es aus Pergament.

Jubelrufe der Dalkins erfüllten die Luft.

Jetzt hing alles vom Wind ab.

Wie ich gehofft hatte, trieb das Marsonierschiff – brennend und vom Anker befreit – jetzt langsam auf das zweite, das kleinere der beiden Schiffe, zu.

Doppelt so lautes Jubelgeschrei ertönte. Sogar »Byx! Byx!« wurde gerufen.

Ich aber hatte das Gefühl, als könnte ich nicht atmen. Meine Augen brannten, so starr war mein Blick aufs Meer gerichtet. Mein brennendes Herz flatterte in meiner Brust.

Ohne Tobble an meiner Seite hätte nichts mehr Bedeutung für mich, nicht dieser Sieg, nicht irgendein anderer Sieg.

Da stürzte etwas vom Himmel, landete platschend in der auslaufenden Brandung. Dalkins rannten hin, schrien, jubelten, und Sekunden später war er da: Tobble, hoch auf den Schultern dankbarer Dorfbewohner.

»Tobble!«, rief ich. »Tobble!«

Er hatte Brandflecken im Fell. Sein Gesicht war rußverschmiert. Aber er grinste.

»Hanadru war freundlich«, sagte er.

»Und du warst tapfer«, antwortete ich.

Sabito flog heran und landete auf einem Pfahl. Er war keiner, der sich streicheln oder gar von einer aufgedrehten Menge emporheben ließ.

»Das war knapp«, sagte er. »Ganz knapp! Das Feuer war heißer, als ich dachte. Als ich Tobble packte, qualmte schon sein Schwanz. Der Aufwind war perfekt, aber die Flammen schlugen so hoch, dass ich mich in der Luftsäule kaum halten konnte.«

»Aber du hast es geschafft!«, sagte ich und schüttelte ungläubig den Kopf.

»Ja. Das habe ich, nicht wahr? Nun ja, ich darf wohl ganz zufrieden mit mir sein.«

Wir waren alle sehr zufrieden mit uns – wenigstens für die nächsten Minuten. Ich umarmte Tobble, Tobble umarmte mich, und das halbe Dorf umarmte uns beide. Glynlee klopfte mir auf den Rücken. »Du hast es geschafft, Byx«, sagte sie.

»Tobble und Sabito haben die Arbeit gemacht«, sagte ich.

»Aber du hast dir den Plan ausgedacht. Und unserem Dorf wird es besser gehen.«

Wir wurden abrupt unterbrochen von einem gewaltigen Tosen im Wasser und den entsetzten Schreien verzweifelter Menschen: Die Schiffe der Marsonier gingen unter und mit ihnen wer weiß wie viele Seelen.

Wir wurden still, ernst und bedrückt. Der zunehmend stärker werdende Schneefall verwandelte den Hafen in eine Szene glitzernder Schönheit, die den Schrecken dahinter verdeckte.

54

Albträume und Abschied

Mein Schlaf war von fürchterlichen Albträumen zerrissen, Tobble dagegen schien ungestört zu schlummern. Ich schreckte immer wieder auf, ermahnte mich jedes Mal, zu savrellieren und die Geschichten, die mein Hirn im Schlaf zusammenspann, unter Kontrolle zu bringen. »Du bist der Traum, und der Traum bist du«, murmelte ich. »Du bist der Traum, und der Traum bist du.«

Doch ein bestimmter Albtraum wiederholte sich ein ums andere Mal und verfolgte mich mit seinen überdeutlichen Bildern. Immer begann er mit Tobble auf einem Boot, das von Flammen eingehüllt war. Er klammerte sich an den Mast, rief meinen Namen, flehte mich an, ihn zu retten. Und obwohl ich mit aller Kraft eine raue schwarze See durchpflügte, blieb er immer außerhalb meiner Reichweite.

Drei Mal – in drei schrecklichen Träumen – sah ich meinen besten Freund ertrinken.

Beim dritten Mal wachte ich endgültig auf und rief nach Tobble, spürte aber nur, dass mich jemand an der Schulter schüttelte. »Byx!«, sagte Tobble. »Wach auf! Du hast einen Albtraum.«

Ich blinzelte, meine Brust hob und senkte sich schwer, meine Kehle war trocken wie Asche. »Du lebst!«

»Na, und wie!« Tobble gähnte. »Ich hab gerade so schön von Tausendfüßler-Keksen geträumt.«

»Tut mir leid, dass ich dich unterbrochen habe«, sagte ich und rieb mir die Augen. »Ich hab versucht zu savrellieren, aber ich konnte den Traum einfach nicht unter Kontrolle kriegen.«

Tobble antwortete mit einem ausgedehnten Schnarcher. Als ich hinsah, war er schon wieder fest eingeschlafen. Behutsam zog ich ihm die Decke bis unter das Kinn. Wie beneidete ich ihn um seine Fähigkeit, unter allen denkbaren Umständen schlafen zu können!

Ich streckte mich wieder auf meiner Strohmatte aus und beschloss, bis zur Morgendämmerung wach zu bleiben. Tobbles Tod – wie unwirklich auch immer – konnte ich nicht noch einmal miterleben. Am Morgen wollten wir aufbrechen, da musste ich frisch sein. Aber lieber müde und erschöpft, als noch einmal diesen Albtraum durchleben zu müssen.

Und trotzdem schlief ich ein. Wieder kam der Albtraum. Wieder hing Tobble am Mast, Flammen leckten an seinen Hinterpfoten. Wieder schwamm ich vergeblich, kam seinem Boot immer näher und doch nie nah genug.

Du bist der Traum und der Traum bist du.

Langsam sank Tobbles Boot, seine Augen waren weit vor Entsetzen, und meine Schreie wurden von dem gleichgültigen Meer verschluckt.

Du bist der Traum und der Traum bist du.

Da.

Am Horizont!

Da war noch ein Boot. Es kam näher, die Wellen klatschten dagegen, und in dem Boot waren drei, nein, vier Gestalten. Schatten nur, unkenntlich, schemenhaft.

Tobble schrie wieder. Ich paddelte wie verrückt.

Das Boot kam näher. Die vier verschwommenen Gestalten nahmen Form an, wurden deutlicher.

Tobble schrie, doch diesmal klang sein Schreien anders.

Verzweifelter denn je kämpfte ich gegen die Wellen an. So nah schon, so nah. Das andere Boot war jetzt bei Tobble, er schrie und schrie ... aber nicht vor Angst, nicht vor Schmerz.

Nein! War es möglich, dass ich Freudenschreie hörte?

Erschöpft hielt ich im Paddeln inne. Ich ging kurzzeitig unter, wurde vom Meer verschluckt, und als ich mich endlich wieder hinauf an die frische kalte Luft gestrampelt und mir das Wasser aus den Augen gewischt hatte, erkannte ich sie in ihrem kleinen Boot.

Khara. Renzo. Gambler. Sabito.

Und Tobble – angesengt, aber in Sicherheit.

»Was hat euch denn so lange aufgehalten?«, sagte ich, und dann fiel ich endlich in einen traumlosen Schlaf.

Vor unserem Aufbruch am nächsten Morgen frühstückten wir mit Larbrik, Fidgeton, Glynlee und anderen erleichterten Dorfbewohnern. »Viel haben wir nicht anzubieten«, entschuldigte sich Larbrik, »aber heute Abend wird es frische Fische geben, das ist sicher.« Und wirklich hatten wir schon etliche Fischerboote auslaufen sehen.

»Wohin geht ihr jetzt, Byx?«, fragte Glynlee.

Ich nippte an meinem Tee. »Wir machen uns auf den Rückweg und suchen Kharassande Donati und ihre Leute. Wir erzählen ihr, dass wir eure Kolonie finden konnten. Und ich hoffe« – ich ließ einen kurzen Blick über die Tischrunde schweifen –, »ich kann ihr berichten, dass sie eure Unterstützung hat, wenn es nötig sein sollte.«

»Die hat sie«, sagte Fidgeton, und die anderen nickten zustimmend.

Ich legte meine Hände ineinander und beugte mich vor. »Aber ihr müsst euch im Klaren darüber sein, dass die Gefahr nicht vorbei ist. Die Marsonier können jederzeit zurückkommen, vielleicht mit Verstärkung. Denkbar ist auch, dass der Murdano von eurer Existenz erfahren hat, und das wäre eine noch größere Gefahr für euch.«

»Wir werden Kharassandes Geschenke verkaufen und das Geld verwenden, um unser Dorf so stark wie möglich zu befestigen«, sagte Larbrik. »Wir werden aushalten, jedenfalls eine Weile noch.«

»Ich wünschte, ihr könntet schon jetzt alle mit mir kommen«, sagte ich. »Es geht nicht, ich weiß. Wir werden Hilfe brauchen, damit das geschehen kann.«

Ich erhob mich und umarmte einen nach dem anderen. »Es fällt mir schwer, euch so zu verlassen«, sagte ich, »aber ich muss – um unser aller willen.«

Tobble und ich stiegen auf Havoc, das Packpferd war an unsere Satteltasche gebunden. (Wir hatten beschlossen, es »Folly« zu nennen.) Dann trotteten wir unter Hufgeklapper über die gepflasterte lange Dorfstraße, während Sabito neben uns herflog. Die Dorfbewohner jubelten uns zu und winkten.

Der Weg über den steilen Pfad aufwärts war kaum weniger tückisch als unser mühsamer Abstieg, doch immerhin war der Spalt überbrückt worden, und außerdem konnten wir die Gefahr jetzt besser abschätzen. Kurz bevor wir oben ankamen, meldete Sabito zu unserer Erleichterung, dass es keine Anzeichen von Leuten des Murdano gab.

»Wenigstens wissen wir jetzt genau«, sagte Tobble, »dass du kein Endling bist.«

»Noch nicht«, sagte ich gedämpft. »Aber viele Dalkins waren es nicht, die da unten leben, und sie sind schwach und wehrlos. Im Moment bin ich kein Endling. Aber nächstes Jahr? Nächsten Monat? Morgen?«

Still ritten wir weiter. Die Luft war frisch und führte einen Hauch von Balsamduft mit sich.

Tobble brach das Schweigen zuerst. »Du bist größer geworden, Byx.«

Ich drehte mich kurz zu ihm um. »Eher bin ich wohl dünner geworden, seit …«

»Nein, nein, nicht diese Art von Größe. Ich meine … als wir uns getroffen haben, warst du noch ein kleiner Dalkin … keiner, der sich mit düsteren Gedanken über die Zukunft abgegeben hat. Und erst recht nicht einer, der anordnet, dass …« Tobble räusperte sich, um sein jähes Verstummen zu überspielen.

Ich beendete den Satz für ihn. »Einer, der ein Boot zum Anzünden verlangt, seinen engsten Freund in größte Gefahr bringt und den furchtbaren Tod Dutzender Marsonier verursacht?«

Tobble nickte, eine Bewegung, die ich mehr spürte als sah.

»Da bin ich aber nicht allein, Tobble. Auch du hast Dinge getan, die sich niemand, und erst recht nicht du selber, hätte ausmalen können. Ich weiß nicht, ob es bei den Wobbyks Helden gibt, aber wenn, dann bist du einer von ihnen.«

Die nächsten Tage brachten hin und wieder Schnee, der aber

nur eine Schicht von wenigen Zentimetern bildete. Wir stießen oft auf Bäche, die nicht zugefroren waren und die uns reichlich mit frischem Wasser versorgten, doch unser Proviant wurde allmählich knapp. Nachdem wir den Fluss Pellago glücklich überquert hatten, befanden wir uns wieder auf der Hochebene von Nedarra.

Tag um Tag trabten wir weiter, ernährten uns von getrocknetem Wild und harten Keksen. Es war schwer, sich zu entspannen, weil wir dauernd wachsam und auf der Hut vor möglichen Hinweisen auf Soldaten des Murdano sein mussten. Als uns schließlich der Hafer ausging, kamen wir nur noch langsam voran. Die Pferde mussten grasen, und das war bei dem schneebedeckten Boden nicht einfach. Eines Nachmittags schickte ich Sabito auf die Suche nach einem geeigneten Dorf, in dem wir vielleicht Nahrungsmittel bekommen könnten.

Minuten später hörten wir einen gellenden Schrei vom Himmel, eine einzige, im Sturzflug lang gezogene Silbe: »Lau-au-au-ft!«

Ich blickte hoch und sah ihn wie einen Blitz vom Himmel schießen. Dann breitete er die Flügel aus, drosselte seine Geschwindigkeit und rief: »Männer in der Uniform des Murdano. Sieben. Und sie verfolgen uns!«

Ohne auf weitere Erklärungen zu warten, band ich das Packpferd Folly los, stieß Havoc die Fersen in die Rippen und rief Tobble zu: »Festhalten!«

Sabito, gewandt wie immer, schaffte es, sich flatternd neben uns zu halten und dabei noch zu reden. »Ich denke, es könnte derselbe Trupp Soldaten sein, der Maxyn gefangen hat.«

Ich fuhr herum. »Ist Maxyn bei ihnen?«

»Ich habe gesehen, dass etwas über einen Sattel gehängt oder gebunden ist, aber so genau habe ich nicht nachgeschaut ...«

»Dann tu das!«, schnauzte ich, und Sabito flog davon.

Die Pferde zeigten allmählich Anzeichen von Erschöpfung, da kehrte er zurück. Ich drosselte nach und nach Havocs Tempo – inzwischen wusste ich, dass er straucheln könnte, wenn ich zu plötzlich abbremste.

»Ich glaube, es könnte wirklich Maxyn sein«, berichtete Sabito, und mein Herz machte einen Hüpfer. »Er – oder es, was immer – ist in eine Decke gewickelt und mit Schnüren festgebunden. Auf jeden Fall ist es lebendig. Ich habe gesehen, dass es sich bewegt hat.«

»Haben sie ihr Tempo überhaupt mal verlangsamt?«

»Sie werden uns in kaum einer halben Stunde einholen, wenn du in vollem Galopp weiterreitest. Wenn nicht, nun dann ...«

»Tut mir leid, mein Junge«, sagte ich zu Havoc und trieb ihn wieder an.

Kurz darauf riskierte ich einen kurzen Blick über die Schulter. Ich konnte sie sehen. Ihre großen Schlachtrosse waren nicht so schnell wie unsere Pferde, dafür aber stark und ausdauernd.

Würden sie uns auch in Decken wickeln und auf ein Pferd werfen, neben Maxyn? Oder würden sie uns gleich töten, weil wir ihnen schon einmal entkommen waren?

Havoc stolperte vor Erschöpfung, fing sich aber gerade noch. Ich haderte mit mir, weil ich keinen Plan hatte.

Ich war verantwortlich. Meine Pflicht war es, uns in Sicherheit zu bringen.

Dann also in Richtung Wald. Es war besser als nichts.

Ich riss an den Zügeln, bog scharf ab und lenkte Havoc auf

einen dichten Tannenwald zu. Aber Sabito, der den Schauplatz unter Kontrolle hatte, brachte schlechte Nachrichten: »Du erreichst den Wald nicht mehr, sie schneiden dir den Weg ab!«

Was war mit meinem Notfallplan? Nichts. Ich hatte keinen.

Sie würden uns gefangen nehmen. Und entweder töten oder zu Sklaven machen.

Wenigstens würde ich bei Maxyn sein, ein letztes Mal vielleicht.

Vor mir sah ich die östliche Spitze des Waldes. Aber hinter uns konnte ich – sehr deutlich jetzt – unsere erbitterten, scheinbar unermüdlichen Verfolger sehen.

Und dann ein Wunder! Eines ihrer Pferde strauchelte und ließ seinen Reiter durch die Luft segeln.

Wir gewannen kostbare Meter an Vorsprung, während die Soldaten anhielten, um das Pferd einzufangen und den gestürzten Mann wieder in den Sattel zu bugsieren.

Vielleicht. Vielleicht hatten wir ja doch eine Chance.

Aber dies war genau der Augenblick, in dem jede Hoffnung schwand.

Vom Waldrand her kamen Hunderte, nein, Tausende Bewaffnete auf uns zugeritten.

55

In die Schlacht

Ich weiß nicht, was über mich gekommen war.

Ich war so voller Furcht und Verzweiflung gewesen.

Und plötzlich, wie durch einen magischen Spruch, verwandelten sich alle meine Bedenken und Ängste in etwas anderes.

Spürt die Angst, wählt den Mut.

Ich verlangsamte Havocs Tempo.

»Was tust du?«, kreischte Sabito.

Ich hatte keine Erklärung. Ich hatte keine Worte.

Es war Tobble, der die Antwort gab.

»Kämpfen will sie!«, rief er mit hoher schriller Stimme. »Und ich auch!«

Ich brachte Havoc zum Stehen und zog das lange Messer, das mir als Schwert diente – bereit zu einem letzten, aussichtslosen Widerstand.

Zu meiner größten Verwunderung zügelten die sieben Soldaten des Murdano, die uns so dicht auf den Fersen waren, jäh ihre Pferde, blickten sichtlich bestürzt nach vorn, machten kehrt und jagten davon.

»Jawohl!«, brüllte ich. »Reißt aus, ihr Feiglinge! Macht euch davon!« Ich riss Havoc herum und plante in meinem wutverblendeten Sinn, die starke Streitmacht der Bewaffneten anzugreifen, die vom Wald heranzog.

Den Gedanken an ein Überleben hatte ich aufgegeben. Ich war jetzt nur entschlossen, etliche der Feinde mit mir in den Tod zu reißen.

Es ist erstaunlich, wie unbesonnen mutig man sein kann, wenn man mit dem Leben abgeschlossen hat.

Ich stürmte gegen die Masse der Soldaten an, die auf mich zuraste. Zwei in der vorderen Reihe hatten flatternde Fahnen bei sich, mehrfarbig und mit einem seltsamen verschnörkelten Muster. Ich fasste einen Burschen ins Auge, einen großen Mann mit wehendem rotem Haar unter einem glänzenden Helm, der sollte mein Ziel sein.

Ich würde sterben, ja. Aber ich würde im Kampf sterben.

»Aaaarrrh!«, schrie ich mit entblößten Zähnen, als wir aufeinandertrafen.

Ich stieß mit meinem Messer nach ihm, aber er schlug es mir mit einem Hieb seines riesigen Schwertes locker aus der Hand. Meine Waffe wirbelte durch die Luft wie eine Motte, die vor einem Raptidon davonflattert.

Das schwere Pferd meines Gegners verstellte Havoc den Weg, und während Tobble versuchte, ihn abzuwehren, griff der Rothaarige in meine Zügel.

»Töte mich doch!«, schrie ich.

Trotz meiner Raserei, trotz des roten Schleiers, der sich offenbar vor meine Augen gelegt hatte, bemerkte ich, dass die Menge der Reiter an uns vorbeiströmte, Schwerter gezückt, Lanzen wurfbereit, schreiend vor leidenschaftlicher Kampfbesessenheit.

»Dich töten?«, rief der rothaarige Mann. »Wir sind gekommen, um dich zu retten! Es sei denn, es gibt ein anderes hundeähnliches Wesen in Begleitung eines Wobbyks.«

Ich starrte ihn an. Ich keuchte. Mein Pulsschlag dröhnte ohrenbetäubend.

Endlich brachte ich den einzigen Laut hervor, der mir im Augenblick einfiel und der sich weder besonders klug noch gar heldenhaft anhörte.

»Hä?«

»Du bist doch Byx von den Dalkins?«

»Was?«

»Byx. Heißt du nicht Byx?«

»Ja. Aber … aber …«

Der rothaarige Mann riss seinen Helm vom Kopf, wobei er breit und zahnlückig grinste. »Na, das war ja einfacher als erwartet. Die Lady wird erfreut sein!«

»Die Lady?«, nuschelte ich.

»Die Lady«, wiederholte er. »Lady Kharassande.«

»Kharassande von den Donatis?«, fragte ich, zu perplex, um an das Nächstliegende zu denken.

»Sie nennt sich nicht mehr so. Sie ist jetzt Lady von Nedarra, und ich bin Varis. Mein Leben lang war ich Varis von den Corplis, aber jetzt bin ich Varis von Nedarra und stehe als Leutnant im Heer des Freien Nedarra für immer in Diensten der Lady.«

Ein kleinerer, älterer Mann trat heran. Er hatte den Helm abgenommen und lächelte uns durch einen buschigen grauen Bart zu. »Hauptmann Sagari«, sagte Varis, »ich stelle vor: Byx von den Dalkins.«

Ich unterdrückte ein Schluchzen, dann straffte ich die Schultern und schüttelte den Kopf.

»Nein«, sagte ich. »Nicht Byx von den Dalkins. Ich bin Byx von Nedarra.«

56

PFADFINDER

Hauptmann Sagaris Soldatentrupp gelang es schnell, die Männer des Murdano, die uns verfolgt hatten, zu fangen. Als ich suchend über ihre verbitterten erschöpften Gesichter blickte, entdeckte ich ein Pferd mit einem zusammengeschnürten Bündel auf dem Rücken. Gerade legten zwei Soldaten es vorsichtig auf den Boden und machten sich daran, es auszuwickeln.

Ich sprang vom Pferd und rannte hin.

Rannte hin und fand Maxyn – lebendig, aber schwer verwundet.

Leutnant Varis versuchte, mich aufzuhalten. »Warte noch, Byx. Die haben ihn übel zugerichtet. Das willst du lieber nicht sehen …«

Ich riss mich los und sank neben Maxyn auf die Knie. Seine Hände waren mit blutigen Verbänden umwickelt. Sein Gesicht war geschwollen. Und als er die Augen öffnete, wirkte sein Blick leer und verloren.

»Maxyn«, sagte ich und strich ihm über die Stirn.

Er blinzelte, schüttelte langsam den Kopf und murmelte: »Byx? Ist das … wirklich?«

»Es ist wirklich und wahr, Maxyn. Du bist in Sicherheit. Du bist bei mir.«

Wir hatten kein Fuhrwerk, und so trat Tobble seinen Platz auf

Havoc freundlicherweise an Maxyn ab. »Ich reite bei einem der Soldaten mit«, sagte er, als ich aufstieg.

»Komm zu mir, kleiner Wobbyk«, forderte Leutnant Varis ihn auf. Er beugte sich herunter, ergriff Tobbles Pfote und schwang ihn hinter sich in den Sattel. Sie überragten Havoc und mich bei Weitem.

Mithilfe behutsamer Hände gelang es, Maxyn vor mich aufs Pferd zu hieven, sodass ich ihn aufrecht halten konnte.

»Es tut mir leid, Maxyn«, sagte ich leise, als wir uns auf den Ritt zu Kharas Lager machten.

Er antwortete nicht, und ich verstand, warum. Nach allem, was er durchgemacht hatte, würde es kein Verzeihen geben. Ich verdiente es nicht.

Als Maxyns Kopf ruckartig hochfuhr, begriff ich, dass er geschlafen haben musste. »Was … hast du … gesagt?«, fragte er mit schwacher Stimme, und seine Worte waren wegen des geschwollenen Kiefers nur schwer zu verstehen.

»Ich hab gesagt, dass es mir leidtut. Alles. Ich meine … alles, was du hast durchmachen müssen.«

Mühsam drehte er den Kopf und sah mich an. Aus einer tiefen Wunde, die sich vom Ohr bis zur Schnauze zog, tropfte hell schimmerndes Blut. »Sag das nie wieder, Byx. Du bist meine Pfadfinderin und mein Vorbild, und ich bin stolz, in deinen Diensten zu stehen.« Er versuchte ein Lächeln, das nicht ganz gelang. »Auch wenn du *manchmal* eine kleine Nervensäge sein kannst.«

Es war früher Abend, als wir das Lager erreichten. Der Anblick nahm mir den Atem.

Scheinbar endlos nach allen Seiten erstreckten sich weiße Zelte im Schimmer des Mondlichts. Lagerfeuer brannten. Überall herrschte reger Betrieb, Soldaten stapelten Proviant, versorgten Pferde und reinigten Waffen.

Jemand sang eine lebhafte Melodie, von Lauten- und Flötenspiel begleitet.

Es war ein gewaltiges Unternehmen, eine Vorahnung auf die Wirklichkeit des bevorstehenden Krieges. Und doch lag etwas ungewöhnlich Heiteres, sogar Ermutigendes über der Szene.

Sie waren hier. Irgendwo mitten in diesem Gewimmel erwarteten uns Khara, Renzo und Gambler.

Wir stiegen ab. Maxyn konnte, die Arme um zwei Soldaten gelegt, neben uns herhumpeln, Sabito kreiste über uns. Varis, der die Rolle des Begleiters übernommen hatte, führte uns zu einem Zelt in der Mitte des Lagers. Es war nicht größer oder prachtvoller als die anderen.

Tobble und ich sahen uns an, ein breites Lächeln zog über unsere Gesichter. Er deutete auf das Zelt.

»Nach dir«, flüsterte er, doch bevor ich mich bewegen konnte, wurde die Zeltklappe zurückgeschlagen.

Khara und Gambler kamen uns entgegen.

Sie wirkten müde und erschöpft, aber sonst unverändert. Ihre Augen schimmerten im hellen Mondlicht.

Ich holte tief Luft, zitternd. »Byx von Nedarra meldet sich zum Einsatz.«

Tobble machte eine kleine Verbeugung. »Tobble von Nedarra meldet sich auch.«

Kharas Unterlippe bebte. »Liebe Freunde, ihr kommt zur rechten Zeit.«

»Zur rechten Zeit?«

Khara streckte die Hand aus, und darin lag der Stein, den ich ihr überlassen hatte, bevor wir uns getrennt hatten.

Sie gab ihn mir, schloss meine Finger darum und legte ihre beiden Hände fest um meine.

»Zur rechten Zeit, meine Pfadfinder-Gefährtin«, sagte sie, »um einen Krieg aufzuhalten und die Welt zu retten.«

Hinter uns näherten sich Schritte. Als wir uns umdrehten, sahen wir Renzo herankommen – kopfschüttelnd. Er hatte in einer Hand ein Stück Antilopenkeule, in der anderen einen silbernen Becher. Dog trottete neben ihm her.

Renzo warf Khara ein vielsagendes Lächeln zu, dann wandte er sich an uns.

»Na, das wird aber auch Zeit«, sagte er. »Was hat euch denn so lange aufgehalten?«

DANK

Mein herzlicher Dank gilt dem Verlagsteam Tara Weikum und Chris Hernandez sowie Ann Dye, Renée Cafiero, Sarah Homer, Barb Fitzsimmons, Alison Donalty, Jenna Stempel-Lobell, Patty Rosati, Andrea Pappenheimer, Suzanne Murphy. Ebenso danke ich all ihren Kollegen bei HarperCollins, die meiner Geschichte »Endling« ins Leben verholfen haben. Ein großer Dank auch meiner wunderbaren Agentin Elena Giovanazzo von Pippin Properties.

Katherine Applegate lebt mit ihrem Mann, zwei Kindern und vielen Haustieren in der Nähe von San Francisco. Sie hat schon zahlreiche erfolgreiche Bücher veröffentlicht. Für »Der unvergleichliche Ivan« erhielt sie 2013 die renommierte Newbery Medal. »Der Baum der Wünsche« landete gleich nach Erscheinen auf der New York Times Bestsellerliste ebenso wie die ersten beiden Bände der »Endling«-Trilogie: »Endling. Die Suche beginnt« und »Endling. Weggefährten und Freunde«.

DAS KÖNIGREICH
Marsony
Nedarra
Playa-Blatt mit der Karte der Ersten Kolonie
N
FLUSS PELLAGO
Spiegelsee
WESTLICHES HOCHLAND
BOSSYP
Die Infina
Lucebena Bucht
Kolonie der Raptidons
Urmans Eibe
Tara Meer
INSEL PRIATO
ENDLING
Die Letzte
Kaiserlich-Amtliches Lexikon, 3. Auflage